A FAINT COLD FEAR THRILLS THROUGH MY VEINS · WILLIAM SHAKESPEARE

ZU DIESEM BUCH

Professor John Hendryx ist tot.

Die Todesursache liegt klar auf der Hand bzw. in Scherben auf dem Boden: Es ist die schwere Homer-Büste, die direkt hinter Hendryx' Schreibtischsessel im obersten Fach des Regals gestanden hat, heruntergefallen ist und dabei den kommissarischen Leiter der Englisch-Abteilung erschlagen hat.

Die Todeszeit scheint ebenso leicht zu fixieren zu sein: Am Freitag, dem 13., um 15 Uhr 05, ist im Windemere College von Boston eine Bombe explodiert, die durch den entstandenen Luftdruck die Büste ins Rutschen gebracht hat.

Für Polizei und Staatsanwaltschaft gilt es nur noch herauszufinden, wer die Bombe gelegt hat. Und auch dabei scheint es keine Schwierigkeiten zu geben.

Alles deutet auf die fünf Studenten hin, die sich entgegen ihren sonstigen Gepflogenheiten am Freitagnachmittag noch in den Räumen des College aufgehalten haben. Daß sie die Tat strikt bestreiten – nun, das war vorauszusehen.

Aber dann taucht das erste Faktum auf, das sich nicht in die lückenlose Beweiskette einfügen will.

Laut gerichtsärztlichem Befund muß Hendryx zur Zeit der Bombenexplosion schon eine halbe Stunde oder länger tot gewesen sein. Andererseits deuten ein aufgeschlagenes Buch und ein benutzter Aschenbecher darauf hin, daß Hendryx seine Wohnung noch einmal betreten hat, nachdem die Putzfrau aufgeräumt hat und gegangen ist. Und kurz vor drei gegangen ist – darauf leistet die Frau jeden Eid.

Rabbi David Small, der sich bereit erklärt hatte, im Sommersemester vertretungsweise drei Wochenstunden am College zu lesen, muß seine talmudische Gelehrsamkeit bemühen, um zu beweisen, daß bei zwei sich widersprechenden Aussagen nicht unbedingt eine falsch sein muß.

HARRY KEMELMAN, *hauptberuflich Lehrer an einem College, hatte eine Anzahl Kurzgeschichten veröffentlicht, ehe er seinen ersten Kriminalroman schrieb –* Am Freitag schlief der Rabbi lang *(Nr. 2090) –, für den er dann die Edgar Allan Poe Award erhielt. Sein zweiter,* Am Samstag aß der Rabbi nichts *(Nr. 2125) wurde von der Darmstädter Jury als erster Kriminalroman zum «Buch des Monats» gewählt.* Am Sonntag blieb der Rabbi weg *erschien 1970 in einer gebundenen Ausgabe im Rowohlt Verlag und liegt nun in einer Taschenbuch-Ausgabe vor (Nr. 2291) wie auch der Band* Am Montag flog der Rabbi ab *(Nr. 2304). Die acht Detektivstories des Autors erschienen unter dem Titel* Quiz mit Kemelman *(Nr. 2172). Weitere Romane des Autors sollen hier folgen.*

Harry Kemelman

Am Dienstag sah der Rabbi rot

Kriminalroman

Deutsch von
Edda Janus

Rowohlt

rororo thriller · Herausgegeben von Richard K. Flesch

DEUTSCHE ERSTAUSGABE

Veröffentlicht im Rowohlt Taschenbuch Verlag GmbH,
Reinbek bei Hamburg, Juni 1975
Die Originalausgabe erschien bei Arthur Fields Books, Inc., New York,
unter dem Titel «Tuesday The Rabbi Saw Red»
Redaktion: Brigitte Fock
Umschlagentwurf: Katrin und Ulrich Mack
Umschlagtypographie: Manfred Waller
© Rowohlt Taschenbuch Verlag GmbH, Reinbek bei Hamburg, 1975
«Tuesday The Rabbi Saw Red», Copyright © 1973 by Harry Kemelman
Satz Aldus (Linotron 505 C)
Gesamtherstellung Clausen & Bosse, Leck/Schleswig
Printed in Germany
480-ISBN 3 499 42346 4

Die Hauptpersonen

JOHN HENDRYX — wird von Homer erschlagen.

ROGER FINE — hat ein Alibi, von dem er keinen Gebrauch macht.

MILLICENT HANBURY — strickt – und dann verstrickt sie sich.

MACOMBER — unterschreibt ein Todesurteil.

BETTY MACOMBER — sägt den Ast ab, auf dem sie sitzen möchte.

KATHY DUNLOP — mogelt.

AGGIE NOLAN — bringt ein Haus und ein Alibi ins Wanken.

EKKO
ABNER SELZER — } wollen helfen und brauchen dann selber Hilfe.

HARVEY SHACTER
LILLIAN DUSHKIN
HENRY LUFTIG — } lassen sich gegen ihren Willen fesseln.

MRS. O'ROURKE — wird scheinbar durch die Wissenschaft als Lügnerin überführt.

DETECTIVE SERGEANT
SCHROEDER — denkt logisch, aber nicht unbedingt richtig.

ASSISTANT DISTRICT ATTORNEY
BRADFORD AMES — entspricht den gestellten Anforderungen auf seine Art.

RABBI DAVID SMALL — findet die Lücke in einem Alibi, einer Beweisführung und einer Wand.

Für meine Enkel
Jonathon Dor Kemelman
und
Jared Daniel Rooks

1

«Was meinst du damit, du bist nicht interessiert?» George Chernow, kurz, gedrungen und jetzt cholerisch, beäugte seine Tochter entrüstet. «Ich habe seit Jahren Versicherungsgeschäfte mit dem Restaurationsbetrieb Lubovnik abgeschlossen. Das mindeste ist, daß du sie ein Angebot machen läßt.» Mit einer Stimme, die laut genug war, bis zu seiner Frau zu dringen, die sich in die Küche zurückgezogen hatte und dort zu bleiben gedachte, fuhr er fort: «Eine Hand wäscht die andere, ja? Ich verkaufe Versicherungen, und sie verkaufen Mahlzeiten. Ja, gut, man läßt sich nicht jedes Jahr ein Festessen kommen, aber wenn ich eine Tochter verheirate und dann nächstes Mal Morris Lubovnik wegen einer Prämienerhöhung besuche, und er mich nach der Hochzeit fragt, soll ich dann etwa sagen, wir haben bei Ihnen kein Angebot eingeholt, weil meine Tochter nicht interessiert war? Und jetzt komm mir nicht damit, daß ich ihm davon nichts zu sagen brauche», fügte er hinzu und gab selbst die Antwort: «Eine Hochzeit ist etwas, das du geheimhalten kannst?»

«Ich kenne das Zeug, das er liefert, und ich kann es nicht ausstehen.» Seine Tochter Edie wandte den Kopf zur Seite und schauderte übertrieben. «Jech! Die fettige Hühnersuppe, die öligen Knisches, die gehackte Leber –»

«Dann nimm was anderes. Besprich es mit ihm. Laß dir ein paar Menuvorschläge zeigen. Wenigstens weiß er dann, daß wir ihn nicht übergehen.»

«Ja doch! Ja doch! Also werd ich mit ihm sprechen», sagte Edie. «Aber ich warne dich hier und jetzt, wenn er nicht die Gerichte liefern kann, die ich will, dann nehme ich ihn nicht, ganz egal, wie viele Versicherungen er dir abkauft. Ich hab die Art von Hochzeit von vornherein nicht gewollt, und ich kann immer noch fortfahren und Roger irgendwo in aller Stille heiraten, ohne das ganze Tamtam.»

Letzteres war die Taktik, die sie von Anfang an eingesetzt hatte, um ihre Eltern zur Räson zu bringen. Sie hatte gleich zu Anfang, als sie ihnen beigebracht hatte, daß sie Roger Fine heiraten würde, erklärt, nur ein schlichtes Fest zu wollen, «unsere Familie und seine Familie und ein paar Freunde von uns, mehr nicht. Kein großes Schmeh mit einer Hochzeitstorte und einem Ringträger und lauter Lakaien und Brautjungfern.»

Aber das kleine Fest war gewachsen, je länger sie darüber sprachen. «Wie kann ich meine Tochter verheiraten und nicht meinen Onkel Joshua einladen, der wie ein Vater für mich war, nachdem mein eigener Vater gestorben ist?»

«Das heißt dann aber, daß ich Tante Rose einladen muß, die mir so nahesteht wie dir Joshua», gab Mrs. Chernow zu bedenken. «Und das bedeutet, daß ich die Mädchen auch einladen muß, weil sie im selben Haus wohnen.»

«Aber die Mädchen sind nur Cousinen zweiten Grades.»

«Ich hab ihnen mein ganzes Leben lang nahegestanden. Und abgesehen davon wird Rose mit dem Wagen kommen; sie haben genug Platz, und die Mädchen können sie beim Fahren ablösen. New York ist zu weit, als daß Rose allein fahren könnte.»

Ehe sie es sich versahen, war die Gästeliste von Edies ursprünglichem Dutzend auf über hundert angeschwollen. Und bei so vielen Leuten konnte man nicht einfach ein schlichtes Dinner in einem Restaurant essen. Es mußte in einem Saal stattfinden und geliefert werden. Das hinwiederum bedeutete natürlich ein Orchester und Tanz, weil man ja nicht hundert Leute, die sich fast alle nicht untereinander kannten, einfach herumwandern lassen konnte, bis es Zeit zum Essen war. Und hinterher konnte man sie auch nicht gleich nach Hause schicken. Und im übrigen, was für eine Hochzeit ist das, auf der nicht getanzt wird? Das aber bedeutete ein richtiges Hochzeitskleid für die Braut. «Alle kommen groß aufgemacht, und du willst ein Tweedkostüm tragen?»

Also fuhr Edie nach New York, denn, so erklärte sie Selma Rosencranz, ihrer besten Freundin: «In Boston ist einfach nichts aufzutreiben, nicht ein einziges, simples Kleid, das halbwegs anständig aussieht.»

Ihr Vater zumindest fand dies schwer zu glauben, besonders nachdem er die Rechnung bekommen hatte. «In ganz Boston hat sie kein Kleid finden können?»

«Du willst doch, daß sie hübsch aussieht, oder nicht?» fauchte Mrs. Chernow ihn an. «Du hast nur ein Kind, und das heiratet. Das kommt nur einmal im Leben vor, und da willst du knausern? Sie wird mit dem Bräutigam tanzen, allein auf der Tanzfläche, alle sehen zu, und du willst, daß sie irgendein altgekauftes Fähnchen trägt?»

«So, sie werden tanzen? Er kann tanzen?» fragte Mr. Chernow in gespieltem Erstaunen und nahm damit den Streit wieder auf, den er mit seiner Frau führte – niemals natürlich in Gegenwart ihrer Tochter –, seit er erfahren hatte, daß er im Begriff war, Robert Fine als Schwiegersohn zu erwerben: der junge Mann hinkte nämlich etwas und ging mit einem Stock. «Ich habe eine Tochter, ein hübsches Mädchen, und das Beste, was sie bekommen kann, ist angestoßene Ware?»

«Er ist leicht behindert. Na und? Außerdem hat er das aus dem Krieg.»

«Nicht aus dem Krieg. Er hat es *während* des Krieges bekommen. Es ist so was wie Arthritis. Er hat es mir selbst gesagt. Er hat in seiner ganzen Dienstzeit in Saigon hinter einem Schreibtisch gesessen.»

«Und? Stört ihn das in seinem Beruf?»

Und das traf wiederum einen empfindlichen Punkt bei Chernow: Roger Fine war Lehrer, und was verdiente ein Lehrer schon groß?

«Er ist nicht irgendein Lehrer», wehrte Mrs. Chernow ab. «Er ist ein Professor. Er unterrichtet Englisch. In einem College.»

«Er ist *assistant professor.*»

«Auch gut, *assistant professor.* Was erwartest du denn? Er ist ein junger Mann. Es ist seine erste Stellung.»

Es war nicht nur der Beruf des jungen Mannes, der Chernow irritierte, es war seine ganze Art und sein Wesen. Er war so selbstsicher, so überzeugt von seinen Meinungen – und seine Meinungen deckten sich nicht mit Chernows Meinungen. Wenn Chernow zum Beispiel über Politik sprach, hörte er zu, wie er dem Friseur beim Haareschneiden oder dem Taxifahrer zuhörte, der ihn zum Flugplatz fuhr, höflich, aber ohne Interesse. Chernow hatte den Verdacht, daß er ein Radikaler war. Wer konnte es wissen, vielleicht sogar ein Kommunist.

Weil sein Küchenbetrieb streng koscher war, behielt Morris Lubovnik von «Lubovnik – Stadtküche – Wir Haben Das Hochzeitsessen Ihrer Mutter Geliefert» den Hut auf, als er auf der Sofakante hockte, während seine Menuvorschläge und Preislisten auf dem großen, quadratischen Tisch vor ihm ausgebreitet waren. Edie Chernow, deren rundliche Hüften unter einer engen schwarzen Satinhose verborgen waren, saß auf der anderen Seite des Sofas, ein Bein untergeschlagen, das andere über den Sofarand baumelnd. Sie gab vor zuzuhören. Ihren Entschluß hatte sie schon beim Hereinkommen gefaßt, in dem Augenblick, in dem sie den verbeulten Filzhut mit dem fettigen Hutband, die Schweißperlen auf der Stirn, die blauen Schatten auf den Wangen und die heisere, krächzende Stimme in sich aufgenommen hatte. Lubovnik hielt beim Sprechen den Blick gesenkt, oder er sah auf die Papiere auf dem Tisch; er vermied es, sie direkt anzusehen, um ja nicht den Anschein zu erwecken, er starre auf die hautenge Hose oder auf ihre Brüste, die sich klar unter der weitausgeschnittenen weißen Nylonbluse abzeichneten. Er räusperte sich. «Es ist bei mir nicht einfach eine Frage des Geschäfts, Miss Chernow. Ich möchte ausschließlich meine Kunden zufriedenstellen. Ich möchte, daß sie noch nach Wochen die Augen zumachen können, um noch einmal den Wohlgeschmack der Knisches und der Fleischbällchen auf der Zunge zu spüren.» Er schloß die Augen und schmatzte mit den Lippen.

«Sie können entweder das Roastbeef oder die gebackenen Hähnchen nehmen – der Preis ist der gleiche. Unsere Kunden teilen sich in zwei Gruppen: in die, die schwören, daß Lubovniks Roastbeef das Beste ist, was sie jemals gegessen haben und in die, die dasselbe von unseren gebackenen Hähnchen behaupten.» Er lächelte breit, um anzuzeigen, daß dies ein kleiner Scherz sei. «Und dies hier», er tauchte in die Aktentasche, die auf dem Fußboden stand, und holte eine kleine Karte heraus, «ist bei unseren Auftraggebern in den vergangenen Jahren sehr beliebt geworden. Sie legen dies den Einladungen bei, und dann kann der Gast sich vorher aussuchen, ob er das Menu mit den Hähnchen oder das mit dem Roastbeef möchte. Auf die Art ist jeder zufriedengestellt. Dies ist ein Foto einer Auswahl von Desserts, die wir vor etwa zwei Monaten geliefert haben.»

Edie gelang es schließlich, ihn loszuwerden, indem sie versprach, die ihr überlassenen Menuvorschläge zu prüfen. Aber sogar noch, als sie ihn zur Tür drängelte, blieb er mehrmals stehen, um in der Aktentasche nach Fotos oder Dankbriefen zufriedener Kunden zu suchen. «Da fällt mir gerade ein: erst in der vorigen Woche . . .»

Völlig anders war der Mann von «Stillman's in Boston. Gegründet 1890». Erst einmal war er jung, nicht älter als dreißig, dann trug er eine graue, leicht ausgestellte Flanellhose und ein Sportsakko mit einem Tattersall-Karo. Er war auch nicht zudringlich, ganz im Gegenteil: er wirkte reserviert und etwas zweifelnd. «Wir schätzen diese Nationalgerichte nicht so sehr, Miss Chernow. Diese Knisches und gefüllten Kischke sind recht wohlschmeckend, wenn auch für meinen Geschmack ein bißchen schwer, aber leider machen wir das nicht. Wir bevorzugen schlichte Horsd'œuvres: kleine Toasthappen mit Gurke, Lachs oder Krabbensalat oder viellleicht geröstete Shrimps zu den Cocktails. Nach unserer Meinung soll die Vorspeise den Appetit wecken und ihn nicht erschlagen. Sie möchten doch nicht, daß die Hauptmahlzeit davon in den Schatten gestellt wird, nicht wahr?»

Edie stimmte ihm zu.

«Was nun das Hauptgericht anbelangt, da bieten wir meiner Meinung nach eine größere Auswahl als alle anderen Firmen. Zusätzlich zu den üblichen gebratenen Hähnchen und dem Roastbeef haben wir viele Fischgerichte und auch Hummer, aber da der Markt heutzutage so unzuverlässig ist, mußten wir den Hummer leider streichen. Dann haben wir Beef Stroganoff . . .»

Edie aß Beef Stroganoff leidenschaftlich gern.

«Wir haben das bei einer großen Hochzeit im Reform-Tempel B'nai Jacob in Boston geliefert. Es ist sehr gelobt worden.»

Edie dürstete es geradezu nach Lob.

Rabbi David Small öffnete die Tür und trat zur Seite, um Edie und Mrs. Chernow einzulassen. Obwohl die Chernows schon seit mehreren Jahren in Barnard's Crossing lebten, war es Edies erste Begegnung mit dem Rabbi. Bei den seltenen Gelegenheiten, in denen sie an den hohen Feiertagen für etwa eine halbe Stunde in den Tempel gegangen war, hatte er in einem der thronartigen Stühle neben der Bundeslade gelehnt oder vom Pult aus kurze Ankündigungen gegeben; sie war nie zur Predigt geblieben – und war wenig von ihm beeindruckt. Sie sah auch gar keinen Grund, ihre Meinung nun zu ändern. Er war mittelgroß und dünn und blaß. Er hielt mit krummem Gelehrtenrücken den Kopf nach vorn gestreckt und blickte kurzsichtig durch dicke Brillengläser. Beim Hereinkommen war ihr auch aufgefallen – sie hatte einen Blick für solche Dinge –, daß seine Schuhe staubig waren und die schlecht gebundene Krawatte schief hing.

«Kommt der Bräutigam nicht?» fragte der Rabbi.

«Oh, Roger war nicht abkömmlich.»

«Er ist Professor in einem College in Boston», erklärte Edies Mutter. «Er hat Vorlesungen.»

«Ach, so wichtig ist es auch nicht», erklärte der Rabbi. «Wenn die Hauptpersonen erst unter der *chupe* versammelt sind, das ist der Baldachin, gebe ich Ihnen schon die nötigen Belehrungen.»

«Gibt es eine besondere Regel, wer zuerst nach vorn kommt?» fragte Mrs. Chernow.

«Nein, Mrs. Chernow, das können Sie ganz so halten, wie es Ihnen gefällt, solange die Braut als letzte kommt, meistens am Arm des Vaters. Manchmal kommt der Bräutigam von der Seite her, entweder allein oder mit seinen Eltern; aber er kann auch durch den Mittelgang gehen, wenn Sie das lieber haben. Sie können eine Prozession bilden, der Bräutigam, seine Eltern, der Trauzeuge, vielleicht mit der Brautjungfer, dann die Mutter der Braut und am Ende die Braut am Arm des Vaters. Generell besteht die Neigung, die Gruppe der Braut von der des Bräutigams getrennt zu halten, bis sie sich unter dem Baldachin treffen, und sogar dort stelle ich sie normalerweise getrennt auf. Die Familie der Braut auf ihrer Seite und die des Bräutigams auf seiner.» Er lächelte. «Wie Sie dort hinkommen, ist nicht so wichtig wie das, was nach ihrer Ankunft geschieht. Ich lese den *ketubah,* das ist der Heiratsvertrag, den der Bräutigam schon vorher unterschrieben hat, und natürlich auch die Heiratsurkunde. Dann spreche ich die Segnungen, oder Sie können sie auch vom Kantor singen lassen. Danach trinken die Braut und der Bräutigam aus demselben Glas den Wein. Wenn sie einen langen Schleier tragen sollten, Miss Chernow, hält ihn üblicherweise Ihre Brautjungfer hoch, damit Sie trinken können. Dann spricht mir der Bräutigam Wort für Wort einen kurzen hebräischen Text nach, der besagt, daß Sie ihn mit dem Ring segnen, den er, entsprechend den Gesetzen von Moses und Israel, an Ihren Finger steckt. Dann wird noch einmal Wein getrunken, und danach zerbricht der Bräutigam das Glas, das ihm unter den Fuß gelegt wird.»

«Muß das sein, das Zerbrechen des Glases?» fragte Edie.

Der Rabbi sah überrascht aus. «Haben Sie etwas dagegen?»

«Ach, es kommt mir so albern vor, so – primitiv.»

Er nickte. «Es ist eine Tradition, die möglicherweise wirklich in primitive Zeiten zurückreicht. Ganz bestimmt ist es eine alte Überlieferung, so alt sogar, daß ihr Grund verlorengegangen ist. Natürlich gibt es Mutmaßungen, die verbreitetste davon ist, daß sie uns an die Zerstörung des Tempels erinnert. Oder, daß sie bedeutet, daß selbst in Glück und

Freude Trauer enthalten ist. Um ehrlich zu sein, ich finde keine der beiden Erklärungen sehr überzeugend. Ich sehe es lieber als ein Symbol. So wie das Glas, aus dem Braut und Bräutigam gemeinsam getrunken haben, nun zerbrochen ist, so kann keiner mehr in die eben geschlossene Einheit eindringen. Lassen wir es dabei, daß es eine Tradition ist, nicht sinnvoller als das Tragen des Eherings an der linken Hand. Aber es ist eine Tradition, die seit Jahrhunderten für jüdische Hochzeiten charakteristisch war, und darum behalten wir sie bei.» Er wandte sich an Mrs. Chernow. «Ich kann Ihnen einen Zweck sagen, dem es dient, und dem dient es sehr gut: es ist ein dramatischer Höhepunkt der Feierlichkeit. Der Bräutigam zerbricht das Glas, und alle sagen *Massel Tow*, viel Glück, und der Bräutigam küßt die Braut, und dann ist es zu Ende. Sie sind verheiratet.»

«Es ist nur so, daß der junge Mann hinkt», sagte Mrs. Chernow.

«Ach?» fragte der Rabbi. «Und Sie glauben, er könnte das Glas nicht mit dem Fuß zertreten?»

«Mutter! Natürlich kann er das!» fauchte Edie wütend.

«Na, dann ist das ja kein Problem», sagte der Rabbi hastig und fuhr eilig fort: «Danach gehen alle nach unten in das Vorzimmer vom Gemeindesaal. Jetzt gehen Braut und Bräutigam natürlich voran, und die ganze *chupe*-Gesellschaft folgt ihnen. Ich nehme an, daß sie einen kleinen Imbiß und Getränke vor dem Dinner anbieten werden. Die Gratulationscour könnten Sie dann dort abhalten. Bis jeder gratuliert hat, werden die Leute von Lubovnik fertig sein und die Türen vom Vorraum zum Saal öffnen, was das Zeichen ist, daß das Essen serviert werden soll. Sie können sich darauf verlassen, daß sie sich genau an die abgesprochenen Zeiten halten. Sie machen das sehr gut und haben auch viel Erfahrung damit.»

«Ja, aber wir sind nicht bei Lubovnik», sagte Edie.

«Nein?»

«Wir nehmen Stillman's aus Boston.»

«Von denen hab ich, glaube ich, noch nie gehört. Sind sie neu?»

Edie lachte fröhlich. «Wohl kaum, Rabbi. Sie machen das schon sehr lange. Sie kennen doch sicher das Restaurant Stillman in Boston?»

«Ah, ja, *davon* hab ich gehört. Aber ich hatte immer die Vorstellung, daß das kein jüdisches Restaurant wäre und ganz bestimmt nicht koscher.»

«Ja, natürlich nicht, Rabbi –»

«Dann können sie in unserer Synagoge nicht servieren, Miss Chernow. Unsere Küche ist koscher.»

«Aber das ist doch lächerlich», rief Edie. «Ich hab schon alles arrangiert.»

«Dann müssen Sie es wieder rückgängig machen», sagte der Rabbi leise.

«Und das Geld, das wir à Konto gezahlt haben, zum Fenster hinauswerfen?» fragte Mrs. Chernow entrüstet.

Die Finger des Rabbi trommelten leise auf dem Schreibtisch. «Das ist auch nicht schlimmer als das Geld, das Sie in den verflossenen Jahren für die Tempelgebühren gezahlt haben.»

«Tempelgebühren? Was meinen Sie damit?»

«Wenn Sie in den Jahren, in denen Sie hier wohnen, nicht das Prinzip begriffen haben, nach dem unsere Synagoge arbeitet, dann waren alle Ihre Jahresbeiträge doch eigentlich auch zum Fenster hinausgeworfen.»

Roger Fine, schlank und braun gebrannt, hatte die langen Beine im Wohnzimmer der Chernows ausgestreckt und klopfte mürrisch mit seinem Stock auf die Seite seines Schuhs, während er Edies Bericht über die Begegnung mit dem Rabbi folgte. Mit vor Entrüstung gepreßter Stimme sagte sie: «. . . und der Mann hatte den Nerv, ja die Unverfrorenheit, uns glatt ins Gesicht zu sagen, daß das Geld, das mein Vater jedes Jahr für die Synagoge gezahlt hat, praktisch verschwendet worden wäre. Ich hab den ganzen Nachmittag am Telefon gehangen und im Umkreis von zwanzig Meilen überall herumtelefoniert, um für den Abend noch einen Saal zu mieten, aber es war schon alles vergeben. Und wenn sie nicht vergeben waren, dann kochen sie da selber. Dazu kommt noch das Problem, daß wir allen schreiben müßten, um den neuen Ort anzugeben, und wir müßten einen anderen Rabbi auftreiben. Ich hab sogar schon daran gedacht, daß wir uns irgendeinen Friedensrichter suchen sollten. Ach, Roger, ich bin ganz verzweifelt!»

Roger Fine wußte, daß er sie nun in die Arme nehmen und beruhigen sollte, aber er blieb stumm und starrte weiter seinen Schuh an. Endlich sagte er: «Meine Leute würden uns sicher nicht für richtig verheiratet halten, wenn wir zum Friedensrichter gingen.» Er ließ den Stock auf dem Teppich kreisen. «Sie kommen zur Hochzeit extra von Akron angereist. Ich hoffe, daß sie dir gefallen, wenn du sie kennenlernst, und daß sie dich mögen. Und ich hoffe, daß sie mit deiner Familie gut zurechtkommen. Natürlich sind sie ein bißchen älter als deine Leute und auch ein bißchen altmodisch. Sie gehen in eine orthodoxe Synagoge, und meine Mutter kocht zu Hause koscher. Ich glaube nicht, daß sie das Beef Stroganoff essen würden, das du bestellt hast. Aber es ist auch möglich, daß sie sich überwinden und es essen, weil sie am Haupttisch sitzen und die Hochzeit ihres Sohnes nicht verderben wollen. Wahrscheinlicher ist allerdings, daß sie nur Brötchen mit Butter und den Salat und das Kompott essen. Sie machen bestimmt kein Theater. Das liegt ihnen nicht. Aber was glaubst du, wie ich mir vorkommen würde?»

Natürlich machte die Geschichte die Runde. Am Sonntag, als die Mitglieder des Direktoriums im Flur des Tempels auf den Beginn ihrer Sitzung warteten, sprachen sie darüber. Norman Phillips' Kommentar war sehr typisch: «Das sieht unserem Rabbi ähnlich.» Er tippte sich mit dem Zeigefinger an den Kopf. «So einfallslos. Er soll ja wohl ein gebildeter Mann sein, und vermutlich ist er das auch, weil er Rabbi ist, aber sehr geschickt ist er sicher nicht.»

«Ja, um Gottes willen, Norm, was soll er denn machen? Du weißt auch, daß unsere Regeln eine streng koschere Küche im Tempel verlangen. Und wenn du Gerichte nimmst, die nicht koscher sind, dann sind, wenn ich das richtig begriffen habe, automatisch alles Geschirr und alle Töpfe und Pfannen nicht mehr koscher. Willst du dann bei der nächsten Hochzeit oder beim nächsten Bar-Mizwa, das stattfinden soll, das ganze Geschirr neu kaufen? Es geht also nicht, daß du eine einmalige Ausnahme machen kannst. Wenn du nicht koschere Gerichte in der Küche zubereitest, dann ist's passiert. Von da an ist die Küche nicht mehr koscher. Aber selbst wenn du eine Ausnahme machen könntest, warum gerade für Chernow?»

«Wer sagt denn, daß wir eine Ausnahme machen sollten? Ich rede doch nur von der Art, wie der Rabbi das gemacht hat. Wir haben doch ein Hauskomitee, oder nicht? Nate Marcus ist der Vorsitzende, ja?»

«Ja. Und?»

«Wenn der Rabbi etwas geschickter gewesen wäre, hätte er gesagt –» und nun ahmte er die Stimme des Rabbi nach – «‹Sie müssen verstehen, Miss Chernow, daß alles, was mit der Benutzung der Einrichtungen zu tun hat, vom Hauskomitee gebilligt werden muß, und der Vorsitzende ist meines Wissens Nathaniel Marcus. Das betrifft auch jeden Restaurationsbetrieb, der bisher noch nicht an uns geliefert hat. Unsere Hausordnung verlangt, daß das Hauskomitee ihn vorher gutheißt. Wenn es Ihnen recht ist, werde ich Mr. Marcus anrufen und einen Termin ausmachen, wann Sie mit ihm sprechen können.›»

«Dann hätte Nate ihr das abschlagen müssen, nicht wahr?»

«Aber darum geht es doch. Nate ist kein Angestellter, der für ein Gehalt arbeitet und eines Tages die Stimme eines Gemeindemitglieds brauchen könnte. Auf die Art hat sich der Rabbi die Chernows zu Feinden gemacht, und das letzte, was der Rabbi in dieser Gemeinde brauchen könnte, ist ein weiterer Feind.»

Weil das Wetter so mild war, hatte der hinfällige alte Jacob Wasserman, der erste Präsident der Synagoge, den Mut gefaßt, an der Sitzung teilzunehmen. Er war von seinem Freund Al Becker abgeholt worden, und obwohl sie nun abseits von den anderen standen, hatten sie das Gespräch mitgehört.

«Ich gebe nicht viel auf einen Angeber wie Norm Phillips», stellte Becker leise grollend fest, «aber so unrecht hat er nicht. Warum muß der Rabbi sich immer so weit vorwagen?»

Wasserman lächelte. «Was ist ein Rabbi, Becker? Ein Rabbi ist ein Lehrer. Als ich damals in der alten Heimat in die Schule gegangen bin, war der Lehrer der Boss – nicht so wie hier. Manchmal, wenn man vielleicht frech war oder etwas Dummes sagte, bekam man eine Ohrfeige vom Lehrer. Du kannst mir glauben, ich hab als Junge oft Ohrfeigen bekommen.» In der Erinnerung vertiefte sich das Lächeln. «Aber Fehler, für die man Schläge bekam, Becker, die hat man nicht noch einmal gemacht.»

«Mag sein. Aber weißt du, was ich glaube? Ich glaube, dem Rabbi ist das inzwischen ganz schnurz.»

Wasserman nickte traurig. «Ja, das kann auch sein.»

2

Der Anruf kam Mitte September, gleich nach den hohen Feiertagen; er kam völlig unerwartet. Als die Stimme am Telefon sich als Bertram Lamden vorstellte, verband Rabbi Small ihn nicht sofort mit Rabbi Lamden, dem schnurrbärtigen, dunkelhäutigen jungen Mann, dem Hillel-Direktor an der Universität von Massachusetts, den er zum erstenmal beim Treffen des Rabbinischen Rates für Groß-Boston vor ein paar Wochen getroffen hatte.

«Ich habe in den letzten Jahren eine Vorlesung über ‹Jüdisches Denken und Jüdische Philosophie› am Windemere College hier in der Stadt gehalten», sagte Lamden, «aber in diesem Semester kann ich nicht. Ich habe mir die Freiheit genommen, Sie an meiner Stelle vorzuschlagen.»

«Wie sind Sie denn auf mich gekommen?» fragte Rabbi Small.

Er lachte kurz auf. «Um die Wahrheit zu sagen, Rabbi, weil der Dean des College zufällig in Ihrer Stadt wohnt. Kennen Sie sie vielleicht? Millicent Hanbury?»

«Ich glaube, das ist hier ein bekannter Name. In der Stadt gibt es eine Hanbury Street.»

«Ja. Also, es handelt sich um drei Wochenstunden, es ist in Boston, Sie brauchen also nicht ganz eine Stunde dorthin und bekommen dafür 3500 Dollar. Wollen Sie nicht mal anrufen?»

Rabbi Small fragte, wie es käme, daß sie eine Vorlesung über Jüdische Philosophie hätten.

Lamden lachte. «Ach, die haben viele jüdische Studenten aus unserer Gegend und aus dem Gebiet New York–New Jersey. Windemere hat keinen großen Ruf, aber das akademische Niveau ist ordentlich.»

«Sie ist *der* Dean? Der Dekan der Fakultät?»

«Ja, richtig. Es war früher ein reines Mädchen-College, das sich aus einem Pensionat für höhere Töchter entwickelt hat, wie sie um die

Jahrhundertwende in den Neu-England-Staaten große Mode waren. Seit etwa zehn Jahren haben sie Koedukation, aber die weiblichen Studierenden sind immer noch in der Überzahl. Aber vielleicht sprechen Sie erst mal mir ihr. Sie können sich ganz frei entscheiden.»

«Pensionat für höhere Töchter», «Neu-England», «Dean» und «Jahrhundertwende» hatten in seinen Gedanken ein Bild von Millicent Hanbury heraufbeschworen. Er sah sie als hagere, lange alte Jungfer vor sich, mit sorgfältig frisierten grauen Haaren und einem Kneifer an einer Goldkette. Nachdem er sie angerufen und ihre leise Altstimme am Telefon gehört hatte, reduzierte er ihr geschätztes Alter und stellte sie sich als adrette, geschäftstüchtige, moderne Frau vor, die klassische Schneiderkostüme bevorzugte.

Es war ein schöner Tag, und obwohl die Adresse, die sie ihm angegeben hatte, ziemlich weit entfernt war, beschloß er, zu Fuß zu gehen. Beim Anblick des alten, weiträumigen Hauses mit seinen Türmchen, Giebeln und unsinnigen Veranden mit den hundert Jahre alten Holzverzierungen, der wildwuchernden Büsche und des rissigen Betonpfades, der zu einer eichenen Haustür führte, die längst hätte gebeizt werden müssen, revidierte er die Schätzung ihres Alters abermals und machte sie wieder älter. So war es beinahe ein Schock, als eine sehr anziehende Frau von höchstens Anfang Dreißig ihm die Tür öffnete und ihm fest die Hand schüttelte.

Sie war groß und schlank, und das kurze, dunkle Haar war so sorgsam verwuschelt, wie es nur ein sehr guter Friseur fertigbringt. Mit freimütigem Blick aus den schönen grauen Augen gestand sie: «Um ehrlich zu sein: wir sind etwas in der Bredouille, Rabbi. In den vergangenen drei Jahren hat Rabbi Lamden auf der Basis eines Jahresvertrags die Vorlesung gehalten. Wir haben einfach damit gerechnet, er würde dieses Jahr wieder zur Verfügung stehen. Aber dann hat er uns mitgeteilt, daß er eine Reisegruppe nach Israel führen würde. Oh, ich mache ihm keine Vorwürfe», fügte sie hastig hinzu. «Wir hätten uns früher bei ihm melden müssen. Im Grunde ist es mein Fehler gewesen.»

Sie bot ihm einen Stuhl an. Auf einem anderen lag das Strickzeug, das sie aus der Hand gelegt hatte, als sie ihm die Tür öffnete. Sie wollte es forträumen, aber er sagte: «Meinetwegen brauchen Sie nicht damit aufzuhören.»

«Ja? Macht es Ihnen wirklich nichts aus?»

«Ich sehe gern zu, wenn eine Frau strickt. Meine Mutter strickt mit Begeisterung.»

«Heute ist das nicht mehr so üblich wie früher.» Sie setzte sich, nahm das Strickzeug auf den Schoß und erklärte ihm zur freundlichen Begleitmusik klickender Nadeln: «Es sind Weihnachtsgeschenke für Neffen und Nichten. Obwohl ich immer sehr früh damit anfange, werde ich am Ende nur knapp damit fertig. Ich hab immer drei oder vier Sachen gleichzeitig in Arbeit. Jedes ist in einem Extrabeutel an einem Platz, wo ich öfter sitze, damit ich es in der Nähe habe, wenn mir Zeit dafür bleibt. Ein Geschenk wird meistens viel mehr gewertet, wenn es selbst gemacht ist, finden Sie nicht auch?»

Während sie strickte, erzählte sie ihm über das College. Es gab etwas unter zweitausend Studenten, und das Verhältnis Schüler zu Lehrer war zwölf zu eins. «Das heißt nun natürlich nicht, daß unsere Kurse im Durchschnitt von zwölf Teilnehmern belegt werden, weil natürlich immer mehrere unserer Lehrer auf Urlaub sind und viele nur eine einzige Vorlesung halten. Die Vorlesung über Jüdische Philosophie wird etwa von fünfundzwanzig bis dreißig Studenten belegt. Halten Sie das für sehr viel? Einige der jüngeren Lehrer fühlen sich überfordert, wenn es mehr als zwanzig sind. Andererseits überschneidet sich natürlich viel, und Sie haben in einer Vorlesung nie alle beisammen, die belegt haben.»

«Es sind doch drei Stunden in der Woche?»

«Ja, Rabbi Small. Montags und mittwochs um neun, freitags um eins. Tut mir leid wegen der Zeit am Freitag. Am Freitagnachmittag stehen nur zwei Vorlesungen auf dem Stundenplan, und leider trifft es gerade Ihre Vorlesung, aber wegen der Raumnot ließ es sich nicht anders einrichten.»

«Was ist am Freitagnachmittag so schlecht?»

Sie sah von ihrem Strickzeug auf. «Ach, wissen Sie, die jungen Leute wollen gern früh zum Wochenende aufbrechen und schwänzen am Freitag besonders oft.»

«Solange ich um zwei Uhr fertig bin, hab ich nichts gegen den Freitag», sagte er. «Alles, was später ist, wäre schwierig, weil der Sabbat im Winter so früh einsetzt.»

«Natürlich.» Sie nickte verständnisvoll. «Dann dürfen wir also dieses Jahr mit Ihnen rechnen, Rabbi?»

«Ja, ich muß nur noch das Direktorium der Synagoge unterrichten.» Er sah, daß sie ein enttäuschtes Gesicht machte, und lächelte. «Es ist eine Formalität, aber ich muß es ihnen mitteilen. Natürlich, falls sie ernsten Widerspruch . . .»

«Wie bald können Sie mir eine definitive Antwort geben?»

«Sie treffen sich am Sonntagvormittag. Ich könnte Ihnen abends Bescheid geben.»

«Gut. Wenn dann alles in Ordnung ist, könnten Sie am Montag zum Fakultätstreffen kommen und Präsident Macomber kennenlernen; und ich werde Sie mit sämtlichen Formularen ausrüsten, die Sie ausfüllen müssen.»

Erst als er nach etwa einer Stunde wieder fortging, wurde ihm klar, daß sie ihn nicht nach seiner Qualifizierung gefragt hatte. Aber wahrscheinlich hatte Rabbi Lamden sie darüber aufgeklärt, welche akademischen Grade ein Rabbinat erforderte. Ebenfalls hatte sie nicht mit ihm über das

Thema der Vorlesung diskutiert oder darüber, wie er den Unterricht gestalten wollte. Möglicherweise fühlte sie sich nicht kompetent. Andererseits hatte auch er ihr nicht viele Fragen gestellt. Er grinste vor sich hin. Vielleicht lag ihm ebensoviel am College wie dem College an ihm.

Ein Streifenwagen der Polizei hupte und hielt neben ihm an. Das kantige rote Gesicht von Hugh Lanigan, dem Polizeichef von Barnard's Crossing, tauchte im Fenster auf. «Sollen wir Sie nach Hause fahren, Rabbi?» Als der Rabbi einstieg, fuhr er fort: «Ich hab Sie aus dem Hanbury-Haus kommen sehen. Wollen Sie etwa Millie bekehren?»

«Ach, kennen Sie sie?»

«Wie oft muß ich Ihnen noch erklären, daß ich jeden in dieser Stadt kenne oder zumindest über ihn informiert bin», entgegnete Lanigan grinsend. «Das gehört zu meinem Beruf. Die Hanburys sind eine alte Familie aus Barnard's Crossing, und Millie kenne ich seit ihrer Geburt.»

«Sie scheint eine sehr nette junge Frau zu sein. Ich habe gerade überlegt, warum sie ganz allein in einem so riesigen alten Kasten lebt.»

«Und Sie waren bei ihr, um sie das zu fragen?»

Der Rabbi lächelte. «Nein, nein. Das war nur ein ganz privater Nebengedanke.»

«Na, vielleicht kann ich Ihnen darauf die Antwort geben. Sie lebt dort, weil sie dort geboren ist. Es ist das Hanbury-Haus, und sie ist eine Hanbury. Es ist – ja – es ist eine Frage des Stolzes.»

«Was spielt der Stolz dabei für eine Rolle?»

«Es ist eine Frage des Herkommens», sagte Lanigan und fuhr langsamer, um einem radelnden Botenjungen auszuweichen. «Die Hanburys sind seit der Kolonialzeit bedeutende Leute in dieser Gegend gewesen. Josiah Hanbury war Captain der Bürgerwehr. Sein Name steht auf einer Bronzetafel im Rathaus. Er hatte ein eigenes Boot und hat als Kaperkommandant am Revolutionskrieg teilgenommen.» Lanigan lachte. «Setzen Sie statt Kaperkommandant roter Korsar, und dann stimmt es vermutlich auch. Auf jeden Fall hat es Geld eingebracht. Später waren die Hanburys im Walfang und noch später im Molasse-Rum-Sklaven-Handel. Die Hanbury-Schiffahrtsgesellschaft hat im Ersten Weltkrieg nicht schlecht verdient. Heute gibt es immer noch eine Firma Hanbury Shipping, aber sie haben keine Schiffe mehr. Es ist jetzt eine Versicherungsgesellschaft und ein Kommissionsgeschäft; die Aktien werden an der New Yorker Börse gehandelt. Sitz der Firma ist natürlich Boston; sie ist für Barnard's Crossing zu groß geworden. Alle Hanburys hatten und haben Geld. Alle, nur nicht Arnold Hanbury, Millies Vater. Sein Zweig der Familie war nie so wohlhabend und hat wohl auch nie Glück gehabt. Aber er war ein Hanbury, das durfte keiner außer acht lassen.

Das Haus, Rabbi, hat ihn fast an den Rand des Bankrotts gebracht, aber natürlich mußte er ein großes Haus haben, weil er ein Hanbury war.

Millie aber konnte nicht mit ihren reichen Cousinen und deren Freundinnen spielen – sie hatten als Kinder Ponies und, als sie größer wurden,
Segelboote, und dann eigene Autos und danach Reisen nach Europa – für
Millie war das alles nicht möglich. Dennoch durfte sie nicht mit den
anderen Kindern aus der Stadt spielen. Sie war eben eine Hanbury.»

«Aber in der Schule hat sie doch sicher . . .»

Lanigan schüttelte entschieden den Kopf. «Sie begreifen das mit den
Hanburys immer noch nicht. Ihre Cousinen waren alle in privaten
Internaten, nur sie mußte in eine öffentliche Schule gehen, weil Arnold
Hanbury sich nichts anderes erlauben konnte. Aber sie durfte sich mit
dem gemeinen Volk nicht abgeben. Sie hatten eine alte Frau, die bei
ihnen arbeitete, vermutlich für kaum mehr als Wohnung und Verpfle-
gung – Nancy – Nancy Sowieso – es wird mir schon wieder kommen. Auf
jeden Fall gehörte es zu ihren Aufgaben, am Schultor auf Millie zu
warten und sie sofort nach Schulschluß nach Hause zu schleifen.»

«Und was war mit dem College?»

«Da war auch nichts. Sie war auf einem College in Boston und fuhr
jeden Tag hin und her. Es war eine reine Mädchenschule, in der hauptsächlich Sport unterrichtet wurde. Wenn aber ein Mädchen einen Mann
kennenlernen will, muß es dahin gehen, wo es Männer gibt, stimmt's?
Viele Männer. Und ich kann mir nicht denken, daß es viel hilft, wenn
man Absolventin einer Turnlehrerinnenschule ist. Eher könnte das die
Männer in die Flucht treiben. Stellen Sie sich vor, ein Mann macht sich
an ein Mädchen ran. Das schlimmste, womit er rechnet, ist eine Ohrfeige. Aber wenn sie eine ausgebildete Sportlerin ist, könnte es leicht mit
einem Kieferbruch enden.» Lanigan lachte heiser. «Ich hätte selber eine
Mordsangst. Die beiden Sportlehrerinnen an der High School sind übrigens auch nicht verheiratet.»

«Es ist immerhin erstaunlich, daß sie es mit einem Sportlehrer-Diplom
bis zum Dean gebracht hat», stellte der Rabbi fest.

«Warum? Was macht denn so ein Dean?»

«Na, er ist Dekan einer Fakultät», sagte der Rabbi, «und meistens wird
das nur ein anerkannter Wissenschaftler.»

«Könnte da Ihre Meinung nicht ein wenig veraltet sein, Rabbi? Ich
kenne den Dean des College von Lynn. Der war vor etwa sechs Jahren
Lehrer für Werkunterricht und Trainer der Footballmannschaft an der
hiesigen High School. Meines Wissens wollen sie heutzutage Leute, die
sich durchsetzen können und mit den Studenten fertig werden.»

Während sie weiterfuhren, erzählte ihm der Rabbi von Dean Hanburys Angebot.

«Und Sie wollen es annehmen?»

«Ich glaube schon. Es ist eine interessante Abwechslung.»

«Was sagt denn Miriam dazu?»

«Ich hab noch nicht mal mit ihr darüber gesprochen.»

Als der Rabbi über den Lehrauftrag berichtete, gab es wenig Schwierigkeiten. Natürlich wäre es keine Vorstandssitzung des Synagogendirektoriums gewesen, wenn es keine Fragen gegeben hätte.

«Was ist, wenn es an dem Tag, wo Sie unterrichten, eine Beerdigung gibt, Rabbi?»

«Dann benachrichtige ich meine Studenten, daß ich nicht kommen kann.»

«Was ist mit dem *minjan*, Rabbi? Bedeutet das, daß Sie an den Tagen, an denen Sie in Boston sind, nicht teilnehmen können?»

«Nicht unbedingt. Übrigens verlangt meine Rolle als Rabbi nicht, daß ich immer als zehnter Mann beim täglichen *minjan* fungieren muß. Es scheint ja auch ohne mich sehr gut zu gehen, wenn ich jetzt mal verhindert bin.»

Nachdem er sie verlassen hatte, und sie zum Parkplatz zu ihren Autos gingen, sagten sie, was sie wirklich dachten.

«Mir ist aufgefallen, daß der Rabbi immer nur vom Windemere College gesprochen hat. In Wirklichkeit heißt es Christliches College Windemere. Vielleicht bin ich altmodisch, aber mir kommt es komisch vor, daß ein Rabbi an einem christlichen College unterrichten soll.»

«Heutzutage hat das gar nichts zu sagen. Heute gehen Jungen auf Mädchenschulen und Mädchen auf Jungenschulen. Und jüdische Kinder gehen sogar auf katholische Schulen.»

«Ja, aber muß dieses *Christlich* gleich noch im Namen stehen! Wenn es, sagen wir mal, *Notre Dame* hieße, würde ich ja nichts sagen.»

«Notre Dame! Weißt du, was das bedeutet? Es heißt ‹Unsere Dame›. Und du wirst ja wohl wissen, welche Dame damit gemeint ist?»

«Na und? Ich meine, da merkt man es nicht gleich am Namen. Außerdem war Maria ja wohl ein jüdisches Mädchen, wie?»

Sie lachten. Dann brachte ein anderer einen neuen Einwand auf. «Mich stört nur die Art, in der er es uns erzählt hat. Er verkündet einfach, daß er unterrichten wird. Er fragt uns nicht. Er teilt es uns einfach mit.»

«Glaubst du, daß er dafür bezahlt wird?»

«Soll das ein Witz sein? Hast du schon mal von einem Rabbi gehört, der was umsonst macht?»

«Ich kann nur sagen, daß er hier ganztägig beschäftigt ist. Wenn er also Geld bezahlt bekommt, soll er es, bei Gott, unserem Schatzmeister geben. Wenn ein Ingenieur beim E-Werk von General Electrics eine Erfindung macht, gehört sie General Electrics.»

«Ja, ja, und das glaubst du?»

«Nein, aber ich meine, jemand sollte ihn fragen.»

«Gut. Ich setze dich an die Spitze eines Ein-Personen-Ausschusses.»

«Ich rede nicht von mir. Der Präsident oder der Schatzmeister müßten das übernehmen.»

«Mann, das machen die doch andauernd. Wenn die irgendwohin fahren, um einen Vortrag zu halten, geben sie dann das Geld ab? Und einige von diesen progressiven Rabbis reden mehr außerhalb des Tempels als darin.»

«Mir wäre es gar nicht so unlieb, wenn ein paar von den Predigten des Rabbi draußen gehalten würden, um ehrlich zu sein.»

Sie lachten vor sich hin.

«Wenn es noch Harvard oder das Massachusetts Institute of Technology wäre», bemerkte Norman Phillips, der mit Werbung zu tun hatte. «Das würde der Synagoge Ansehen verschaffen. Aber Windemere?» Er machte eine abfällige Geste. Obwohl Norm schon Mitte Vierzig war, kleidete er sich sehr modern: zweifarbige Schuhe, eine weit ausgestellte Hose, die auf der Hüfte saß und von einem breiten Ledergürtel mit einer schweren Messingschnalle gehalten wurde. Das lange Haar war nicht von einem Friseur, sondern von einem Haar-Stylisten geschnitten. Seine Meinungen hatten bei den anderen Mitgliedern des Vorstands ein gewisses Gewicht, da sie vermuteten, er wisse, was die jungen Leute aus der Gemeinde dachten.

«Was stimmt denn nicht an Windemere?» fragte Malcolm Selzer kriegerisch. «Mein Abner studiert da, und er sagt, es ist ein verdammt gutes College. Und er sollte es wissen, weil er im ersten Jahr in Harvard war, und ihm gefällt Windemere besser.» Malcolm Selzer war seiner Kleidung nach bestimmt nicht auf der Höhe der Zeit. Im Kühlschrank-Geschäft, wo man andauernd im Laden schwere Modelle herumschieben oder sogar beim Verladen Hand anlegen mußte, war es schon schwierig genug, die Anzüge sauber und unzerknautscht zu halten.

«Hat dein Abner nicht in der Zeitung gestanden, als damals die Bombe hochgegangen ist? Mir ist so, als hätte er eine Stellungnahme der Studentenorganisation verkündet.»

Malcolm Selzer nickte stolz. «Ja, das hat er. Er hatte natürlich nichts damit zu tun, aber in der Studentenorganisation ist er ein großes Tier. Er hat dauernd Verhandlungen mit den Fakultätsausschüssen und der Verwaltung. Die heutige Jugend beteiligt sich an allem; es ist anders als früher bei uns.»

Miriam, die Frau des Rabbi, hatte ebenfalls Fragen. Sie war winzig, und die Last der blonden Haare schien sie fast aus dem Gleichgewicht zu bringen. Sie hatte große blaue Augen, die ihrem Gesicht etwas Treuherziges gaben, aber der festgeformte Mund und das kleine, runde Kinn sprachen von Energie. «Bekommst du deswegen vielleicht Ärger mit dem Vorstand, David?»

«Das glaube ich nicht. Auf jeden Fall werde ich damit fertig.»

«Aber es bedeutet zusätzliche Arbeit für dich?»

«Gar nicht so schlimm. Hin und wieder werde ich Arbeiten korrigieren müssen. Aber die Vorbereitung der Vorlesungen braucht nicht viel Zeit.»

Sie fragte dann, ob er sich wirklich darauf freue, oder ob es ihm nur um das Geld gehe.

«Ach, das Geld ist schon sehr nützlich. Es ermöglicht uns leicht die nächste Reise nach Israel.»

«Und einen neuen Teppich fürs Wohnzimmer?»

Er lachte. «Und einen neuen Teppich fürs Wohnzimmer.»

«Auf jeden Fall ist es für dich mal was anderes. Es ist nur so . . .» Sie zögerte.

«Was ist?»

«Na, ich kenn dich doch. Ich weiß, daß es dir nicht um das Geld geht. Du möchtest gern unterrichten, nicht wahr?»

«Und?»

«Ach, ich hoffe nur, daß du nicht enttäuscht wirst. Die Colleges und die Studenten haben sich seit deiner Zeit sehr verändert.»

«Ach, das glaube ich nicht», sagte er zuversichtlich. «Im Grunde sicher nicht.»

3

Dean Hanbury lenkte den Wagen scharf um die Kurve, dann in eine enge Durchfahrt hinter zwei Reihen von Mietshäusern, bog nochmals ab und bremste schließlich vor dem Schutzgitter einer Reihe von Kellerfenstern ab.

«Ist das der Parkplatz der Schule?» fragte der Rabbi überrascht. Dean Hanbury hatte ihn mitgenommen, um ihm den Weg zu zeigen.

«Das ist *mein* Parkplatz», sagte sie und deutete auf ein kleines Holzschild, auf dem ihr Name stand. «Zumindest ist es meiner, seit wir vor ein paar Jahren dieses Wohnhaus auch übernommen haben. Ich finde ihn sehr praktisch, weil ich bei schlechtem Wetter durch die Hintertür gehen kann und dann genau gegenüber auf der anderen Seite der Straße der Eingang zum Verwaltungsgebäude liegt.»

Sie stiegen die Stufen des Verwaltungsgebäudes hinauf, das durch die Sandsteinplatten und roten Ziegelmauern sehr offiziell wirkte, während alle anderen Schulgebäude wie Wohnhäuser aussahen. «Dies ist das einzige echte Collegegebäude», erklärte sie. «Nachdem wir so angewachsen sind, haben wir hier draußen neu gebaut und nach und nach die angrenzenden Wohnhäuser aufgekauft.»

«Sind das denn alles Wohnheime für die Studenten?»

«O nein. Wir haben sie umgebaut. Das Haus da drüben kommt auch bald an die Reihe. Im obersten Stock sind die Mieter zwar schon ausgezogen, aber sie haben noch Möbel in den Wohnungen. Und dann wohnt Professor Hendryx dort. Im ersten Stock. Das hat sich ergeben,

Ach, das Geld ...

... das Geld ist schon sehr nützlich. Mit Münzen zum Beispiel kann man «Kopf-oder-Adler» spielen, in der Tasche klimpern oder Marmeladengläser öffnen, mit Banknoten kann man Zigarren anzünden, Schiffchen falten oder Eindruck machen. Geld ist so nützlich und vielseitig verwendbar, daß es zum Ausgeben fast zu schade ist.

Pfandbrief und Kommunalobligation

Meistgekaufte deutsche Wertpapiere - hoher Zinsertrag - schon ab 100 DM bei allen Banken und Sparkassen

Verbriefte Sicherheit

als er aus dem Süden zu uns kam und hier noch keine Wohnung gefunden hatte.»

Sie führte ihn eine breite Treppe mit einem schweren Mahagonigeländer hinauf. «Übrigens werden Sie sich mit ihm ein Büro teilen müssen. Der arme Mann ahnt noch nichts davon, aber ich weiß einfach nicht, wo ich Sie sonst unterbringen könnte. Professor Hendryx ist kommissarischer Leiter der englischen Abteilung. Ich glaube, daß er Ihnen gefallen wird. Übrigens stammt er ursprünglich auch aus Barnard's Crossing. Da haben Sie schon etwas Gemeinsames.»

Sie schloß ihr Büro auf. «Meine Sekretärin hat die Woche zwischen den Trimestern frei», sagte sie. «Im Augenblick ist es hier wie in einer Leichenhalle, aber sobald der Unterricht beginnt, wimmelt es hier im Haus und in der Umgegend nur so von jungen Leuten. Sie haben Glück, wenn Sie einen Parkplatz finden. Es ist wichtig, daß Sie das einkalkulieren, denn Ihre Studenten warten nur acht Minuten nach dem offiziellen Beginn. Verlassen Sie sich drauf: wenn Sie erst nach neun Minuten kommen, sind alle fort.»

Sie schüttelte den Kopf. «Ich verstehe es nicht. Wenn sie noch ein bestimmtes Ziel hätten; aber meistens sitzen sie nur vor dem Haus auf der Treppe. Aber sie bleiben nicht im Zimmer, selbst wenn sie Sie auf der Straße kommen sehen. Sie sind heute alle so ungeduldig. Allerdings hat sich bei uns die Lage im letzten Jahr wesentlich beruhigt. Die Änderung der Gesetze über die Wehrpflicht spielt dabei sicher eine große Rolle. Natürlich haben wir von Zeit zu Zeit noch Studentenunruhen, aber mit den Jahren 1968 und 1969 läßt sich das nicht mehr vergleichen. Trotzdem hatten wir voriges Jahr noch einen Bombenanschlag. Das haben Sie sicher in den Zeitungen gelesen.»

«Ja, ich erinnere mich.»

«Unsere Studenten hatten nichts damit zu tun, da bin ich ganz sicher», beeilte sie sich zu versichern. «Die Polizei nimmt an, daß die Tat von Außenstehenden begangen wurde, wahrscheinlich von der Weathervane-Gruppe. Natürlich könnten einige unserer Studenten Mitglieder sein. – Und wenn Sie mich nun entschuldigen würden. Ich muß mich um die Post kümmern. Nein, erst will ich sehen, ob Präsident Macomber frei ist.»

Sie telefonierte. «Ella? Dean Hanbury. Ist Präsident Macomber schon im Hause? So? Ja. Gut, ich bin mit Rabbi Small in meinem Büro. Sagen Sie mir Bescheid, ja?»

Sie legte auf. «Er ist im Augenblick beschäftigt.»

Jemand klopfte an die halboffene Tür, und dann streckte ein Monteur mit einem Werkzeugkasten den Kopf herein. «Is das das Büro von Professor Hendryx?»

«Nein», sagte Dean Hanbury. «Nebenan. Aber er ist sicher noch nicht da.»

«Macht nichts, *ma'am*. Ich kann hier anfangen. Ich muß Ihre Leitung anzapfen.» Der Mann folgte mit fachmännischem Blick dem Telefondraht, der hinter ihr an der Wand nach oben ging, am Schrankrand entlanglief und der Bilderleiste folgte. «Sein Büro liegt also direkt hinter der Wand?»

«Ja.» Von der anderen Seite der Wand war ein lauter Bums zu hören. «Aha, dann ist er gerade gekommen», sagte sie. «Kommen Sie mit, Rabbi, ich mache Sie gleich mit ihm bekannt.»

Sie gingen über den Flur und bogen in einen Seitenteil ab. Sie blieb vor einer Tür stehen, deren Milchglasscheibe von einem Riß durchzogen war. «Die muß ausgewechselt werden», sagte sie mechanisch, als hätte sie es schon sehr oft gesagt.

Sie klopfte, und Professor Hendryx öffnete ihnen. Er war mittelgroß und trug einen van-Dyke-Bart, der die volle, sinnliche Unterlippe betonte. Aus dem einen Mundwinkel hing eine Pfeife. Die dunklen Augen wirkten durch die getönten Gläser der dicken Schildpattbrille noch dunkler. Er trug eine sportliche Hose und ein Tweedjackett mit Lederflecken auf den Ellbogen. Der Hemdkragen war offen, darunter trug er einen absichtlich leger geknoteten Seidenschal. Der Rabbi schätzte ihn etwas älter als sich ein, vielleicht achtunddreißig oder sogar vierzig.

Dean Hanbury machte die beiden Männer bekannt und sagte dann: «Tut mir leid, John, aber Sie und der Rabbi müssen sich das Büro teilen. Wir haben keinen Raum mehr frei. Mr. Raferty muß noch einen Schreibtisch hereinstellen.»

«Wohin?» fragte Hendryx überrascht und ärgerlich. «In diesem Loch kann man sich so schon nicht mehr umdrehen. Wenn Sie noch einen Schreibtisch reinstellen, bleibt nicht mal ein Durchgang frei. Sollen wir über die Tische klettern, wenn wir uns setzen wollen?»

«Ich dachte an einen kleineren Tisch, John.»

«Ich brauche eigentlich gar keinen Schreibtisch», sagte der Rabbi schnell. «Einen Haken für meinen Hut und Mantel und einen Platz für ein, zwei Bücher.»

«Na, dann ist ja alles gut», sagte sie fröhlich. «Ich lasse Sie allein, damit Sie sich besser kennenlernen können.»

Hendryx ging um den Schreibtisch herum und riß den Drehstuhl mit so viel Schwung heraus, daß er gegen die Wand prallte, und dem Rabbi damit erklärte, wieso Dean Hanbury gewußt haben konnte, daß er in seinem Büro war. David Small, dem es leid tat, der unschuldige Anlaß zu Hendryx' Verärgerung geworden zu sein, betrachtete die staubigen Bücherregale an der hinteren Wand. Die unteren Fächer waren mit Stapeln vergilbter Arbeitshefte gefüllt. «Es ist wirklich ziemlich eng», stellte er fest.

«Kaum mehr als ein Besenschrank, Rabbi, aber immer noch besser als der unverträgliche Lärm im Büro der englischen Abteilung im ersten

Stock, wo ich zwei Jahre gehaust habe. Dies hier war früher ein Abstell-
raum für Anfängerarbeiten und Prüfungsaufsätze und alte Bibliotheksbücher. Es ist mehr als trist, aber ich habe vor, ein paar persönliche Dinge
herüberzuholen und es etwas besser einzurichten, sobald ich mal die Zeit
finde. Der Druck –» er deutete auf eine große, gerahmte Zeichnung des
mittelalterlichen London – «gehört mir und die Büste von Homer auch.»
Er machte eine Kopfbewegung zu dem großen Gipskopf auf dem obersten
Fach direkt über ihm. Er schob den Stuhl weit zurück und streckte die
Beine lang aus, so daß er fast im Stuhl lag – seine typische Stellung, wie
der Rabbi bald erfahren sollte.

Er suchte in der Tasche herum und holte eine winzige Messingfigur
heraus, mit der er den Tabak in der Pfeife feststopfte. Während dieses
Manövers paffte er vorsichtig, und als die Pfeife zufriedenstellend zog,
steckte er den Stopfer wieder ein.

«So, Sie sind also der neue Lehrer für Jüdisches Denken und Jüdische
Philosophie», sagte er. «Ich kannte Ihren Vorgänger, Rabbi Lamden.
Laut einem meiner Studenten, der seine Vorlesung belegt hatte, hat er
sich hauptsächlich über das Thema Moral ausgelassen – was für alle
höchst befriedigend war. Soweit es die Studenten betraf, kassierten sie
mühelos drei Punkte. Soweit es Lamden betraf, waren es ein paar angenehme Stunden in der Woche, für die er noch bezahlt bekam. Und sein
Gewissen konnte er vermutlich mit dem Gedanken beruhigen, daß er
seine Studenten zur Religion ihrer Väter zurückführte.»

«Aha.»

«Natürlich hatte die Verwaltung auch von der Vorlesung profitiert»,
fuhr Hendryx fort. «Sie wissen ja wohl, daß der offizielle Name Windemere Christian College lautet. Der Prospekt und die Begleitschriften, die
wir an interessierte Studenten verschicken, betonen eigens, daß die
Schule konfessionell nicht gebunden ist, und das entspricht auch den
Tatsachen. Ich bin überzeugt, daß die Kuratoren – einer ist übrigens der
große Versicherungsboss Marcus Levine; wenn man nach dem Namen
geht, müßte er vermutlich zu Ihren Leuten gehören – das Wort *christlich*
nur allzu gern streichen würden. Aber das brächte zu viele rechtliche
Komplikationen mit sich. Und wir haben auch eine ganze Reihe jüdischer
Studenten, nicht nur aus der Umgebung, sondern auch aus der Gegend
von New York oder New Jersey. Es ist ein College, auf das sie zurückgreifen, wenn sie anderswo keinen Platz finden, und die Eltern könnten davor
zurückscheuen, sie in eine Schule zu schicken, die sich betont als *christlich* bezeichnet. Daher ist es natürlich nützlich, wenn es eine Vorlesung
über Jüdisches Denken und Jüdische Philosophie gibt, die von einem
waschechten Rabbiner gehalten wird.» Er grinste breit. «Von deren
Standpunkt aus sind Sie eine Art Gottesgeschenk.»

«Sie mögen offenbar keine Juden?» fragte David Small neugierig.

«Wie kommen Sie denn darauf, Rabbi? Einige meiner besten Freunde sind Juden.» Er lächelte ironisch. «Ich weiß, Sie und Ihresgleichen halten das für die typische Redensart aller Antisemiten, aber ich habe den Verdacht, daß es in gewisser Weise richtig sein könnte. Die Juden sind in der Hinsicht das genaue Gegenteil der Iren. Die einzelnen Juden, die man kennt, sind offen, idealistisch und selbstlos; dennoch ist man überzeugt, daß alle anderen, die man nicht kennt, schlau, habgierig und kraß materialistisch sind. Die Iren hinwiederum sollen fröhlich, phantastisch, ritterlich und weltfremd sein, obwohl die Iren, die man kennt, ständig betrunkene, streitsüchtige Schurken sein können, auf deren Wort kein vernünftiger Mensch was gibt.» Er lächelte und zeigte weiße, ebenmäßige Zähne. «Nein, ich halte mich wirklich nicht für antisemitisch, aber ich rede nun mal frei von der Leber weg, und wenn mir ein Gedanke kommt, spreche ich ihn auch gleich aus. Betrachten Sie mich als eine Art *advocatus diaboli.*»

«Dann zählen einige meiner besten Freunde zu Ihren Kollegen», sagte der Rabbi.

Jemand klopfte an der Tür. Hendryx richtete sich mit einem Ruck auf und ging um den Schreibtisch herum, um einen Mann mit einer kurzen Aluminiumleiter hereinzulassen. Es war der Mann von der Telefonfirma.

«Ich soll hier einen Apparat anschließen», sagte er. «Wo wollen Sie 'n hinhaben? Auf dem Schreibtisch?»

«Ja.»

Der Mann lehnte die Leiter gegen das Regal und maß die Wand mit einem Zollstock aus. Dann schob er die Leiter hinter den Drehstuhl und kletterte zum obersten Bord hinauf. Er umfaßte die Gipsbürste mit beiden Händen, um sie herunterzuheben, fand sie dann aber zu schwer und schob sie nur ein Stück zur Seite.

«He! Was machen Sie denn mit meiner Büste, Mann?» rief Hendryx. «Lassen Sie sie da, wo sie ist.»

«Ich stell sie schon wieder hin, keine Angst», sagte der Mann. «Der Draht muß direkt dahinter durch die Wand, damit er gerade zum Schreibtisch kommt.»

«Na, dann vergessen Sie's aber nicht.»

Der Mann bohrte das Loch und ging dann wieder ins Büro von Miss Hanbury. Hendryx hielt es offenbar für angebracht, sein ärgerliches Aufbrausen zu erklären. «Ich habe das Ding von der ersten Klasse geschenkt bekommen, die ich jemals unterrichtet habe. Gerade kein leichtes Gepäck. Es muß fünfzig, sechzig Pfund wiegen. Trotzdem hab ich es in den letzten zwölf Jahren von einem College zum nächsten mitgeschleppt.»

Der Rabbi nickte verständnisvoll, obwohl er vermutete, daß der Ärger mit dem Mann von der Telefonfirma immer noch von Hendryx' Enttäuschung herrührte, sein Büro mit ihm teilen zu müssen.

Es klopfte abermals; diesmal war es Dean Hanbury. «Wir können jetzt zu Präsident Macomber gehen», sagte sie.

Präsident Macomber war ein großer, grauhaariger Mann. Er trug eine Flanellhose, ein Sporthemd und eine Windjacke. Eine Tasche mit Golfschlägern lag in einer Ecke des Büros auf dem Fußboden. «Ich habe gerade neun Löcher gespielt», sagte er zur Erklärung seiner Aufmachung. «Spielen Sie Golf, Rabbi?»

«Nein, leider nicht.»

«Schade. Sie haben eine Pfarre oder . . .»

«Eine Gemeinde in Barnard's Crossing.»

«Ach, natürlich», er nickte lebhaft. «Sie sind aus der Heimatstadt von Dean Hanbury. Na, ich denke, es wird nicht viel anders sein als Pastor in einer Kirche oder Pfarrer einer Gemeinde. Ich meine, Sie haben sicher einen Kirchenvorstand, mit dem Sie sich arrangieren müssen.»

«Wir haben einen Synagogenvorstand.»

«Genau das meine ich. Ich meine auch, daß es Ihnen viel leichterfallen würde, mit diesem Vorstand zurechtzukommen, wenn Sie Golf spielten. Auf einem Golfplatz kann man sich so viel leichter verständigen als an einem Konferenztisch im grauen Anzug und mit Schlips und Kragen. Ein Collegepräsident ist heutzutage eine Kombination aus Verkäufer und Public-Relations-Mann; und Sie können es mir glauben: zum Geschäftemachen eignet sich nichts so gut wie ein Golfplatz. Denken Sie mal drüber nach. Auf jeden Fall, Rabbi, freue ich mich außerordentlich, daß Sie bei uns sind.»

Er streckte die Hand aus, um anzukünden, daß das Treffen beendet sei.

«Was hören Sie von Betty?» fragte Dean Hanbury.

Präsident Macomber lächelte. «Sie hat die erforderliche Aufenthaltszeit beinahe abgeschlossen.» Er schüttelte erheitert den Kopf. «Verzeihen Sie, Rabbi, aber es ist schwer, seinen typischen Berufsjargon abzulegen. Meine Tochter ist in Reno; sie will sich scheiden lassen.»

«Oh, das tut mir aber leid», sagte der Rabbi.

«Das braucht es nicht. So was kommt eben vor. Bei Ihnen gibt es doch Scheidungen, nicht wahr?»

«Doch. Als Lösung für unglückliche Ehen.»

«Na, das war es in diesem Fall.» Dann wandte er sich an Dean Hanbury. «Wenn alles so geht, wie es Hoyle vorausgesagt hat, kommt sie nächste Woche wieder als Betty Macomber zu mir zurück.»

«Ach, das ist schön», sagte Millicent Hanbury.

«Um es noch mal zu sagen, Rabbi, wir freuen uns, Sie bei uns zu haben. Und wenn es irgendwelche Probleme gibt, dann genieren Sie sich nicht, gleich zu mir zu kommen.»

Rabbi Small ging in sein Büro zurück, um seinen Hut und Mantel zu holen. Da er Professor Hendryx in Zensurenlisten vertieft und wenig mitteilsam fand, wanderte er zum ersten Stock hinunter und wartete auf den Beginn der Professorenkonferenz. Sie sollte um elf Uhr stattfinden. Ab halb elf begannen die Lehrer zu kommen. Der Rabbi vertrieb sich die Zeit mit der Besichtigung von Ehrentafeln, düsteren Ölbildern und vergilbten Porträtfotos früherer Präsidenten und Deans – Frauen in hohen Spitzenkragen, mit ovalen Kneifern, genauso, wie er sich Dean Hanbury vorgestellt hatte. Die Bilder hingen an den Wänden des in einem Rundbau befindlichen Foyers mit Marmorfußboden. Die Lehrer begrüßten sich; gelegentlich trafen ihn neugierige Blicke, aber niemand kam auf ihn zu.

Dann wurde sein Name gerufen. Er drehte sich um und sah die große Gestalt Roger Fines näher kommen. «Ich dachte doch, das müßten Sie sein», sagte Fine, «aber ich konnte mir nicht vorstellen, warum Sie hier sein sollten.»

«Ich soll eine Vorlesung halten», sagte der Rabbi, erfreut über das bekannte Gesicht. «Ich unterrichte Jüdisches Denken und Jüdische Philosophie.»

«Ich bin selber erst seit dem Februar hier», erklärte Fine. «Aber hat im Vorlesungsverzeichnis nicht ein anderer Rabbi gestanden?»

«Ja, Rabbi Lamden.»

«Ach, wechseln Sie sich während der Kurse ab?»

Rabbi Small lachte. «Nein. Er hatte in diesem Jahr keine Zeit, und da haben sie mich gebeten einzuspringen.»

«Ach, das ist ja prima», sagte der junge Mann. «Wenn es mit dem Stundenplan paßt, könnten wir vielleicht zusammen fahren. Haben Sie denn schon ein Büro?»

«Der Dean hat veranlaßt, daß ich bei einem Professor Hendryx untergekommen bin.»

«Im Ernst?» Er begann zu lachen.

«Habe ich etwas Komisches gesagt?»

Statt zu antworten, rief Fine einen jungen, dicklichen Mann, der gerade vorüberging. «He, Slim, komm mal einen Moment. Ich möchte dich mit Rabbi Small bekannt machen. Er hat mich verheiratet.»

Der junge Mann streckte die Hand aus. «Und jetzt kontrollieren Sie ihn, Rabbi?»

«Slim Marantz ist auch an der englischen Abteilung», erklärte Fine. «Der Rabbi hat den Kurs über Jüdische Philosophie übernommen, Slim, und Millie hat ihn gerade mit Hendryx in ein Büro gesteckt.»

«Das kann doch nicht dein Ernst sein?» Marantz lachte.

«Und du hast gedacht, Millie hätte keinen Sinn für Humor», sagte Fine.

Der Rabbi sah fragend von einem grinsenden jungen Mann zum

anderen. Fine übernahm endlich die Erklärung. «John Hendryx hat seit zwei Jahren, seit er nach Windemere gekommen ist, um ein eigenes Büro gekämpft.»

Marantz ergänzte das noch: «Er hatte strikte Einwände gegen das laute, freundliche Chaos im englischen Büro.»

«Es erlaubt keine Konzentration», ahmte ihn Fine nach.

«Und schafft ein total feindseliges Klima für alle seine klugen, hochfliegenden Manifeste über philosophische, psychologische und soziologische Themen.»

«... und rassische, im besonderen jüdisch rassistische», ergänzte Fine.

«Stimmt. Als er kommissarischer Leiter der Abteilung wurde, das war zu Anfang des Sommersemesters, forderte er ein Privatbüro, und Millie Hanbury fand denn auch einen etwas groß geratenen Schrank für ihn im zweiten Stock. Sehr klein, aber sein.»

«Das hat er wörtlich gesagt», erklärte Fine voller Entzücken. «Ich brauche wohl nicht zu betonen, daß die Trauer über seinen Auszug aus dem englischen Büro nicht sehr lautstark war. Niemand hat ihm eine Petition geschickt, wieder zurückzukommen. Es gab auch keine schwarzumrandeten Resolutionen tiefsten Bedauerns.»

«Um bei der Wahrheit zu bleiben», sagte Marantz, «es ist weder zwischen noch auf den Schreibtischen getanzt worden, aber es herrschte, im Rahmen akademischer Gemessenheit, überall stille Freude.»

«Und nun erzählen Sie, Rabbi, daß Millie Sie mit ihm zusammengesperrt hat», sagte Fine. «Wundert es Sie, daß wir das lustig finden?»

«Und ausgerechnet ein Rabbi!» Marantz schüttelte fassungslos den Kopf.

«Was für eine Rolle spielt die Tatsache, daß ich ein Rabbi bin?»

«Er ist ein antisemitischer Hund. Oh, ich meine nicht von der Sorte, die es mit den Weisen von Zion hat», sagte Fine. «Eher der Typ, der sagt: Einige meiner besten Freunde sind Juden.»

«Das hat er mir heute morgen erzählt», gab der Rabbi zu.

«Na bitte!»

«Ich fand das gar nicht beleidigend. Und im übrigen werde ich das Büro nicht viel brauchen. Ich glaube kaum, daß wir uns oft begegnen werden.»

«Verstehen Sie mich nicht falsch, Rabbi», sagte Marantz, «höflich ist er bestimmt. Im englischen Büro habe ich zwei Jahre lang Schreibtisch an Schreibtisch mit ihm gelebt, und es hat nie Krach gegeben. Andererseits hat unser lieber Fine ein aufbrausendes Temperament. Ich möchte wetten, Roger, daß es größtenteils auf dein Konto geht, wenn er unbedingt aus dem englischen Büro rauswollte. Es sei denn, er hätte eine private Bleibe gesucht, um junge Damen empfangen zu können.»

«Um sie über das Versmaß bei Chaucer zu unterrichten?» fragte Fine lachend.

«Bei der dunklen Brille, die er immer trägt, ist das schwer zu sagen, aber mich deucht, ich habe ein interessiertes Aufflackern entdeckt, wenn eine wohlgestaltete Kommilitonin vorüberschritt.» Er grinste von einem Ohr zum anderen. «Au! Könnte es etwa sein, daß er ein Auge auf Millie geworfen hat und darum in den zweiten Stock gezogen ist?»

«Na, das wäre aber eine Sensation», sagte Fine kichernd und verstummte dann mit einem Schlag. «Vorsicht», sagte er, «da kommt sie.»

Dean Hanbury kam geradewegs auf sie zu. «Da sind Sie ja, Rabbi. Ich wollte nur sichergehen, daß Sie wissen, wo die Konferenz stattfindet. Herzlich willkommen, Dr. Marantz und Professor Fine.»

4

Präsident Macombers sonst so heitere Züge verfinsterten sich beim Zuhören.

«Es steht einwandfrei fest», sagte Dean Hanbury. «Es sind zwei Arbeiten im Kurs dieser Miss Dunlop geschrieben worden: Fragen, die beantwortet werden mußten, und sie hat beide verhauen – gründlich verhauen. Die Abschlußarbeit war für alle sieben Kurse ihrer Abteilung dieselbe; sie bestand aus hundert Fragen.»

«Hundert?»

«Ja. Es sollte ein objektiver Test sein – es ging um kurze, zwei, drei Worte umfassende Antworten. Die jeweiligen Kursleiter reichten zehn Fragen ein, und Professor Hendryx fügte selber dreißig hinzu. Kein anderer hat die dreißig Fragen vorher gesehen, nur Professor Fine. Er hatte die Aufgabe, die Prüfungsblätter zu vervielfältigen.»

«Was ist mit Professor Hendryx' Sekretärin?» fragte der Präsident.

«Er hat keine. Außerdem hat mir Professor Hendryx bestätigt, die Matrize selbst geschrieben zu haben.»

«Gut.»

«Kathy Dunlop hat bei der Prüfung ein A geschrieben, womit sie in der Gesamtnote mit C minus abschnitt.»

«Sie könnte ja auch sehr fleißig gearbeitet und sich verbessert haben», stellte der Präsident fest.

«Professor Hendryx hat mit Mr. Bailen, ihrem Tutor, Rücksprache gehalten. Das Mädchen hat jede einzelne Frage richtig beantwortet. Mr. Bailen sagt, das hätte er selber nicht gekonnt. Fünfundachtzig richtige Antworten sind ein A; hundert ist noch nie dagewesen. Nach der ganzen Anlage dieser Art von Arbeiten kann praktisch niemand alle richtig beantworten.»

«Schon gut. Aber warum nehmen Sie an, daß Professor Fine der Schuldige ist?» fragte Macomber. «Das Mädchen hätte ein schlecht abgezogenes Blatt aus dem Papierkorb nehmen oder von einem der Hausmeister bekommen können.»

Dean Hanbury schüttelte den Kopf. «Professor Fine wurde eigens angewiesen, das automatische Zählwerk abzulesen, ehe er mit der Vervielfältigung begann, und dann noch einmal am Ende. Die Differenz der Zahlen betrug einhundertdreiundfünfzig, und das ist die genaue Zahl der Kopien, die er Professor Hendryx gegeben hat.»

«Hm. Haben Sie mit Professor Fine gesprochen?»

«Nein. Ich hielt das nicht für ratsam, ehe ich mit Ihnen gesprochen hatte. Vielleicht sollte ich noch erwähnen, daß sich, laut Professor Hendryx, Professor Fine bei mehreren Gelegenheiten über die Unsinnigkeit von Examen ausgelassen hat.»

«Oh, bei der Einstellung müßte Professor Fine bei seinen Studenten sehr beliebt sein», sagte Macomber sarkastisch.

«Ich glaube, das ist er», bestätigte sie, «übrigens auch bei den jüngeren Mitgliedern des Lehrkörpers. Er nimmt kein Blatt vor den Mund und gilt als engagiert. Das ist heutzutage das neue Wort – engagiert. Er war Führer der Bewegung zur Anwerbung schwarzer Studenten und hat sogar einen Fortbildungskurs für sie organisiert, den die jüngeren Professoren abgehalten haben. Von ihm stammt der Artikel in *The Windrift*, den ich Ihnen gezeigt habe. Erinnern Sie sich?»

«O ja. Ist das der Rothaarige, der am Stock geht?»

«Ja. Der. Er ist mitten im Jahr gekommen und hat einen Einjahresvertrag. Wenn Sie ihn also entlassen wollen, dürfte es mit dem Verband der Hochschullehrer keinen Ärger geben.»

«Na, na», sagte Macomber, «nicht ganz so hastig. Daß er nicht auf Dauer angestellt ist und kein Recht hat, eine Anhörung zu verlangen, bedeutet noch lange nicht, daß es keinen Ärger gibt, wenn wir sie ihm verweigern. Sie sagen doch selbst, daß er bei den Studenten und jüngeren Lehrern sehr beliebt ist. Gerade so etwas kann aufgebauscht werden und zu Studentenprotesten führen. Ich brauche Ihnen ja nicht zu sagen, Millicent, daß das das letzte ist, was wir jetzt, drei Tage vor Semesterbeginn, brauchen können.»

«Aber ein Lehrer des College hat einem Studenten bei einem Betrug geholfen! Haben Sie eine Vorstellung, was passiert, wenn das herauskommt?»

«Oh, ich glaube nicht, daß damit zu rechnen ist. Nicht wenn man in der richtigen Weise mit Professor Fine verhandelt. Ich meine, wir sollten es so machen . . .»

Roger Fine, der im Besucherstuhl saß, wirkte völlig gelassen. Nur die Fingerknöchel der Hand, die den Stock umfaßten, waren weiß. «Es ist Ihnen sicher klar, Miss Hanbury», sagte er, «daß Sie keinen stichhaltigen Beweis haben.»

«Streiten Sie es ab?»

«Ich streite nichts ab und bestätige nichts», sagte er gleichmütig. «Ich glaube nicht, daß ich überhaupt zu antworten brauche.»

Dean Hanbury trommelte mit den Fingerspitzen auf den Schreibtisch, während sie ihre Gedanken sammelte. Endlich fuhr sie fort: «Ich habe nicht mit Miss Dunlop gesprochen – noch nicht. Ich bin aber überzeugt, daß sie, wenn man ihr sagt, sie müsse wegen ihres phänomenalen Abschlußexamens eine Zusatzprüfung ablegen, alles gestehen wird.» Sie wandte den Blick ab. «Soviel ich weiß, hat sie ein kleines Stipendium einer religiösen Sekte in Kansas, bei der ihr Vater Pfarrer ist.»

«Was wollen Sie, Dean Hanbury?»

«Na ja, wir möchten keinen Skandal», sagte sie, den veränderten Tonfall verzeichnend, «und wir möchten keine neuen Auseinandersetzungen mit den Studenten.»

«Mit anderen Worten: Sie möchten, daß ich stillschweigend verschwinde.»

«Nein.»

«Nein?»

«Da das Semester bereits begonnen hat, werden einige Ihrer Freunde unter den Studenten möglicherweise vermuten, daß man Ihnen den Rücktritt nahegelegt hat und darum die Untersuchung des Falls verlangen – also das, was wir gerade vermeiden möchten.»

«Und was schlagen Sie vor, Dean Hanbury?»

Millicent Hanbury, die sich nun der Situation wieder gewachsen fühlte, nahm das Wollknäuel auf und begann zu stricken. «Sie haben einen Einjahresvertrag, der Ende dieses Semesters abläuft. Wir würden uns freuen, wenn Sie Ihren Vertrag erfüllten – allerdings mit dem gegenseitigen Einverständnis, daß er nicht erneuert werden wird.»

«Und wo ist der Haken?»

«Es gibt keinen Haken, Professor Fine. Aber als Rückversicherung, daß Sie Ende des Semesters ohne Widerstand gehen, bitte ich Sie, dieses Schriftstück zu unterzeichnen. Es ist Ihre Bestätigung, Miss Dunlop vorzeitig die Examensfragen gezeigt zu haben. Ich werde sie in einem versiegelten Umschlag in mein Safe legen, und damit ist das abgeschlossen.»

Im Zimmer war nur das Klicken der Stricknadeln zu hören. «Was verstehen Sie unter ‹abgeschlossen›?»

«Genau das», sagte sie. «Wir sind bereit, nicht mehr daran zu rühren, wenn Sie es auch sind. Wenn Ihr Vertrag abgelaufen ist, werden Sie Windemere verlassen, und dieser Umschlag wird vernichtet oder Ihnen zurückgegeben.»

«Und wie bekomme ich eine neue Anstellung?»

«Wir werden uns in keiner Weise einmischen», versicherte sie ihm.

«Ich möchte das gern klarstellen, Miss Hanbury. Wenn ich dieses

Schriftstück unterschreibe, legen Sie es fort und sagen nichts. Sie erwähnen nichts davon, wenn ich mich anderswo um eine Stellung bemühe und man Sie um Referenzen bittet?»

«Wir werden den Inhalt dieses Briefes nicht erwähnen. Wir werden streng nach der Form verfahren und Ihre Beurteilungsschreiben kommentarlos weitergeben. Ich glaube, Professor Bowdoin hat Ihnen vor seiner Pensionierung ein solches gegeben?»

«Sogar ein vorzügliches.»

«Und wie ist die Beurteilung der Studenten?»

«Ebenfalls vorzüglich. Aber was ist mit Hendryx?»

«Er ist nur kommissarischer Leiter Ihrer Abteilung und wird daher nicht um eine Beurteilung gebeten werden.»

«Also gut. Geben Sie mir das Blatt. Ich werde es unterschreiben.» Er nahm den Stock in die linke Hand und holte aus der Brusttasche einen Füller. Er warf einen Blick auf den kurzen, getippten Absatz und setzte zur Unterschrift an, als ihm noch etwas einfiel. «Was ist mit Miss Dunlop?»

Dean Hanbury lachte leise auf. «Oh, über sie machen wir uns keine großen Gedanken. Sie hat trotz des A nur mit Ach und Krach bestanden. Und nach ihren übrigen Noten zu urteilen, glaube ich kaum, daß sie das Rennen bis zum Ende durchsteht.»

5

Seit seine Frau vor drei Jahren gestorben war, lebte Präsident Macomber ein einsames Leben in seiner großen Dienstvilla, die von seiner tüchtigen, aber langweiligen Haushälterin, Mrs. Childs, in Ordnung gehalten wurde. Nach außen hin führte er ein aktives, geselliges Leben, ging zwei-, dreimal in der Woche abends zu Treffen, Konferenzen oder offiziellen Dinners. Einmal im Jahr lud er alle Lehrer des College zu sich ein; es gab Sherry, Gebäck und Käse, Kaffee und Kuchen, überwacht von Mrs. Childs, die von einer Mannschaft aus der Collegekantine unterstützt wurde. Ebenfalls einmal im Jahr lud er die Mitglieder des Kuratoriums zum Abendessen ein. Das Dinner wurde von einem Restaurant geliefert – sehr zum Leidwesen der wackeren Mrs. Childs, die das als eine persönliche Zurücksetzung betrachtete.

An den Abenden, die er zu Hause verbrachte, las er nach dem Essen die Zeitung, ein Buch oder sah fern. Um zehn Uhr pflegte Mrs. Childs mit dem Tee aufzutauchen, den sie auf dem Tisch neben seinem Sessel servierte, ihm eine gute Nacht wünschte und sich in ihre Räume hinter der Küche zurückzog. Meistens blieb er dann bis zu den Elf-Uhr-Nachrichten auf und ging danach zu Bett.

Kurz vor Beginn des Herbstsemesters rief Macombers Tochter Betty aus Reno an, um die frohe Botschaft ihrer stattgehabten Scheidung zu verkünden, und daß sie mit dem nächsten Flurzeug eintreffen würde. Er gab sich freundlichen Träumen hin, daß sich nun alles ändern werde. Jetzt würde jemand da sein, mit dem er beim Frühstück und Abendessen sprechen konnte. Vielleicht konnte er sogar einmal nachmittags schwänzen und eine Partie Golf einplanen. Sie waren beide leidenschaftliche Golfspieler.

Sie würde die Rolle der Dame des Hauses übernehmen, und dann konnte er endlich wieder private Einladungen geben, die nichts mit dem Beruf zu tun hatten, und die er seit dem Tod seiner Frau so vermißt hatte. Natürlich, Betty war noch jung – fünfunddreißig – und nach einiger Zeit würde sie ihren eigenen Kreis finden, jüngere Leute, deren Interessen sich nicht mit seinen deckten. Aber noch nicht gleich. Nach der unglücklichen Ehe würde sie sicher erst einmal Ruhe und Frieden haben wollen.

Aber es kam leider nicht so. Sie traf am frühen Abend ein. Ihre Maschine war mit Verspätung abgeflogen und hatte dann fast eine Stunde auf die Landeerlaubnis warten müssen. Der fröhliche Tonfall vom Anruf aus Reno war fort; sie war müde und schlecht gelaunt.

«Diese widerliche Fliegerei!» rief sie zur Begrüßung. «Ich hatte gehofft, ich könnte mich noch ein bißchen hinlegen, und jetzt bleibt mir kaum Zeit zum Duschen und Umziehen.

«Meinetwegen brauchst du dich nicht umzuziehen», sagte ihr Vater. «Mrs. Childs hat uns was zu essen gemacht. Ich kann dir gar nicht sagen, wie ich mich darauf freue, mal wieder in Ruhe mit dir zu reden und alles Neue zu hören.»

Sie war zerknirscht. «O Dad, das tut mir leid, aber die Sorensons erwarten mich zum Essen. Sie haben noch andere Gäste. Es soll eine Art Freiheitsparty für mich sein – weißt du, zur Feier meiner Scheidung. Und Gretchen hat gesagt, es käme ein fabelhafter Mann, den ich unbedingt kennenlernen müßte.»

Auch im Laufe der Zeit wurde das nicht viel anders. Er sah kaum mehr von ihr, als in der Zeit ihrer Ehe, als sie in einem entfernten Vorort wohnte. Sie ging fast jeden Abend aus, und selbst wenn sie mit ihm zu Abend aß, schien sie immer in Eile zu sein.

«Hör mal, Betty», sagte er leicht vorwurfsvoll, «mußt du schon wieder ausgehen?»

«Das kann ich nicht ändern, Dad. Ich hab es versprochen.»

«Aber du bist in dieser Woche an jedem Abend ausgegangen.»

«Dad, ich bin fünfunddreißig –»

«Das weiß ich. Ich will ja auch nicht den strengen Familienvater spielen, aber . . .»

«Du bist ganz rührend, Dad, aber du mußt verstehen, daß ich den Rest meines Lebens nicht allein verbringen will. Ich möchte wieder heiraten, und gerade weil ich fünfunddreißig bin, kann ich keine Zeit verschwenden.»

Er war altmodisch und die Kraßheit, mit der sie ihm ihre Lage erklärte, machte ihn etwas befangen. «Ja, natürlich, ich möchte auch, daß du wieder heiratest, Betty. Wahrscheinlich bin ich auch ziemlich egoistisch, aber ich hatte gehofft, wir könnten manchmal abends zusammensitzen, nur wir beide. Weißt du, der Präsident eines College ist wie wahrscheinlich jeder andere Präsident auch ein ziemlich einsamer Mann. Er muß so viele Entscheidungen treffen, und fast jeder, an den er sich um Rat wendet oder mit dem er etwas besprechen möchte, bringt seine privaten Interessen ins Spiel.»

Sie lachte. «Armer Dad. Gut, morgen bleibe ich zu Hause und – au, morgen kann ich nicht, und Donnerstag auch nicht. Am Freitag vielleicht?»

Das Wochenende kam natürlich nicht in Frage, weil sie da nach New Hampshire fahren mußte, um ihren Sohn Billy im Internat zu besuchen.

6

Am Montag mußten die Studenten sich einschreiben; die Kurse begannen am Dienstag, und daher war am Mittwochmorgen die erste Vorlesung von Philosophie, Nr. 268, Jüdisches Denken und Jüdische Philosophie: Mo. u. Mi. 9 Uhr, Fr. 13 Uhr, Verwaltungsgebäude, Zimmer 22 (3 Punkte werden auf das Pensum angerechnet).

Um Viertel vor neun trafen die ersten ein. Die Studenten aus dem ersten Semester prüften die Nummer auf ihrem Stundenplan nach; die älteren Semester sammelten sich in einer Ecke.

«He! Hallo, Harvey!» Ein großer, überschlanker Junge in gelbkarierter Hose, dunkelrotem Hemd und gelbem Seidenhalstuch tauchte unter der Tür auf und wurde sofort von der Gruppe in der Ecke begrüßt. «Wie steht's denn so?»

«Hast du den Kurs auch belegt?»

Harvey sah sich nach allen Seiten um, um festzustellen, ob hübsche neue Mädchen aufgetaucht seien, und schlenderte dann herüber. «Na sicher hab ich belegt.» Harvey Shacter parkte sein elegant gekleidetes Hinterteil auf der Armlehne von Lillian Dushkins Stuhl. «Könnt ihr euch vorstellen, daß Onkel Harvey auf drei geschenkte Punkte verzichtet? Kennt ihr Cy Berenson? Der hat die Vorlesung letztes Jahr gehört und nicht mal die Abschlußprüfung gemacht. Der Rabbi hat ihn eine Fünfhundert-Wort-Arbeit schreiben lassen und ihm ein B gegeben.»

«Ja, aber Berenson hat jedesmal die Jarmulke auf dem Kopf gehabt», sagte Henry Luftig, ein kleiner, dünner, eifriger junger Mann mit einer hohen, knochigen Stirn unter einer pechschwarzen Mähne. «Wahrscheinlich hat der Rabbi gedacht, er wüßte sowieso alles.»

«Jarmulke? Ach, du meinst diesen kleinen schwarzen Glatzendeckel? Okay, wenn das die Garantie für ein B ist, setze ich auch die Jarmulke auf.»

«Mann, ich kann's kaum abwarten.»

Lillian Dushkin kicherte: «Wer weiß, vielleicht siehst du richtig süß damit aus.»

«Du, Lil», sagte Aaron Mazonson, «ich hab gehört, dieser Rabbi Lamden wär ziemlich scharf. Ein Mädchen braucht sich nur in die vordere Reihe zu setzen und ihm schöne Augen zu machen, und schon hat sie ihr A.»

Ein jüngerer Student mischte sich ein. «Dieses Jahr ist es gar nicht Rabbi Lamden; es kommt ein anderer.»

«Woher weißt du das?»

«Vom Einschreiben. Mein Tutor hat es gesagt, als ich ihm mein Studienprogramm gezeigt hab.»

«Im Verzeichnis steht aber Rabbi Lamden.»

«Ja, weil es erst im letzten Moment geändert worden ist.»

«Na großartig!» rief Shacter entrüstet. «Das fehlt mir gerade noch. Meine einzige gemütliche Vorlesung! Und jetzt kriegen wir einen Neuen, der uns erst mal beweisen wird, was für ein harter Bursche er ist.»

«Also lassen wir ihm die Luft ab», sagte Luftig grinsend.

Shacter dachte darüber nach, grinste ebenfalls und sagte: «Recht hast du. Wir lassen ihm die Luft ab.»

Die Straße stand voll von Autos, und auf den breiten Steinstufen des Verwaltungsgebäudes wimmelte es von Studenten, so daß Rabbi Small sich im Zickzack bis zur Tür vorarbeiten mußte. Im Haus, in der Marmorrotunde, standen Scharen von Studenten um Tische herum, auf denen große Schilder standen: HELFT EUREM COLLEGE – Kauf Sportkarten – Gültig für alle sportlichen Ereignisse. ABONNIERT THE WINDRIFT – Eure Zeitschrift! WERDET MITGLIEDER – Drama-Club. BETEILIGT? Kommt in die *Democratic Party*. ENGAGIERTE STUDENTEN kommen zum SDS. HÖRT DIE WAHRHEIT – kommt in die *Socialist Study Group*.

«He! Bist du ein Freshman? Dann mußt du zu den Sportveranstaltungen. Unterschreib das!»

«Sandra! Kommst du dieses Jahr wieder in den Drama-Club?»

«Hier hast du ein Freiexemplar von *The Windrift*.»

Der Rabbi schaffte die Treppe, die zu seinem Büro führte, ohne etwas zu kaufen, etwas zuzusagen oder zu unterschreiben. Froh und erregt über den ungewohnten Trubel blieb er vor dem Vorlesungsraum stehen, um Luft zu schnappen.

Achtundzwanzig Studenten waren anwesend; die ihm vor ein paar Tagen zugesandte Hörerliste enthielt dreißig Namen. Er stieg auf das Podest und schrieb an die Tafel: Rabbi David Small, Jüdisches Denken und Jüdische Philosophie. Dann sagte er: «Ich bin Rabbi Small. Ich halte diese Vorlesung an Stelle von Rabbi Lamden, der im Vorlesungsverzeichnis genannt ist.»

Harvey Slacter blinzelte Lillian Dushkin zu und hob müde die Hand. Der Rabbi nickte.

«Wie reden wir Sie an? Professor oder Doktor?»

«Oder Rabbi?» Das kam von Henry Luftig.

«Oder David?» fragte Lillian süß.

«Ich bin weder Doktor noch Professor. Rabbi ist ganz richtig.» Er warf Miss Dushkin einen strengen Blick zu und fuhr fort: «Dies ist eine einsemestrige Vorlesung, und unser Gebiet ist sehr umfangreich. Wir können nur hoffen, ein gewisses Verständnis für die Grundprinzipien unserer Religion und ihre Weiterentwicklung zu erlangen. Wenn Sie Gewinn aus dieser Vorlesung ziehen wollen, müssen Sie sehr viel lesen. Ich werde Ihnen von Zeit zu Zeit Bücher nennen, und ich hoffe, Ihnen innerhalb der nächsten zwei Wochen eine vervielfältigte Liste mit Literaturangaben geben zu können.»

«Ist das Pflichtlektüre?» fragte ein erschütterter Harvey Shacter.

«Einiges werden Sie lesen müssen, anderes ist mehr ein Begleittext. Wir beginnen mit der Lektüre der Fünf Bücher Moses und der Thora, den Grundlagen unserer Religion. Ich erwarte, daß Sie das in den nächsten zwei bis drei Wochen gelesen haben und werde dann eine einstündige Prüfung abhalten.»

«Das ist aber furchtbar viel», protestierte Shacter.

«Soviel ist das gar nicht. Ich erwarte auch kein intensives Studium. Lesen Sie es wie einen Roman.» Er hielt ein mitgebrachtes Exemplar des Alten Testaments hoch. «Sehen wir mal nach. In dieser Ausgabe umfaßt es etwa zweihundertfünfzig Seiten. Es ist ein großer, klarer Druck. Nicht mehr als der Umfang eines kurzen Romans. Ich kann mir nicht vorstellen, daß das für College-Studenten zuviel sein sollte.»

«Welche Ausgabe sollen wir benutzen?»

«Ist es im Buchhandel zu kaufen?»

«Legen Sie auf eine bestimmte Übersetzung wert?»

«Können wir das Original lesen?» Das war Mazonsons Frage.

«Aber selbstverständlich, wenn Sie das können», sagte der Rabbi lächelnd. «Für alle übrigen genügt jede englische Ausgabe. Wenn es nicht in der Hausbuchhandlung ist, werden Sie es überall sonst kaufen können. Aber es wäre mir lieb, wenn Sie es nicht bis zu den letzten Tagen vor dem Examen aufschöben. Wenn Sie sofort mit der Lektüre beginnen, werden Sie einen besseren Überblick über den Gegenstand meiner Vorlesung haben –»

«Was, soll das eine Vorlesung und Übung zugleich sein?» Henry Luftig war entgeistert.

«Was hatten Sie denn gedacht?» fragte der Rabbi nüchtern.

«Ja, ich dachte, es wäre eine – wissen Sie, nur eine Art Diskussion.»

«Und wie wollen Sie über etwas diskutieren, von dem Sie nichts wissen?»

«Ach, mehr als generelles Prinzip. Schließlich weiß doch jeder was über Religion.»

«Sind Sie da so sicher, Mr. . . .?» begann der Rabbi sanft.

«Luftig. Hank Luftig.»

«Sind Sie sicher, Mr. Luftig? Ich gebe zu, die meisten Menschen haben generelle Ideen, aber leider sind die meisten viel zu generell. Man kann sagen, die Religion ist eine Art Planzeichnung für unser Denken und unsere Einstellung zum Leben. Aber nun unterscheidet sich die jüdische Religion weitgehendst von der heute gültigen christlichen Religion. In manchen Punkten aber sind die Unterschiede sehr fein und differenziert.»

«Ja, und darüber müßten wir doch diskutieren, Rabbi», sagte Shacter.

Der Rabbi dachte nach und schüttelte den Kopf. «Sie meinen, daß Sie durch die Addition Ihrer Unkenntnis zu Kenntnis gelangen könnten?»

«Ja, also . . .»

«Nein, nein. Lassen Sie uns bei der traditionellen Methode bleiben. Wenn Sie einmal etwas wissen, dann können wir vielleicht über die Auslegung diskutieren.» Nachdem die Verfahrensfragen geklärt waren, begann der Rabbi mit seiner Einführung. «Ein sehr augenfälliger Unterschied zwischen dem Judentum und vielen anderen Religionen ist der, daß wir nicht durch ein offizielles Glaubensbekenntnis gebunden sind. Bei uns ist es mehr ein Zufall der Geburt. Wenn Sie als Jude geboren werden, sind Sie Jude; zumindest bis Sie offiziell zu einer anderen Religion konvertieren. Ein als Jude geborener Atheist ist darum immer noch Jude. Und andersherum: jemand, der nicht als Jude geboren ist, aber unseren traditionellen Gebräuchen folgt und unseren traditionellen Glauben teilt, würde trotzdem nicht als Jude betrachtet, solange er nicht offiziell zum Judentum übergetreten wäre.»

Er lächelte. «Vielleicht kann ich noch zugunsten etwaiger heißblütiger Verfechterinnen der Emanzipation der Frau hinzufügen, daß nach dem rabbinischen Gesetz nur das Kind einer jüdischen Mutter – bemerken Sie bitte: Mutter, nicht Vater – Jude ist.»

«Wollen Sie uns auf den Arm nehmen, Rabbi?»

Er war durch die Unterbrechung durch ein hübsches Mädchen aus der ersten Reihe erschrocken.

«Ich verstehe nicht ganz, Miss . . .?»

«Goldstein. Und ich schreibe es Ms. Goldstein.»

«Verzeihen Sie mir, Ms. Goldstein», sagte der Rabbi ernst. «Ich hätte das wissen müssen.»

«Ich meine, ist das nicht ein Dreh, den jüdische, männliche Chauvinisten Frauen gegenüber anwenden, um zu vertuschen, daß sie sie doch nur für zweitklassig halten? Die Frauen machen eine Gehirnwäsche durch, bis sie glauben, an Wichtigkeit gewonnen zu haben, weil sie entscheiden dürfen, ob das Kind der jüdischen Rasse, Nation oder was es sonst sein mag, angehört. Na, wunderbar! Dabei war es in Wirklichkeit doch wohl so, daß es bei den Juden als überall verfolgter Minderheit sicherer war, wenn man die Abstammung von der Mutter herleitete?»

«Ach, jetzt verstehe ich, was Sie meinen. Ja, ich nehme an, daß das der Grund gewesen sein mag», gab er zu.

Ein frostiges Lächeln huschte über ihr Gesicht. «Und stimmt es nicht auch, daß die Frauen bis zum heutigen Tag keinen Platz in der jüdischen Religion haben? In manchen Synagogen versteckt man sie sogar hinter einem Vorhang auf der Galerie.»

«Das gibt es nur in streng orthodoxen Gemeinden.»

«In unserer Synagoge sitzen sie an einer Seite», sagte Lillian Dushkin.

«Und sie dürfen nicht am Gottesdienst teilnehmen», fügte *Ms.* Goldstein hinzu.

«Das ist nicht wahr», sagte der Rabbi. «Der Gottesdienst ist die Rezitation einer Folge von Gebeten. Frauen, die am Gottesdienst teilnehmen, sprechen die Gebete genau wie die Männer.»

«Und was nützt das?» schnaubte Lillian Dushkin. «Sie werden nie aufgerufen, etwas vorzulesen oder vorzutragen.»

«Doch, das gibt es auch, in Reform-Synagogen», korrigierte der Rabbi.

«Ich weiß ganz genau, daß ein Mann sich von seiner Frau scheiden kann, indem er ihr einfach einen Brief schickt», sagte Mark Leventhal, nicht aus übergroßem Mitgefühl für die Frauen, sondern weil sie anscheinend ihren Lehrer in die Enge getrieben hatten. «Und sie kann sich von ihm nicht scheiden lassen.»

«Und wenn ihr Mann stirbt, muß sie ihren Schwager heiraten», sagte Mazonson aus demselben Grund.

Der Rabbi hielt beide Hände hoch, um sie zur Ruhe zu bringen. «Dies ist ein sehr gutes Beispiel», sagte er, «für die Gefährlichkeit von Diskussionen, die auf Unwissenheit und sehr begrenzten Kenntnissen basieren.»

Sie wurden nun wieder ruhiger.

«Erstens ist unsere Religion», fuhr er nun fort, «nicht so zeremoniell wie beispielsweise die katholische Religion, die einen geweihten, heiligen Ort, nämlich die Kirche, für ihre Ausübung braucht. Das Zentrum unserer religiösen Verrichtungen ist viel mehr das Heim als die Synagoge. Und im Heim nimmt die Frau nun ganz gewiß an jedweder Zeremonie teil. Sie bereitet das Haus für den Sabbat vor, und sie ist es, die die Sabbatkerzen segnet.»

Ms. Goldstein flüsterte ihrer Nachbarin etwas zu. Sie lachte.

«Wir sind nicht immun gegen die Einflüsse unserer Umwelt», der Rabbi hob die Stimme etwas an. «Solange es Geschichtsschreibung gibt, war die Gesellschaft patriarchalisch, aber die Zehn Gebote fordern, daß man Vater und Mutter ehrt, und normalerweise sprechen wir auch von Vater und Mutter, viel öfter als von dem schwächlichen Kollektivwort Eltern. Sogar in biblischer Zeit konnte eine jüdische Frau nicht gezwungen werden, gegen ihren Willen zu heiraten. Die Strafe für Ehebruch war der Tod, aber beide Ehebrecher traf dieselbe Strafe. Wenn eine Frau heiratete, blieb sie im Besitz ihres Vermögens, und wenn sie geschieden wurde, nahm sie es nicht nur mit, sondern sie erhielt auch eine hohe Summe, die vorher im Heiratsvertrag für den Fall einer Scheidung festgelegt worden war.»

«Aber ein Mann konnte sich jederzeit von seiner Frau scheiden lassen; sie konnte das nie.» Es war wieder Leventhal.

«Nein. Die Regeln dieses Vorgangs verlangten, daß der Mann die Scheidung gab und die Frau sie entgegennahm. Aber er muß vor ein rabbinisches Gericht gehen und die Richter überzeugen, ehe sie ihm ein *get* geben, einen Scheidebrief. Die Frau kann dasselbe tun. Der Unterschied ist, daß das rabbinische Gericht dann dem Mann befiehlt, ihr die Scheidung zu geben.»

«Und wenn er das nicht will?»

«Dann können die Rabbiner alle Zwangsmaßnahmen ergreifen, über die sie verfügen. Im modernen Israel stecken sie ihn ins Gefängnis, bis er einwilligt. Ich sollte noch hinzufügen, daß schon in früheren Zeiten, sogar nach heutigem Standpunkt, die Gründe für eine Scheidung sehr liberal waren, liberaler als in den meisten westlichen Staaten heute. Es gab zum Beispiel die Scheidung aus gegenseitigem Übereinkommen. Die Frau konnte die Scheidung verlangen, wenn ihr Mann ihr physisch unangenehm war, oder wenn er der in der Grundlage für das eheliche Leben festgelegten Pflicht nicht nachkam. ‹Laß einen Mann seine Frau mehr ehren als sich selbst und sie so lieben wie er sich liebt.› Nein, Ms. Goldstein, ich sehe in den Scheidungsgesetzen nichts, was eine Frau als zweitklassig erscheinen läßt.»

«Wie ist das mit der Witwe, die ihren Schwager heiraten muß?» fragte Mazonson.

«Oder andersherum?» fragte der Rabbi lächelnd. «Es kommt immer auf den Blickpunkt an.»

«Jetzt verstehe ich Sie nicht.»

«Offenbar kennen Sie das Gesetz oder vielmehr seine Absicht nicht. Das Gesetz verlangte nur dann die Heirat zwischen Witwe und Schwager, wenn sie kinderlos war. Aber der Zwang galt für beide, und nach der Bibel war die Absicht die, daß, falls sie ein Kind bekam, es nach ihrem toten Ehemann benannt würde, ‹daß sein Name nicht vertilget werde aus

Israel›.»

«Ja, aber ich hab gehört –»

«Warum sollte –»

«Mir kommt es so vor –»

«Und was ist mit Golda Meir?»

Der Rabbi klopfte mit den Knöcheln auf das Pult, um Ruhe zu erlangen.

«Und warum müssen wir dann in der Synagoge getrennt sitzen?» fragte Miss Dushkin.

«Bestimmt nicht, weil Frauen als minderwertig betrachtet werden», sagte er lächelnd. «Das geht noch auf primitive Zeiten zurück, als bei vielen Religionen ein Gottesdienst, an dem beide Geschlechter teilnahmen, in einer Orgie endete – was völlig im Sinne der Planung war, da es um Fruchtbarkeitsriten ging. In jüngerer Zeit war man der Meinung, daß die natürliche Anziehung der Geschlechter der Konzentration auf das Gebet hinderlich wäre.» Er spreizte die Hände und sagte trocken: «Wie lange ist es her, daß die Koedukation durch die Behauptung verunglimpft wurde, Jungen und Mädchen, die in einem Klassenzimmer säßen, könnten sich nicht auf den Unterricht konzentrieren? Aber sehen Sie», fuhr er fort, «Sie machen alle den Fehler, sich Ihre Meinungen nach einzelnen kleinen Brocken von Informationen oder Fehlinformationen, statt nach Ihren Erfahrungen zu formen. Denken Sie an Ihre eigenen Familien, und dann fragen Sie sich, ob die Frauen, Ihre Mütter, Großmütter oder Tanten von ihren Ehemännern oder ihren Familien als untergeordnet angesehen werden.»

Als sie am Ende der Stunde hinausgingen, drehte sich Harvey Shacter zu Henry Luftig um. «Ich dachte, du wolltest ihm die Luft ablassen?»

Luftig schüttelte den Kopf. «Ich weiß nicht. Ich dachte schon, wir hätten ihn in den ersten Runden in die Ecke gedrängt, aber dann hat er kolossal aufgeholt. Paßt bloß auf – der Bursche kann sich als ganz harter Brocken herausstellen.»

7

«Wie war's?» fragte Miriam, als er am Mittwochvormittag nach Hause kam.

«Nett», sagte er und lächelte dann. «Es hat mir Freude gemacht. Sehr große Freude sogar. Ich hab auf dem ganzen Heimweg darüber nachgedacht, Miriam, und bin zu dem Schluß gekommen, daß es wenig in diesem Leben gibt, das schöner wäre, als einem aufmerksamen Zuhörer Wissen zu übermitteln. Das ist mir schon mal aufgefallen. Damals, als wir den Ärger mit der Heizung hatten. Als der Monteur mir erklärte, wie die Heizung funktioniert und was nicht richtig war, habe ich gesehen, wieviel Freude ihm das machte.»

«Warum denn nicht? Er hat dafür neun Dollar in der Stunde bekommen», stellte sie fest.

Aber der Rabbi ließ sich nicht dämpfen. «Das war es sicher nicht. Es ist ein Gefühl der Überlegenheit. Ist doch klar, daß es einem guttut, wenn man über ein Thema sprechen kann, über das man mehr weiß als andere. Und wenn dieses Wissen das Leben oder den Lebensstil eines anderen beeinflußt, ist es noch viel befriedigender. Es ist schon was dran, an diesem Ego-Trip, wie es die Studenten nennen.»

«Ich bin nicht so sicher, David, daß sie das als etwas Gutes betrachten. Ich glaube, sie verwenden den Ausdruck eher abfällig.»

«Wirklich? Ach, das zeigt nur, wie wenig sie wissen. Ich vermute, es gehört mit zur angelsächsischen Ethik. Beim Sport, zum Beispiel, bringt man dem Champion bei, seinen Erfolg dem Trainer, den Mannschaftsgefährten oder einfach dem Glück zuzusprechen, nur um keinen Preis der eigenen Überlegenheit. Und das ist so offensichtlich falsch. Niemand glaubt es, aber die Tradition wird beibehalten. Ich kann nur sagen, daß ich meine erste Vorlesung ganz ehrlich genossen habe.»

«Das sehe ich», sagte sie. «Und für deine Bescheidenheit hat sie Wunder getan.»

«Ich habe nur versucht, deine Frage zu beantworten», sagte er steif. Dann sahen sie sich an und lächelten.

Aber Miriam war mit dem Thema noch nicht fertig. «Dabei ist das doch gar nichts Neues für dich. Du hältst jeden Freitag eine Predigt, die ja auch eine Art Vorlesung ist, und dazu noch an allen Feiertagen.»

«Nein», sagte er, «Predigten sind was anderes. Da stellt man moralische Betrachtungen an. Übrigens soll Rabbi Lamden, nach dem, was ich gehört habe, solche moralischen Betrachtungen in seine Vorlesungen eingebaut haben. Übrigens sind die Leute, die meine Predigten anhören, auch die, die mein Gehalt bezahlen; und ich habe immer das Gefühl, sie prüfen mich, um zu sehen, ob sie auch was für ihr Geld bekommen.»

Sie fand das lustig. «Oh, David, wie kommst du denn darauf?»

«Im übrigen sind sie nicht mehr flexibel. Ihr Denkschema ist eingefroren. Nichts, was ich sage, kann sie beeinflussen. Aber die jungen Leute im College, die sind noch beweglich; sie fürchten sich nicht, ihre Gedanken zu äußern. Meistens sind sie natürlich falsch, aber sie beharren auf ihnen und wollen sie auch verteidigen. Da war heute ein Mädchen, anscheinend eine Vertreterin von Women's Lib, die versucht hat, mich in die Enge zu treiben –»

«Das hätte ich gern miterlebt!» Miriam lachte.

Auch der Rabbi lachte. «Sie war gar nicht so schlecht.»

Er freute sich schon auf seine nächste Vorlesung am Freitag. Die Straße war fast leer, als er vor dem Verwaltungsgebäude anhielt. Einen Augenblick fragte er sich, ob seine Uhr vielleicht nachgehen könne, aber als er dann durch den Flur ging, hörte er Stimmen aus seinem Hörsaal. Als er die Tür öffnete, glaubte er an irgendeinen Irrtum. Nur ein kleines Grüppchen Studenten war da. Dann befiel ihn das beklemmende Gefühl, ihre Reaktion auf seine erste Vorlesung mißdeutet zu haben. Er zwang sich zu einem Lächeln. «Unsere Zahl scheint sehr geschrumpft zu sein.»

Einige erwiderten sein Lächeln, und einer lieferte eine Erklärung. «Die meisten schwänzen am Freitag, um einen besseren Start zu haben.»

«Einen besseren Start? Wozu?»

«Fürs Wochenende natürlich.»

«Ja, ich verstehe.» Jetzt wußte er, warum Dean Hanbury sich wegen der Einteilung seiner Vorlesung für den Freitagnachmittag entschuldigt hatte. Aber er war aus dem Takt und wußte nicht weiter. Sollte er mit dem Stoff weitermachen oder nur rekapitulieren, damit die Abwesenden nichts versäumten? Er entschloß sich, die Vorlesung zu halten, aber es ging nicht, wie es sollte. Er kam nicht dagegen an, er war beleidigt – und er war sicher, daß die Studenten das merkten und schadenfroh seinen Ärger registrierten.

Endlich war die Stunde zu Ende, aber sein Zorn hielt während der Heimfahrt an. Glücklicherweise steckte Miriam in den Vorbereitungen für den Sabbat, und so kam es zu keiner Erörterung.

Am nächsten Montag waren alle Hörer wieder da: achtundzwanzig. Am Mittwoch auch, aber am Freitag waren es womöglich noch weniger als eine Woche zuvor: lediglich zehn. Und so setzte es sich fort: viele Hörer montags und mittwochs, freitags nur eine Handvoll.

Als sie nach einem Monat das Pentateuch abgeschlossen hatten, kündigte er eine Arbeit an – für den Freitag. Von seiner Seite aus war das eine Kriegserklärung.

«Müssen wir sämtliche Namen kennen? Soundso zeugte Soundso, meine ich?»

«Nein, aber ich erwarte doch, daß Sie bestimmte genealogische Zusammenhänge kennen. Sicherlich sollten Sie die Namen der Kinder Adams oder Abrahams wissen.»

«Könnten wir die Prüfung nicht am Montag machen?»

«Glauben Sie, daß Sie montags mehr Glück haben?»

«Nein, aber wir hätten dann das Wochenende zur Vorbereitung.»

«Sehen Sie es anders: so haben Sie das Wochenende zur Erholung.»

Am Freitag ging er noch kurz in sein Büro; Professor Hendryx sah beim Anblick der Arbeitshefte überrascht auf. «Lassen Sie gern Arbeiten schreiben, Rabbi?»

«Nein, nicht besonders. Warum?»

«Wer am Freitag eine Arbeit schreiben läßt, muß sie zweimal schreiben lassen.»

«Das verstehe ich nicht.»

«Ganz einfach. Sie müssen nicht nur die erste Arbeit zusammenstellen, hinterher lesen und mit roter Tinte kommentieren und benoten, sondern die Wiederholungsarbeit auch noch. Am Freitag können Sie höchstens mit der Hälfte Ihrer Kursusteilnehmer rechnen.»

«Oh, die werden heute schon da sein», sagte der Rabbi zuversichtlich. «Ich habe es ihnen lange genug angekündigt und besonders betont, daß die Arbeit über die ganze Stunde geht und wichtig für die Note ist.»

Aber er kam in die Klasse und fand nur fünfzehn Studenten vor. Er verbrachte die Stunde wandernd, während die Studenten schrieben. Sobald einer fertig war, gab er das Heft ab und verließ eilig den Raum. Lange vor dem Klingelzeichen war der Rabbi allein im Zimmer.

Er sah die Arbeiten während des Wochenendes durch und gab sie am Montag zurück. Die Reaktion kam prompt.

«Sie haben gesagt, wir brauchten nicht zu wissen, wer wen zeugte.»

«Benjamin fällt da wohl kaum drunter. Benjamin spielt eine wichtige Rolle in der Geschichte von Joseph.»

«Wieviel zählt das bei der Endnote?»

«Das hängt von der Zahl der Arbeiten ab, die ich schreiben lasse.»

«Und sind die immer am Freitag?»

«Das kann ich nicht sagen. Wahrscheinlich.»

«Heh! Das ist unfair!»

«Wieso?»

«Weil wir – viele von uns – also, ich kann freitags nicht.»

Da war es. Er sagte kühl. «Das verstehe ich leider nicht. Die Vorlesung am Freitag gehört in den regulären Stundenplan. Wenn sie sich mit einer anderen Vorlesung überschneidet, hätten Sie diese nicht belegen dürfen.»

«Es geht nicht ums Überschneiden –»

«Nein?»

«Also, ich fahre an den Wochenenden nach New Jersey nach Hause. Und ich muß früh starten.»

Der Rabbi zuckte mit den Achseln. «Dazu kann ich nichts sagen.»

Er schlug das Buch auf, um anzudeuten, daß er die Diskussion für beendet hielt, aber die Stimmung hatte sich verwandelt. Sogar die Studenten, die die Arbeit mitgeschrieben hatten, waren mürrisch. Seine Vorlesung litt darunter, und zum erstenmal entließ er sie alle vorzeitig.

Als er in sein Büro zurückkam, lag Hendryx wie üblich lang ausgestreckt in seinem Stuhl und paffte vor sich hin.

«Wie klappt es denn, Rabbi?»

«Ach, ich weiß nicht so recht.» In den paar Wochen, die er am College unterrichtete, hatte er Hendryx höchstens fünf- oder sechsmal gesehen, und dann nur ein paar Minuten lang vor oder nach der Vorlesung. «Ich habe etwa sechsundzwanzig Teilnehmer an meinem Kurs, auf der Belegliste sind es dreißig, aber mehr als achtundzwanzig sind noch nie gekommen.»

«Nicht schlecht», sagte Hendryx, «im Gegenteil, verdammt gut, wenn man bedenkt, daß niemand die Studenten zwingt, daran teilzunehmen.»

«Ach, montags und mittwochs sind auch genug da, aber am Freitag habe ich Glück, wenn ein Dutzend da sind.»

«Um ein Uhr, am Freitag? Ich finde es erstaunlich, daß Sie noch so viele haben.»

«Aber warum?» beharrte der Rabbi. «Ich kann verstehen, daß einer oder zwei einen Ausflug fürs Wochenende planen und gern früh losfahren wollen –»

«Die haben alle Pläne fürs Wochenende, Rabbi. Handelt es sich um ein Mädchen, ist sie zu einem anderen College zum Footballspiel am Samstag eingeladen. Wenn sie Ihre Vorlesung besucht, ist sie erst um zwei fertig und kann kaum vor drei Uhr starten. Sie kommt also, wo sie auch hinfährt, für die Lustbarkeiten am Freitagnachmittag zu spät. Und die jungen Leute von heutzutage können es sich nicht leisten, sich irgendwelchen Spaß entgehen zu lassen. Das ist wie ein Zwang, fast wie eine Religion, könnte man sagen.»

«Sie meinen, daß alle, die fehlen, zum Wochenende verabredet sind?»

«Nein, nicht alle», sagte Hendryx. «Ein paar bleiben auch weg, damit ihre Freunde denken, sie hätten eine Verabredung. Andere wollen ein langes Wochenende haben. Manche – da bin ich allerdings sehr skeptisch – brauchen die Zeit, um für andere Fächer zu lernen. Das soll ja auch die rationale Erklärung für das nicht verbotene Schwänzen sein: man hält sie für reif genug, sich ihre Zeit selber einzuteilen.»

«Und was soll ich am Freitag tun, wenn weniger als die Hälfte meiner Studenten erscheint?»

«Ja», Hendryx sog tief an der Pfeife, «das ist eine gute Frage. Es gibt nicht sehr viele Vorlesungen am Freitagnachmittag. Joe Browder liest um ein Uhr im Blythe-Haus Geologie. Sonst wüßte ich niemand. Um zwölf Uhr mittags ist das College verlassen; sogar das Café ist zu. Ist Ihnen das noch nie aufgefallen?»

«Aber was soll ich denn machen?» fragte der Rabbi zäh. «Die Vorlesung nicht halten?»

«Genau das habe ich schon erlebt. Sie sagen die Stunde nicht offiziell ab, aber ein ums andere Mal sagen Sie, Sie wären leider verhindert.» Er sah den Rabbi an, ein schwaches Lächeln lag auf seinem Gesicht. «Aber ich glaube, das würde Ihnen nicht liegen, nicht wahr?»

«Nein, ich glaube nicht, daß ich das könnte.»

«Und was haben Sie nun gemacht?»

«Bisher habe ich so getan, als wäre es eine ganz normale Vorlesung. In der vorigen Woche habe ich eine Arbeit schreiben lassen, aber das wissen

Sie ja.»

«Ach, danach wollte ich Sie schon fragen. Wie viele sind denn aufgekreuzt?»

«Nur fünfzehn.»

Hendryx lachte vor sich hin. «Soso, nur fünfzehn, ja? Für eine einstündige Arbeit? Haben Sie heute die Hefte zurückgegeben? Sagen Sie, wie haben sie reagiert?»

«Das macht mir ja so zu schaffen», gestand der Rabbi. «Viele wirkten eingeschnappt und ein paar waren geradezu entrüstet, als hätte ich mich unfair verhalten.»

Hendryx nickte. «Wissen Sie, warum sie entrüstet wirkten, Rabbi? Weil sie entrüstet *waren*. Sie waren es, weil *Sie* unfair waren, zumindest nach ihrem Maßstab. Sehen Sie, Ihre Vorlesung ist traditionsgemäß etwas zum Faulenzen. Darum haben sich so viele bei Ihnen eingetragen. Warum setzen Sie Ihren Ehrgeiz darein, das zu ändern, Rabbi? Warum machen Sie's nicht wie wir anderen auch und finden sich mit den Dingen ab, wie sie sind?»

«Weil ich ein Rabbi bin», sagte er und fügte dann mit deutlicher Herablassung hinzu: «Und kein Lehrer.»

Hendryx lachte schallend über diese Herausforderung. «Aber Rabbi, ich dachte, gerade das wäre ein Rabbi. Ist das denn nicht die Bedeutung des Wortes – Lehrer?»

«So ist es nicht gemeint. Ein Rabbi ist ein Kundiger des Rechts, das unser Leben bestimmen soll. Seine größte, überlieferte Aufgabe ist zu richten, aber gelegentlich erläutert er auch das Recht zum Nutzen seiner Gemeinde. Die Art Lehrer, an die Sie denken, die die Jungen und Unreifen zum Lernen antreibt, die Lehrer der Kinder – das ist etwas ganz anderes. So einen Lehrer nennen wir einen *melamed*, und das Wort hat eine abfällige Bedeutung.»

«Abfällig?»

«Ja, das stimmt. Sehen Sie, da die Juden praktisch seit Jahrhunderten zu hundert Prozent des Lesens und Schreibens kundig waren», der Rabbi sagte es mit Wohlgefallen, «könnte jeder unterrichten. Aber bei etwas, das jeder andere auch kann, ist das gesellschaftliche Ansehen oder der finanzielle Nutzen nicht sehr groß. Daher war der *melamed* üblicherweise jemand, der bei allem versagt hatte und endlich auf das Unterrichten der kleinen Kinder zurückgreifen mußte, um existieren zu können.»

«Und Sie meinen, wenn Sie es Ihren Studenten zu leichtmachen, werden Sie zu einem *melamed*?» fragte Hendryx nun plötzlich viel interessierter. «Ist es das?»

«Oh, ich denke viel weniger an meine Stellung als an ihre Haltung. Wir Juden erwarten, daß ein Kind spielerisch ans Lernen herangebracht wird. Darum geben wir einem Kind, das in die Schule kommt, Kuchen und Honig, damit es das Lernen mit etwas Süßem, Wünschenswertem in

Verbindung bringt. Aber ich finde nicht, daß ich dieses Verfahren bei Erwachsenen fortsetzen sollte. Natürlich wollen nicht alle Erwachsenen Gelehrte werden, aber die, die das wollen und aufs College gehen, sollten sich wie Erwachsene auf den Unterricht einstellen. Ich muß sie doch nicht locken und verführen, damit sie lernen.»

«Das müssen Sie nicht», sagte Hendryx. «Und wir anderen tun das auch nicht. Wir unterrichten. Die, die kommen wollen, kommen, und die, die nicht wollen, bleiben fort.»

«Und die, die lieber fortbleiben – schaffen sie ihre Examen?»

«Ja, natürlich –»

«Aber das ist dann Betrug!»

«Jetzt kann ich Ihnen leider nicht folgen, Rabbi.»

«Lassen Sie es mich so erklären», sagte David Small, der nach einem Vergleich suchte. «Nach der Tradition wird man ein Rabbi, indem man sich bei einem Rabbi zur Prüfung meldet. Wenn man bei ihm das Examen besteht, gibt er einem ein *smicha*, ein Siegel der Ordination, der Einsetzung. Natürlich sind einige Rabbiner strenger und genauer bei ihren Prüfungen als andere, weil sie selber tiefschürfender denken und mehr wissen. Aber ich glaube doch, daß sie alle ehrlich in ihrer Entscheidung sind, denn dadurch, daß sie den Kandidaten zum Rabbi machen, erklären sie ihn für fähig, überall in der jüdischen Welt Recht zu sprechen.

Nun hat aber auch der am College erworbene Grad überall auf der Welt Geltung und Bedeutung; und die Macht, ihn zu erteilen, ist dem College vom Staat übertragen worden. Das System des College verlangt, daß der Kandidat Punkte für sein Abschlußexamen sammelt, indem er an den Kursen mehrerer Lehrer teilnimmt und sie zu ihrer Zufriedenheit abschließt. Ich werde dafür bezahlt, daß ich einen kleinen Teil des Gesamtwissens weitergebe. Wenn ich also meine Arbeit nicht gründlich verrichte, handle ich unehrlich. Ich betrüge.»

«Wen betrügen Sie?»

«Jeden, der annimmt, der Grad sei eine Garantie dafür, daß eine gewisse Menge an Wissen erfolgreich erworben worden ist.»

«Heißt das, daß Sie Studenten durchfallen lassen wollen, die die Vorlesung am Freitag schwänzen?»

«Die, die keine Arbeiten mitschreiben oder sie verhauen.»

«Sehr interessant. *Sehr* interessant», sagte Hendryx. «In Kürze sollen wir dem Büro des Dean die Namen aller Studenten angeben, die bis zur Mitte des Semesters den Ansprüchen nicht genügen. Haben Sie vor, eine derartige Liste einzureichen?»

«Wenn das der Brauch ist, werde ich es selbstverständlich tun. Sie etwa nicht?»

«Na ja, in den letzten Jahren hab ich es langsam angehen lassen. Um genau zu sein: im letzten Jahr habe ich keinen einzigen meiner Studenten durchfallen lassen. Aber ich nehme an, daß Sie das vorhaben.»

«Wenn sie die Prüfungen nicht bestehen, muß ich doch ‹nicht bestanden› als Urteil angeben.»

«Na, da kann ich nur prophezeien, daß Sie ein sehr interessantes Jahr vor sich haben werden, Rabbi.»

8

Das College-Bulletin erschien Ende Oktober, anschließend an das halbjährliche Treffen der Kuratoriumsmitglieder des Windemere Christian College. Es wurde nicht nur auf seinen Inhalt gelesen, sondern auch auf das, was verschwiegen war. Während es so verkündete, daß Associate Professor Clyde zum Professor ernannt worden war, fand das niemand bedeutsam; alle wußten, daß Präsident Macomber ihn zur Beförderung empfohlen hatte, und das Kuratorium immer den Vorschlägen des Präsidenten folgte.

Andererseits fiel es allgemein auf, daß nichts von der Bestallung eines festen Leiters für die englische Abteilung erwähnt war. Das deutete klar an, daß Professor Hendryx, der jetzige kommissarische Leiter, nur auf Zeit eingesetzt war, bis die Verwaltung einen geeigneteren Mann gefunden hatte.

Dies wurde von einer beträchtlichen Zahl älterer Mitglieder der Abteilung und fast allen Jungen mit einer gewissen Schadenfreude notiert – dies aber in krassem Gegensatz zu ihrer Reaktion auf eine weitere Auslassung im Bulletin – nämlich die Vertragsverlängerung von Assistant Professor Roger Fine. Fine war bei fast allen Lehrern und Professoren sehr beliebt, und sogar die, die ihn nicht besonders schätzten, nahmen Anstoß, da es sich, nach Ansicht aller, nur um eine politische Entscheidung handeln konnte.

Albert Herzog, ein junger Instructor der Anthropologie, der in der Lehrergewerkschaft tätig war, ging zu Fine. «Du, Rog, was höre ich da? Man will dich nach Ende des Semesters absetzen?»

«Ich werde nicht abgesetzt. Mein Vertrag läuft einfach ab.»

«Na und? Der Posten ist doch frei. Sie müssen jemand an deiner Stelle einstellen. Dann können sie dich doch auch da behalten?»

«Das müssen sie aber nicht», sagte Fine. «Ich bin im vorigen Februar mit einem Einjahresvertrag oder für zwei Semester eingestellt worden. Ich hab während des Sommerkurses auch unterrichtet, das macht also drei Semester. Es ist also völlig legal und in Ordnung.»

«Ja, aber ein normaler Vertrag wird im allgemeinen von Jahr zu Jahr verlängert. Macomber hat doch nichts gegen dich, oder?»

«Aber nein», sagte Fine rasch.

«Dann kann es nur eine Bedeutung haben – sie schmeißen dich raus, weil du dich politisch betätigt hast. Und wenn das so ist, dann hat die Gewerkschaft da auch noch ein Wort mitzureden. Wir werden eine Anhörung fordern.»

«Al, komm von den Barrikaden runter», sagte Fine. «Der Gewerkschaftsvertrag mit dem College gibt dem Präsidenten eigens das Recht, einen Mann ohne Anhörung zu entlassen, wenn er nicht einen langjährigen Vertrag hat.»

«Aber nur, wenn es *nicht* um politische Gründe geht!» sagte Herzog und fuchtelte zur Unterstützung seines Arguments mit einem knochigen Finger. «Er kann dich rauswerfen, wenn ihm deine Nase nicht paßt, aber er kann dich nicht wegen deines Artikels in *The Windrift* raussetzen oder weil du die Schwarzen unterstützt hast. Das ist ein politischer Grund, und der ist durch den Vertrag ausgeschlossen. Nein, der Fall liegt klar, und darum werden wir uns um die Sache kümmern.»

«Bitte, Al, tu mir einen Gefallen, und kümmere dich um deine Angelegenheiten. Ich will keinen Krieg mit der Verwaltung anfangen.» Fine legte ihm die Hand auf die Schulter.

Herzog schüttelte sie ab. «Ich versteh dich nicht. Wenn ich einem Vertreter des Lehrkörpers zugetraut hätte, er würde für sein Recht kämpfen, dann wärst du das gewesen. Das ist doch der ewige Ärger mit den Lehrern: sie glauben, sie erreichen mehr, wenn sie Kotau machen und die Verwaltung auf sich herumtrampeln lassen. Aber du solltest dir klar sein, daß die Gewerkschaft, wann immer sie einen Kampf anfängt, ihn auch gewinnt. Ich werde veranlassen, daß eine Sitzung –»

«Nein!»

«Hör doch, Fine, es geht nicht nur um dich. Wenn die Verwaltung einen voll qualifizierten Mann wie dich rauswerfen und einen anderen anheuern kann, was wird denn dann aus der Beförderung nach dem Dienstalter?»

«Ich pfeife auf die Beförderung nach dem Dienstalter. Ich bitte dich um einen persönlichen Gefallen, Al. Ich will jetzt einfach nicht in einen Krieg verwickelt werden.» Er senkte die Stimme. «Weißt du, Edie bekommt ein Kind. Ich will nicht, daß sie sich aufregt.»

«Na, das ist ja fabelhaft. Herzliche Glückwünsche!» rief Herzog. «In Ordnung, Rog, der Groschen ist gefallen. Ich werd's mit den anderen besprechen und ihnen mitteilen, was du gesagt hast. Wir machen dann schon das Richtige.»

Am nächsten Tag aber stand ein neuer Tisch in der Rotunde. Er trug ein großes Plakat mit dem Bild eines übergroßen Baseballschlägers. UNTERSCHREIBT FÜR FINE! ER HAT FÜR EUCH GESCHLAGEN – JETZT SCHLAGT FÜR IHN!

Hinter dem Tisch saß Nicholas Ekkedaminopoulos und forderte alle auf, die Eingabe zu unterschreiben. Alle, die ihn näher kannten, sogar seine Lehrer, nannten ihn Ekko. Er war älter als die meisten seiner

Kommilitonen und hatte in der Army gedient. Von den anderen Studenten hob er sich ab, weil er glatt rasiert war – er war nicht nur bartlos, sondern hatte den ganzen Kopf kahlgeschoren. Er erklärte es so: «Mein Alter ist kahl, mein Onkel ist kahl. Und jetzt werde ich kahl. Bei uns ist das erblich. Mein Alter kämmt sich die paar Haare, die er noch an den Seiten hat, quer über den Kopf und pappt sie fest. Mein Onkel ist ein fescher Mann mit einer hübschen Frau; er gibt ein Vermögen für Kuren und Öle und Cremes aus – und ist trotzdem kahl. Also sage ich mir: warum dagegen ankämpfen? Ergo hab ich alles abrasiert.»

Roger Fine kannte ihn gut; sie waren gleich alt und hatten beide in Vietnam gekämpft. Sie waren Freunde geworden. Sie befaßten sich gemeinsam mit der Anwerbung schwarzer Studenten, und Fine hatte ihn im Sommer nach Barnard's Crossing eingeladen.

Als er jetzt in die Rotunde kam, sah er das Schild und rannte wütend zu dem Tisch. «Verdammt, was ist denn hier los, Ekko? Wer hat das veranlaßt?»

«Mann, Rog, das ist offiziell von den Studenten-Aktivisten beschlossen worden.»

«Komm mir nicht mit diesem offiziellen Mist, Ekko. Du weißt verdammt gut, daß die Studenten-Aktivisten nur aus dem halben Dutzend Leuten bestehen, das im Studenten-Ausschuß ist. Ich möchte wissen, wer dich dazu angestiftet hat. Al Herzog?»

«Der Klugscheißer? Nie!» Ekko senkte die Stimme. «Es herrschen schlechte Zeiten, Rog. Vor drei Jahren, als ich noch Freshman war, konntest du für alles, was dir nur in den Kopf kam, eine Liste auslegen, und du hättest noch vor Ende der Lunchpause fünfhundert Unterschriften gehabt. Die haben nicht mal gelesen, was sie unterschrieben haben. Und heute sitzen wir hier seit dem Morgen und wollen Unterstützung für unser Programm und können von Glück sagen, wenn wir fünfzig Unterschriften kriegen. Sie haben alle Gründe, sich zu drücken. Gemischte Wohnheime? Die Mädchen sagen, sie könnten das nicht unterschreiben, weil das wie ein Eingeständnis aussehe, daß sie mit jedem ins Bett gingen. Sogar, wenn es um freiwillige Prüfungen geht. Da glaubst du, jeder müsse dafür sein; aber nein, sie sagen, wenn sie Examen machen müssen, warum nicht die anderen auch? Dann kommt die Verwaltung und setzt dich vor die Tür. Da haben wir uns gedacht: jetzt haben wir unsere große Chance. Du hast viele Freunde in der Schule, und wir bekommen viele Unterschriften, dachten wir – ja, warum denn nicht – sollen sie doch gleich die Aktivisten-Resolution unterschreiben. Und es hat funktioniert!» Er sagte es triumphierend. «Ich sitze hier erst zwei Stunden und habe schon dreißig Unterschriften für deine Eingabe. Und sechs haben auch gleich für die Resolution unterschrieben.»

Fine schüttelte verzweifelt den Kopf. «Auf den Gedanken, mich zu fragen, ehe du diese Eingabe gestartet hast, bist du nicht gekommen?

Und daß es mir nicht in den Kram paßt, kannst du dir auch nicht denken?»

«O je, Roger, wir dachten, du würdest dich freuen. Und wenn wir's nicht gemacht hätten, hätte es der SDS gemacht. Vielleicht sogar die Spinner von Weathervane. Es muß dir doch lieber sein, wenn wir das machen, was?»

«Ich will es aber nicht, Ekko. Ich will, daß damit Schluß ist.»

«Okay, wenn du's unbedingt willst. Aber einen Moment noch –» Er hielt einen Studenten fest, der mit einem Mädchen vorüberging. «He, Bongo! Komm und unterschreib die Eingabe für Professor Fine.»

Roger Fine stürzte davon.

9

«Was hast du gegen John Hendryx, Dad?» fragte Betty Macomber. Es war der freie Abend von Mrs. Childs, und Betty räumte den Tisch ab, während er die Abendzeitung überflog.

«Hendryx? Ach, der Neue aus der englischen Abteilung?»

«Neu! Er ist seit zweieinhalb Jahren hier.»

«Wirklich. Da sieht man wieder, wie die Zeit vergeht. Aber warum? Ich hab nichts gegen ihn.»

«Warum ist er dann nicht Leiter der Abteilung geworden? Warum ist er nur kommissarischer Leiter?»

Präsident Macomber legte die Zeitung aus der Hand und sah zu seiner Tochter auf. Sie war groß und blond. «Meine Vikingerprinzessin», hatte er sie manchmal als kleines Mädchen genannt. Obwohl ihr Gesicht Spuren der Reife zeigte, war es faltenlos und immer noch schön. «Das ist Vorschrift», begann er, «der Leiter einer Abteilung muß ein gewisses Dienstalter haben, mindestens aber drei Jahre an der Abteilung gewesen sein. Hendryx ist noch nicht so lange bei uns. Er kann daher nur kommissarischer Leiter sein.»

«Aber früher sind die Leute auch Leiter der Abteilung geworden, ohne sich den Posten ersessen zu haben», beharrte sie. «Du hast mir selbst erzählt, daß Professor Malkowitz mit dem Tag seines Dienstantritts Leiter der mathematischen Abteilung geworden ist.»

«Malkowitz war ein Sonderfall. Er wäre sonst nie nach Windemere gekommen, und wir wollten ihn unbedingt haben. Die Kuratoren haben abgestimmt und ihm eine Garantie gegeben.»

Sie stellte die Brotschale und die Salatschüssel ab und setzte sich vor ihn auf das Fußkissen. «Und warum kannst du das bei Professor Hendryx nicht auch so machen?»

Er lehnte sich im Sessel zurück und lächelte. «Professor Malkowitz ist

51

weithin bekannt. Er ist ein bedeutender Wissenschaftler.»

«Und an den Fähigkeiten von Professor Hendryx zweifelst du?»

An dem kriegerischen Tonfall ihrer Stimme war nicht zu zweifeln. Er wollte durch eine oberflächliche Antwort ausweichen. «Etwas spricht auf jeden Fall für ihn: er weiß, wie man weibliche Hilfskräfte anwirbt. Monatelang hat mich Millicent Hanbury seinetwegen unter Druck gesetzt, und jetzt kommst du. Bei ihr kann ich es verstehen. Sie sind alte Freunde oder kommen wenigstens aus derselben Stadt. Aber du! Ich wußte nicht mal, daß du ihn kennst.»

«Ich hab ihn am Tag meiner Rückkehr kennengelernt. Er war bei den Sorensons eingeladen.»

«Ach?»

«Und seither habe ich ihn ziemlich oft gesehen», fügte sie beiläufig hinzu.

Aber er fiel nicht darauf herein. «Hat er sich über die Behandlung hier beklagt?»

«Nein, das nicht», sagte sie. «Aber als ich von ihm als dem Leiter der englischen Abteilung gesprochen habe, hat er mich sofort korrigiert und erklärt, er wäre nur kommissarischer Leiter.» Sie hielt inne. «Wenn du etwas weißt, was gegen ihn spricht, Vater, würde ich es gern hören.»

Als ihm klar wurde, daß ihr Interesse nichts mit unpersönlicher Teilnahme an Collegedingen zu tun hatte, wurde er vorsichtig. «Er hat gute Examen. Ich glaube, er war in Harvard. Meines Wissens hat er auch einiges veröffentlicht. Aber wenn man mal ein so alter Hase ist wie ich, dann entwickelt man bei der Anstellung von Lehrkräften Instinkte. In den letzten zehn Jahren, ehe er zu uns gekommen ist, war er an drei verschiedenen Colleges. Und warum sollte er überhaupt zu uns kommen? Wir sind ein kleines und nicht sehr bekanntes College. Mit seinen Fähigkeiten müßte er leicht eine Stellung an einem berühmten College gefunden haben.»

«Dein großartiger Malkowitz ist auch gekommen.»

«Ja, hinter dem sind wir hergerannt und haben verlockende Angebote gemacht. Professor Hendryx hat sich mitten im Jahr bei *uns* beworben.»

«Vielleicht zieht er kleine Colleges vor. Das tun viele Männer.»

Er nickte. «Aber seine letzte Stellung war an einem kleinen College – Jeremiah Logan College in Tennessee, soweit ich weiß. Warum ist er nicht dort geblieben?»

«Vermutlich, weil es in Tennessee war. Jeder Neu-Engländer muß sich in einer kleinen Süd-Staaten-Stadt wie ein Fisch auf dem Trockenen vorkommen.»

«Das ist richtig», gab er zu, «und das hatte ich auch geglaubt, bis ich zufällig den Direktor von Jeremiah Logan beim Kongreß der College-Präsidenten im vorigen Jahr kennengelernt habe. Ich habe Hendryx erwähnt. Du weißt ja, heutzutage muß ein Verwaltungsmann, wie praktisch jeder Arbeitgeber, sehr vorsichtig sein mit dem, was er über einen früheren Angestellten sagt. Man setzt sich einer Klage aus, wenn man etwas erzählt, was man zwar haargenau weiß, aber nicht beweisen kann. Nun, dieser Mann von Jeremiah Logan war noch vorsichtiger als die meisten, aber immerhin habe ich seinen Worten entnommen, daß Hendryx an seinem College Ärger gehabt hat – es ging um eine seiner Studentinnen.»

«Das weiß ich alles», sagte sie gelassen. «Es war ein billiges kleines Flittchen; sie wurde bei Sigma Chi, aber auch bei allen anderen Studentenverbindungen, von einem zum anderen weitergereicht.»

«Das hat er dir alles erzählt? Warum?»

«Weil wir uns füreinander interessieren.» Sie stand auf.

«Betty, der Mann sagte, er wäre sexbesessen –»

«Das wäre nach Malcolm eine angenehme Abwechslung.»

«Betty!»

«Dad, am besten sage ich es dir gleich. John und ich wollen heiraten.» Er starrte sie an.

«Mach kein so entsetztes Gesicht. Und du wirst es mir nicht ausreden, nur weil ein Mann von vierzig nicht wie ein Einsiedler gelebt hat. Wie wär's, wenn du mir jetzt mal Glück wünschtest?»

«Aber mit einer Schülerin!»

«Groß genug, alt genug. Du nimmst doch wohl nicht an, daß deine Studentinnen hier in Windemere alles Jungfrauen sind?»

«Nein, natürlich nicht», sagte er. «Aber ich kann trotzdem nicht gutheißen, daß Professoren – äh – Beziehungen haben, vielmehr ihre Stellung ausnutzen, um – äh – um Studentinnen zu verführen.» Er nahm einen neuen Anlauf. «Betty, ich bin in diesen Dingen so modern eingestellt, wie es einem Mann meiner Generation möglich ist. Aber für ein Mitglied des Lehrkörpers geht das nicht. Ich meine jetzt auch vom Standpunkt der Fairness aus, weil er eben seine Stellung ausnutzen kann. Denk doch wenigstens daran, was für ein Licht das auf seinen Charakter wirft.»

«Fairness, Charakter!» Sie lachte schroff. «Dad, darf ich dich über die Geheimnisse des Lebens in den siebziger Jahren aufklären. Sex geht die Frauen an; das ist ihre Spezialität und das Gebiet, auf das sie sich konzentrieren. Wenn es in Windemere Beziehungen zwischen Lehrern und Schülerinnen gibt – ich bin sicher, daß es sie gibt –, dann glaub mir, daß das Mädchen die Sache in Gang gebracht hat und in der Hand hat. Und normalerweise wird sie es auch sein, die sie beendet, wenn sie einen anderen gefunden hat oder meint, es sei nun genug. Um auf Johns Affäre in Logan zurückzukommen oder auf andere, die er an den anderen Colleges gehabt haben mag, an denen er auch unterrichtet hat: er wird schon glauben, er sei der Initiator gewesen, aber du kannst wetten, daß es in jedem Fall von dem Mädchen ausgegangen ist.»

«Betty, hast du eine Affäre mit ihm?»

«Ach, Dad, du bist süß. Nein, das habe ich nicht, aber nur, weil es sich nicht dahin entwickelt hat – noch nicht, auf jeden Fall. Habe ich dich jetzt schockiert?» Sie sah ihn erheitert an.

«Liebst du diesen Mann, Betty?»

«Ich bin kein bis über beide Ohren verliebtes kleines Mädchen, wenn du das meinst. Ich finde ihn anziehend. Er sieht gut aus und ist gescheit.»

«Aber du kennst ihn doch kaum. Du weißt nichts von ihm.»

«Ja, aber ich bin mit Malcolm aufgewachsen, und was ist daraus geworden? Ich kenne John jetzt seit fast zwei Monaten. Das ist lang genug.»

«Aber nur, weil du einmal einen Fehler gemacht hast –»

«Ich bin fünfunddreißig, und John ist vierzig. Wir stammen aus ähnlichen Verhältnissen. Er kommt aus einer alten Neu-England-Familie und hat keinen Anhang. Er ist der beste Mann, der hier zu haben ist. Wenn ich länger warte, werde ich am Ende einen Witwer mit Kindern nehmen müssen, der eine Haushälterin sucht, die umsonst für ihn arbeitet. Falls ich Glück habe. Und was die Verhältnisse mit seinen dummen kleinen Studentinnen anbelangt: ich meine, ich würde viel mehr Anlaß zur Besorgnis haben, wenn er sie nicht gehabt hätte. Was soll ein Junggeselle und Professor in einer kleinen College-Stadt denn sonst tun? Wäre es dir lieber, wenn er seine Zeit mit den Frauen seiner Kollegen verbrächte?»

«Die meisten Männer heiraten.»

«Dann wäre er für mich nicht erreichbar. Ach, Dad, ich werde ihn heiraten. Im Augenblick halten wir es noch geheim, weil er die fixe Idee hat, die Leute könnten es nicht verstehen, aber du kannst dich schon mal darauf einstellen. Mach dir doch keine Sorgen, Dad», sie umarmte ihn impulsiv, «ich weiß, daß er dir gefallen wird, wenn du ihn erst besser kennst.»

«Kennt Billy ihn denn schon?»

«Wir wollen ihn am Samstag zusammen besuchen. Ich bin sicher, daß er und Billy sich gut vertragen.»

«Und was für Pläne habt ihr für die Zukunft?»

«Das hängt von dir ab. John würde gern hierbleiben, aber er betrachtet seine augenblickliche Stellung als kommissarischer Leiter als herabsetzend. Als er im letzten Bulletin nicht erwähnt wurde, wollte er kündigen, aber ich habe ihm zugeredet, noch zu warten. Wenn er sich entschließt zu gehen, könnten wir eine Zeitlang mit dem Geld auskommen, das Mutter mir hinterlassen hat, bis er eine neue Stellung findet. Ich habe das vorgeschlagen, aber er ist zu stolz, darauf einzugehen. Aber wenn er einen langfristigen Vertrag bekommt und als Leiter der Abteilung eingesetzt wird, könnten wir sofort heiraten und würden dann in Zukunft hier leben.»

«Aber das geht nur durch die Wahl der Kuratoren.»

«Haben die schon jemals einen deiner Vorschläge abgelehnt?»

«Nein.»

«Bitte, Dad!»

Sie sah ihn flehend wie ein Kind an. Und was wußte er schon, was gegen Hendryx sprach? Dennoch ging es ihm gegen den Strich, den Einfluß seiner Stellung für rein familiäre Zwecke geltend zu machen. Andererseits war es ja nicht Betty allein. Dean Hanbury hatte ihn auch schon gedrängt, die Beförderung anzuregen; es würde also der Abteilung und dem College zugute kommen. «Na schön», sagte er zögernd, «ich spreche mal mit Dean Hanbury.»

Sie wußte, daß sie gewonnen hatte. «Oh, danke, Dad.» Sie küßte ihn wiederum. «Wann gehst du zu ihr?»

Er blätterte in seinem Taschenkalender. «Warte mal. Morgen ist Freitag. Da habe ich vormittags nichts Festes vor.» Er machte sich eine Notiz. «Freitag, der 13. Bist du abergläubisch?» Er lächelte sie an. «Ich gehe morgen vormittag zu ihr.»

Sie warf ihm eine Kußhand zu und rannte die Treppe hinauf. «Ich muß mich umziehen.»

«Ich dachte, du bliebst heute abend hier . . .»

«Aber ich muß doch John die Freudenbotschaft überbringen.»

10

Sie konnten sich nicht bei Abner Selzer treffen, weil sein Zimmergefährte Grippe hatte. Yance Allworth und Mike O'Brien wohnten beide zu Hause. Daher hatten sie verabredet, in Judy Ballentines Bude zusammenzukommen, obwohl das höllisch weit fort war, nämlich im Westend, genau am anderen Ende der Stadt. Wenigstens würden sie dort nicht gestört werden. Abgesehen davon: da Judy mit Ekko zusammen lebte, waren zwei der fünf schon dort. Sie wohnte im dritten Stock eines alten Mietshauses, das die Hyänen von Häusermaklern mit gekachelten Duschen und schrankgroßen Küchen ausstaffiert und mit ein paar Möbeln vollgestellt hatten, um von Studenten, Krankenschwestern und jungen Ärzten am Massachusetts General Hospital, die anderswo nichts hatten finden können, Wuchermieten zu erpressen.

Ekko hatte den einzigen Stuhl in Beschlag belegt. Es war ein Ohrensessel, dessen Bezug nicht nur verblichen, sondern auch voller Brandflecken war, die von den Zigaretten achtloser, wenn nicht gar vandalistischer früherer Bewohner stammten, die über die hohen Mieten wütend waren. «Stecken Sie doch einfach ein paar Spitzendeckchen darüber, dann sieht er wieder wie neu aus», hatte der Wohnungsmakler gesagt.

Judy, obwohl schon im Senior-Jahrgang, sah wie ein kleines Mädchen aus. Sie war winzig, und ihr Gesicht hatte durch den Rosenknospenmund und die großen, dunklen, unschuldigen Augen einen kindlichen Ausdruck. Sie saß auf dem Fußboden, den Kopf an Ekkos Knie gelehnt und schnippte ihre Zigarettenasche in die Richtung des Aschenbechers, der auch auf der Erde stand. Mit der anderen Hand massierte sie unter dem Hosenbein Ekkos Wade.

Auf dem schäbigen Sofa mit den durchgedrückten Federn saß Mike O'Brien, der halbtags in einer Bank arbeitete und darum einen Anzug, ein weißes Hemd und zu allem Überfluß auch noch einen Schlips trug; seine kleinen, dicken Finger ruhten verschlungen auf dem Schoß.

Yance Allworth lag auf dem Fußboden, sein hübscher Afro-Kopf ruhte auf einem Kissen, das er vom Sofa gezerrt hatte. Er trug gefranste dunkelrote Lederhosen und ein rosa Seidenhemd, das leuchtend von seiner sehr schwarzen Haut abstach. Während Abner Selzer, bärtig, mit bis auf die Schultern wallender Mähne, seine Unterhaltung mit Dean Hanbury wiedergab, hielt Yance die Augen geschlossen und schien zu schlafen.

«Ich hab es für heute auf halb drei verabredet, weil –» er brach ab. «Mensch, Judy, mußt du so an ihm rumfummeln, wenn wir hier eine Zusammenkunft haben?»

«Du kannst mich mal», sagte sie liebenswürdig.

«Mach weiter.» Ekko tätschelte ihren Kopf, als sei sie ein Hund.

«– weil Millie Hanbury es gern um die Zeit haben wollte», beendete er seinen Satz.

«Millie Hanbury kann mich mal», sagte Allworth durch halbgeschlossene Lippen.

«Vielleicht hätte ich da gar nichts gegen einzuwenden», sagte Selzer. «Die ist nicht ohne.»

«Du hättest bestimmt was dagegen.» Judy sah ihn an. «Sie hat's mit Damen.»

«Woher weißt du das?» fragte O'Brien interessiert.

«Das liegt doch auf der Hand. Sie hat Sport studiert. Alle Turnlehrerinnen sind so. Ich möchte nur wissen, warum wir uns um halb drei an einem Freitag mit ihr treffen müssen.»

«Am Freitag, dem 13.», murmelte Yance Allworth.

«Weil das College am Freitag wie eine Geisterstadt ist. Außer uns ist kein Mensch da. Nur wir.»

«Und was für einen Druck können wir fünf schon groß ausüben?»

«Mehr, als wenn wir das Treffen am Montagmorgen stattfinden ließen, wie du das vorgeschlagen hast, Judy», erwiderte Selzer. «Da bekommen wir vielleicht fünfzig, höchstens fünfundsiebzig Studenten zusammen. Die Hanbury sieht auf den ersten Blick, daß wir nur eine Handvoll zur Unterstützung haben und weiß von vornherein, daß sie die besseren

Karten hat.»

«Woher weißt du, daß wir nur fünfzig auftreiben?» fragte O'Brien.

«Weil das zur Zeit einfach so ist», sagte Selzer. «Weißt du, wieviel Unterschriften wir für die Eingabe wegen Roger Fine bekommen haben? Einhundertneunzehn! In einer ganzen Woche lausige hundertneunzehn Unterschriften. Darum hab ich, als die Hanbury Freitagnachmittag vorgeschlagen hat, sofort zugestimmt, weil sie dann nicht merkt, wie wenig wir sind.»

«Wetten, daß wir verdammt viel mehr Stimmen bekommen würden, wenn wir uns mit den Weathervanes verbündet hätten?» sagte O'Brien.

«Die Weathervanes können mich mal», murmelte Allworth.

«Mich auch», stimmte Ekko zu. «Das ist eine Bande von ausgeflippten Wahnsinnigen, zu denen ich nicht mal im Stoßverkehr in die Straßenbahn einstiege.»

«Aber echte Revolutionäre», beharrte O'Brien.

«Lebende Leichname sind das!» schimpfte Ekko. «Also halb drei, Abner? Gut, dann bleibt es dabei. Hast du ihr gesagt, warum wir sie sprechen wollten?»

«Nein, aber sie weiß natürlich, daß es uns um Fine geht. Sie muß ja das Plakat in der Halle gesehen haben.»

«Ich hab euch doch gesagt, daß Roger gegen unsere Aktion ist.»

«Roger Fine kann mich mal», sagte Allworth.

«Stimmt», Selzer nickte. «Aber wir machen das ja auch nicht für Fine. Er ist nur ein Demonstrationsbeispiel. Uns geht es um das Prinzip.»

«Ganz richtig», stimmte ihm Judy zu. «Wenn sie jeden Lehrer feuern, der auf unserer Seite steht, wie sollen wir uns dann im College durchsetzen?»

Sie redeten noch lange ergebnislos weiter, bis es Zeit zum Aufbruch wurde. Ekko begleitete sie hinaus, nahm sich aber Selzer auf dem Treppenabsatz zur Seite.

«Ich wollte das nicht vor den anderen sagen, aber Roger hat sich über die Eingabe ganz schön aufgeregt und noch mehr über das Treffen mit Millie. Er hat schon gekündigt, verstehst du.»

«Gekündigt? Was, zum Teufel –»

«Er mußte. Er sagt, sie hätten ihn in der Hand. Er hätte einen Kündigungsbrief schreiben müssen, den Millie in ihrem Safe eingeschlossen hat. Ich sollte das niemand weitererzählen, aber nach dem Treffen eben hab ich das Gefühl, wir lassen es besser langsam angehen. Weißt du, wir halten es ganz generell. Es kann uns sonst leicht passieren, daß wir als die Blamierten dastehen.»

«Hm.» Das Räderwerk in Selzers Kopf begann sich zu drehen, als er seine Strategie überdachte. Dann sah er Ekko zweifelnd an. «Ich weiß nicht. Vielleicht sollten wir abwarten, bis sie damit rausrückt, und dann sagen, wir wissen es schon, haben aber das Gefühl, er wäre dazu gezwungen worden.»

«Ich meine immer noch –»

Selzer fühlte sich als Führer angezweifelt. «Was ist, willst du es lieber übernehmen, Ekko?»

«Nein. Ich möchte nur nicht, daß Rog es am Ende ausbaden muß.»

«Reg dich nicht auf. Ich hab von Anfang an höchstens mit unentschieden gerechnet.»

«Wie meinst du das?»

«Daß wir bei Fine den kürzeren ziehen, aber dafür bei seinem Nachfolger ein Mitspracherecht kriegen.»

«Ja. Aber denk dran.» Ekko drehte sich um, sagte dann aber noch: «Du, weiß sonst noch jemand von dem Treffen?»

«Ich hab niemand was gesagt. Warum?»

«Weil ich es nicht gern hätte, wenn sich diese Weathervane-Spinner plötzlich einmischten. Dean Hanbury würde das bestimmt ausnutzen, und dann ist Roger endgültig weg vom Fenster.»

«Wer sollte es ihnen sagen?»

«Ach, Mike redet andauernd davon, wie die Weathervanes dies und jenes machen würden, und dann hab ich ihn mit dieser Aggie gesehen.»

Selzer überlegte kopfschüttelnd. «Nee, Mike nicht. Der quatscht nur viel. Das ist der Ausgleich für die Establishmentklamotten, die er in der Bank tragen muß.» Er lachte und polterte hinter den anderen her die Treppen hinunter.

Sie trennten sich am Charles Street-Bahnhof. Yance und Abner gingen auf den oberen Bahnsteig, während O'Brien in die Innenstadt zurückkehrte. Nach einem kurzen Stück Weg ging Mike in einem Drugstore in die Telefonzelle. Er zog die Tür fest hinter sich zu und wählte. Es klingelte sicher sechsmal, ehe abgenommen wurde. «Ja?»

«Ist Aggie da?» fragte O'Brien.

«Aggie wer?»

«Einfach nur Aggie. Ob sie da ist, möchte ich wissen?»

Er wartete, dann kam eine neue Stimme. Die Stimme eines Mädchens. «Hallo, bist du das?»

11

Rabbi Small sah den Freitags-Vorlesungen mit wenig Vorfreude entgegen, obwohl er jedesmal hoffte, diesmal das volle Kontingent vorzufinden. Und jedesmal war er dann wieder enttäuscht.

Er wußte zwar, daß er unvernünftig reagierte, konnte sich aber eines gewissen Ressentiments nicht erwehren. Am Freitag, dem 13., war es auch nicht anders: ein Dutzend Studenten war da, und er war ärgerlich.

Er schloß die Tür hinter sich und stieg ohne ein Wort der Begrüßung auf das Podest.

Er nickte flüchtig, kehrte ihnen den Rücken zu, um die Aufgabe an die Tafel zu schreiben, drehte sich wieder um – und glaubte seinen Augen nicht zu trauen: die Hälfte der Anwesenden war fort. Dann stellte er fest, daß sie nicht hinausgegangen waren, sondern in den Gängen zwischen den Tischen auf dem Fußboden saßen.

Er war zu keinen Scherzen aufgelegt; das war er freitags nie. «Ich darf doch sehr bitten!» rief er.

Sie reagierten nicht. Die, die noch auf den Stühlen saßen, senkten den Blick auf die aufgeschlagenen Hefte; keiner wollte ihm in die Augen sehen.

«Bitte, setzen Sie sich auf die Stühle.»

Sie rührten sich nicht.

«Ich kann nicht unterrichten, wenn Sie auf der Erde sitzen.»

«Warum nicht?» Harry Luftig fragte das vom Fußboden aus – nicht frech, nein, durchaus höflich.

Einen Augenblick wußte der Rabbi nicht, was er sagen sollte. Dann kam ihm eine Idee. «Auf dem Fußboden zu sitzen, ist bei uns Juden ein Zeichen der Trauer. Die Frommen sitzen während der siebentägigen Trauerzeit auf dem Fußboden. Wir tun das auch am 9. Aw, dem Tag der Zerstörung des Tempels. In der Synagoge sitzen wir auf niedrigen Hokkern und rezitieren aus dem Buch Jeremia. Jetzt aber ist Freitag nachmittag, und der Sabbat beginnt bald. Trauern ist am Sabbat ausdrücklich verboten.»

Natürlich dauerte es noch Stunden bis zum Sabbat, aber er spähte durch die dicken Brillengläser auf sie hinunter, um festzustellen, ob sie seine Erklärung als gesichtwahrenden Ausweg aus ihrem albernen Scherz akzeptieren würden. Er glaubte, einer wäre gerade im Begriff aufzustehen, aber er veränderte nur seine Stellung.

Plötzlich war er wütend – und verletzt. Das waren keine Kinder mehr. Warum sollte er sich mit dem abfinden müssen? Ohne ein weiteres Wort nahm er seine Bücher auf und ging hinaus.

Er marschierte energisch durch den Flur, seine Schritte widerhallten hohl im stillen Haus. Mit finsterem Gesicht stand er vor seinem Büro, schloß auf und ging hinein.

Er war überrascht, nicht sehr freudig, Professor Hendryx im Drehstuhl liegend und telefonierend vorzufinden.

Er winkte dem Rabbi mit der freien Hand zu, beendete das Gespräch, richtete sich zum Sitzen auf und legte den Hörer auf die Gabel.

Er warf einen Blick auf die Uhr. «Viertel nach eins. Haben Sie jetzt keinen Unterricht?»

Der Rabbi zog den Besucherstuhl vor und setzte sich ihm gegenüber an den Schreibtisch. «Ja, das hatte ich. Ich bin einfach rausgegangen.»

Hendryx grinste. «Was ist passiert? Haben sie versucht, Sie aufs Kreuz zu legen?»

«Ich weiß nicht, was sie versucht haben», sagte der Rabbi entrüstet, «aber was es auch war, ich fand ihr Benehmen einer Vorlesung nicht angemessen.»

«Was haben sie denn gemacht?»

Der Rabbi erzählte es ihm und sagte abschließend: «Nachdem ich mir durch die religiöse Deutung schon eine Blöße gegeben hatte, blieb mir keine Wahl.»

«Aber sie haben Ihnen das nicht abgekauft?»

«Leider nein. Keiner ist vom Fußboden aufgestanden.»

«Und dann sind Sie rausgegangen.»

Der Rabbi nickte. «Ich wußte nicht, was ich sonst hätte machen sollen.»

«Sie waren gestern nicht hier, Rabbi?» fragte Hendryx, scheinbar vom Thema abweichend.

«Nein. Ich komme nur zu meinem Kurs. Was war gestern?»

Professor Hendryx holte die Pfeife heraus und stopfte sie aus der Tabakdose auf dem Tisch. «Eigentlich hat es schon am Mittwoch begonnen.» Er rieb ein großes Streichholz an der Unterseite der Schreibtischplatte an und hielt es über die Pfeife, an der er sanft zog. Dann fuhr er fort: «Am Mittwoch berichteten die Zeitungen über einen Besuch des Bürgerausschusses für Strafrechtsreform im Norfolk-Jugenderziehungsheim für Jungen. Sie fanden die üblichen, beklagenswerten Bedingungen vor: Überbelegung, zerbrochene Fensterscheiben, Toiletten mit kaputter Spülung, Schaben in der Küche. Der Leiter der Anstalt gab die üblichen Entschuldigungen ab: zuwenig Geld, zuwenig ausgebildetes Personal, keine einheitliche Führung. Etwas allerdings war neu seit ihrem letzten Besuch. Im Aufenthaltsraum gab es keine Stühle, und die Insassen mußten auf dem Fußboden sitzen. Der Anstaltsleiter erklärte, er habe die Stühle hinausbringen lassen, weil sie in der Woche davor bei einer Revolte als Waffen verwendet worden seien. Die meisten Mitglieder des Ausschusses kauften ihm das nicht ab. Sie wiesen darauf hin, daß kein Teppich auf dem Fußboden liege, daß es kalt und zugig und die Gesundheit der kleinen Schurken in Gefahr sei, na und so weiter. Haben Sie das denn nicht gelesen?»

«Ja, aber was hat das mit meinen Studenten zu tun?»

«Darauf komme ich gleich.» Er paffte vor sich hin. «Präsident Macomber ist Mitglied dieses Ausschusses, und er war einer der wenigen, die nicht nur nicht protestierten, sondern den Anstaltsleiter auch noch unterstützten. Folglich beschlossen unsere Studenten am nächsten Tag – das war gestern –, bis zum Ende der Woche in allen Vorlesungen aus Protest gegen ihren Präsidenten auf dem Fußboden zu sitzen.»

«Haben sie das bei Ihnen auch gemacht? Was haben Sie unternommen?»

«Ach, ich habe es gar nicht beachtet. Ich habe mit der Vorlesung fortgefahren. Einige von den Lehrern haben sarkastische Bemerkungen gemacht, aber natürlich ohne Erfolg.» Hendryx lachte. «Ted Singer – der Soziologe, wissen Sie – hat gesagt, da es sowieso auf der Welt drunter und drüber ginge, sollten sie sich anpassen und sich gleich auf den Kopf stellen. Eines der Mädchen hat ihn beim Wort genommen und sich bis zum Ende der Stunde, zehn Minuten lang, sagt er, auf den Kopf gestellt. Vermutlich betreibt sie Yoga.» Er zeigte beim Lächeln ebenmäßige weiße Zähne. «Der Rock ist ihr natürlich heruntergerutscht, aber laut Singer trug sie leider eine von diesen Strumpfhosen, so daß nichts zu sehen war.»

Der Rabbi hatte den Verdacht, daß die Geschichte aufgebauscht sei, um ihn in Verlegenheit zu bringen. Vermutlich weil er ein Rabbi war, machte sein Kollege absichtlich anzügliche Bemerkungen und wartete dann auf seine Reaktion. «Sind Sie sicher, daß es nur für diese Woche geplant ist?»

«Soviel ich weiß, ja. Warum?»

«Weil ich einschreiten werde, wenn es länger dauert.»

Hendryx sah ihn erstaunt an. «Warum das? Warum macht es Ihnen was aus?»

«Es macht mir was aus.» Er warf einen Blick auf die Uhr. «Ich gehe am besten gleich zu Dean Hanbury.»

Hendryx starrte. «Und wozu das?»

«Na ja, ich habe schließlich den Vorlesungsraum verlassen.»

«Rabbi, lassen Sie mich Ihnen die Geheimnisse des akademischen Lebens erklären. Dem Dean ist es absolut schnurz, wenn Sie gelegentlich aus einer Vorlesung davonlaufen oder etwa gar nicht erst kommen. Was Sie während Ihrer Stunden tun, geht nur Sie was an. Im vorigen Jahr hat Professor Tremayne mitten im Februar eine dreiwöchige Lektüreperiode anberaumt und ist nach Florida gefahren. Nun ist Tremayne allerdings die Art von Pädagoge, die den Studenten durch ihre Abwesenheit mehr Gutes antut als durch ihre Gegenwart.»

«Trotzdem meine ich, ich sollte es ihr mitteilen. Im übrigen muß ich auch die für Mitte des Semesters fällige Meldung der Studenten mit ungenügenden Leistungen machen.»

Hendryx pfiff durch die Zähne. «Wollen Sie das wirklich, nach allem, was ich Ihnen gesagt habe?»

«Ich habe in der letzten Woche eine Mitteilung bekommen, die Listen müßten bis zum kommenden Montag eingereicht werden.»

«Rabbi, Rabbi», sagte Hendryx, «wann hatten Sie zum letztenmal mit einem College zu tun?»

«Ich habe Hillel-Gruppen unterrichtet.»

«Nein, ich meine eine richtige Beziehung zu einem College.»

«Nicht seit meiner Studentenzeit vor fünfzehn, sechzehn Jahren. Warum?»

«Weil sich in den letzten sechzehn Jahren – was sage ich, in den letzten sechs – alles verändert hat. Wo sind Sie gewesen? Lesen Sie denn keine Zeitungen?»

«Aber die Studenten –»

«Studenten!» knurrte Hendryx verächtlich. «Ja, glauben Sie denn, daß sich ein College um die Studenten kümmert? Die Hauptaufgabe eines College ist heutzutage, dafür zu sorgen, daß der Lehrkörper, eine Gesellschaft von als gelehrt betrachteten Männern, in angemessenem Wohlstand und Sicherheit leben kann. Es ist der Beitrag der Gesellschaft, solche ehrenwerten Vorhaben wie Forschung und Steigerung des Wissens zu unterstützen. Die Gesellschaft hat das unbehagliche Gefühl, daß jemand sich um solche Nichtigkeiten wie die Quelle von Shakespeares dramatischen Verwicklungen kümmern sollte, oder ob der Herr da über mir –» er machte eine Kopfbewegung in Richtung der Homer-Büste auf dem oberen Regalfach – «für die homerischen Epen zuständig ist, oder ob er nur einer aus einem Kollektiv war, oder um den Einfluß der flämischen Weber auf die mittelalterliche englische Wirtschaft, oder die Wirkung von Gammastrahlen auf Schraubenalgen.

Wir sitzen abgesondert im akademischen Elfenbeinturm und vertrödeln unser Leben, während der Rest der Welt sich der normalen Beschäftigung hingibt, Geld zu machen oder Kinder oder Krieg oder Krankheiten oder Umweltverschmutzung oder was er, in drei Teufels Namen, sonst eben treibt. Was die Studenten anbetrifft, die können uns, wenn sie wollen, über die Schulter blicken und etwas lernen. Oder sie können ihre Studiengebühren bezahlen, die uns zum Teil unterstützen, und sich hier vier Jahre lang gut amüsieren. Mir persönlich ist es völlig gleichgültig, was sie tun, solange sie mir mein bequemes Leben nicht verderben. Bitte schön.»

Er tat einen tiefen Zug aus der Pfeife und blies den Rauch zum Rabbi hinüber.

«Und Sie haben nicht das Gefühl, den Studenten etwas schuldig zu sein?» fragte dieser leise.

«Nichts und gar nichts. Sie sind einfach nur ein ins Spiel eingebautes Hindernis wie ein Sandbunker auf einem Golfplatz. Wenn man's genau nimmt, tun wir ja was für sie. Nach vier Jahren bekommen sie den akademischen Grad, über den Sie neulich sprachen, und der sie befähigt, sich für bestimmte Stellungen zu bewerben. Oder sie können den nächsten Grad ansteuern, der sich in Geld umsetzen läßt, wenn sie Ärzte, Rechtsanwälte oder Wirtschaftsprüfer werden. Vom Blickpunkt derer aus, die sich das College nicht leisten können, ist das keine sehr faire Einrichtung, aber in dieser unvollkommenen Welt doch ganz normal.

Himmel, ist es denn bei den innungsgebundenen Berufen anders, wo man erst eine sinnlose Lehre abschließen muß, ehe man aufgenommen wird?» Er schüttelte den Kopf, als beantworte er seine eigene Frage. «Ärger gibt es erst dann, wenn die Studenten, wie jetzt in den letzten Jahren, gleichziehen und aufrührerisch werden oder Demonstrationen inszenieren wie heute Ihre Klasse.»

«Aber wenn das College für die Lehrer existiert, und der Student nur seine Zeit absitzt, warum sollte man sich dann darum kümmern, was er tut?»

Hendryx lächelte. «Oh, ich kümmere mich nicht darum. Nur wenn die Gans geschlachtet wird, die die goldenen Eier legt. Aber das ist in den letzten Jahren geschehen. Der Student hat gemerkt, daß er an der Nase herumgeführt wird. Natürlich hat er schon immer gewußt, daß das, was er bekam, nicht das Geld wert war, das er dafür bezahlte. Ich habe mir einmal ausgerechnet, daß es ihn pro Vorlesung etwa zehn Dollar kostet. Meine Güte, das sind meine Vorlesungen wirklich nicht wert. Sind es Ihre? Wie schlau muß ein Student sein, sich das selber auszutüfteln? Aber er hat mitgespielt, weil er den Abschlußgrad braucht, um eine Stellung zu bekommen oder die weitere Ausbildung fortsetzen zu können. Aber dann haben sie ihn auch noch in den Krieg geschickt, und das wurde ihm ein bißchen viel: der akademische Grad, den wir ihm gaben, erwies sich als Fahrkarte, manchmal nur als einfache Fahrkarte, nach Vietnam. Darum hat er rebelliert.»

«Er hat ihm aber auch eine Vierjahres-Rückstellung vom Krieg beschert», stellte der Rabbi fest.

«Ja, das hat er, aber das entspricht dem Leben. In den letzten zwei Jahren haben sich die Dinge allerdings sehr beruhigt, einerseits wegen der Änderung der Wehrgesetze, andererseits wegen der Truppenrückziehung aus Vietnam, und entsprechend friedlich sind die Studenten geworden. Aber sie haben sich an den Protest, ja sogar an die Gewalt gewöhnt, und das wollen wir nicht. Wissen Sie, daß es hier ein Bombenattentat gegeben hat?»

«Ja, davon habe ich natürlich gelesen, aber das war im vorigen Jahr.»

«So was kann man nie wissen. Nehmen Sie den heutigen Nachmittag. Dean Hanbury erwartet einen Ausschuß wegen der Roger Fine-Geschichte. Vielleicht, wahrscheinlich, bleibt es beim Reden. Dennoch hat sie es für ratsam gehalten, mich herzubestellen, damit ich zur Hand bin.»

«Weil Sie Chef der englischen Abteilung sind?»

«Ich bin nur kommissarischer Leiter. Nein, sie wollte, daß ich hier bin, falls es Ärger gibt.»

«Ärger?» Der Rabbi überlegte. «Ich hab natürlich das Plakat in der Halle gesehen. Professor Fine muß bei den Studenten sehr beliebt sein, wenn sie seinetwegen eine Eingabe machen.»

Hendryx zog die Schultern hoch. «Kann sein. Andererseits ergreifen die Studenten – wenigstens einige von ihnen – jede Gelegenheit, einen Streit anzufangen. Ich weiß nicht, wie beliebt Roger Fine ist. Er sieht sehr gut aus, demnach werden wohl die Mädchen auf seiner Seite sein. Das schöne rote Haar –» Er verstummte. «Irgendwie bringe ich rotes Haar nicht mit Ihren Leuten in Verbindung. Glauben Sie, daß es zwischen seiner Mutter oder Großmutter ein Techtelmechtel mit einem russischen oder polnischen Soldaten gegeben haben könnte?»

«Wenn ja», sagte der Rabbi gleichmütig, «war es vermutlich unfreiwillig während eines Pogroms. Aber es gibt tatsächlich rotes Haar als Erbfaktor bei den Juden. König David soll rothaarig gewesen sein.»

«Ach? Na, wie dem auch sei, ein hübscher junger Professor ist bei den Frauen immer populär. Auch wenn er ein Krüppel ist.»

«Macht das denn einen Unterschied?»

«Oh, ich sage ja nicht, daß er so verkrüppelt ist, um abstoßend zu wirken. Er geht am Stock, und das macht ihn vielleicht auf irgendeine Art noch anziehender. Ein moderner Lord Byron. Er sieht ihm ein bißchen ähnlich, wenn man's sich recht überlegt. Mit dieser Locke, die ihm in die Stirn fällt.» Er lachte leise. «Ein rothaariger Byron. Ein kleiner physischer Fehler kann manchmal eine Bereicherung sein. Sehen Sie sich den Mann von der Hathaway-Hemdenreklame an, oder warum nicht Ihren General Moshe Dayan?»

«Warum wird er nicht weiterbeschäftigt?» fragte der Rabbi, zum Thema zurückkommend.

«Darum geht es ja. Sie brauchen keine Begründung zu geben. Vielleicht hat ihn der Präsident oder unsere Miss Dean mit offenem Hosenlatz auf dem Flur erwischt oder sogar im Clinch mit einer Studentin. Woher soll man das wissen? Es kann tausend Gründe geben.»

Der Rabbi ging durch den Flur zum Büro des Dean, aber gerade als er um die Ecke kam, sah er die Tür ins Schloß fallen. Er zögerte einen Augenblick, erinnerte sich dann an das gleich beginnende Treffen mit dem Studentenausschuß, und beschloß, sie nicht zu stören.

Beim Verlassen des leeren Hauses fiel ihm auf, daß das große Büro der englischen Abteilung im ersten Stock erleuchtet war. Er sah, daß Roger Fine allein und gedankenversunken an seinem Schreibtisch saß.

«Wollen Sie mit mir nach Barnard's Crossing zurückfahren?» rief er.

Fine blickte erschrocken auf. «Oh, hallo, Rabbi. Nein, ich bin mit meinem Wagen hier. Aber vielen Dank. Ich – ich warte noch auf einen Anruf.»

Als er aus dem Portal trat, überlegte der Rabbi, ob der arme Kerl wohl wirklich auf einen Anruf wartete oder etwa auf das Ergebnis der Besprechung, das sein Schicksal beeinflussen könnte.

Trotz des Spätherbstes war das Wetter mild, und David Small fuhr mit heruntergekurbeltem Fenster. Er begann sich zu entspannen und die Fahrt zu genießen, als er an einigen Studenten vorbeikam, die auf dem Gehweg saßen; sie erinnerten ihn an die Vorfälle während seiner Vorlesung. Er versuchte die Gedanken zu verdrängen, indem er sich auf den Beginn des Sabbat einstellte, an dem man doch mit der Welt in Frieden sein sollte. Er stellte sich Miriam beim Tischdecken vor, beim Herrichten der geflochteten Sabbatbrote, der Barches, und des Kiddusch-Weins.

Er stellte sich seine Ankunft und ihre Begrüßung vor. «*Schabbat Schalom*, David», und dann die unvermeidliche Frage: «Wie war's denn heute?»

Er würde antworten: «Ach, es war – weißt du, neulich hat Präsident Macomber das Erziehungsheim für Jungen besucht. Er ist Mitglied eines bestimmten Bürgerausschusses und . . .» Nein, so ging es nicht. Er konnte das Fiasko nicht verheimlichen. Wenn er es versuchte, würde sie spüren, daß er etwas verschwieg, und dann würde alles noch viel schlimmer werden.

Vor sich sah er das Café am Straßenrand; er bog ein. Er brauchte dringend eine Tasse Kaffee.

12

«Was willst du mit der Aktentasche?» fragte Abner, als er Ekko vor dem Verwaltungsgebäude traf. «Was ist da drin?»

«Nichts», sagte Ekko, «ich dachte nur, es macht sich besser. Schließlich gehen wir zu so was wie 'ner Konferenz.»

Abner betrachtete ihn zweifelnd. «Wenn wir nicht bald da oben aufkreuzen, gibt es keine Konferenz. Komm schon.»

Dean Hanbury stellte einige Stühle vor ihren Schreibtisch und schloß den Safe ab. Nachdem sie die Jalousie so gestellt hatte, daß die Sonne nicht blendete, setzte sie sich hinter den Schreibtisch und begann zu stricken. Sie erwartete die Ankunft der Delegation. Sie kamen pünktlich um halb drei herein. Erst Judy Ballantine und Abner Selzer, gefolgt von Ekko mit der Aktentasche, die er geheimnisvoll auf dem Schoß barg.

Miss Hanbury lächelte wohlwollend und strickte weiter, während die Studenten Blicke austauschten und nicht wußten, wie sie anfangen sollten. Irgendwie hatten sie das Gefühl, in die Defensive gedrängt worden zu sein, noch ehe die Konferenz begonnen hatte.

Ekko räusperte sich. «Also, hören Sie, Miss Hanbury –»

«Laß mal», befahl Selzer schroff. Dann sagte er: «Wir sind wegen einer Angelegenheit hier, die wir für sehr wichtig erachten, Dean Hanbury.»

Sie neigte den Kopf, Zustimmung anzeigend.

«Aber wenn Sie dabei stricken, bringt uns das aus dem Konzept, wenn Sie verstehn, was ich meine. Es macht den Eindruck, als fänden Sie es nicht sehr wichtig.»

«Oh, entschuldigen Sie, Mr. Selzer. Das ist eine Angewohnheit von mir. Ich muß gestehen, daß ich sogar bei den Fakultätskonferenzen stricke.»

Sie packte das Strickzeug in den Plastikbeutel zu ihren Füßen. «Ist das besser? Was kann ich für Sie tun?»

«Zuerst möchten wir gern über Professor Roger Fine sprechen», sagte Judy.

«Sie sagen ‹zuerst›, haben Sie noch andere Themen?»

«Ja, es gibt andere Themen.» Das kam von Selzer.

«Warum nennen Sie sie mir nicht? Viellleicht gibt es welche, über die wir weitgehendst einer Meinung sind und die sich sofort klären lassen.»

«Wir würden lieber eines nach dem anderen vorbringen, Miss Hanbury», sagte Abner.

Sie zuckte die Achseln.

«Wir möchten die Sache mit Roger Fine zuerst besprechen.»

«Bitte sehr. Aber lassen Sie mich vorweg fragen: in welcher Position sind Sie? Hat er Sie gebeten, ihn zu vertreten?»

«Wir vertreten ihn.»

«Ja, aber hat er Sie darum gebeten? Denn wenn Sie als seine offiziellen Vertreter auftreten, müßten Sie eine schriftliche Vollmacht von ihm besitzen.»

«Wir haben keine schriftliche Vollmacht, Miss Hanbury», erklärte Selzer leichthin, «aber er weiß, daß wir uns für seinen Fall interessieren. Ich meine, daß das jeder weiß, weil wir ja seinetwegen Unterschriften für eine Eingabe gesammelt haben.»

«Hat er das denn gutgeheißen? Und wie viele Unterschriften haben Sie bekommen, Mr. Selzer?»

«Wir haben viele Unterschriften, Miss Hanbury.»

«Darf ich die Eingabe sehen?» Sie sah die Aktentasche auf Ekkos Schoß an. «Haben Sie sie da drin?»

«Wir haben sie nicht mitgebracht», sagte Abner.

«Warum nicht? Sie geben eine Eingabe in Umlauf und sammeln Unterschriften. Ich nehme an, die Eingabe war an die Verwaltung adressiert. Ich verstehe nicht, warum Sie eine Eingabe machen und sie dann nicht mitbringen. War es nicht Anlaß dieses Treffens, oder wenigstens einer der Anlässe – die Eingabe offiziell zu übergeben, damit die Verwaltung sie berücksichtigen und darauf reagieren kann?»

«Sagen wir mal, es war nicht genau eine Eingabe, es war eher eine Resolution. Eine Eingabe würde bedeuten, daß wir um etwas bitten wollen. Wir bitten aber gar nicht.»

«Nein? Was dann?»

«Wir fordern.»

Alle nickten zustimmend.

Dean Hanbury dachte nach und nickte dann auch. «Gut, was fordern Sie denn nun? Und in wessen Namen? Ist dies eine Forderung nur Ihres Ausschusses oder sehen Sie sich als Vertreter der gesamten Studentenschaft?»

«Da haben Sie verdammt recht, wir vertreten die Studentenschaft!» explodierte O'Brien.

Selzer warf ihm einen vernichtenden Blick zu.

«Wenn Sie die Studentenschaft vertreten, Mr. Selzer», fuhr sie fort, «muß ich um so mehr die Eingabe oder Resolution, oder wie Sie es nennen, zu sehen bekommen. Ich brauche die Bestätigung, daß Sie mehr als fünfzig Prozent, also die Mehrzahl der Studentenschaft vertreten. Wenn Sie eine Forderung stellen, ist der normale Vorgang, falls keine Wahl stattgefunden hat, daß Sie die Unterschriften zählen, sich vergewissern, daß keine Namen doppelt vorkommen und daß alle Unterzeichneten eingetragene Studenten des College sind.»

«Hören Sie, Miss Hanbury», sagte Selzer, «das ist doch Spiegelfechterei. Definieren wir es so: wir vertreten die *engagierten* Studenten von Windemere. Und es spielt auch wirklich keine Rolle, ob wir die beauftragten Vertreter von Roger Fine sind oder nicht. Hier ist die Sache wichtiger als die Person. Die Sache ist, ob die Verwaltung das Recht hat, ein Mitglied des Lehrkörpers rauszuwerfen, weil ihr seine politische Einstellung nicht paßt. Darum geht es, und nur darum.»

«Ach, ich dachte, Sie hätten mehrere Themen.»

«Ich meine, das ist das einzige, worum es in diesem bestimmten Fall geht.»

«Das ist ein legitimer Punkt, Mr. Selzer, und ich gestehe Ihnen ohne weiteres zu, daß er wichtig genug ist, um jedes Mitglied des College zu berechtigen, Fragen zu stellen – wenn das der Wahrheit entspräche. Aber leider ist Ihnen da ein Irrtum unterlaufen. Professor Fine ist nicht ‹rausgeworfen› worden. Er war für eine befristete Zeit angestellt, und mit dem Ende dieses Semesters läuft sein Vertrag ab. Mehr ist an der ganzen Sache nicht dran. Wenn Sie zum Beispiel einen Elektriker anstellen, um eine bestimmte Anlage zu installieren, bezahlen sie ihn nach Fertigstellung, und er geht dann auch. Sie werden bestimmt nicht erwarten, daß er sich damit das Recht erworben hat, von nun an alle weiteren elektrischen Arbeiten bei Ihnen auszuführen. Professor Fine war sich gewiß über die Bedingungen seiner Anstellung im klaren – und seine politischen Meinungen haben damit gar nichts zu tun. Wäre er vor Ablauf seines Vertrages entlassen worden, hätten Sie Anlaß zur Beschwerde, aber noch unterrichtet er, und er wird weiter unterrichten, bis das Semester zu Ende und sein Vertrag erfüllt ist.»

«Warum ist sein Vertrag nicht verlängert worden?» fragte Selzer.

«Weil das schon bei seiner Anstellung nicht beabsichtigt war. Er ist zur Überbrückung einer Notlage und für eine ganz bestimmte Zeit eingestellt worden.»

«Aber Sie werden eine andere Lehrkaft für die englische Abteilung einstellen. Wir wissen sogar aus zuverlässiger Quelle, daß Sie zwei neue Lehrer anzustellen beabsichtigen.»

«Das kann sein», sagte Dean Hanbury. «Darüber entscheidet der Präsident, und ich kann nicht für ihn sprechen. Allerdings bezweifle ich, daß er sich schon entschieden hat. Doch das hat nichts mit der Situation von Professor Fine zu tun. So steht auch seiner offiziellen Bewerbung um diesen Posten nichts im Wege. Und in dem Fall würde seine Kandidatur mit der anderer Bewerber geprüft werden, und seine Tätigkeit bei uns wäre einer der Punkte, die berücksichtigt würden.»

«Und daß er als Radikaler gilt, ja?» sagte Judy Ballantine wütend.

«Ich weiß nichts über seine politische Einstellung», erwiderte Dean Hanbury. «Mit mir hat er nie darüber gesprochen und meines Wissens auch nicht mit dem Präsidenten.»

«Und was ist mit seinem Artikel über Vietnam und die Army in *The Windrift*?»

«Ich erinnere mich nicht daran, Miss Ballantine. Ich glaube kaum, daß ich ihn gelesen habe.» Sie drehte sich mit dem Stuhl herum und blickte aus dem Fenster auf die Straße.

Dem war Judy nicht mehr gewachsen. Sie sprang auf. «Das ist lauter Scheißdreck, und das wissen Sie! Jeder in der Schule hat ihn gelesen, und jeder hat darüber geredet.»

Dean Hanbury antwortete nicht; sie stand statt dessen auf und ging zur Tür. «Sie müssen mich entschuldigen», sagte sie, trat auf den Flur und schloß die Tür hinter sich.

Die Zurückgebliebenen wechselten unsichere Blicke. Selzer fuhr Judy an: «Du blöde Kuh!»

«Erlaube mal, Abner, Judy hat damit gar nichts zu tun. Wahrscheinlich hat sie nur mal nötig gemußt.» Ekko zog die Schultern hoch.

«Oder sie ist zum Präsidenten», mutmaßte O'Brien. «Sie wird schon wiederkommen.»

«Vielleicht will sie uns nur zeigen, daß sie beleidigt ist, damit wir ein schlechtes Gewissen haben und nicht mehr so scharf rangehen, wenn sie zurückkommt.»

Sie sprachen darüber, wanderten im Zimmer herum, betrachteten die Bilder, tippten auf die Tasten der Schreibmaschine und warteten.

«Wenn sie nicht mehr mit uns reden wollte, hätte sie doch sicher gesagt, wir sollten gehen», gab Judy zu bedenken.

Ekko glaubte immer noch, sie hätte nur mal gemußt.

«Na ja, kann sein», meinte Selzer, «aber dann dauert es verdammt lange. Sie ist sicher schon zehn Minuten oder eine Viertelstunde fort.»

«Ach, das ist bei Frauen ganz normal», erklärte Ekko.

«Und du?» fragte Judy wütend. «Du blockierst das Klo oft eine Stunde lang.»

Ekko grinste.

Selzer faßte einen Entschluß. «Los, Judy, geh du runter zum Mädchenklo und sieh nach, ob sie dort ist. Yance, du gehst zu Macombers Büro, Mike und ich suchen die anderen Büros ab.»

«Und was ist mit mir?» fragte Ekko.

«Jemand muß hierbleiben, falls sie wieder aufkreuzt.»

Als Ekko im Büro allein war, setzte er sich auf den Drehstuhl, wippte vor und zurück und legte endlich die Füße auf den Schreibtisch. Obwohl es ihm lieber gewesen wäre, wenn nicht gerade Judy die Besprechung gesprengt hätte, war er über ihr Ende nicht traurig. Selzer schien ganz vergessen gehabt zu haben, daß er die Fine-Sache nicht an die große Glocke hängen sollte. Die Dean-Dame war ein ausgekochtes Früchtchen. Wenn die Besprechung weitergegangen wäre – das glaubte er sicher –, hätte sie sie hingehalten und am Ende Fines Brief gezückt. Dann wäre die Sache im ganzen College bekannt geworden, und sein Freund Fine hätte es ausbaden müssen.

Nach und nach kamen sie wieder zurück, Selzer als letzter. «Ich war in jedem Zimmer vom obersten Stock bis in den Keller und auch noch in allen Telefonzellen. Sie ist fort.»

Sie sahen sich an.

«Was machen wir jetzt?»

13

Millicent Hanbury, äußerlich kühl und beherrscht, zog das Schnappschloß der Haupttür des Verwaltungsgebäudes zurück und ging hinaus. Draußen blickte sie zögernd zum Fenster ihres Büros hinauf, dann lief sie hastig über die einsame Straße zu ihrem Wagen.

Zu Hause fuhr sie den Wagen in die Einfahrt und sah auf die Uhr. Erst jetzt merkte sie, wie schnell sie gefahren war; sie hatte die Strecke in fünfunddreißig Minuten geschafft; das war ihr bisheriger Rekord.

Sie schloß die Haustür und lehnte sich einen Augenblick fest dagegen, als müsse sie sich selber klarmachen, daß sie in Sicherheit sei, in ihren eigenen vier Wänden. Aber es dauerte nur einen Moment. Dann ging sie zum Telefon.

«Barnard's Crossing, Polizeirevier, Sergeant Leffler», sagte eine Männerstimme.

«Hier ist Millicent Hanbury, Sergeant, Oak Street 48.»

«Ja, ich weiß Bescheid, Miss Hanbury.»

«Ich bin eben nach Hause gekommen und habe das Wohnzimmerfenster offen vorgefunden. Ich habe es bestimmt heute morgen zugemacht, ehe ich weggefahren bin.»

«Ist was gestohlen worden, Miss Hanbury? Sieht es aus, als hätte jemand herumgewühlt?»

«Nein. Mir ist nichts aufgefallen, aber ich habe auch noch nicht überall nachgesehen.»

«Lassen Sie das lieber. Ich schicke Ihnen gleich jemand rüber. Warten Sie am Telefon oder noch besser vor dem Haus. Der Streifenwagen kommt jeden Augenblick.»

Als der Streifenwagen kam, ging Officer Keenan Zimmer um Zimmer mit ihr ab, während sein Kollege im Wagen blieb. «Sieht wirklich alles richtig aus, Miss Hanbury? Fehlt nichts?»

Er untersuchte das offene Fenster von innen und außen. «Spuren von einem Stemmeisen kann ich nicht finden», sagte er. «Auf dem Betonweg kann man sowieso keine Fußspuren feststellen. War das Fenster verriegelt, Miss Hanbury?»

«Ganz sicher.»

«Na ja, es ist nicht weiter schwer, ein Fenster mit so altmodischen Riegeln aufzubekommen. Dazu genügt ein harter Plastikstreifen oder ein dünnes Stahllineal. Sie sollten sich wirklich fürs Erdgeschoß neue, sicherere Riegel anbringen lassen, Miss Hanbury.»

Vom Streifenwagen kam lautes, eindringliches Hupen. Keenan rannte hinaus, kehrte aber ebenso schnell zurück. «Hören Sie, Miss Hanbury, das Revier hat gerade die Nachricht bekommen, daß es in Ihrem College eine Explosion gegeben hat. Sie glauben, daß es eine Bombe war. Sie möchten umgehend nach Boston zurückkommen. Wir können Sie hinbringen, wenn Sie möchten.»

«Oh, David! Ich wollte dich anrufen, wußte aber nicht, wie ich dich erreichen sollte. Ich hab mich so aufgeregt. Gott sei Dank, daß dir nichts passiert ist!» Miriam brach in Tränen aus und warf sich ihm in die Arme.

«Was ist denn nur?» Er hielt sie auf Armeslänge von sich und sah sie an. «Fassung, Miriam. Ja, ich bin spät dran; ich hab unterwegs eine Tasse Kaffee getrunken.»

«Dann weißt du es gar nicht? Du warst nicht da, als es passiert ist?»

«Was weiß ich nicht?» Er wurde selber aufgeregt. «Als was passiert ist?»

«Die Explosion! Im Verwaltungsgebäude von deinem College hat es eine Explosion gegeben.»

«Was für eine Explosion? Wann? So rede doch, Miriam!»

«Eine Bombe. Sie sind sicher, daß es eine Bombe war.»

Sie wischte sich die Augen mit dem Taschentuch. «Ich hab den Fernsehapparat angehabt, und da haben sie die Sendung unterbrochen und es gemeldet. Erst vor einer Viertelstunde. Es gäbe offenbar keine Verletzten, haben sie gesagt, aber wo du nicht zu Hause warst . . .»

Er legte die Arme um sie und beruhigte sie.

«Du bist immer gegen drei Uhr zu Hause», flüsterte sie gegen seine Brust. «Und es war schon halb vier. Ich hab mir zwar gesagt, daß du die Zeit vergißt, wenn du mit was beschäftigt bist . . .»

«Das war's auch», gab er verlegen zu. «Ich hab beim Kaffeetrinken angefangen zu lesen und auf nichts mehr geachtet.»

«Ja, natürlich. Es macht ja auch nichts. Nichts macht was, wenn du nur gesund bist.»

«Ich bin heil und gesund, Miriam. Es tut mir nur leid, daß du dir Sorgen gemacht hast. Aber ich versteh es immer noch nicht. Ein Bombenanschlag? Und mehr haben sie nicht gesagt?»

«Nein, nur das. Es war eine kurze Meldung. Aber vielleicht kannst du jemand anrufen. Lanigan? Muß der das nicht wissen?»

«Nein, das geht die Polizei in Boston an.» Natürlich war er sehr beunruhigt, wollte es ihr aber nicht zeigen, um sie nicht noch mehr aufzuregen. «Sie werden sicher in den Abendnachrichten Einzelheiten bringen. Aber nun beginnt der Sabbat.»

Während sie alles vorbereitete, duschte er, zog sich um und spielte eine Weile mit seinen Kindern Jonathan und Hepzibah. Er wollte Miriam nicht allein lassen und beschloß daher, nicht zum Vorabendgebet, dem *mincha*, in die Synagoge zu gehen. Sehr bald war es dann auch schon Zeit für die Abendnachrichten.

Sie saßen zusammen auf dem Sofa, sein Arm lag um ihre Schultern. «Zuerst die wichtigste Meldung», sagte der Sprecher. «Heute nachmittag um 15 Uhr 05 explodierte im Verwaltungsgebäude des Windemere Christian College in Boston-Fenway eine Bombe. Die Beamten vom 15. Polizeirevier trafen innerhalb von Minuten am Unfallort ein, gefolgt von der Feuerwehr der Wache Boylston Street. Die Explosion hatte sich im Büro des Dean ereignet. Laut Angaben von Inspector Frank Laplace von der Feuerwehr ist nur geringfügiger Sachschaden entstanden. Da am Freitagnachmittag um diese Zeit keine Vorlesungen mehr stattfinden, wurde angenommen, daß das Haus leerstünde. Dennoch ordnete Lieutenant Hawkins vom 15. Revier eine gründliche Durchsuchung an. In einem der verschlossenen Büros wurde die Leiche eines Mannes gefunden. Er wurde von Mr. Laferty, dem Hausverwalter, als Professor John Hendryx identifiziert. Wir bringen nun ein Interview mit Lieutenant Hawkins . . .»

14

Sie saß auf dem Bett und sah zu, wie er seine paar Habseligkeiten zusammensuchte und in die Segeltuchtasche stopfte. Sie hatten sich nicht gestritten; er hatte auch nicht wütend gewirkt. Aber er wurde ja eigentlich nie wütend; das schätzte sie so an ihm. Er hatte lediglich verkündet, er müsse fort und dann die Segeltuchtasche aus den Tiefen des Schranks herausgewühlt.

Wenn es eine Regel gab, an die sie sich stillschweigend hielten, war es die, daß jeder kommen und gehen konnte, wie es ihm beliebte; und sollte einer aus irgendeinem Grund den Entschluß fassen, für immer zu gehen, durfte es keine Vorwürfe geben. Dennoch hatte sie das Gefühl, eine Erklärung stünde – nein, stünde ihr nicht zu, aber – ach, verdammt, sie stand ihr zu. Trotzdem bemühte sie sich, kein Beleidigtsein, sondern ganz normale Neugier zu zeigen. «Ist was passiert, Ekko?»

«Die verdammte Schule fliegt in die Luft, und sie fragt, ob was passiert ist! In einem Augenblick ist es still wie in der Leichenhalle, dann Bums! Und es ist wie am 4. Juli mit Bullen und Löschzügen und sogar dem Kerl mit dem Popcorn-Wagen.»

«Ach, das! Ich meinte, zwischen uns. Bist du sauer, weil ich bei dem Treffen ausfallend geworden bin?»

«Nee! Die hat ja nur nach 'nem Grund gesucht. Wenn's das nicht war, wär's was anderes gewesen.»

«Und warum gehst du dann weg?»

Er stopfte wieder etwas in die Tasche. «Weil sie hinter uns her sein werden, Baby. Sie greifen sich die Hanbury, und die erzählt ihnen von dem Treffen, und daß sie fortgegangen ist und wir allein im Haus geblieben sind. Sie gibt ihnen unsere Namen, und die sammeln uns ein. Dann fangen sie an, Fragen zu stellen und kriegen spitz, daß ich in Nam war und auch noch bei der schweren Artillerie, und eh ich mich umseh, bin ich der Bombenleger.»

«Aber sie haben doch gar nichts gegen dich.»

«Die brauchen auch nichts, um mit dem Treten anzufangen. Als ich aus der Army entlassen wurde, hab ich mir geschworen, mich nie wieder von jemand treten zu lassen.»

«Aber wenn du jetzt abhaust, machst du dich dann nicht verdächtig? Dann sind sie doch sicher, daß du's warst.»

«Laß sie glauben, was sie wollen, solange ich nicht in der Nähe bin.»

Sie schwieg und versuchte zu ergründen, warum er es auf sich nahm, durch die Flucht Verdacht zu erregen. Zögernd fragte sie endlich: «Hast du – warst du es, Ekko?»

Er schnaubte. «Warum sollte ich das verdammte College in die Luft jagen? Für Roger Fine?»

«Aber wer war's dann?»

«Wahrscheinlich diese idiotischen Weathervane-Spinner. Genau wie beim vorigen Mal. Die sind sowieso andauernd high und können nicht mehr denken. Sie müssen was über unser Treffen herausbekommen haben. Dann sehen sie die Hanbury fortgehen. Eine Viertelstunde später sehen sie uns gehen. Damit ist die Straße frei. Und Rums! Der 4. Juli!»

Sie sah ihn an. «Woher weißt du, daß sie es damals waren?»

«Ich weiß es eben.» Er packte weiter.

«Sie können dich morgen schon schnappen, Ekko.»

«Na klar, ich kann auch unter ein Auto kommen und morgen tot sein. Aber bis dahin bin ich frei.»

Sehr leise sagte sie: «Kommst du zurück?»

«Klar, sobald sich alles beruhigt hat. Das College wird die Sache nicht aufbauschen – es schadet dem Ansehen. Wie beim letztenmal. Der Computer war im Eimer, und sie haben den Zeitungen gesagt, es gäbe nur geringfügige Schäden. Diesmal wird's auch so. Das College unternimmt nichts, und nach einer Weile müssen die Bullen klein beigeben. Dann komm ich wieder.»

«Aber du hast die Studiengebühren bezahlt.»

«Für's halbe Semester. Das halbe Semester hab ich hinter mir. Ein Mordsgeschäft: das ganze is doch nur Bockmist. Vielleicht such ich mir Arbeit als Schreiner wie mein Alter. Da siehst du wenigstens, was du gearbeitet hast. Ja, vielleicht mach ich das. Als Schreiner kannst du sogar bis zu zehn Dollar die Stunde kassieren.» Er zog die Schnur zusammen und verschloß die Segeltuchtasche.

«Soweit kommt es doch gar nicht», sagte sie fast flehend. «Wenn die dich suchen, geben sie erst auf, wenn sie dich haben. Dein Foto ist im Archiv vom College, und mit dem kahlen Kopf haben sie dich sofort.»

«Meinst du? Dreh dich mal 'nen Moment um.»

Sie gehorchte zögernd.

«So, jetzt kannst du gucken.»

Sie erkannte ihn kaum wieder. Er trug eine dicke schwarze Perücke, und sein Gesicht war durch einen Mongolenbart verwandelt.

«Na, wie gefall ich dir?»

«So was Verrücktes!»

Er warf die Tasche über die Schulter. «Ich hab einen Freund im Westen des Staates, bei dem kann ich für ein paar Tage unterkommen. Dann is da ein Junge in Ohio, der ein Rehabilitations-Zentrum für Drogensüchtige leitet. Bei dem kann ich bestimmt einen Monat bleiben, ohne daß jemand was von mir merkt. Mach dir um mich keine Sorgen.» Er machte eine Pause. «Also, bis bald. Wir sehn uns.»

«Gehst du einfach so weg, Ekko?»

Er sah sie sehr genau an. «Okay, was soll's schon schaden, wenn's ein bißchen später wird?»

Später, als sie in seinen Armen lag, murmelte sie. «Ekko, ich hab

Angst.»

«Vor was?»

«Was sie machen, wenn sie mich verhaften.»

«Da brauchst du keine Angst zu haben. Dein Alter nimmt sich einen einflußreichen Anwalt, und von da an behandeln sie dich mit Glacéhandschuhen. Angst haben müssen nur so Typen wie ich. Mir werden sie's doppelt heimzahlen, weil sie an dich nicht rankommen.»

«Dann hab ich Angst um dich.»

«Keine Angst, mich finden sie in hundert Jahren nicht.»

15

«Habt ihr was?»

Detective Sergeant Schroeder von der Mordkommission hatte trotz seiner fünfzig Jahre noch kein graues Haar in der kurzgeschnittenen dunklen Mähne. Er hätte für 25 durchgehen können, wenn die kleinen Augen und die markanten Gesichtszüge nicht gewesen wären. Er stand unter der Tür des Büros des Dean und beobachtete die beiden Männer vom Bombenkommando, die sorgsam winzige Partikelchen auffegten.

Einer hob den Kopf. «Eine primitive Bombe.» Er richtete sich auf und zeigte auf den Safe. «Da drunter hat sie gelegen.»

«Glauben Sie, daß sie das Ding da aufsprengen wollten?»

«Auf die Art hat's noch keiner versucht. Aber die Tür haben sie demoliert. Die kriegt man jetzt nur noch mit einem Büchsenöffner auf.»

«Wieso ist das Fenster in diesem Büro noch ganz, wenn das andere nebenan kaputt ist?»

«Ach, Sarge, um ein Fenster zu zerteppern, dazu war die Explosion nicht stark genug, vor allem, weil der Safe den Druck abgefangen hat. Aber nebenan war das Fenster hochgeschoben und ist durch den Luftdruck runtergefallen, und dabei ist die Scheibe gesprungen.»

«Der Hausverwalter hat gesagt, sie hätte sowieso schon einen großen Sprung gehabt», erklärte der Lieutenant aus dem Revier.

«Das reicht aus», sagte der Bombenexperte.

Sergeant Schroeder ging über den Flur zu Hendryx' Büro, in dem Polizeifotografen den Raum aus allen Blickrichtungen aufnahmen. Er blieb stehen und betrachtete den leeren Türrahmen. «Ein Glück, daß die Scheibe zerbrochen ist», stellte er fest, «sonst wäre er kaum vor Montag gefunden worden.»

«Stimmt.» Der Lieutenant nickte. «Ich hab zwei Männer durch das ganze Gebäude geschickt, aber natürlich haben die sich nicht um abgeschlossene Büros gekümmert. Weil hier die Scheibe zerbrochen war, ist einer ins Büro reingegangen und hat die Füße unter dem Schreibtisch gesehen, so wie er jetzt auch noch liegt. Es ist klar, was passiert ist. Der Professor hat hinter dem Schreibtisch gesessen; vielleicht hat er gelesen. Dann ist die Bombe losgegangen, und der Gipskopf – der muß gute fünfzig, sechzig Pfund wiegen – kippt vom Regal, ihm auf den Kopf und schlägt ihm den Schädel ein. Der Mann rutscht aus dem Stuhl unter den Schreibtisch.»

«Was hat er hier gemacht?» fragte der Sergeant. «Haben Sie nicht gesagt, daß hier am Freitagnachmittag keiner mehr im Haus ist?»

«Der Hausverwalter sagt, er wohnt – er hat genau gegenüber auf der anderen Straßenseite gewohnt und ist oft zwischen Wohnung und Büro hin- und hergependelt.»

Ein junger Mann trat zu ihnen und stellte sich als Dr. Lagrange vor.

«Sind Sie der Polizeiarzt? Wo is denn Doc Slocumbe?»

«Der war nicht abkömmlich.»

«Ich glaube nicht, daß wir schon mal zusammengearbeitet haben?» fragte Schroeder.

Der Arzt grinste. «Ich wüßte nicht wie. Ich bin neu.»

«Na gut, Doc, unsere Leute sind mit ihm fertig. Sie können ihn haben.»

Sie gingen wieder in Miss Hanburys Büro zurück. Die Bombenexperten waren schon fort; die Fotografen hatten auch das Feld geräumt. Schroeder setzte sich an den Schreibtisch und fragte nach dem Hausverwalter.

Pat Laferty war klein, sechzig Jahre alt, sauber und adrett gekleidet, in einem Arbeitsanzug, einem grauen Hemd und einer schwarzen Schleife. Er lächelte den Mann hinter dem Schreibtisch liebenswürdig an.

«Um welche Zeit schließen Sie hier ab, Pat?» fragte der Sergeant.

«Das wechselt. Wenn nichts los ist, keine Sitzungen sind oder so, dann gegen fünf.»

«Auch freitags?»

«Freitags ein bißchen früher, um vier vielleicht.»

«Und ehe Sie abschließen, gehen Sie durchs Haus und sehen nach, ob alle fort sind?»

«Na, so genau nicht. Ich sehe nach, ob kein Licht brennt und kein Wasserhahn läuft. Wissen Sie, damit kann viel Wasser verschwendet werden.»

«Und wie war's heute? Wann haben Sie abgesperrt?»

«Gar nicht. Dean Hanbury hatte eine Besprechung mit ein paar Studenten. Um halb drei. Ich wollte warten, bis das zu Ende war.»

«Demnach hätte bis etwa vier Uhr jeder ins Haus kommen können?»

«Ja, sicher.»

«Heißt das, daß jeder hier einfach reinlaufen kann?»

«Bis ich abschließe – aber zu was denn? Alle Büros sind abgeschlossen. Die Zimmer und Hörsäle nicht, aber was soll da einer holen? Kreide?»

«Ja, da werden Sie wohl recht haben», sagte Schroeder. «Also weiter. Sie sagten eben, Professor Hendryx wohnt gegenüber?»

«Ja. In dem Haus gleich auf der anderen Straßenseite. Er hat die Wohnung im ersten Stock, die mit den Vorhängen. Sehen Sie's?»

Schroeder rotierte mit dem Stuhl herum. «Scheint die einzige zu sein, die Vorhänge hat. Das Haus sieht ganz leer aus. Wie kommt denn das?»

Laferty erklärte die Abmachung mit Professor Hendryx. «Das war 'ne praktische Abmachung; er hatte eine Wohnung ganz in der Nähe, und das College hatte eine Art Wächter auf dem Gelände. Wissen Sie, die jungen Leute sehen, daß ein Haus leersteht; und ehe Sie sich's versehen, brechen sie auch schon ein und schlagen alles kurz und klein.»

«Sehr schön. Hat jemand Ihre Adresse notiert?»

«Ich hab sie dem Lieutenant gesagt.»

Ein Polizist streckte den Kopf durch die Tür. «Diese Dekanin is gerade gekommen, Sarge.»

16

Er nahm den Bus nach Albany, einfach weil das der erste war, der vom Busbahnhof abfuhr. Ekko setzte sich in der vierten Reihe von vorn ans Fenster, beobachtete die einsteigenden Fahrgäste und mutmaßte, wer sich wohl neben ihn setzen würde. Ein hübsches Mädchen mit langen, blonden Haaren stieg ein; er sah sie interessiert an, aber sie ging an ihm vorbei. Er drehte sich um und stellte fest, daß sie sich neben eine Frau gesetzt hatte.

Am Ende war es ein Mann in mittleren Jahren, mit quadratischem Gesicht und dichtem schwarzem Haar. Er trug eine dickrandige Plastikbrille, über der sich die schwarzen Augenbrauen fast über der Nasenwurzel trafen. Am Aufschlag seines dunkelgrauen Anzugs steckte ein Kiwanis-Abzeichen. Der Mann lächelte und sah auf die kleine, goldene, viereckige Uhr, die für das kräftige, behaarte Handgelenk viel zu zierlich war. «Es muß jeden Moment losgehen», sagte er.

«Ja, wird es wohl.»

Anscheinend wollte der Mann sich unbedingt unterhalten. «Ich war im Café und wollte eine Tasse Kaffee und einen Krapfen haben, aber, meine Güte! Die langweilige Bedienung! Ich hab's bleiben lassen, weil ich nicht noch den Bus verpassen wollte.»

«Manchmal bummeln die ganz schön.»

«Ich fahr gern mit dem Bus», fuhr der andere fort. «Man sieht was von der Gegend.»

«Na, diesmal werden Sie nich viel sehn», sagte Ekko. «Mitten in der Nacht.»

«Ja, da haben Sie recht, aber mir gefällt's trotzdem besser als mit dem Flugzeug. Fahren Sie bis Albany?»

«Falls ich's mir nicht anders überlege und vorher aussteige.»

Der Mann hob die schwarzen Brauen. «Wieso? Wissen Sie nicht, wie weit Sie fahren wollen? Fahren Sie spazieren?»

Ekko zuckte die Achseln. «Ich hatte einfach Lust auf eine Busfahrt. Der Bus hier fuhr zuerst ab, und da hab ich mir eine Fahrkarte gekauft und bin eingestiegen.»

Der Mann lachte in tiefem, grollendem Baß vor sich hin.

«Was ist daran so komisch?»

«Ihr jungen Leute . . . Ihr seid großartig. Sie hatten Lust auf eine Busfahrt und haben sich einfach . . .» Er konnte nicht aufhören zu lachen. «Sagen Sie, warum gerade ein Bus?»

Ekko grinste. Die offene Bewunderung ließ ihn auftauen. Der Mann war ein so ausgemachter Spießer, ein typischer Pendler, der von neun bis fünf arbeitete, eine fette Frau und eine aknebehaftete Tochter hatte, bei der sie sich sorgten, sie könnte sich mit einem Jungen vergessen. Er erklärte: «Wissen Sie, es ist so: man geht durch die Straßen –» er erinnerte sich an die Segeltuchtasche im Gepäcknetz – «sagen wir, man will Wäsche in die Wäscherei bringen, und plötzlich merkt man, daß man alles leid ist. Der ganze tägliche Mist steht einem bis hier. Verstehn Sie?»

Der Mann nickte.

«Also beschließt man, daß man Abwechslung braucht.»

«Ja, das versteh ich. Und weil Sie gerade auf dem Park Square waren, sind Sie in einen Bus gestiegen.»

«Stimmt.» Ekko nickte grinsend.

«Und wenn Sie zufällig beim Süd-Bahnhof gewesen wären, hätten Sie einen Zug genommen. Oder in Ost-Boston ein Flugzeug?»

Ekko maß ihn argwöhnisch, aber sein Gesicht war offen und harmlos. Er schüttelte den Kopf. «Nee, Zugfahren und Fliegen liegt mir nicht so, aber mit dem Bus fahr ich gern, besonders nachts. In einem Bus ist es nachts dunkel. Sie schalten das Licht aus, damit der Fahrer die Straßen besser sehen kann. In der Dunkelheit kann allerhand geschehen.»

«Was zum Beispiel?»

Ekko sah den Spießer an. «Ach, eine ganze Menge.»

«Ja, aber was?»

Seine Neugier war schon rührend. «Na, zum Beispiel damals, als ich mit dem Elf-Uhr-Bus von New York nach Boston gefahren bin. Ich hab wie jetzt am Fenster gesessen, und dann, ganz plötzlich, steigt dieses Mädchen ein und setzt sich neben mich. Na, ich war am Ende, hatte tagelang nich mehr geschlafen, Sie wissen ja, wie's in so 'ner großen Stadt ist.»

«Klar weiß ich das.»

Ekko grinste innerlich. «Ich seh mich im Bus um, und da sind überall noch freie Plätze, also, denk ich mir, will sie Gesellschaft haben. Man konnte sofort sehen, daß sie ein schickes Mädchen war und hübsch obendrein. Sie hat so einen langen Mantel an, der bis zu den Knöcheln reicht. Als sie ihn auszieht, sehe ich, daß sie prima gebaut ist. Sobald sie sitzt, sage ich dann so was wie: ‹Das ist genau der richtige Abend dafür.› Wissen Sie, um freundlich zu sein und die Sache ins Rollen zu bringen. Aber sie antwortet nur mit ‹Hm›, klappt so ein Gedichtbuch auf und fängt an zu lesen. Also denke ich mir: Okay, Mädchen, wenn du's so willst, und dann mach ich die Augen zu. Nach ein paar Minuten geht dann das Licht aus, und wir fahren los, und ich schlaf ein. Aber Sie wissen ja, wie das beim Busfahren ist, so ganz richtig schläft man nie. Man döst nur vor sich hin.»

«Ja, genau. Ich kann auch nie fest schlafen.»

«Na, als ich dann mal wach werde, schläft die Kleine fest, hat den Kopf ans Kissen gelehnt und den Mund ein bißchen offen. Und so 'ne kleine Strähne hängt ihr ins Gesicht, und jedesmal, wenn sie ausatmet, pustet sie sie fort, und dann fällt sie wieder zurück. Ich hab mich dann rumgedreht, um es besser sehen zu können, und beim Zusehen schlaf ich wieder ein. Und dann spür ich, daß mich jemand berührt und werde halb wach und sehe, daß es das Mädchen ist. Sie hat sich im Schlaf zusammengerollt und berührt mich im Schlaf. Und gerade da, wo ich's gern hab.»

Jetzt wurde der Spießer aufgeregt. «Und was haben Sie gemacht?»

«Na, ich bin näher an sie rangerückt und hab ihren langen Mantel, den sie auf dem Schoß hatte, über uns gezogen, damit wir zugedeckt waren.»

«Und dann?»

«Was glauben Sie? Ich hab mit der einen Hand ihre Titten gestreichelt, und als sie nicht aufgewacht ist, hab ich die andere unter ihr Kleid gesteckt.»

«Und was haben Sie dann gemacht?»

«Was wohl? Wir waren in einem Bus. Mehr konnte ich da ja wohl nicht machen. Wir haben uns so gehalten, und dann bin ich auch so eingeschlafen.»

«Und am Morgen?»

Der Mann kriegte vor Aufregung keine Luft mehr.

Ekko grinste. «Nichts. Als ich aufwachte, fuhren wir schon durch Boston. Sie war nicht mehr da. Sie muß in Newton ausgestiegen sein. – Na ja, das ist der Grund, warum ich gern mal eine Fahrt mit dem Bus mache.»

«Es ist also gar nichts gewesen», stellte der Mann bedauernd fest. «Sie haben sie nie wiedergesehen?»

«Nee.»

«Ich glaube, Sie haben das nur geträumt.»

Ekko lächelte in die Dunkelheit hinein. Sollte er ruhig leiden. «Nein, ich hab's nicht geträumt.»

Der andere blieb stumm sitzen. Nach einer Weile schlief Ekko ein. Es schien nur Minuten zu dauern, bis er vom Busfahrer geweckt wurde, der ankündigte, daß sie in zehn Minuten in Springfield halten würden. Der Mann hob einen kleinen Wochenendkoffer vom Gepäcknetz, setzte sich wieder und nahm ihn auf den Schoß.

«Springfield. Da steige ich aus.»

«Was, schon Springfield?»

«Hm. Wissen Sie, beinah wär ich Ihnen auf den Leim gegangen», sagte er dann.

«Wie meinen Sie das?»

«Ach, daß Sie gesagt haben, Sie fahren einfach Bus, weil Sie Lust haben, und Sie wissen noch nicht, wo Sie aussteigen werden.» Er lachte leise. «Ihr jungen Leute gebt immer damit an, daß ihr nur das tut, was euch paßt, aber das ist nichts als Gerede. Ihr fahrt irgendwohin, weil ihr genau dahin wollt, ebenso wie jeder andere auch. Sie sitzen jetzt in diesem Bus, weil Sie genau mit diesem Bus fahren wollten.»

Ekko wurde starr. «Woher wissen Sie das?»

Der Mann lachte tief grollend. «Weil ich Sie gesehen hab. Ich hab Sie in der Charles Street in den Zug steigen sehen. Ich stand direkt hinter Ihnen und hab Sie gesehen. Sie haben eine Segeltuchtasche getragen, und die liegt da oben im Netz. Dann hab ich Sie in Boylston aussteigen und direkt zum Busbahnhof gehen sehen. Nichts da mit dem durch die Straßen wandern und sich plötzlich entschließen, mit einem Bus zu fahren, weil sich die Chance ergeben könnte, daß sich ein Mädchen neben Sie setzt und Sie an sich rumfummeln läßt.»

«Sind Sie mir nachgegangen?»

«Nein, aber ich war direkt hinter Ihnen. Als wir zum Busbahnhof kamen, bin ich ins Café gegangen und Sie zum Fahrkartenschalter.»

«Das muß ein anderer gewesen sein», murmelte Ekko.

«Nein, war's nicht. Sie waren das. Sie sind mir gleich aufgefallen, weil ich gesehen hab, daß Sie eine Perücke tragen. Und der Bart ist auch nicht echt. Ich hab's auf den ersten Blick gesehen, weil ich Friseur bin und von Haaren was verstehe. Sind Sie kahl, ja?»

«Ja, da oben bin ich ziemlich nackt», gab er verlegen zu.

Der Bus hielt an, und der Mann stand auf. «Sie verkühlen sich andauernd den Kopf, was?»

«Nein, das is nur, weil die Mädchen was gegen Kahlköpfe haben.»

Der Mann lachte. «Na, hier steigen immer viele Leute ein. Vielleicht haben Sie für den Rest der Reise mehr Glück.» Er winkte freundlich und bahnte sich den Weg durch den Gang.

17

Wie jeder District Attorney war Matthew Rogers aus Suffolk County, wozu ganz Boston gehört, in erster Linie Politiker und erst in zweiter, sehr schwacher Linie Anwalt. Rogers war groß, erstaunlich gut aussehend und einer der Jüngsten, die jemals diesen Posten innegehabt hatten. Die Parteibonzen sagten ihm eine große Zukunft voraus: mit Gewißheit würde er Attorney General des Staates werden, vielleicht sogar noch höher steigen. Obwohl er irisch-katholischer Abstammung war, sah er nicht so aus; und sein Name – Vor- und Nachname – war nicht so typisch irisch, daß es den Angehörigen anderer Volksgruppen schwergefallen wäre, ihn zu akzeptieren.

Kurz nach Beendigung des Jurastudiums – er hatte in Harvard studiert, nicht am katholischen Boston College – sagte ihm sein Schwiegervater, der in der Politik war, er hätte sich bei den Kollegen umgehört und sie wären bereit, ihn bei der Wahl für ein politisches Amt zu unterstützen. «Wenn die Kollegen dich unterstützen, Matt, bist du praktisch schon in der Legislative des Staates.»

«Ich hatte mich eigentlich beim Schulausschuß bewerben wollen», sagte Matthew Rogers.

«Bloß nicht, Matt. Was verdienst du denn da? Du mußt an Kathleen und die Mädchen denken. Und wenn du in den Schulausschuß willst, mußt du dich in der ganzen Stadt zum Kandidaten aufstellen lassen.»

«Aber bei der Legislative bin ich einer unter zweihundert, und beim Schulausschuß bin ich einer von fünf. Über das Gehalt mache ich mir keine Sorgen. Bei den Millionen, über die der Schulausschuß jährlich verfügt, müßte ich genug Aufträge als Anwalt an Land ziehen können, um mit dem gleichzuziehen, was ich bei der staatlichen Legislative verdienen würde.»

Matthew Rogers firmierte als Familienvater, als engagierter Vater von Kindern, die die öffentlichen Schulen besuchten. Alle Wahlplakate und Handzettel zeigten ihn sitzend, flankiert von seiner schönen Frau, während die beiden niedlichen kleinen Töchter zu ihren Füßen saßen. Er gewann spielend.

Beim Schulausschuß verschrieb er sich den Belangen der Lehrer. Sein Schwiegervater argumentierte: «Warum setzt du dich für eine Gehaltserhöhung der Lehrer ein? Das bedeutet doch nur Steuererhöhung, Matt, und dafür dankt dir keiner. Lehrer sind keine Polizisten oder Feuerwehrmänner. Sie sind scheue Kaninchen und keine Kämpfer. Bei der nächsten Wahl reißen sie sich nicht für dich die Beine aus. Ja, sie werden dich wählen, aber die Duckmäuser bekommst du nie dazu, für dich Klinken zu putzen.»

«Aber sie haben bessere Kontakte zu den Medien», wandte Matthew Rogers ein.

Die Gehaltserhöhung endete in einem Kompromiß, aber er galt nun als der einzige Liberale im Ausschuß, und wenn die Reporter oder Fernsehkommentatoren über eine Sitzung des Schulausschusses berichteten, war er gewöhnlich derjenige, der interviewt wurde.

Nach zwei Perioden beim Schulausschuß hatte er sich als District Attorney bei der County zur Wahl gestellt, wiederum die Rolle des Familienvaters in den Vordergrund seiner Wahlkampagne stellend, mit dem Slogan: «Wählt Matt Rogers, und macht Suffolk County zu einer Gegend, in der ihr eure Kinder in Sicherheit großziehen könnt.» Diesmal zeigten die Wahlplakate ihn neben seiner etwas gesetzteren Frau, die beiden älteren Töchter, nun hübsche junge Damen, standen rechts und links von den Eltern, eine dritte Tochter saß vor ihnen auf der Erde , und die vierte auf dem Schoß der Mutter. Wiederum gewann er spielend.

Er hatte sein Amt unmittelbar vor Beginn der Studentenunruhen angetreten. Als es im Hollings College Ärger gab, ergriff er die Gelegenheit, seine Führungsqualitäten zu demonstrieren – gegen den Rat seines Stellvertreters, dem Senior Assistant District Attorney Bradford Ames.

«Laß das, Matt» sagte Ames. «Das sind keine Gangster, es sind College-Studenten aus guten Familien, von denen einige großen politischen Einfluß haben. Und wenn du sie vor Gericht bringst, wirst du feststellen, daß dich die College-Leitung nicht unterstützt. Halte dich aus der Schußlinie, und laß die Polizei das machen, sonst mußt du es bloß ausbaden.»

Rogers hatte ihn verständnislos angestarrt. «Sie haben sich in einem der Gebäude widerrechtlich festgesetzt, oder? Sie haben Häuser demoliert. Meinst du, ich soll tatenlos zusehen, wenn Privateigentum besetzt wird? Es geht doch um Privateigentum, oder?»

Bradford Ames war über fünfzig und ein ganzes Stück älter als sein Chef. Er stammte aus einer alten, reichen Bostoner Familie und hatte ohne Schwierigkeit gleich nach Abschluß seines Examens den Posten des Assistant District Attorney übernehmen können. Er war Junggeselle und fand im Büro des District Attorney den ihm angemessenen Platz, den er gern behalten wollte. Obwohl mittelgroß, sah er wegen seiner Rundlichkeit klein aus. Seine maßgeschneiderten Anzüge wirkten zerknittert und schlecht geschnitten, weil er sich krumm hielt. Er trug altmodische, anknöpfbare, gestärkte Kragen, die immer zu eng aussahen und seinen Kopf größer wirken ließen als er war. Er neigte zum Lächeln und kichernden Glucksen und hatte etwas Onkelhaftes, so daß bei den seltenen Gelegenheiten, bei denen sein Gesicht streng und ernst wurde, zum Beispiel, wenn er sich im Gerichtssaal an die Geschworenen wandte, jedermann das Gefühl bekam, es müsse tatsächlich ein entsetzliches Verbrechen geschehen sein. Er stand mit allen Gerichtsbeamten, Strafverteidigern und Richtern auf gutem Fuß, kannte ihre Eigenheiten und Idiosynkrasien, hatte aber gleichzeitig einen Instinkt für politische Erwägungen und war daher für eine Reihe von District Attorneys, die er unauffällig anlernte, von unschätzbarem Wert gewesen.

Jetzt trat er unter Rogers starrendem Blick unbehaglich von einem Bein aufs andere und stieß ein verlegenes Kichern aus. «Ja, einerseits ist es Privateigentum, andererseits aber nicht. Ein College ist genaugenommen eine Gemeinschaft von Gelehrten, die sich in eine Gesellschaft mit einem Kuratorium und Beamten umgewandelt hat, die den Präsidenten wählen. Im Mittelalter wurden übrigens viele Colleges von den Studenten gegründet. Sie stellten die Lehrer ein und ließen sie Strafe zahlen, wenn sie ihre Vorlesungen versäumten. Ich will damit sagen, daß man sich überlegen muß, ob das College nicht ebenso den Studenten wie der Verwaltung gehört.»

Aber Rogers hatte nicht nachgegeben – und es ausbaden müssen. Ein paar Tage lang war alles großartig gewesen; er hatte Verlautbarungen an die Presse gegeben, war fotografiert worden, hatte Konferenzen mit dem College-Präsidenten und dem Dean abgehalten und mit der Polizei den strategischen Einsatz geplant. Das führte am Ende zu einer hitzigen Auseinandersetzung zwischen Studenten und Polizei, wobei es nicht bei verbalen Beleidigungen blieb. Und ganz plötzlich war er der Buhmann, die Zielscheibe von Dutzenden von wütenden Leserbriefen in der Presse und sogar von ein, zwei Leitartikeln. Zu seiner Überraschung mußte er feststellen, daß viele Lehrer zu den Studenten hielten und sogar die Verwaltung einen Rückzieher machte. Als schließlich die Anführer vor Gericht gestellt wurden, merkte er voller Entrüstung, daß die College-Verwaltung die Strafverfolgung nur sehr hinhaltend betrieb und sogar der Richter, der eine kleine Strafe verhängte, bei seiner Zusammenfassung andeutete, daß die Staatsanwaltschaft vielleicht etwas übertrieben reagiert habe.

Rogers war Politiker, und er zog eine Lehre daraus. Von da an folgte er, wann immer es zu Studentenunruhen kam, dem Rat seines Stellvertreters Ames und ließ der Polizei freie Hand. Wenn es unumgänglich war, daß sich sein Büro einschaltete, übergab er den Fall dem jüngsten Mitarbeiter, einem jungen Mann, der gerade eben Examen gemacht hatte. Ames fuchste ihn dann ein: «Bleib in Deckung! Ja nicht vorpreschen! Denk dran, der Chef findet, daß das eine interne College-Angelegenheit ist, die sie selber regeln sollen. Wir wollen uns da raushalten.»

Um so überraschter war Bradford Ames, als er die Akte des Windemere College-Falls auf seinem Schreibtisch vorfand, mit einer Notiz seines Chefs: «Brad, bitte übernimm dies persönlich.» Er ging in Rogers Büro, um Rücksprache zu halten. «Wieso auf einmal, Matt?»

«Weil ich sie diesmal hinter Schloß und Riegel bringen will.»

«Warum?»

Die Erklärung fiel Rogers nicht leicht. Ein Sproß der Ames' aus Massachusetts sieht die Dinge anders als der Sohn des Postboten Timo-

82

thy Rogers. Nahm man allein mal diese College-Kinder, die andauernd Rabbatz machten: Brad ergriff nicht gerade ihre Partei, aber er regte sich auch nicht groß über sie auf; es war fast, als sympathisiere er mit ihnen. Hinzu kam, daß der Mann Junggeselle war. Wie konnte er die Gefühle eines Mannes mit vier Töchtern verstehen? Für einen Mann mit Töchtern hatte der Lauf der Dinge etwas Beängstigendes: ein Mädchen lebte ganz offen mit einem Mann zusammen, und niemand, nicht einmal die Direktion des College, fand etwas dabei. Studenten, die in unflätigen Ausdrücken mit ihrem Dean redeten – einem weiblichen Dean noch dazu – und das für selbstverständlich hielten.

Gelegentlich fühlte sich Matthew Rogers durch die aristokratische Kühle seines Untergebenen in die Verteidigung gedrängt, und darum sagte er nun gefühlsbetonter als sonst: «Diesmal ist es anders, Brad. Ich weiß, du meinst, diese Studentenkrawalle gehen uns nichts an, und ich stimme dir da zu: aber diesmal geht es um Brandstiftung, und Brandstiftung ist ihrem Wesen nach kein hausinterner Sport mehr.»

«Das stimmt natürlich.»

«Und dann ist der Mann getötet worden.»

«Ja, das scheint aber ein Unfall gewesen zu sein.»

Nun wurde Rogers trotzig. «Ich halte es auch für politisch wichtig. Ich glaube, wir sind an einem Wendepunkt, Brad. Ich glaube, die Leute sind es verdammt leid, daß diese verdammten radikalen Studenten einfach machen, was sie wollen. Und wenn ich jetzt durchgreife, werde ich vielen damit einen Gefallen tun.»

Ames lächelte. «Hast du vor, für das Amt des Attorney General zu kandidieren?»

«Ich habe es erwogen», sagte Rogers gelassen.

Ames erkannte, daß es ihm damit ernst war.

«Wir haben nicht sehr viel vorzubringen, ist dir das klar? Die Studenten sagen, sie hätten nichts mit dem Bombenanschlag zu tun.»

«Natürlich.»

«Viele Beweise, daß sie es doch waren, haben wir nicht. Wenigstens nichts, was vor Gericht stichhaltig wäre.»

«Und wie steht's damit, daß einer von ihnen auf und davon ist?»

«Nicht mal das wissen wir», erwiderte Ames. «Er kann einfach fortgegangen sein, wie das heute viele junge Leute machen.»

«Und wie steht es mit der Zeit?» fuhr Rogers beharrlich fort. «Dean Hanbury sagt, sie sei gegen Viertel vor drei aus dem Büro gegangen. Die jungen Leute geben zu, bis drei Uhr geblieben zu sein. Ein paar Minuten später geht die Bombe hoch. Wer soll es denn sonst gewesen sein?»

«Der Hausmeister hat ausgesagt, die Türen des Gebäudes wären nicht abgeschlossen gewesen. Jeder hätte hereinkommen können. Es könnte eine ganz andere Studentengruppe gewesen sein. Soweit ich weiß, gibt es wenigstens ein halbes Dutzend radikaler Schattierungen.»

«Wie ist das, haben wir genug, um sie festzuhalten?»

Ames ließ sich nicht festlegen.

«Das hängt wahrscheinlich davon ab, wer für sie auftritt und welchem Richter sie vorgeführt werden. Sullivan, zum Beispiel, würde sie schon wegen ihres Aussehens und ihrer Kleidung in Haft behalten.»

Rogers nickte. «Dann richte es so ein, daß sie vor Sullivan oder noch besser, vor Visconte erscheinen. In der Zwischenzeit setze ich so viele Leute zur Ermittlung an, daß er sie festhalten muß.»

«Gut.»

«Und sie sollen in Haft bleiben, Brad. Keine Kaution!»

«Hör mal, Matt! Darauf läßt sich nicht mal Sullivan ein.»

«Warum nicht? Es ist doch wohl Mord, wie? Wenn jemand bei der Ausführung einer strafbaren Handlung einen Menschen tötet, ist das wohl Mord ersten Grades oder nicht? Ein Bombenattentat ist eine strafbare Handlung, ja? Wenn ein Professor dabei umkommt, ist es Mord. Steht das im Gesetz oder nicht?»

Ames wehrte ab. «So einfach ist das nicht, Matt. Das Grundprinzip ist, daß man in einem solchen Fall die Tötungsabsicht nachweisen muß. Und die Tötung muß so eng mit der strafbaren Handlung verbunden sein, daß es sich um ein und dieselbe Tat handelt. Ein zeitliches Zusammentreffen allein reicht nicht aus. Als die Tat geschah, war es Freitag nachmittag, an dem das Haus gewöhnlich leer ist, und das Opfer befand sich in einem anderen Raum.»

«Das kann der Strafrichter entscheiden, Brad.»

«Ja», gab Ames zu, «aber diese jungen Leute sind im College. Wenn wir sie ohne Gewährung einer Kaution festhalten, verpassen sie ihre Vorlesungen.»

Matthew Rogers hieb mit der flachen Hand auf den Schreibtisch. «Also, wenn du mich fragst, dann haben Studenten, die ihr College in die Luft sprengen wollen, wenig Interesse an ihren Vorlesungen. Ich will, daß diese jungen Schurken in Haft bleiben, verstehst du? Wir gehen von gegensätzlichen Standpunkten aus. Wenn ihre Anwälte sie gegen Kaution freibekommen, muß ich das hinnehmen, aber ich werde den Teufel tun, ihnen auch noch zu helfen. Ich bin gegen eine Kaution. Und wenn der Richter sich mir da nicht anschließt, mußt du die höchstmögliche Kaution fordern.»

«Wenn du es so handhaben willst.»

«Ja, das will ich», sagte Matthew Rogers.

«Hör mal, Matt.» Ames war nun ganz ernst. «Alles deutet darauf hin, daß es der getan hat, der jetzt verschwunden ist, der, den sie Ekko nennen und daß die anderen überhaupt von nichts gewußt haben.»

«Wie kommst du darauf?»

«Weil er anders ist als die übrigen. Älter, und außerdem war er in Vietnam.» Er hob einen mahnenden Zeigefinger. «Bei der Artillerie.

Dazu kommt noch, daß er – soweit wir das aus den ersten Verhören wissen – als einziger längere Zeit im Büro des Dean allein gewesen ist; die anderen haben Miss Hanbury im ganzen Haus gesucht. Und er hatte eine Aktentasche mitgebracht. Und schließlich ist er der einzige, der geflüchtet ist.»

«Hat einer von den anderen angedeutet, er könnte es gewesen sein?»

«Nein, aber –»

«Wenn sie es nicht mit Sicherheit wissen, kannst du Gift drauf nehmen, daß sie kein Wort sagen werden. Die halten immer zusammen.»

«Und?»

Matthew Rogers grinste. «Wäre es dann nicht besser für uns, wenn wir sie im Gefängnis aufheben? Wenn dieser Ekko das hört, vor allem, daß wir sein Mädchen haben, dann besteht die Chance, daß er freiwillig aufgibt.»

«Matt, das ist so, als hieltest du sie gegen Lösegeld fest», protestierte Ames.

«Hm.»

«Matt, das ist ein gemeiner irischer Trick!»

Roger grinste von einem Ohr zum anderen. «Hm.»

18

Der Rabbi zog sich zum Freitagabend-Gottesdienst um, als das Telefon klingelte. Der Babysitter nahm das Gespräch an, und als der Rabbi, sich gerade den Schlips bindend, unter die Wohnzimmertür trat, sah er die Augen des Mädchens groß werden.

«Wer ist es denn?»

Sie legte die Hand über die Muschel und flüsterte: «Die Polizei, Rabbi, aus Boston.»

«Schon gut, ich geh dran.» Sie gab ihm hastig den Hörer, als wäre sie froh, ihn loslassen zu können.

«Rabbi Small?» fragte eine rauhe Stimme. «Hier ist Sergeant Schroeder von der Mordkommission Boston.»

«Guten Tag, Sergeant», sagte der Rabbi freundlich.

«Ja, guten Tag. Hören Sie, Rabbi, ich möchte Ihnen ein paar Fragen stellen, über Professor Hendryx.»

«Bitte sehr, fragen Sie.»

«Nein, nicht am Telefon. Ich möchte mit Ihnen sprechen und dann eine schriftliche Aussage mit Ihrer Unterschrift haben. Es wäre mir lieb, wenn Sie nach Boston ins Präsidium kommen könnten.»

«Das kommt nicht in Frage, Sergeant.»

«Ich kann Ihnen einen Wagen schicken.»

«Das geht leider nicht, Sergeant. Ich bin gerade auf dem Weg zur Synagoge. Es ist Sabbat, und wir haben einen Abendgottesdienst.»

«Wann ist der zu Ende?»

«Gegen zehn Uhr. Warum?»

«Weil ich vorschlagen wollte, daß ich nach Barnard's Crossing komme. So etwa Viertel nach zehn?»

«Aber ich kann Ihnen gar nichts erzählen.»

«Sie sind wahrscheinlich der Letzte, der ihn lebend gesehen hat, Rabbi.»

«Das kann schon sein; ich hab ihn kurz nach zwei Uhr verlassen, da lebte er noch.»

«Ich möchte trotzdem mit Ihnen sprechen», beharrte der Sergeant.

«Dann müssen Sie leider bis morgen abend warten. Während des Sabbat bespreche ich keine geschäftlichen Dinge.»

«Aber es geht um Mord, Rabbi.»

«Trotzdem, ich kann Ihnen nichts erzählen, daß es rechtfertigen würde, den Sabbat zu entheiligen.»

«Und wenn ich zu Ihnen käme?»

«Würde ich nicht mit Ihnen sprechen.»

Am anderen Ende der Leitung wurde der Hörer aufgeworfen. Rabbi Small horchte noch einen Augenblick und legte dann leise auf.

Zornig und perplex starrte Sergeant Schroeder den Apparat an. Dann erinnerte er sich an Hugh Lanigan, den Polizeichef von Barnard's Crossing, den er von vielen Polizeikonferenzen kannte und der ihn eingeladen hatte, im Sommer einmal sonntags zum Segeln zu kommen.

Er rief Lanigan an. «Ich wollte fragen, ob Sie mir einen Gefallen tun können, Hugh. Könnten Sie wohl jemand für mich abholen und zum Verhör bringen? . . . Ja, es geht um die Sache am Windemere College . . . Nein, es gibt keinen Haftbefehl, ich möchte ihn nur zum Verhör haben . . . Wer es ist? Ein Rabbi Small. Sie kennen ihn? . . . Ja, ich hab ihn hergebeten, wollte ihm sogar einen Wagen schicken, aber er hat gesagt, er würde nicht mit mir reden, weil Sabbat wäre.»

«Ja, das paßt zu ihm.»

«So? Also ein harter Bursche?»

Lanigan lachte. «Kein bißchen, aber er heiligt seinen Sabbat. Die machen nun mal keine Geschäfte vom Freitag- bis zum Samstagabend; sie reden nicht mal darüber.»

«Das hat er gesagt, aber –»

«Bill, lassen Sie Dampf ab. Ich würde den Rabbi ebenso wenig am Sabbat stören wie Pater Aherne während der Messe. Auch wenn ich ihn darum bäte, würde er nicht zu Ihnen kommen. Und wenn ich mehr Nachdruck dahintersetzte, könnte ich Ärger bekommen. Dies ist keine Großstadt, Bill. Bei uns kennt jeder jeden. Wir machen das hier anders.

Wissen Sie was, warum fahren Sie nicht morgen nachmittag zu uns herunter und essen bei uns zu Abend? Es gibt Schinken und Bohnen und Schwarzbrot. Sie können sich da auf Gladys verlassen. Danach machen wir einen Besuch beim Rabbi. Ich garantiere Ihnen, daß Sie nicht die geringste Schwierigkeit mit ihm haben werden.»

Am nächsten Abend tauchten Lanigan und Schroeder bei den Smalls auf. Lanigan stellte den Sergeant vor und sagte: «Wie wär's, wenn Sie beide noch mal von vorne beginnen?»

Der Rabbi grinste. «Mit Vergnügen.» Dann führte er sie ins Wohnzimmer.

Der Sergeant sagte: «Gern. Verstehen Sie, Rabbi, ich wollte Sie nicht an Ihrem Feiertag stören, aber bei uns hat Mord nun mal immer den Vorrang.»

«Oh, bei uns auch», erklärte der Rabbi, «aber ich kann Ihnen bestimmt nichts erzählen, was Ihnen weiterhilft. Professor Hendryx war lebendig, als ich ihn verließ.»

«Und um welche Zeit war das?»

«Kurz nach zwei. Spätestens zehn nach zwei.»

«War er normalerweise um die Zeit im Büro?»

«Das kann ich Ihnen nicht sagen. Ich habe eine Vorlesung, die um zwei Uhr endet, danach gehe ich kurz ins Büro, um meine Bücher abzuladen und meinen Mantel zu holen. Manchmal war er dann dort. Soviel ich weiß, kommt seine Putzfrau immer freitags, da hat er sich gelegentlich ins Büro geflüchtet – er wohnt ja auf der anderen Straßenseite, wenn Sie sich vielleicht erinnern.»

«Ja, das wissen wir, Rabbi.»

«Aber gestern», fuhr der Rabbi fort, «hat er was davon erwähnt, daß Dean Hanbury ihn angerufen hätte, er sollte sich im Hintergrund bereithalten. Sie war mit einer Gruppe von Studenten verabredet und wollte ihn in der Nähe haben, falls sie aufsässig würden.»

«Aha!» rief Schroeder. «Sehen Sie, Sie hatten doch etwas Wichtiges zu erzählen.»

«So?»

«Aber ja. In Ihrer Aussage hat Dean Hanbury nichts davon erwähnt, Hendryx angerufen und um Hilfe gebeten zu haben.»

«Und wieso ist das wichtig?» fragte Lanigan interessiert.

«Na, nehmen wir an, sie hat was mit der Sache zu tun.» Er blickte von einem zum anderen. Der Rabbi schürzte zweifelnd die Lippen; Lanigan lächelte. «Ich meine –» Damit gab Schroeder auf und lachte. «Tut mir leid, Rabbi, ich fürchte, ich war doch noch ein bißchen beleidigt, daß Sie mich gestern abend nicht sprechen wollten. Gut. Als Sie am Freitag gegangen sind, haben Sie da irgend jemand, irgendwen noch im Haus gesehen?»

87

«Die Tür vom Büro des Dean wurde gerade geschlossen, als ich durch den Flur kam. Obwohl ich sie selber nicht gesehen habe, nehme ich an, daß sie in ihrem Büro war. Einen Stock tiefer hab ich Professor Fine im Büro der englischen Abteilung gesehen; er sagte, er erwarte einen Anruf.»

«Um welche Zeit sind Sie nach Hause gekommen, Rabbi?»

«Ziemlich spät erst», gab er zu. «Etwa um halb vier.»

Lanigan zog die Brauen hoch. «Hatten Sie eine Panne?»

«Nein, ich hab unterwegs angehalten und Kaffee getrunken.»

«Na, das hat doch sicher nicht lange gedauert.»

«Es war so ein Drive-in, wo man im Wagen sitzen bleibt», erklärte der Rabbi. «Ich hab angefangen zu lesen und die Zeit vergessen.»

Als sie den Rabbi verlassen hatten, fragte Schroeder: «Was halten Sie von dieser Geschichte Ihres Freundes?»

«Sie kennen ihn nicht», sagte Lanigan. «Glauben Sie mir, das ist ganz typisch für ihn.»

«Aber . . .»

«Ach, Sergeant, es gibt keine Ermittlung ohne kleine Ungereimtheiten. Und die beste Methode, sich festzufahren, ist es, wenn man sich auf die konzentriert, statt auf die Hauptsache. Aber wem sage ich das? Sie wissen es besser als ich.»

«Ja, schon, aber manchmal gibt einem das doch zu denken. Warum, zum Beispiel, hat mir die Dame Dean nichts von dem Anruf bei Hendryx und ihrer Bitte um Hilfe erzählt?»

«Finden Sie das so schwer zu verstehen?» fragte Lanigan. «Sie hat es nicht gesagt, weil sie es vergessen hat; und sie hat es vergessen, weil sie es vergessen wollte; und sie wollte es vergessen, weil es sonst bedeuten würde, daß sie für seinen Tod verantwortlich war.»

19

Am Sonntagmorgen war es beim *minjan* meistens ziemlich voll. Der Morgengottesdienst fand anderthalb Stunden später statt als an Wochentagen, um neun statt um halb acht, und im übrigen schloß sich um zehn Uhr das Treffen des Synagogenvorstands daran an, so daß die meisten früh kamen und am zwanzigminütigen Gottesdienst teilnahmen.

Obwohl Malcolm Selzer kaum je in der Woche am *minjan* teilnahm – er war um halb acht immer schon im Lager – versäumte er ihn sonntags nie. Er gehörte zu der Handvoll Gemeindemitglieder, die noch in der alten Tradition erzogen war und die Liturgie kannte; er wurde oft zum Vorbeten aufgefordert. An diesem Sonntag aber erschien er nicht. Seine Abwesenheit wurde bemerkt.

Obwohl der Name als Abner Seldar, Adam Sellers und Aaron Selger auftauchte, bezweifelte niemand in Barnard's Crossing, schon gar nicht in der jüdischen Gemeinde, daß die in den Zeitungsberichten über die Bombenexplosion genannte Person der Sohn von Malcolm, Abner Selzer, war. Und die große Beteiligung am sonntäglichen *minjan* entsprach zweifellos dem sehr menschlichen Wunsch nach mehr Information.

Die Nachrichten vom späten Samstagabend und die Sonntagszeitungen hatten ausführlichere Berichte geliefert: daß sich Dean Millicent Hanbury mit einer Studentendelegation getroffen hatte, um über Klagen der Studenten zu diskutieren, daß sie das Treffen verlassen hatte – unter nicht genannten Gründen; daß kurz darauf die fünfköpfige Delegation Büro und Gebäude verlassen hatte; daß keine fünf Minuten später die Bombe explodiert war. Das Büro des District Attorney hatte angekündigt, daß alle Studenten verhört werden würden.

Als die Männer die Gebetschals zusammenfalteten, bemerkte Dr. Malitz, einer der älteren: «Ich vermute, daß es ihm zu peinlich war zu kommen.»

Dr. Greenwood, wie Malitz Zahnarzt, schüttelte den Kopf. «Warum muß es ausgerechnet ein jüdischer Junge sein?»

«Was meinen Sie damit, ein jüdischer Junge?» sagte Norman Phillips mißbilligend. «Es waren insgesamt fünf, und der junge Selzer war der einzige Jude. Und was hat es auf sich, daß er Jude ist? Er ist Amerikaner, oder? Er hat dieselben Rechte wie jeder andere, oder vielleicht nicht?»

Dr. Malitz kam seinem Zahnarztkollegen zur Hilfe. Dr. Greenwood war kein Kieferspezialist und schickte ihm Patienten. «Wenn Sie in der Zeitung lesen, daß jemand mit einem jüdischen Mann eine wissenschaftliche Entdeckung gemacht hat – Sie wissen schon, etwas Gutes vollbracht hat –, dann sind Sie stolz, weil es einer von uns war, stimmt doch? So geht es uns allen. Und wenn wir dann etwas lesen, was nicht so hübsch ist, fühlen wir uns natürlich –»

«Wir fühlen uns schuldig. Ja? Also ich nicht» stellte Phillips stur fest. «Ich habe als amerikanischer Bürger dieselben Rechte wie jeder andere, und das bedeutet, daß mich etwas, das jemand namens Cohen oder Levy betrifft, nicht stärker angeht, als wenn es sich um einen namens Cabot oder Lodge handelt. Selbstverständlich tut mir Mal Selzer leid, aber in gewisser Weise hat er es ja herausgefordert.»

Greenwood starrte ihn an. «Was soll das heißen? Welcher Vater verdient es, daß sein Sohn in Schwierigkeiten gerät?»

«Na, sehen Sie, mein Junge geht ins College, ins Rensselaer Polytechnicum. Doc Malitz hat auch einen Sohn im College. Über Ihren Jungen weiß ich nichts, Doc, aber meiner haut schon mal ein bißchen über die Stränge. Er ist jung, verstehen Sie? Beispielsweise hatten sie im vorigen Jahr in seinem College Zoff. Die Polente kommt, die Reporter, alles, was dazugehört. Mein Junge sagt, er hätte nur zugesehen, sich den Spaß angeschaut. Vielleicht stimmt's, vielleicht auch nicht. Ich gehöre nicht zu

89

den Vätern, die ihren Kindern nichts Böses zutrauen. Na, sie nehmen ihn hopp, er verbringt die Nacht im Kittchen und muß eine Strafe zahlen. Er? Ich hab bezahlt.»

«Und?»

«Ich will nur sagen: bin ich rumgezogen und hab angegeben, daß mein Junge ein großer Studentenführer ist?»

«Dann geben Sie mit was anderem an, was Ihr Sohn gemacht hat, vielleicht damit, daß er in Rensselaer ist!»

«Das hab ich nur erwähnt, weil –»

«Sei's drum», sagte Greenwood. «Väter geben mit ihren Kindern an. Ich bin sicher, Malcolm Selzer würde lieber damit angeben, daß sein Junge gute Examen macht und Stipendien bekommt.»

Dr. Malitz hatte eine Eingebung. «Woher wissen wir überhaupt, daß der junge Selzer was mit dem Bombenattentat zu tun hat? In den Zeitungen steht nur, daß er an der Besprechung teilgenommen hat und daß er vom District Attorney verhört werden soll.»

«Wenn es erst mal zum Verhör kommt, landet er im Gefängnis», sagte Phillips. «Was ich wissen möchte, ist, was der Rabbi darüber weiß. Er unterrichtet dort. Mir ist aufgefallen, daß er heute auch nicht da war.»

«Er ist heute morgen Gastredner in der Bibelklasse der Männer bei der Methodistenkirche von Lynn», erklärte Dr. Malitz. «Es hat in der Zeitung gestanden.»

«Unser sprichwörtliches Glück», murrte Phillips voller Zorn. «Jetzt kriegen *die* den Augenzeugenbericht und nicht wir.»

20

Der Rabbi kam kurz vor zwölf Uhr mittags nach Hause und wurde von einem ungeduldigen Malcolm Selzer erwartet. «Ihre Frau hat gesagt, Sie müßten jede Minute kommen. Und meine Frau war so überzeugt davon, daß Sie uns helfen könnten, daß ich nicht den Mut hatte, ihr zu sagen, ich hätte Sie nicht angetroffen.»

«Nun beruhigen Sie sich, Mr. Selzer, und sagen Sie mir, was Sie auf der Seele haben.»

Selzer sah ihn dankbar an und setzte sich. «Am Freitag hab ich wie alle anderen auch die Nachrichten gehört. Und ich muß zugeben, ich hatte gleich so ein komisches Gefühl, daß mein Abner da vielleicht mit drinsteckte. Er hob eine Hand hoch. «Ich meine nicht, daß ich ihn für fähig halten würde, Bomben zu legen, das nicht. Ich kenne meinen Sohn. Der tut keiner Fliege was. Aber ich dachte, er könnte was wissen, vielleicht, daß es eine Gruppe war, zu der er Kontakt hat – Sie wissen doch, was man so denkt und auf was für komische Ideen man kommen kann?»

«Natürlich. Lassen Sie sich Zeit, und erzählen Sie mir, was geschehen ist.»

Selzer nickte. «Am Samstag hab ich dauernd vorgehabt, Abner anzurufen. Nicht, um direkt zu fragen, wissen Sie, mehr wie es so geht und was es Neues gibt. In der Art. Wenn er wirklich mit drinsteckte, hätte er es sagen können. Eigentlich war es auch mehr meine Frau, die so gedrängelt hat. ‹Ruf ihn an; du hast einen Sohn, sprich doch mal von Zeit zu Zeit mit ihm!› Und um die Wahrheit zu gestehen: ich hätte es auch gemacht, wenn ich nicht Angst gehabt hätte, es damit herauszufordern. Meine Mutter, möge sie in Frieden ruhen, hat immer gesagt: ‹Nur nicht dran rühren!›»

«In dem Sinn, daß man das Schicksal nicht herausfordern soll», sagte der Rabbi mit dem Anflug eines Lächelns.

«Richtig.» Selzer freute sich, daß der Rabbi ihn verstand. «Na, dann hab ich meiner Frau vorgeschlagen, ins Kino zu gehen. Wissen Sie, um auf andere Gedanken zu kommen; und im übrigen natürlich auch, weil sie mich nicht mitten während des Films zum Telefonieren schicken würde.»

Er blickte ins Leere, als müsse er seine Gedanken sammeln. «Ich dachte, wir könnten hinterher noch irgendwo eine Tasse Kaffee trinken. Das machen wir meistens. Aber meine Frau wollte unbedingt gleich nach Hause; sie hatte so ein Gefühl. Als wir dann auf der Auffahrt sind, weiß ich schon, daß was los ist, weil in der Küche Licht brennt, und das bedeutet, daß Abner zu Hause ist. Und warum soll er am Samstagabend nach Hause kommen, wenn nicht, weil es Ärger gegeben hat? Na ja, meine Frau tut dann auch so, als wäre gar nichts los. ‹Hast du gegessen, Abner? Wir haben noch Hühnerfleisch. Soll ich dir ein Brot machen? Er ist so dünn. Sieh dir an, wie dünn er ist, Malcolm.› Natürlich fällt keiner darauf rein, ich nicht, Abner nicht und sie auch nicht. Sie will bloß Zeit gewinnen und es hinauszögern, bis wir ihn fragen müssen, warum er nach Hause gekommen ist. Aber ich bin Geschäftsmann, ich mache keine albernen Spielchen. Ich frag ihn also ganz direkt: ‹Hast du Ärger, Abner? Bist du in den Bombenanschlag verwickelt?›» Selzer hob den Zeigefinger achtungfordernd. «Verwickelt, hab ich gesagt, Rabbi. Nicht: hast du es gemacht. Ich hab ihn nur gefragt, ob er in die Sache verwickelt sei. Was heißt schon verwickelt? Verwickelt kann jeder sein. Wenn es mein Sohn ist, bin ich verwickelt, ist meine Frau verwickelt, ist die Polizei verwickelt. Verwickelt zu sein, ist kein Verbrechen.»

Er schüttelte traurig den Kopf. «Damit ist es losgegangen. Ich traute ihm nicht, schreit er. Er kommt nach Hause, und ich denke an nichts anderes, als daß er das College in die Luft sprengen will oder ein gräßliches Verbrechen begangen hat. Daß ich zum Establishment gehöre, und das Establishment das Nicht-Establishment zu unterdrücken versucht, und sie nur versuchen, eine lebenswerte Welt zu schaffen, und meine

Generation sie daran hindert. Und daß wir die Bullen benutzen, um sie zu unterdrücken. Damit meint er die Polizei, wissen Sie?»

Selzer stand auf und begann im Zimmer herumzulaufen. «Er schreit, und ich schreie vermutlich auch, und meine Frau heult. Und nach einer Stunde weiß ich nicht mehr als vorher auch. Schließlich beruhigen wir uns alle ein bißchen, und ich sage freundlich, leise und ruhig zu ihm: ‹Abner, ich beschuldige dich nicht. Ich frage nur; nicht weil ich neugierig bin, sondern weil ich helfen möchte. Willst du, daß ich mich an meinen Anwalt wende?›» Er klopfte mit den Fingerknöcheln auf die Tischplatte. «Hat der Tisch mir geantwortet? Das war seine Antwort. Kein Wort, als wäre er plötzlich taub und stumm. Er sitzt einfach da und lächelt so vor sich hin, als wär das alles sehr komisch, und dann sagt er endlich was. Was sagt er? Er sagt: ‹Ich glaub, ich hau mich in die Falle. Morgen kann es ein langer Tag werden.› Und dann steht er auf und geht ins Bett. Und meine Frau? Die fällt über mich her. Warum muß ich so mit ihm reden? Warum kann ich nicht an ihn glauben? Warum jage ich unseren Sohn fort? Sie kennen meine Frau, Gott schütze sie, für sie ist Abner unfähig, etwas Böses zu tun. Was er auch haben will: gib es ihm. Was er auch tut: wunderbar. Wenn ich versuche, ihn ranzunehmen, zum Studieren zu bringen, zu einem verantwortungsbewußten Menschen zu machen, beschimpft sie mich, daß ich nur an ihm rumnörgle. Er war in der High School Klassenbester; wenn ich will, daß er im College gute Noten bekommt, was tue ich? Ich nörgle. Warum war er Klassenbester? Weil ich hinter ihm her war. Ich bin Geschäftsmann, und ich weiß, wie schwer es heute für einen jungen Mann ist, sich durchzusetzen. Wenn man nicht in ein rennomiertes College geht, gilt man heute nichts. Also geht er nach Harvard. Das war schlecht? Das war Nörgelei? Und wenn er zu Hause gewohnt hätte, wie ich es wollte, und nicht im College, wie er es wollte, wobei seine Mutter ihn unterstützt hat, dann wäre er jetzt immer noch in Harvard. Und wäre das schlecht? Ich sage Ihnen, Rabbi, der Ärger mit den Kindern heutzutage ist der, daß ihre Eltern *nicht* nörgeln.»

Der Rabbi hatte ihn nicht unterbrochen, weil er spürte, daß Selzer reden wollte, aber jetzt brachte er ihn ganz schroff zum Thema zurück. «Was ist denn nun geschehen, Mr. Selzer? Warum sind Sie zu mir gekommen?»

«Heute morgen», sagte Selzer ganz ausdruckslos, «sind die Bullen gekommen und haben ihn abgeholt. Wer waren die Bullen? Lieutenant Tebbetts, sein Pfadfinderführer, von dem Abner soviel geredet hat, daß ich fast eifersüchtig geworden bin. Der war der Vertreter der Bullen.»

«In dem Fall meine ich ja doch, Sie sollten sich mit Ihrem Anwalt in Verbindung setzen, Mr. Selzer.»

«Zwei Minuten!» rief Selzer. «Zwei Minuten nachdem mein Sohn aus der Tür war, hab ich Paul Goodman angerufen. Eine halbe Stunde später war er schon da – als ich anrief, war er noch nicht angezogen – und dann sind wir zusammen zum Polizeirevier gefahren.»

«Und?»

«Nichts. Mein Sohn wollte nicht mit mir sprechen und nicht mit Goodman. Nur: ‹Ach, du bist das.› Spricht so ein Sohn mit seinem Vater, Rabbi?»

«Was haben Sie denn gesagt?»

«Nichts! Ich hab mich vor Goodman geschämt und nicht gezeigt, daß ich wütend war. Ich hab ihn nicht angeschrien. Ich hab nichts gesagt, ihm nur mitgeteilt, daß dies Mr. Goodman, sein Rechtsanwalt, sei. Ich hab sie allein gelassen. Danach aber, als Goodman heraufkam – wir haben ihn in seiner Zelle im Souterrain besucht, wissen Sie – sagte er, der Junge hätte es abgelehnt, sich mit ihm zu besprechen.»

«Aber er will ihn trotzdem verteidigen?»

«Ja, sicher. Er hat ja nichts zu verlieren. Er kommt doch nicht ins Gefängnis.» Selzer stand auf, als Miriam hereinkam. «Oh, jetzt halte ich Sie vom Essen ab. Und dabei wollte ich Sie nur bitten, ihn zu besuchen. Reden Sie ihm Vernunft ein. Ich weiß, daß er sehr viel von Ihnen hält, seit er damals bei Ihnen im Unterricht war. Auf Sie wird er hören.»

«Er muß schrecklich verletzt worden sein», sagte Miriam, als Selzer gegangen war.

«Wie meinst du das? Von wem?»

«Na, von seinem Vater natürlich. Stell dir doch mal vor, es ginge das Gerücht um, du hättest etwas Schreckliches getan, etwas, das dir von innen heraus widerstrebte. Und dann stell dir vor, statt zu wissen, daß du so etwas überhaupt nicht tun könntest, fragte ich dich, ob das Gerücht stimmt. Es könnte sein, du erklärtest ganz geduldig, wie unmöglich das wäre. Andererseits aber könntest du auch so verletzt sein, vor allem wenn du jünger wärst, in Abners Alter, daß du gar nichts mehr sagen würdest.»

«Ja, das verstehe ich.»

«David, geh den Jungen besuchen.»

«Um ihm was zu sagen?»

Sie lächelte. «Du könntest ihm doch vielleicht sagen, er möge versuchen, seinem Vater zu verzeihen.»

21

«Die Bostoner Polizei hat uns gebeten, den jungen Selzer festzunehmen, also haben wir ihn festgenommen.» Chef Lanigan saß zu Hause am Eßtisch und hatte die Sonntagszeitungen vor sich ausgebreitet.

«Haben die denn stichhaltige Beweise gegen ihn?» fragte der Rabbi.

Lanigan zuckte die Achseln. «Sie wissen doch, wie so was funktioniert. Der District Attorney prüft, was sie haben, und er gibt die Anordnungen.

Mir würde er es jedenfalls nicht erzählen. Nicht mal der D. A. meiner eigenen County würde mich notwendigerweise bei etwas ins Vertrauen ziehen, was hier in meinem Bezirk geschehen ist. Aber nach dem, was Schroeder sagte, genügt das, was sie über ihn haben. Er war einer der Gruppe, die sich mit Dean Hanbury getroffen hat. Sie haben eine Zeitlang geredet, dann ist einer von ihnen ausfallend geworden, und Dean Hanbury hat das Zimmer verlassen. Sie warteten, daß sie wiederkäme, als sie aber nicht kam, sind sie auch gegangen. Ein paar Minuten danach geht in ihrem Büro die Bombe hoch. Na bitte, das reicht ja wohl als Begründung eines Verdachts. Fügen Sie dem noch ein paar kleine Punkte hinzu: erstens, im Frühjahr hat es schon einen Bombenanschlag im College gegeben; zweitens, ein Mitglied ihrer Gruppe, einer namens Ekko – weiß nicht, ob das sein richtiger Name oder ein Spitzname ist – haut ab. Das läßt ja wohl auf Schuld schließen.»

«Andererseits», stellte der Rabbi fest, «ist nichts davon ein wirklich stichhaltiger Beweis. Das Gebäude ist offen, jeder kann hereinkommen. Dean Hanbury hat ihr Büro nicht abgeschlossen, es hätte also jeder reingehen können, nachdem die Studentendelegation fort war. Nach dem wenigen, was ich über das College weiß, gibt es andere Studentengruppen – mehr oder weniger revolutionär –, die untereinander ebenso verfeindet sind wie mit der Verwaltung.»

«Mich brauchen Sie nicht zu überzeugen, Rabbi. Sie müssen die Einwohner von Suffolk County überzeugen.»

«Ist es Ihnen recht, wenn ich jetzt zu dem Jungen gehe?»

«Sicher. Ich ziehe mir eben Schuhe an, dann fahre ich Sie zum Revier. Wenn Sie wollen, können Sie ihn in meinem Büro sprechen.»

Der junge Mann war sichtlich überrascht, als er den Rabbi erblickte. «Ach, Sie», sagte er, «ich dachte, es wäre wieder dieser Anwalt.» Er ging einmal durch das Zimmer und sah aus dem Fenster. Dann machte er kehrt. «Diese Cops! Nicht mal wie Menschen können sie sich benehmen. Glauben Sie, die machen sich die Mühe, mir zu sagen, wer da ist? Nein, der Kerl sagt nur, jemand will mich im Büro des Chefs sprechen. Und wenn ich sage, ich hab dazu keine Lust – weil ich denke, es wär der Anwalt oder mein Alter – sagt er: ‹Ein bißchen dalli, Großmaul›, und schleift mich praktisch hier rauf.»

«Wahrscheinlich hat er auch nicht gewußt, wer es war», sagte der Rabbi milde.

«Rabbi, Sie kennen diese Typen nicht. Da fehlt Ihnen die Erfahrung.»

«Das mag stimmen», gab er friedfertig zu. «Und aus welchem Grund wollen Sie nun nicht mit Ihrem Anwalt reden?»

Abner Selzer spreizte die Hände und ließ die Schultern verzweifelt hängen. «Goodman! Der hat mich gar nichts gefragt. Er hat gesagt, wenn ich dran dächte, eine Rede zu halten, sollte ich es bleiben lassen. Ich käme vor Richter Visconte, und der wäre hart. Der hielte sich an den Buchstaben des Gesetzes. Wenn der Richter was fragt, sagt er zu mir, muß ich aufstehen und ihn mit ‹Euer Ehren› ansprechen. Sonst soll ich still sein und nicht mit den anderen flüstern. Gerade sitzen, geradeaus sehen, genau auf den Richter, und ein interessiertes Gesicht machen. Plant man so eine Verteidigung? Dann sieht er mich an und sagt, ich soll mich anständig rasieren und einen Anzug anziehen, wenn ich morgen vor Gericht komme. Rabbi, wie soll ich denn mit so einem Mann sprechen? Schließlich habe ich vorgeschlagen, ich könnte vielleicht einen Kilt tragen, die Beine übereinanderschlagen und den Geschworenen meine Geschlechtsteile vorführen.»

Der Rabbi lachte, und der junge Mann grinste. «Was hat er dazu gesagt?»

«Er war sauer und hat nur noch erklärt, er würde mich in Boston vor Gericht wiedersehen.»

«Ich glaube nicht, daß das viel ausmacht», sagte der Rabbi. «Diese Vorführung vor den Richter ist eine Formalität. Soweit ich weiß, verlangt das Gesetz, daß Sie innerhalb von vierundzwanzig Stunden nach Ihrer Verhaftung dem Richter vorgeführt werden müssen.»

«Und wenn man unschuldig ist?»

«Das geht den Richter bei der Vorführung nichts an, Abner. Er hat nur zu entscheiden, ob die Polizei genügend Beweise hat, Sie in Haft zu halten und vor ein Schwurgericht zu stellen. Wenn die Polizei will, daß Sie in Haft bleiben, geht der Richter meistens darauf ein. Gut, das mit dem Anwalt kann ich verstehen, aber warum wollen Sie denn nicht mit Ihrem Vater reden?»

«Damit er mich anschreien kann? Wir können uns keine fünf Minuten unterhalten, ohne daß er schreit.»

«Weswegen schreit er denn?» fragte der Rabbi neugierig.

«Ach, über alles, meistens aber – bis jetzt wenigstens – über Noten. ‹Reiß dich zusammen›, sagt er dauernd. Oder – warum ich mich nicht zusammenreiße, oder manchmal: ‹Reiß dich am Riemen oder mach Schluß.› Als ich hier noch auf der High School war, ging's an. Ich war gut auf der Schule, und die Väter von den anderen haben sich auch so aufgeführt. Aber in Harvard mußte ich mit all den anderen guten Schülern konkurrieren, und ich hab nicht zu Hause gewohnt, wo er mich jeden Abend abhören konnte. C oder B minus war ihm nicht gut genug. Es mußten A's sein. Eine Zeitlang hab ich mir Mühe gegeben, aber ohne Streben ging das nicht, und dann war ich's leid.»

«Sie haben also gar nicht mehr gearbeitet?»

«Ja, warum nicht? Ich hab schwer geschuftet und B minus bekommen, aber das war ihm nicht gut genug. Da hab ich mir gesagt, wenn ich wie ein Mensch lebe und C oder C minus bekomme, kann's auch nicht schlimmer werden.»

«Aber Sie hatten ein schlechtes Gewissen.»

Der junge Mann überlegte. «Ja, ich glaub schon, anfangs wenigstens. Jetzt nicht mehr.»

«Sind Sie sicher?»

«Ja, ganz sicher. Ich sag Ihnen was, Rabbi. Mein Vater hat sich nicht drum gekümmert, ob ich was gelernt habe oder nicht. Er wollte bloß gute Noten sehen, damit ich an einer guten juristischen Fakultät ankam und auch wieder gute Noten bekam, egal ob ich was lernte oder nicht. Es ging nur darum, daß ich in eine gute Anwaltsfirma eintreten konnte.»

«Ich denke mir, er will Sie auf das Leben vorbereiten, wie er es sieht.»

«Und warum ist es falsch, wenn man versucht, dieses Leben zu verändern?» fragte Selzer.

«Weil Sie es zum Schlechten verändern könnten», stellte der Rabbi ironisch fest. «Aber auf jeden Fall, und das geben Sie selber zu: was Ihr Vater auch tut, ob er es nun richtig oder falsch macht, er tut es für Sie.»

«Rabbi», Abner wurde sehr ernst, «es wird Sie schockieren, aber wenn ich ehrlich bin, mache ich mir nicht viel aus meinem Vater. Ich achte ihn nicht –»

Als der Rabbi ihn unterbrach, war es aber Abner, der schockiert wurde. «Ach, das ist doch völlig normal.»

«Wie – was sagen Sie da?»

«Ich meine, ja. Darum ist es doch eines der Zehn Gebote. ‹Ehre deinen Vater und deine Mutter.› Wenn das so natürlich wäre, brauchte man doch nicht extra ein Gebot dafür, nicht wahr?»

«Na gut. Und warum sollte ich dann von jemand Hilfe annehmen, den ich nicht achte?»

«Weil es kindisch und dickköpfig wäre, Hilfe abzulehnen, wenn man sie braucht», sagte der Rabbi. «Sie bekommen einen Anwalt, ob Sie ihn haben wollen oder nicht. Wenn Sie keinen eigenen haben, stellt Ihnen das Gericht einen Verteidiger. Vielleicht ist er besser als Mr. Goodman, obwohl das nicht wahrscheinlich ist, bestimmt aber ist er weniger erfahren. Vernünftig wäre es, den Besten zu nehmen, den Sie bekommen können.»

22

Richter Visconte nickte leise beim Verlesen der Klageschrift. Als er die Blätter aus der Hand legte, fuhr sein Kopf zu nicken fort. – Er war ein alter Mann, weit über siebzig, mit schneeweißem Haar über einer hohen, schrägen Stirn. Sein gut geschnittenes italienisches Gesicht mit der langen Römernase sah gütig und großväterlich aus.

Er wandte sich an Bradford Ames. «Macht der Staat Massachussetts

Vorschläge über die Frage der Kaution?»

«Der Staat hat einen Vorschlag, Euer Ehren», sagte Ames. «Der Staat ist der Ansicht, daß ein Mann in der Folge einer Bombenexplosion getötet worden ist und es sich daher hier um einen Mordfall handelt, bei dem eine Kaution nicht zugelassen werden sollte.»

Der Richter nickte heftig in offensichtlicher Übereinstimmung. Dann neigte er den Kopf und nickte in einem etwas abgewandelten Winkel, was der Beisitzer als Zeichen deutete, daß Seine Ehren mit ihm zu konferieren wünsche. Er beugte sich über den Richtertisch; sie flüsterten. Es sah so aus, als wäre alles zu Ende.

Paul Goodman erhob sich. Er stand neben dem Verteidigertisch. «Ich bitte um das Wort, Euer Ehren.»

Der Richter nickte gnädig.

«Um dem Ehrenwerten Gerichtshof Zeit zu sparen, spreche ich nicht nur für mich, sondern auch für meine drei Kollegen, die je einen der jungen Beklagten vertreten. Euer Ehren, es erscheint mir, daß die Empfehlung des Staates als Strafe gedacht ist und nicht als Rückversicherung, daß die Beklagten zu ihrem Prozeß auch vor Gericht erscheinen. Diese jungen Leute sind keine Berufsverbrecher; sie sind nicht vorbestraft. Sie sind am College immatrikuliert; wenn sie gehindert werden, an den Vorlesungen teilzunehmen, können sie ihre Kurse nicht abschließen. Sie bis zur Verhandlung in Haft zu belassen, entspricht einer Bestrafung, ehe ihre Schuld bewiesen ist.»

Der Richter nickte gütig. «Es ist immer eine Bestrafung, nicht wahr?» sagte er sanft. «Ein Arbeiter büßt den Lohn ein, ein Geschäftsinhaber muß manchmal seinen Laden oder sein Büro schließen. Und in jedem Fall leidet die Familie.»

«Wenn Sie erlauben, Euer Ehren», fuhr Goodman fort, «spricht das doch um so mehr dafür, diese jungen Leute nicht unnötig in Haft zu halten, zumal die Gefahr ihres Nichterscheinens bei der Verhandlung nur gering ist.»

«Aber die Anklage lautet auf Mord, Herr Verteidiger.»

«Ich bin mir bewußt, daß es im Staat Massachusetts die übliche Praxis ist, des Mordes angeklagten Inhaftierten keine Kaution zu gewähren. Aber meines Wissens entspringt die Tendenz –»

«Sagten Sie Tendenz?»

«Ja, Euer Ehren. Ich sagte, daß die Tendenz – in derartigen Fällen eine Kaution zu verweigern – dem Gedanken entspringt, daß Geld an Wichtigkeit verliert, wenn das Leben eines Menschen auf dem Spiel steht. Da aber nun der Oberste Gerichtshof der Vereinigten Staaten die Todesstrafe für eine grausame und unübliche Strafe erklärt hat, entfällt diese Befürchtung.»

«Andererseits», gab der Richter zu bedenken, «neigen diese jungen Leute dazu – und ich habe sehr viele Erfahrungen mit ihnen – ja, sie neigen dazu, Geld wenig wichtig zu nehmen. Wenn ich eine Kaution gewähren würde, auch eine sehr hohe Kaution, die ihre Eltern möglicherweise stellen könnten, besteht durchaus die Möglichkeit – und ich spreche aus Erfahrung –, daß sie nicht zur Verhandlung erscheinen, weil sie die ihren Eltern dadurch entstehenden schweren finanziellen Verluste geringschätzen. Nein, Counselor, ich glaube, ich schließe mich der Empfehlung des Staates an und beschließe, daß sie ohne Kaution in Haft verbleiben.»

23

Als der Rabbi am Montagmorgen zu seiner Vorlesung kam, hing die Fahne auf dem Verwaltungsgebäude des Windemere College auf halbmast. Der Unterricht fiel aus, und viele Studenten und Lehrer waren schon wieder gegangen. Mittags sollte in der Kapelle ein Gedenkgottesdienst für Professor Hendryx abgehalten werden. Die noch anwesenden Studenten standen alle in der Halle herum.

Der Rabbi überlegte noch, ob er nach Hause fahren oder an der Trauerfeier teilnehmen sollte, als ihn Professor Place, den er nur flüchtig kannte, zu einer Tasse Kaffee einlud.

Der Rabbi war zum erstenmal in der Cafeteria der Lehrer. Er sah sich interessiert um. Es war ein kleiner Raum mit zwei großen Tischen, beide waren etwa zur Hälfte besetzt. Es fiel ihm auf, daß sich die älteren Lehrer an den einen, die jüngeren an den anderen Tisch gesetzt hatten. Professor Place ging zur großen Kaffeemaschine und füllte eine Tasse für den Rabbi.

«Zehn Cents pro Tasse.» Er warf ein Fünfundzwanzig-Cent-Stück in einen Karton. «Es geht auf Treu und Glauben. Nein, ich hab schon für Sie bezahlt, sogar ein bißchen zuviel», wehrte er ab, als der Rabbi nach Kleingeld suchte. «Manchmal vergißt man's auch. Unser Kaffee-Ausschuß berichtet, daß manchmal Pennies, Knöpfe und nicht unterschriebene Schuldscheine gefunden werden. Vermutlich ist das auf Ihrem Sammelteller ganz ähnlich.»

«Wir geben keinen Sammelteller herum. Unsere Regeln verbieten es, am Sabbat Geld bei sich zu haben.»

«Wie lobenswert! Unsere Methode, bei jedem Gottesdienst zu sammeln, riecht ein bißchen stark nach einer Geschäftstransaktion, eine Art *quid pro quo* mit der Gottheit.» Er führte den Rabbi zu einem der Tische. «Darf ich Sie mit einigen Ihrer Kollegen bekannt machen? Professor Holmes, Professor Dillon und Miss Barton. Oder ist es Professor Barton oder Dr. Barton, Mary?»

«Im nächsten Semester hoffentlich Dr. Barton», sagte sie vergnügt, «und dann auch bald Professor Barton, wenigstens sagt das Dean Millie. Aber vorläufig bleibt es bei Miss Barton.» Sie hatte ein freundliches, nettes Gesicht.

«Sie haben sich mit Hendryx das Büro geteilt, nicht?» fragte Professor Holmes. Zu einem sehr schmalen Gesicht hatte er noch eine lange Nase und ein spitzes Kinn.

«Ja. Aber ich hab nicht oft dort gearbeitet.»

«Ihr Handikap ist es, daß Sie mit zu niedrigem Rang eingestiegen sind», sagte Mary Barton. «Als was laufen Sie, als Lektor, *Instructor*? Wenn Sie sich hätten länger bitten lassen, wären Sie als außerordentlicher Professor eingestellt worden und hätten ein anständiges Büro bekommen. Natürlich, wenn Sie lange genug durchgehalten hätten und sehr nötig gebraucht worden wären, hätten Sie als ordentlicher Professor anfangen können, das heißt mit Privatbüro und Sekretärin. Ein Professor, Rabbi, ist nur ein Lehrer, der am längeren Hebel sitzt.»

«Wie Sie sehen, ist Marys Einstellung zur Professorenschaft ziemlich zynisch», sagte Professor Holmes.

«Wozu sie allen Grund hat.» Das kam von Professor Dillon, einem fröhlichen, rundgesichtigen Mann mit einem Walroßbart. «Sie unterrichtet hier seit – wie lange, Mary? Fünfzehn Jahren?»

«Sechzehn.»

«Seit sechzehn Jahren, und weil Sie den Doktor nicht hatte, ist sie *Instructor* geblieben. Darum – und weil sie eine Frau ist – und das, wohlgemerkt in einem ehemaligen Mädchen-College, das immer noch zu über sechzig Prozent von Mädchen besucht wird.»

«Oh, unser Vorkämpfer für Women's Lib», murmelte Holmes.

«Ja, aber es stimmt doch, oder nicht?» fragte Dillon.

«Natürlich stimmt es, aber Sie kennen die Gründe genausogut wie ich. Mary hat alle Energie auf das Lehren und nicht auf das Forschen und Publizieren gerichtet, was sich heutzutage eben nicht auszahlt. Wissen Sie, Mary, Sie haben den natürlichen Fehler gemacht anzunehmen, daß ein College ein Ort wäre, zu dem die Studenten kommen, um zu lernen, und daß die Lehrer unterrichten. Das trifft aber schon seit Jahren nicht mehr zu. Sobald die Verwaltungen herausbekamen, daß es mehr Stiftungsgelder und sogar mehr Studienbewerbungen gibt, wenn jemand aus dem Lehrkörper eine Entdeckung macht, die in die Schlagzeilen kommt, war es mit der alten Ordnung vorbei und Leute wie Sie wurden zum *dinosaurus rex.*»

«Aber sie macht doch gerade ihren Doktor», wandte Place ein.

«Ja, natürlich», Holmes nickte. «Sie hat sich ergeben. Ewig kann man nicht kämpfen. Hab ich recht, Mary?»

Der Rabbi wußte nicht, ob sie Miss Barton neckten und ob sie sich was draus machte. Er sah Holmes an und fragte: «Was ist mit den Studenten?»

«Was soll mit ihnen sein?»

«Sie sagten, ehe die alte Ordnung sich wandelte, kamen die Studenten zum Studieren, und die Lehrer unterrichteten. Jetzt forschen sie, statt zu lehren. Was ist mit den Studenten, die zum Lernen kamen? Haben die sich auch gewandelt?»

«Aber ja. Jetzt kommen sie wegen der Noten, wegen der Abschlußexamen, um bessere Posten zu bekommen. Es ist wie mit Rabattmarken. Man klebt ein Buch voll und bekommt einen akademischen Grad. Aber nicht mal mehr die Noten muß man selber verdienen. Buchläden, sogar die College-Buchhandlungen, verkaufen ganz offen die genauen Texte zu den Hauptvorlesungen. Bei einer Arbeit bekommen Sie von den Studenten immer dieselben, genau gleich formulierten Antworten.»

«Diese Texte gab es schon, als ich noch auf dem College war», sagte Dillon.

«Aber es galt als Betrug, sie zu benutzen», widersprach Holmes. «Und sie wurden heimlich unter der Theke verkauft. Jetzt kann man schon eine Semesterarbeit für zwei Dollar die Seite kaufen.»

«Drei Dollar», wandte Place ein.

«Drei Dollar, wenn sie neu angefertigt ist», korrigierte Mary Barton.

Der Rabbi sah sie der Reihe nach an und fragte sich, ob sie ihn wohl verulkten. «Ich bin sicher, daß es noch ein paar Studenten gibt, die studieren.»

Professor Place stimmte zu. «Aber sicher. Vielleicht sogar die Hälfte. Aber sogar ihre Noten sind nicht astrein. In den letzten beiden Jahren, Rabbi, hatten wir Studentenstreiks – zum Gedenken an die Schießereien am Kent State College, glaube ich. Sie brachen vor den Abschlußexamen aus, also machen die Studenten kein Examen. Wir schieben die Termine hinaus, aber darauf gehen sie nicht ein. Nein, sie gehen auf Nummer Sicher und finden sich in dem Fach mit einem schlichten ‹bestanden› ab, auch eine Alternative, die wir anbieten. Aber wer fragt sie denn schon später nach den Noten? Es kümmert sich doch niemand darum.»

«Ich kümmere mich darum», sagte Mary Barton.

«Ja, richtig. Mary kümmert sich darum, weil sie jung und töricht ist.» Place sah sie fast zärtlich an. «Und wir hier kümmern uns ein bißchen, weil wir uns erinnern, wie es einmal war. Und per Kassiber habe ich gehört, Rabbi, daß es Ihnen auch nicht egal ist.»

«Wirklich?»

«Einer meiner besseren Studenten hört Ihre Vorlesung. Wenn ich nach ihm gehen darf, lassen Sie sich nichts vormachen.» Er sah den Rabbi forschend an.

«Ich tue nur das, wofür ich bezahlt werde.»

Professor Holmes schüttelte den Kopf. «Die Antwort reicht nicht, Rabbi, nicht wenn Sie dafür mit Ihrer Gesundheit bezahlen. Ich hätte gedacht, das Beispiel Ihres früheren Bürokollegens, dessen wir heute

Mittag ehrend gedenken, müßte Ihnen zu denken gegeben haben. Ich kannte ihn nicht sehr gut, hatte aber den Eindruck, daß er die zeitgenössische College-Szene richtig erfaßt hätte. Er war nur zwei oder drei Jahre hier und hat es schon bis zum Chef der Abteilung gebracht.»

«Zum kommissarischen Leiter», verbesserte Mary Barton.

«Na schön. Aber er wäre sehr bald zum amtierenden Leiter gemacht worden.»

«Da bin ich mir nicht so sicher», sagte sie. «Nach den Regeln hätte er von der Abteilung einstimmig gewählt werden müssen.»

«Ach, hatte er denn einen Opponenten?» fragte Holmes.

«Den älteren Lehrern war es ziemlich egal. Ich hatte nichts gegen ihn, aber die jüngeren Männer mochten ihn überhaupt nicht. Er gab sich ihnen gegenüber gern sarkastisch. Einer von ihnen, Roger Fine, hätte ihn einmal fast verprügelt.

«Roger Fine?» Dillon sah sie fragend an, erinnerte sich dann aber. «Ach ja, der, der den Artikel in *The Windrift* geschrieben hat.» Er zuckte die Achseln. «Kann mir nicht denken, daß der viel zählt. Er ist doch nur für ein Jahr eingestellt worden.»

«Denken Sie das lieber nicht. Er hatte unter den jüngeren Lehrern viele Freunde, und nicht nur bei uns.»

Professor Place fragte nach seinem Streit mit Hendryx.

Sie errötete und warf einen vorsichtigen Blick auf den Rabbi. «Roger hielt ihn für einen – einen Antisemiten. Einmal, als sie allein im Büro der englischen Abteilung waren, haben sie ganz schön heftig diskutiert. Ich bin mitten hineingeplatzt und habe Roger sagen hören, er würde ihm seinen Stock in den Bauch rammen, wenn er noch so einen blöden Witz machte. Durch mein Auftauchen hat sich die Atmosphäre abgekühlt», fügte sie fast bedauernd hinzu.

«Wie war das, Rabbi?» fragte Holmes. «Hat er antisemitische Sachen gesagt?»

«Eigentlich nicht. Oder nicht zu mir.»

«Was ich nicht begreife», sagte Dillon, «ist, wieso er es überhaupt zum kommissarischen Leiter gebracht hat, wo doch Hallett und Miller in der Abteilung sind.»

«Ich vermute, das hatte er Millie Hanbury zu verdanken. Er kam ja ursprünglich aus Barnard's Crossing, ihrer Heimatstadt.»

«Sind sie zusammen aufgewachsen?»

«Nein, das glaube ich nicht», sagte Mary. «Er war fünf oder sechs Jahre älter als sie; und seine Eltern sind fortgezogen, als er etwa vierzehn war. Er hat es mir mal erzählt.»

«Trotzdem –»

«Pst!» zischte Mary Barton, die der Tür gegenüber saß. «Dean Millie im Anmarsch. – Hallo Millie!»

24

Als er nach dem Gedächtnisgottesdienst am Nachmittag nach Hause kam, fand er endlich Zeit, Miriam vom Sitzstreik während der Vorlesung am Freitag zu erzählen.

Sie hörte kommentarlos bis zum Ende zu und sagte dann: «Warst du nicht ein bißchen arg pedantisch, David?»

«Hm, ja, das war ich wohl», gab er bedrückt zu.

«Das paßt nicht zu dir», stellte sie fest.

«Ach, weißt du, es ging nicht nur darum, daß sie auf dem Fußboden saßen! Es kam alles zusammen. Ich bin wütend, daß am Freitag immer nur ein Drittel meiner Studenten auftaucht.»

«Aber sind es nicht immer dieselben, die freitags kommen?»

«Ja, und was heißt das?»

«Warum bist du dann auf sie wütend, statt auf die anderen, die fortbleiben?»

«Ja, schon, aber – ja – ich sehe das ein. Ich sollte mich nicht an denen abreagieren, die kommen. Aber . . .» Er ließ mutlos die Schultern hängen. «Das ganze ist so enttäuschend», gestand er leise. «Ich hatte es mir anders vorgestellt. Ich komme nicht über das Gefühl hinweg, daß sie gar nichts von der Vorlesung haben. Sie kommen herein, klappen ihre Hefte auf, und dann sehe ich nur noch gesenkte Köpfe, weil sie meine weisen Worte mitschreiben.»

«Na, das zeigt wenigstens, daß sie interessiert sind.»

«Es zeigt, daß sie interessiert sind, die Abschlußprüfung zu bestehen, mehr nicht. Wenn sie sich ehrlich für das Thema interessierten, würden sie nicht schreiben, sondern zuhören. Und gelegentlich würde mal ein Gesicht aufleuchten, und ich wüßte dann, daß ich sie erreiche und sie etwas lernen.»

«Stellt denn keiner mal Fragen?»

«Ein paar, aber das sind weniger Fragen als Herausforderungen. Sie suchen keine Belehrung, sondern Argumente – vermutlich, um die Zeit schneller rumzukriegen. Sie wissen nichts, aber sie stecken voller Meinungen. Nimm diesen Henry Luftig, den Vertreter der radikalen Linken. Er ist von Mitgefühl für die Unterdrückten erfüllt – für die Schwarzen, die Araber, alle, nur nicht die Juden. Er hat einen Spezi namens Harvey Shacter. Ein nett aussehender junger Mann, der sich für nichts zu engagieren scheint, aber Luftig immer unterstützt; wahrscheinlich mehr aus Loyalität als aus Überzeugung. Danach kommt ein Mädchen, Lillian Dushkin, die ihre Partei ergreift, vielleicht nur, weil sie Absichten auf den jungen Shacter hat. Ich wäre gar nicht überrascht, wenn sie aus einer strenggläubigen Familie käme und viel mehr über das Thema weiß, als sie zu erkennen gibt. Aber sie verbirgt es, weil sie sich schämt.»

«Sie ist nicht besonders hübsch, ja?»

«Warum sagst du das?»

«Weil sich ein hübsches Mädchen frei entwickeln kann; ein unschönes muß sich eine Rolle suchen, und bis sie eine gefunden hat, ist sie nie sicher.»

Der Rabbi nickte. «Ja, besonders hübsch ist sie wohl kaum, aber das ist schwer festzustellen, weil sie sich die Augen so übertrieben schminkt; sie sieht wie ein Waschbär aus. Aber wenn sie nach einer Rolle sucht, tue ich das vermutlich auch.»

Sie sah ihn sehr aufmerksam an. «Bisher hast du dir noch nie selber leid getan, David.»

Er lachte auf. «Ja, so hört sich das wohl an, und wahrscheinlich stimmt es auch. Wann immer ich an meiner Eignung zum Rabbiner einer Gemeinde zweifelte, dachte ich an das Unterrichten als mögliche Alternative. Ich habe immer geglaubt, ich würde einen guten Lehrer abgeben. Ja, und nun sieht es so aus, als wäre ich als Lehrer nicht besser als Rabbi. Das ist schon ziemlich frustrierend.»

«Wie kommst du darauf, daß du kein guter Lehrer bist, David? Weil so viele am Freitagmittag fortbleiben? Wäre das denn nicht für jeden anderen Lehrer jedes anderen Fachs auch so?»

«Doch, das ist möglich.»

«Du glaubst, es wäre dir nicht gelungen, ihr Interesse zu wecken? Gut, vielleicht bietest du ihnen nicht das, was sie erwartet haben.»

«Sie haben erwartet, auf eine bequeme Tour drei Punkte einzuheimsen», sagte er voller Zorn. «Das haben sie erwartet. Und als sie gemerkt haben, daß sie sie nicht bekommen . . .» Er verstummte kopfschüttelnd.

«Nein, David. Das ist nicht der Grund, warum Studenten einen bequemen Kurs wählen, wenigstens nicht der einzige Grund. Als ich im College war, hab ich mir manchmal leichte Vorlesungen ausgesucht; du wirst das sicher auch gemacht haben. Aber das war, weil mich das Thema interessierte, und die leichten Punkte waren der Zuckerguß auf dem Kuchen. Ich erinnere mich, daß es einen Kurs über Musikverständnis gab, den fast alle belegten. Vielleicht haben es ein paar getan, weil der Professor lieb und trottelig war und alle bestehen ließ, aber die meisten gingen hin, weil es interessant war und wir das Gefühl hatten, daß man darüber etwas wissen müsse. Gleichzeitig gab es einen Kurs über etwas, das Forschungsmethodologie hieß. Dabei schnitt nie einer schlechter als mit B ab, aber der Professor schaffte es nie, mehr als zehn Hörer anzulokken. Das lag daran, daß er langweilig war und die Vorlesung auch.»

«Dann sind meine Studenten vielleicht einfach nicht an der Geschichte und Entwicklung der grundlegenden jüdischen Ideen interessiert», murmelte er bitter.

«Wahrscheinlich nicht», sagte sie liebenswürdig. «Aber wie können sie sich dafür interessieren, wie sich unsere Vorstellungen von Nächstenliebe, Gerechtigkeit und so weiter entwickelt haben, wenn sie nicht wissen, was sie sind? Verstehst du nicht, David, die meisten von ihnen haben zu Hause keinen Religionsunterricht gehabt und in der Schule wahrscheinlich auch nicht. Während ihrer Schulzeit war das gerade nicht Mode. Aber in den letzten Jahren hat sich das gewandelt, vor allem seit dem Sechs-Tage-Krieg. Sie haben immer gewußt, daß sie Juden waren und ein bißchen anders als ihre nichtjüdischen Freunde und Nachbarn, aber sie und ihre Eltern hatten die Neigung, diesen Unterschied zu bagatellisieren. Jetzt aber sind sie in einem Alter, in dem der Unterschied wichtig wird: sie haben ernste Beziehungen zu Mädchen und denken ans Heiraten. Ich möchte wetten, daß die meisten von ihnen deine Vorlesung belegt haben, um herauszufinden, welches die Unterschiede sind und ob man sich ihrer schämen muß oder stolz darauf sein kann.»

«Aber College-Studenten –»

«Das sind sie doch nicht, David, wenigstens nicht ausschließlich. Sie sind Juden. Sag du ihnen, was sie wissen möchten, und glaub mir, sie werden sich dafür interessieren.»

25

Während Schroeder auf Mrs. O'Rourke, die Putzfrau, wartete, ging er durch Hendryx' Apartment und versuchte, ein Gespür für die Wohnung und den Mann zu bekommen, der in ihr gelebt hatte.

Ein Makler hätte es als Drei-Zimmer-Apartment bezeichnet, aber ein zukünftiger Mieter hätte sicher entgegnet, die Küche wäre winzig und eines der Zimmer kaum größer als ein Schrank. Der kleinere Raum war offenbar das Arbeitszimmer des Professors gewesen, denn dort standen sein Schreibtisch und ein Bücherschrank. Der andere Raum diente als Wohn- und Schlafzimmer. In ihm waren eine große Couch, eine Kommode, der Fernsehapparat, ein Schaukelstuhl und ein gewaltiger Sessel aus Kunstleder mit einem passenden Fußkissen. Neben dem Sessel stand ein Rauchtisch aus Mahagoni. Im großen Glasaschenbecher lagen eine Pfeife und das halbe Dutzend Streichhölzer, mit dem sie angezündet worden war. Ein aufgeklapptes Buch lag mit dem Rücken nach oben auf einer der breiten Armlehnen des Sessels. An einem Wandtisch standen mehrere Bücher zwischen Buchstützen aus Bronze, eine große Messingschale und ein Pfeifenständer, in dem fünf Pfeifen hingen, und der sechste Platz leer war.

Schroeder ging in die Küche und öffnete den Kühlschrank. Er enthielt einen Pappbehälter Milch, ein Päckchen Speck, eine Schachtel mit Eiern und ein Stück Schmelzkäse. Offenbar hatte der Professor zu Hause gefrühstückt und die anderen Mahlzeiten in der College-Kantine oder in Restaurants eingenommen.

Schroeder verließ die Wohnung und ging durch den kurzen, schlecht beleuchteten Flur zur Tür, die zum Hintereingang des Hauses führte. Sie war nicht abgeschlossen. Der Schlüssel, den man in Hendryx' Tasche gefunden hatte, paßte nicht nur in die Wohnungstür, sondern auch ins Haustürschloß. Schroeder war immer wieder verblüfft, wie genau die Menschen auf der einen Seite Sicherungsvorschriften einhielten, um auf der anderen so leichtsinnig zu sein. Zum Beispiel bauten sie Spezialschlösser in Türen und hatten dafür an den Parterrefenstern billige Riegel, die man bequem hochschieben konnte.

Er kehrte in die Wohnung zurück und prüfte sie nun sehr viel systematischer. Anscheinend war Hendryx sauber und ordentlich gewesen. Die Anzüge hingen gerade im Schrank, die Kommode mit der Wäsche war gut aufgeräumt. In einer flachen, oberen Schublade lagen die Taschentücher, in einer Schale war der übliche männliche Kleinkram: Manschettenknöpfe, Krawattennadeln, zwei abgelegte Feuerzeuge, eine ausrangierte Brieftasche, eine Armbanduhr, eine Taschenuhr; in einem Glasschälchen lag Kleingeld, nicht mal im Wert eines Dollars. In der nächsten Schublade lagen die Hemden, dann kam die Unterwäsche, aufgeteilt in Fächer für Unterhemden-, Hosen und Socken. Darunter waren dann die Pyjamas. Die unterste Schublade war leer. Schroeder nahm an, daß Hendryx sich nicht gern bückte, wenn es sich vermeiden ließ.

Der Schreibtisch war ähnlich ordentlich. In den Schubladen lagen Notizen und Manuskripte, letztere in Heftern, auf deren Umschlag das Thema vermerkt war.

Ein Polizeiwagen setzte Mrs. O'Rourke ab; sie war eine magere, abgearbeitete Frau von etwa sechzig. Obwohl es ein warmer Tag war, trug sie einen schweren Webpelzmantel und einen formlosen, aus lila Wolle gehäkelten Hut.

«Nur ein paar Fragen», sagte Schroeder. «Sie haben am Freitag hier gearbeitet?»

«Ja, Sir.»

«Wann haben Sie angefangen?»

«Ich komme gegen zehn, ein paar Minuten davor oder danach. Genau weiß ich das nich. Ich will um zehn kommen, aber es hängt vom Bus ab.»

«Und wann sind Sie gegangen?»

«Kurz vor drei, Sir, vielleicht schon um Viertel vor.»

«Sind Sie sicher? Überlegen Sie's noch mal genau. Es ist wichtig.» Man mußte mit der Art Frauen streng umgehen, wenn man etwas genau wissen wollte.

«Ja, Sir. Ich fahre am liebsten mit dem Drei-Uhr-Bus von der Ecke ab, darum gehe ich immer ein paar Minuten vor drei hier weg. Sonst muß ich nämlich fast eine halbe Stunde warten. Sie wissen ja, wie unregelmäßig die Busse fahren.»

«Ja, ja. Und Sie haben den Drei-Uhr-Bus bekommen?»

«Ja, Sir.»

«Gut. Was haben Sie hier in der Wohnung gemacht?»

Sie sah ihn etwas erstaunt an. «Wieso? Ich putze hier und wische Staub, ich poliere die Möbel, ich mache das Bett und räume im Bad auf. Ich mache die ganze Wohnung.»

«Räumen Sie auch die Kommodenschubladen auf?»

«Nein, Sir!» Sie war beleidigt. «Ich mache keine Schublade auf, und das kann mir keiner vorwerfen. Professor Hendryx hat mir gesagt, ich soll die Schubladen in Ruhe lassen und nichts auf dem Schreibtisch anrühren. Daran hab ich mich gehalten. Ich nehm höchstens mal die Bürsten und den Kamm von der Kommode, damit ich Staub wischen kann.»

«Schön, Mrs. O'Rourke, ich hab ja auch nur gefragt. Sie haben die Wohnung also genauso zurückgelassen, wie sie jetzt ist?»

«Aber nein», protestierte sie. «Ich würd doch keine Asche und Streichhölzer im Aschenbecher lassen. Und das Buch hätte ich fortgelegt. Aber das hab ich nicht, weil da keins rumlag.» Sie sah sich um. «Den Hocker da stell ich auch immer vor den Fernseher, denn da, wo er jetzt steht, wär er mir im Weg.»

«Einen Moment. Sagen Sie damit, daß jemand hier war, nachdem Sie fortgegangen sind?»

«Nein, nur Professor Hendryx. Der is immer zwischen der Schule und der Wohnung hin- und hergependelt.» Sie seufzte. «Wär er doch hiergeblieben, dann lebte der arme Herr heute noch. Ist es nicht schrecklich, was die Studenten heutzutage treiben?»

26

Sie waren ungewöhnlich leise und zahm, als er am Mittwochmorgen in den Hörsaal kam. Die, die am Freitag dagewesen waren, mußten den übrigen erzählt haben, was sich ereignet hatte. Oder war es nur ihre Reaktion auf die Explosion?

Während der Fahrt von Barnard's Crossing hatte Rabbi Small mit seinem Gewissen gerungen. Er hatte seine Studenten nicht mehr gesehen, seit er aus dem Zimmer gelaufen war. Sollte er einfach fortfahren, als sei nichts geschehen, oder sollte er sich entschuldigen? Sicher, ihr Benehmen war unter aller Kritik gewesen, andererseits aber, das sah er nun ein, hatten sie keine persönliche Kränkung beabsichtigt. Ganz im Gegenteil: offensichtlich glaubten sie, etwas Gutes und Anständiges zu tun. Aber warum hatten sie es nicht erklärt? Und warum hatte er nicht gefragt? Aber sie waren die Jüngeren und schuldeten ihrem Lehrer Respekt. Aber er war älter und hätte einsichtsvoller sein müssen. Aber sie hätten sich klarmachen müssen . . . Nein, er hätte sich klarmachen müssen . . .

«Denen, die am letzten Freitag nicht hier waren», begann er, «möchte ich mitteilen, daß die Vorlesung ausgefallen ist. Bei denen, die hier waren, möchte ich mich entschuldigen, daß ich den Raum verlassen habe. Mir war zu der Zeit der Grund nicht bekannt, warum sich einige der Anwesenden so seltsam betragen haben. Ich habe das erst nachträglich erfahren und entschuldige mich jetzt dafür, mich nicht bei Ihnen erkundigt zu haben.» Er wollte weitersprechen, als Mazelman die Hand hob. «Ja?»

«Ich möchte fragen, ob Sie es für richtig halten, daß wir – ich war einer davon – uns auf den Fußboden gesetzt haben?»

Er erwiderte, er habe gerade erklärt, nun den Grund zu kennen.

«Nein, ich meine es anders. Gehört es nicht zum Judentum? Ist es nicht Sache der Juden, gegen Ungerechtigkeit zu protestieren?»

«Das ist Sache eines jeden», sagte der Rabbi vorsichtig. «Das ist kein Monopol der Juden. Aber sind Sie denn sicher, daß eine Ungerechtigkeit geschehen ist? Meines Wissens sind die Stühle aus dem Aufenthaltsraum der Haftanstalt quasi als Schutzmaßnahme entfernt worden, weil sie bei einem früheren Aufruhr als Waffen verwendet wurden.»

«Ja, schon, aber nicht alle Jungen haben sich am Aufruhr beteiligt, aber auf dem Fußboden sitzen mußten sie alle», stellte einer der Studenten fest.

«Und Präsident Macomber hat zugegeben, im Unrecht zu sein», rief ein anderer.

«Ich habe seine Darstellung gelesen», erklärte der Rabbi streng. «Er sagt, er habe nicht beabsichtigt, einen Kommentar über diesen Vorfall abzugeben, sondern er habe sein Vertrauen in die Leitung der Haftanstalt ausdrücken wollen.»

«Ja, aber er hat einen Rückzieher gemacht und sich nicht an das gehalten, was er zuerst sagte. Und dazu wäre es nie gekommen, wenn die Studenten nicht demonstriert hätten.»

«Ist er dadurch überzeugt oder gezwungen worden?» forschte der Rabbi. «Wenn seine Aussage tatsächlich ein Rückzieher war, wurde er dann dadurch verursacht, daß Sie zwei Tage lang auf dem Fußboden gesessen haben oder dadurch, daß er es für klüger hielt, in der augenblicklichen Situation am College einen kleineren Aufstand im Keim zu ersticken, ehe er aus der Hand geriet. Und wo ist die Gerechtigkeit, wenn Sie jemand zwingen, Ihnen zuzustimmen?»

«Woher wissen Sie, daß er nicht überzeugt worden ist?»

Jetzt kamen die Zurufe von allen Seiten.

«Was nützt es, herumzusitzen und zu reden?»

«Was ist mit den Menschenrechten? Hat man über die nicht Jahrhunderte geredet?»

«Und mit Vietnam?»

«Jawohl, und Kambodscha?»

«Was ist denn mit den arabischen Flüchtlingen?»

Der Rabbi hämmerte auf das Pult, und das Stimmengewirr verebbte allmählich. Im darauffolgenden Augenblick der Stille hörten alle Harry Luftigs sarkastische Stimme. «Sollen wir nicht das auserwählte Volk sein?»

Die freche Bemerkung erntete lautes Gelächter, das erst verstummte, als sie alle feststellten, daß ihr Lehrer offensichtlich wütend war. Aber als er sprach, blieb seine Stimme ganz ruhig.

«Ja, das sind wir. Wie ich sehe, halten das einige von Ihnen für komisch. Ich vermute, für Ihren modernen, rationalistischen und wissenschaftlich orientierten Verstand ist der Gedanke, daß der Allmächtige mit einem Teil Seiner Schöpfung einen Pakt eingeht, wahnsinnig lustig.» Er nickte abwägend. «Gut, das kann ich verstehen. Aber wie ändert das die Lage? Ihr moderner Skeptizismus läßt sich nur auf die eine Seite des Paktes anwenden, auf die Seite Gottes. Sie können bezweifeln, daß Er einen solchen Pakt angeboten hat; Sie können sogar Seine Existenz bezweifeln. Aber Sie können nicht bezweifeln, daß die Juden daran geglaubt und danach gehandelt haben. Das ist eine Tatsache. Und wie kann man sich gegen Zweck und Ziel des Auserwähltseins stellen: heilig zu sein, ein Volk von Priestern zu sein, ein Licht unter den Völkern?»

«Aber Sie müssen zugeben, daß das ganz schön arrogant ist.»

«Die Idee, auserwählt zu sein? Warum? Sie ist nicht nur den Juden eigen. Die Griechen hatten sie, die Römer auch. In einer Zeit, die unserer näher liegt, hielten es die Engländer für ihre Pflicht, sich die Bürde des weißen Mannes aufzuladen; die Russen und die Chinesen fühlen sich beide verpflichtet, die Welt zum Marxismus zu bekehren, während unser Land meint, es müsse die Ausbreitung des Marxismus verhindern und allen Völkern die Demokratie lehren. Der Hauptunterschied besteht aber darin, daß in allen anderen Fällen die Doktrin verlangt, Menschen etwas anzutun, meistens durch Gewalt. Die jüdische Doktrin verlangt von den Juden, daß sie sich einem hohen Standard anpassen, um anderen zum Beispiel zu werden. Daran sehe ich nichts, worüber man lachen oder sich lustig machen sollte. Im Grunde verlangt sie einen hohen Standard des persönlichen Verhaltens. Er manifestiert sich in Verzichten, die wir uns auferlegen. Einige davon, zum Beispiel die Beschränkung auf koschere Speisen, erscheint Ihnen vielleicht als primitives Tabu, aber die Absicht ist die Erhaltung der Reinheit von Körper und Seele. Auf jeden Fall zwingen wir dieses Gebot nicht anderen auf. Vielleicht aber ist es naheliegender, an die Ermahnung zu denken, die Sie gelegentlich von Ihren Eltern oder wahrscheinlicher von einem Ihrer Großeltern gehört haben. ‹Das ist kein anständiges Benehmen für einen Juden.› Da sehen Sie, wie die Lehre von der Auserwähltheit sich auf das tägliche Leben auswirkt.»

Er sah sich nach allen Seiten um. «Das bringt uns nun zu Mr. Mazelmans Frage: ist es unsere Pflicht als Juden, in allen Reformbewegungen die Führung zu ergreifen? Ich glaube, dazu haben wir eine gewisse Neigung, die historisch bedingt ist. Aber weder in unserer Religion noch in unserer Tradition gibt es etwas, das uns diese Pflicht auferlegt. Sie verlangt nicht, daß wir wie die Ritter von König Artus' Tafelrunde unser Leben einsetzen, um Unrecht wiedergutzumachen.»

Jetzt hörten sie ihm alle zu. Der Rabbi spürte das und fuhr etwas weniger vehement fort: «Unsere Religion ist sehr praktisch und fordert ein praktisches Leben. Auf der Welt geschehen so viele Ungerechtigkeiten, und wenn wir nun auszögen, sie wiedergutzumachen – selbst wenn wir das könnten –, wann sollten wir denn unser Leben leben? Und können wir denn sicher sein, daß wir im Recht sind? Und daß unsere Methode der Reform die Dinge auch bessert? Sogar bei einer so kleinen Sache wie dem Sitzstreik gab es Meinungsverschiedenheiten. Ich, zum Beispiel, war weder überzeugt, daß Präsident Macomber im Unrecht war, noch daß die Methode, ihn zu überzeugen, richtig gewählt war. Denken Sie bitte an das, was ich über den Unterschied unserer Art von Auserwähltsein und der anderer Völker gesagt habe. Unsere Religion verlangt von uns, unser Leben in Rechtschaffenheit und Gerechtigkeit zu leben und nicht, daß wir dies anderen aufzwingen.»

«Aber was ist dann mit Israel?» rief Henry Luftig laut. «Warum können sie dort die Araber nicht gerecht behandeln?»

«Verglichen mit wem?» fragte der Rabbi sofort zurück.

«Ich verstehe Sie nicht, Rabbi.»

«Es ist ganz einfach, Mr. Luftig. Wir kritisieren die Juden und das Judentum durch einen verunglimpfenden Vergleich mit irgendeinem Ideal. Aber um gerecht zu sein, müssen wir sie mit etwas Wirklichem und nicht etwas Imaginärem vergleichen. Darum frage ich Sie, welche andere Nation ist besser oder auch nur gleich gut mit ihren Feinden umgegangen wie Israel mit den Arabern?»

«Na, und wie haben die Vereinigten Staaten Deutschland und Japan behandelt?»

«Aber das war nach der Unterzeichnung eines Friedensvertrags; nicht während das andere Land sich noch als im Krieg befindlich betrachtete.»

«Ja, gut, aber alle sagen, sie sollten nicht so hartnäckig sein.»

Der Rabbi grinste voller Ingrimm. «In unserer Religion gibt es aber ein Verbot des Selbstmords.»

«Aber die Palästinenser sind aus ihrer Heimat vertrieben worden.»

«Sie haben sie *verlassen*!» rief Mark Leventhal quer durch den Raum. Wie Mazelman stammte er aus einer konservativen Familie und hatte Religionsunterricht bekommen. «Die Araber haben ihnen versprochen, sie könnten wieder nach Hause zurückkehren, wenn sie die Juden ins Meer getrieben hätten. Sie haben ihnen auch das Eigentum der Juden versprochen.»

«Das glaube ich nicht.»

«Es stimmt aber.»

Lillian Dushkin sagte mit schriller Stimme: «Ein Junge, den ich kenne, hat mir erzählt, es gäbe in Israel eine Menge Juden, die denken, die Juden hätten kein Recht, dort zu sein, bis der Messias kommt.»

«Ach nee? Was tun die denn da?»

Und weiter ging die Diskussion, aber diesmal machte der Rabbi keinen Versuch, sie zu unterbrechen. Er saß auf dem Schreibtischrand, hörte ihnen unbestimmt ärgerlich zu und kam nicht dagegen an, daß es ihn gelegentlich doch interessierte. Dann klingelte aber die Glocke, und die Studenten sammelten ihre Hefte ein.

«Einen Augenblick noch», rief er.

Sie warteten.

«Sie haben offenbar viele Fragen, die in enger oder loser Verbindung zum Thema der Vorlesung stehen. Ich reserviere den nächsten Freitag, vielleicht auch die folgenden Freitage, sie zu behandeln. Sie können fragen, was Sie wollen, und ich werde mir große Mühe geben, alles zu beantworten.»

«Meinen Sie schriftlich?»

«Schriftlich oder mündlich. Wenn Sie wollen, können Sie sie auch an die Tafel schreiben.»

Als er die breite Treppe zur Straße hinunterging, schlossen sich ihm Luftig und Shacter an, die bisher am Geländer gelehnt hatten.

«Das war heute dufte, Rabbi», sagte Luftig, und sein schmales Gesicht leuchtete.

Er sah ihn an. «Finden Sie? Haben Sie das Gefühl, etwas gelernt zu haben?»

Luftig sah überrascht – und verletzt aus. «Na, klar doch.»

«Was zum Beispiel?»

«Was speziell, meinen Sie? Na, ich wußte nicht, daß es Juden gibt, die glauben, sie müßten auf den Messias warten, ehe sie in Israel leben dürfen. Und dann, daß die Araber das jüdische Eigentum an sich bringen wollen. Und – ach 'ne Menge eben.»

«Gut. Aber erst mal dies: das mit dem Messias ist falsch. Der Einwand betrifft nicht das Leben in Israel, sondern die Errichtung eines Staates. Und im übrigen: wenn Sie ein Palaver abhalten wollen, warum machen Sie sich dann die Mühe, ins College zu gehen und Studiengebühren zu bezahlen?»

«Aber das hat doch Spaß gemacht», wandte Shacter ein.

«Es ist nicht meine oder des College Aufgabe, Sie zu amüsieren», sagte er steif.

Als der Rabbi abfuhr, fragte Chacter: «Mann, warum ist der bloß so empfindlich?»

27

In der kurzen Zeit seit dem Vorfall war die Windemere-Akte recht umfangreich geworden. Sie enthielt Fotografien von den Büros von Professor Hendryx und Dean Hanbury und Planskizzen, die zeigten, wie sie zueinander in Verbindung standen. Den Hauptumfang der Akte aber machten die getippten Aussagen der vielen Leute aus, die Sergeant Schroeder vernommen hatte.

Er las die Aussagen nun noch einmal durch, während er sich auf die Beratung mit dem Assistant District Attorney vorbereitete. Er hatte schon früher mit Bradford Ames gearbeitet und war sehr von ihm beeindruckt. Wenn Ames einen Fall vorbereitete, blieb nichts dem Zufall überlassen. Schroeder lächelte, als er zur Aussage von Dean Hanbury kam.

. . . das Mädchen sagte etwas Beleidigendes, und ich faßte den Entschluß fortzugehen.

Frage: Was hat sie gesagt, Miss Hanbury?

Antwort: Das möchte ich nicht gern wiederholen. Es war ein unanständiges Wort.

Frage: War es an Sie persönlich gerichtet?

Antwort: Es war an mich gerichtet. Ich bin nicht gewöhnt – Ich dulde diese Art von Ausdrucksweise bei einem kleinen Gänschen – bei einer Studentin nicht. Auf jeden Fall hielt ich es für sinnlos, dieses Gespräch fortzuführen und sagte darum: «Ich muß jetzt gehen», und dann ging ich auch. Ich verließ das Haus, ging zu meinem Wagen und fuhr nach Hause.

Frage: Um welche Zeit war das, Miss Hanbury?

Antwort: Gegen halb vier. Wenn die genaue Zeit wichtig ist, können Sie sie sicher von der Polizei von Barnard's Crossing bekommen, weil ich dort unmittelbar nach meiner Ankunft angerufen habe. Sie notieren vermutlich alle Anrufe. Wissen Sie, bei mir war ein Fenster offen –

Frage: Nein. Ich möchte wissen, wann Sie diese Sitzung verlassen haben.

Antwort: Der Termin war halb drei. Ich muß sagen, daß sie sehr pünktlich waren. Wir haben vielleicht zehn oder fünfzehn Minuten diskutiert, und dann hat das Mädchen –

Frage: Ja, Miss Hanbury. Würden Sie sagen, daß es Viertel vor drei war?

Antwort: Das müßte ungefähr stimmen.

Frage: Zwei Uhr fünfundvierzig bis drei Uhr dreißig. Das ist sehr schnell, um nach Barnard's Crossing zu kommen, nicht wahr?

Antwort: Ach, es war wenig Verkehr, und vielleicht bin ich auch schon um zwei Uhr vierzig gegangen. Wollen Sie mir eine Strafe wegen zu schnellen Fahrens geben, Sergeant?

Die Aussagen der vier Studenten unterschieden sich deutlich von der des Dean, und zum Teil wichen sie auch untereinander ab, zum Beispiel über den Grund ihres Aufbruchs; es wurde betont, daß sie wegen der Bemerkung nicht wirklich beleidigt gewesen wäre, sondern sie nur als Vorwand benutzt hätte, die Diskussion abzubrechen. Judy Ballantine, die Verursacherin des Vorfalls, behauptete natürlich am entschiedensten, es sei eine List gewesen. Abner Selzer hinwiederum meinte, Dean Hanbury wäre wirklich gekränkt gewesen. «Sie sollten mal meine Mutter sehen, wenn jemand so redet, vor allem ein Mädchen.» Er bestätigte ebenfalls die von Dean Hanbury genannte Zeit ihres Aufbruchs.

Antwort: Wir sind ein paar Minuten vor drei alle wieder ins Büro zurückgekommen, nachdem wir sie gesucht hatten. Ich hab nämlich auf die Uhr gesehen und gesagt, wir sollten bis drei Uhr warten und dann auch gehen. Wir müssen fünf bis zehn Minuten gebraucht haben, bis wir das Haus durchsucht hatten. Das würde also bedeuten, daß sie zwischen zwanzig vor und zehn vor drei weggegangen ist.

Frage: Und Sie sind alle um drei Uhr gegangen?

Antwort: Ja, das stimmt.

Frage: Was haben Sie dann gemacht?

Antwort: Wir sind alle zum Café an der Ecke gegangen, wo wir über die Sache reden wollten. Gerade als wir reingingen, haben wir den Knall gehört. Wir sind also wieder raus und haben schon Rauch aus dem Verwaltungsgebäude kommen sehen. Da sind wir natürlich rüber, und zwei Minuten später wimmelte es nur so von Leuten, und die Feuerwehr kam. Wir sind noch eine Weile herumgestanden und haben uns dann getrennt.

Frage: Wo haben Sie die Bombe her?

Antwort: Wo ich – nun begreifen Sie doch mal, wir haben nichts mit der Bombe zu tun!

Frage: Wer dann?

Antwort: Woher soll ich das wissen? Vielleicht war's derselbe wie beim vorigen Mal.

Frage: Und wer war das?

Antwort: Woher soll ich das wissen?

Frage: Hören Sie, Abner, wenn Sie mit uns zusammenarbeiteten –

Antwort: Ich sage kein Wort mehr. Verdammt noch mal, kein einziges Wort.

Er hatte es bei ihnen allen versucht; eine Serie harmloser Fragen, von einer plötzlichen Beschuldigung gefolgt, nicht aus der Hoffnung heraus, sie zu einem Geständnis zu bekommen, sondern auf gut Glück, um sie so zu erschüttern, daß er sie weichmachen könnte. Er hätte sich die Mühe sparen können. Yance Allworth sagte: «Mann, ich weiß ja nicht mal, wie so 'ne Bombe *aussieht*.» O'Brien sagte: «Sie sind falsch gewickelt, Sergeant. Wir sind alle zusammen ganz brave Liberale.» Judys Antwort lautete: «Jetzt lassen Sie den Krampf doch mal nach, Polizist.» Und als er fragte, wer es denn getan haben könnte, wenn nicht ihre Gruppe: «Vielleicht hat die Dame Dean ein Ei gelegt, das explodiert ist.»

Das letzte Blatt in der Akte war ein Zeitplan, nach den Aussagen der von ihm verhörten Zeugen zusammengestellt.

13.00–13.15	Hendryx verläßt seine Wohnung und geht ins Büro. (Aussage von Mrs. O'Rourke – nicht bestätigt.)
14.01–14.03	Rabbi betritt sein Büro. (Vorlesung von 13.00–14.00)
14.10	Rabbi verläßt das Haus. (Seine Aussage.)
14.30	Studentenabordnung betritt das Büro des Dean. (Aussagen aller Mitglieder der Abordnung und Dean Hanburys.)
14.40–14.50	Dean verläßt Besprechung, macht sich auf den Heimweg. (Aussagen der Studenten und Dean Hanburys. Frühere Zeit vermutlich nach der Ankunftszeit zu Hause berechnet.)
14.45–14.55	Mrs. O'Rourke verläßt die Wohnung, um Drei-Uhr-Bus zu erreichen. (Ihre Aussage – nicht bestätigt.)
15.00	Abordnung verläßt das Haus. (Ihre Aussagen. *nota bene:* Selzer hat auf die Uhr gesehen.)
15.05	Bombe explodiert. (Aussage von Lt. Hawkins, 15. Revier.)

Dann fiel ihm ein, daß er noch nicht den Bericht des Gerichtsarztes bekommen hatte. Er war im Augenblick nicht besonders wichtig, da ja Zeit und Todesursache bekannt waren. Andererseits: wenn er ihn nicht hatte, ließ das auf schludrige Vorbereitung schließen, was Ames nie hinnehmen würde.

Er rief unten beim Schalter an und fragte, ob der Bericht des Gerichtsarztes eingegangen sei.

«Vor einer halben Stunde etwa. Ich hab ihn in Ihr Fach gelegt.»

«Jennie, seien Sie ein liebes Kind und bringen Sie ihn mir rauf.»

Er schlitzte den Umschlag auf und überflog mit Expertenblick den Bericht. Als Todesursache wurde ein Schlag mit einem Objekt von etwa sechzig Pfund Gewicht angegeben. «. . . zertrümmerter Schädel . . . Bruchstücke kranialer Knochen im Gehirn eingebettet . . .» Der Tod war praktisch sofort eingetreten. «Todeszeit: zwischen 14 Uhr 10 und 14 Uhr 40 am 13. November.»

Er entdeckte den Fehler sofort. Der gute Doktor hatte zweifellos zwischen 14 Uhr 40 bis 15 Uhr 10 gemeint. Wahrscheinlich hatte sich seine Sekretärin bei der Abschrift aus dem Stenogramm geirrt.

Er rief die Zentrale an und bat um eine Verbindung mit Dr. Lagrange. Während des Wartens kaute er ärgerlich auf der Unterlippe. Als das

Telefon klingelte, war es wieder Jennie. «Er ist nicht da. Er ist für ein paar Tage verreist und kommt nicht vor Montag zurück.»

«Wohin ist er gefahren? Haben sie was gesagt?»

«Es ist ein Camping-Ausflug.»

«Meldet er sich nicht telefonisch und hält Kontakt?»

«Das hab ich gefragt, aber sein Mädchen sagte, bisher hätte er sich nicht gemeldet. Ich hab ihr gesagt, daß er uns sofort anrufen soll, wenn er's tut.»

«Rufen Sie sie noch mal an. Ich möchte mit ihr sprechen.»

Dann sagte er: «Hören Sie, Miss, ich habe Dr. Lagranges Bericht vor mir liegen. Hat er Ihnen das diktiert?»

«Ja, Sir.»

«Ich glaube, Sie haben sich bei der Abschrift geirrt. Hier steht, daß der Tod zwischen 14 Uhr 10 und 14 Uhr 40 eingetreten ist. Er muß die Zeiten verdreht haben und meinte in Wirklichkeit zwischen 14 Uhr 40 und 15 Uhr 10.»

«Einen Moment, Sergeant, ich seh mal in meinem Stenoblock nach.»

Er mußte einen Augenblick warten. «Ich hab es hier, Sergeant. ‹Todeszeit: zwischen 14 Uhr 10 und 14 Uhr 40 . . .› Ich weiß noch, daß er erwähnt hat, die Zeit ließe sich so genau bestimmen, weil er die Gelegenheit gehabt hätte, die Leiche so kurz nach erfolgtem Exitus untersuchen zu können. Tut mir leid, Sergeant, der Bericht ist korrekt.»

28

«Schroeder ist ein guter Mann», sagte Matthew Rogers, als er die dicke Akte durchblätterte. «Man kann sich immer darauf verlassen, daß er seine Arbeit korrekt macht.»

Bradford Ames kicherte leise und riet ihm, sich den Bericht des Gerichtsarztes noch einmal anzusehen.

«Warum?» Aber er tat es und stolperte sofort über die Todeszeit. «Das ist sicher ein Schreibfehler. Ruf mal Dr. Lagrange an.»

«Hab ich, Matt. Er sagt, seine Angabe wäre genau richtig.»

«Dann hat er einen Fehler gemacht. Er ist noch neu. Das war sein erster Fall, was?»

«Ja, aber Dr. Slocumbe sagt, wenn Lagrange die Zeit so genau angegeben hätte, dann stimmte es auch.»

«Aber, Brad!» Rogers wurde ganz erregt. «Das ergibt doch keinen Sinn. Ich weiß nicht, was bei seiner Untersuchung schiefgegangen ist, aber es ist was schiefgegangen. Vielleicht was Lächerliches, daß seine Uhr stehengeblieben ist. Aber diesmal haben wir den seltenen Fall, daß die Zeitangabe des Gerichtsarztes unwichtig ist, weil wir andere und bessere

Beweise dafür haben, wann der Tod eingetreten ist.»

«Das nützt nichts, Matt. Die Gegenseite bringt die Frage in dem Augenblick aufs Tapet, da sie merkt, daß wir sie nicht anrühren. Dann mußt du damit rausrücken, und wir kommen beim Richter in Teufels Küche – bei den Zeitungen übrigens auch –, weil wir Beweismaterial unterdrückt haben. Nein, du wirst diese Kinder laufenlassen müssen.»

«Wie meinst du das, sie laufenlassen?» fragte der District Attorney kriegerisch.

«Weil Hendryx nach Aussage unseres eigenen Sachverständigen, des Gerichtsarztes, getötet wurde, *ehe* die Bombe hochging. Wir können die jungen Leute nicht für seinen Tod verantwortlich machen.»

«Aber der Arzt ist unfehlbar? Was ist denn mit dem Fall, wo die Leiche in die Tiefkühltruhe gelegt wurde, und Doc Slocumbes Kalkulationen nicht mehr stimmten?»

«Sieh es doch mal so, Matt. Wenn ich den ärztlichen Bericht beim Vorführungstermin vor Richter Visconte schon gehabt hätte, wäre ihnen dann auch die Kaution verwehrt worden?»

«Vielleicht nicht, aber –»

«Es sind College-Studenten. Wenn das Geschworenengericht sich weigert, sie schuldig zu sprechen und die Anklage fallengelassen wird, dann haben sie trotzdem eine Haftstrafe hinter sich, die ihnen die Zukunft verdirbt.»

«Du vergißt was, Brad. Ich habe nicht den geringsten Zweifel, vermutlich Richter Visconte auch nicht, daß sie die Bombe gelegt haben.»

«Das streiten sie ab.»

«Das ist doch klar.»

«Vielleicht war's der, der ausgerissen ist, dieser Ekko», sagte Ames zäh. «Möglicherweise wissen die anderen wirklich nichts davon.»

«Das ist schwer zu glauben.»

«Warum denn? Er ist der einzige, der geflohen ist.»

«Gut, ich bin bereit zuzugeben, daß er vielleicht der eigentliche Täter war, aber wieso glaubst du, die anderen hätten nichts davon gewußt?»

«Weil er anders ist als sie. Einmal ist er viel älter. Wenn die Verteidigung diesen Standpunkt eingenommen hätte, wäre der Richter möglicherweise darauf eingegangen und hätte eine Kaution festgesetzt. Dann wären sie jetzt frei und wieder im College.»

«College!» wiederholte der District Attorney zornig. «Was bedeutet das College schon für diese Hippiebande, außer daß man da Rabatz inszenieren kann? Prüf das mal nach. Du wirst feststellen, daß sie nie an den Kursen teilnehmen. Sie gammeln da nur rum, rauchen Pot und machen Demonstrationen und Sitzstreiks, und wenn es das nicht ist, dann bumsen sie. Dieser Ekko hat mit der kleinen Ballantine zusammen gelebt, offen und frei, bitte sehr. Der Teufel soll sie alle holen!»

«Du richtest über ihren Lebensstil, nicht über ihre Schuld, Matt.»

«Klar, ich berücksichtige ihren Lebensstil, wenn ich mir über ihre Schuld klarwerden will, genauso wie das die Geschworenen tun, wenn sie die Glaubwürdigkeit eines jeden Zeugen erwägen, den sie im Zeugenstand vor sich sehen. Jeder Richter tut dasselbe. Was paßt dir daran nicht? Wenn wir nicht nach solchen Dingen urteilen würden, wären die einzigen, die wir je schuldig sprechen könnten, die, die freiwillig ein Geständnis ablegen. Worauf willst du hinaus, Brad? Willst du, daß ich den Fall einem anderen übergebe, vielleicht Hogan?»

«Ich weiß es nicht», sagte Ames nüchtern. Er rutschte unglücklich auf seinem Stuhl herum und beschloß dann, einen letzten Versuch zu wagen. «Können wir nicht mal, sagen wir, als Übung in angewandter Logik, unterstellen, daß Dr. Lagranges Bericht den Tatsachen entspricht?»

«Sehr schön, dann will ich dir sagen, wie's weitergeht. Nach Lagrange soll der Tod zwischen 14 Uhr 10 und 14 Uhr 40 eingetreten sein, so ist es doch? Sagen wir also, um halb drei. Das hieße dann aber, daß Hendryx nicht in seine Wohnung zurückgekehrt, sondern im Büro geblieben ist. Und das hieße ferner, daß er schon tot war, noch ehe die Studentenabordnung beim Dean eintraf. Und das hieße, daß jemand in sein Büro gegangen und hinter den Schreibtisch getreten sein muß. Er mußte irgendwie zum obersten Bord hinaufreichen, auf dem die Büste stand, und sie herunterwerfen. Wer kann denn bis zum obersten Bord reichen? Das ist doch ein altes Haus mit sehr hohen Decken. Unser geheimnisvoller Mörder müßte auf eines der unteren Fächer gestiegen und sich vielleicht mit einer Hand festgehalten haben, während er mit der anderen nach der Büste geangelt hat. Und Hendryx hat sich das alles mitangesehen und nicht mal gefragt, was der Kerl da treibt?»

«Und wenn er nun geschlafen hätte, eingedöst wäre?»

«Wie ist dann dieser Mensch in sein Büro gekommen? Es war doch versperrt?»

«Die Tür hätte offen sein können. Vielleicht ist das Schloß nicht eingeschnappt, als der Rabbi fortging.»

«Möglich, aber wenig wahrscheinlich.»

«Und wenn der Mörder einen langen Stock mit einem gebogenen Griff gehabt hätte, einen Spazierstock zum Beispiel», fuhr Ames fort, «hätte er den Gipskopf leicht herunterziehen können.»

«Ja, aber wie erklärst du dann die Pfeife und den Hocker und das aufgeklappte Buch in Hendryx' Wohnung?»

«Da könnte immerhin die Putzfrau geschwindelt haben. Sie will natürlich so früh wie möglich Schluß machen. Und wenn sie glaubt, Hendryx kommt nicht mehr und kann sie nicht kontrollieren, hat sie vielleicht bei der Arbeit gehudelt.»

«Warum hat sie's dann nicht zugegeben?»

«Dazu kann ich nur sagen: wenn es meine Putzfrau gewesen wäre, die

hätte es auch nicht freiwillig eingestanden. Es gibt da eine Art Berufs-
stolz.»

«Dann nimm sie noch mal ins Verhör», sagte Rogers gutmütig.
«Wenn du es schaffst, daß sie ihre Geschichte ändert, werde ich noch mal
über Lagranges angegebene Todeszeit nachdenken.»

29

Bei Klassentreffen und anderen nostalgischen Zusammenkünften bot
sich der Name Bradford Ames immer als gutes Diskussionsthema an.

«Hast du Brad Ames gesehen? Was macht er denn jetzt? Immer noch
Assistant District Attorney? Da sieht man mal wieder, wie Geld die
Karriere verderben kann.» Karl Fisher war wie die drei Freunde, mit
denen er sich im Club zum Lunch getroffen hat, Anfang Fünfzig. Sie
waren alle wohlhabend.

«Wie meinst du das?»

«Als wir anderen das Jurastudium abgeschlossen hatten, sind wir alle
herumgerannt und haben uns Stellungen gesucht», sagte Fisher. «Und
ihr wißt ja noch, wie schwer das damals war und was man bezahlt bekam.
Also haben wir unsere eigene Praxis aufgemacht, uns vom Vater oder
Schwiegervater ein paar hundert Piepen gepumpt, um alte Möbel und ein
Corpus Juris anzuschaffen.»

«Als ich vom Studium kam», erzählte Gordon Atwell, «hab ich mit
sechs anderen eine Bürogemeinschaft gegründet, und ihr könnt mir
glauben, wir sieben mußten alles zusammenkratzen, um unserer einzigen Sekretärin ihren Wochenlohn auszahlen zu können.»

«Ja», stimmte Fisher ihm zu, «aber wir haben durchgehalten, und nach
und nach ging es dann aufwärts, und am Ende, wer hätte das gedacht? –
hatten wir eine Existenz. Und als wir dann so um die Vierzig waren,
hatten einige von uns große Praxen, andere waren Richter geworden oder
in die Politik gegangen oder sie waren Leiter der Rechtsabteilungen
großer Firmen. Ich meine, die meisten haben was erreicht, einige sogar
sehr viel.

Aber das liegt nur daran, daß wir uns durchschlagen mußten. Wenn du
nämlich ein Ames bist, und Geld dir nichts bedeutet, denkst du nicht so.
Und deine Familie denkt auch nicht so, und du stehst einfach nicht unter
dem Druck, unter dem wir gestanden haben. Wir mußten uns nach der
Decke strecken. Wir mußten sofort voll ran. Ich hatte mich fürs Strafrecht interessiert, aber glücklicherweise habe ich erkannt, daß ich es mir
nicht leisten konnte, Strafverteidiger zu werden. Vielleicht arbeitete ich
dann heute für die Gangster wie Bob Schenk oder ich würde, und das ist
wahrscheinlicher, kleine Gauner verteidigen, deren verwitwete Mütter

Hypotheken auf ihr klein Häuschen aufnehmen müßten, um mein Honorar zu bezahlen. Jetzt hab ich mich aufs Grundstücksrecht verlegt, und ihr wißt ja, wie groß unsere Praxis ist, und daß es mir nicht schlecht geht.

Brad Ames hat sich auch fürs Strafrecht interessiert. Aber für ihn war das kein Problem. Seine Familie hat ihm den Posten des Assistant District Attorney in der County beschafft, und da sitzt er seither. Nicht nur, daß er Strafrecht praktiziert, er braucht sich nicht mal Vorwürfe zu machen, einem armen Schwein die Ersparnisse seines Lebens für sein Honorar abgejagt zu haben, oder sich darüber Sorgen zu machen, daß das Geld, mit dem er bezahlt wird, gestohlenes Geld ist, weswegen der Kerl ja gerade einen Anwalt braucht.

Natürlich, das Gehalt eines Assistant District Attorney ist nicht großartig. Keiner von uns könnte davon leben, wenigstens nicht nach unserem heutigen Standard. Aber für Brad Ames ist das sowieso nur ein Taschengeld. Er hat keine Frau, und seine Familie setzt ihn nicht unter Druck, Geld heranzuschaffen.»

«Kann schon sein», sagte Gordon Atwell, der jünger als die anderen aussah, «kann aber auch sein, daß persönliche Gründe dahinterstehen.»

«Wie meinst du das?» fragte Fisher.

«Na, du weißt doch, wie Ames aussieht – dieser Kugelkopf auf dem fetten Rumpf, und das Gegrinse und Gekichere, als wäre er ein Idiot –»

«Der und ein Idiot!» Andrew Howard lachte. Er hatte eine gewöhnliche Anwaltspraxis und war der einzige, der mit Strafsachen zu tun hatte. «Hast du vergessen, daß er ins Law Review gekommen ist?»

«Ich hab nicht gesagt, er *wäre* ein Idiot, nur daß er wie ein Idiot aussieht. Ich meine, er hat nicht das Aussehen, das einem Mandanten Vertrauen einflößt.» Atwell sah Fisher hilfesuchend an.

«Laßt euch davon nur nicht täuschen», fuhr Howard fort. «Vielleicht ist es ein nervöser Tick, aber glaubt mir, wenn er will, kann er das ganz schnell abstellen. Und wenn er das tut, seht euch vor! Ich bin mal bei einer Vergewaltigungsklage gegen ihn aufgetreten. Mein Mandant war ein nett aussehender junger Mann, kühl und gelassen. Er mußte aussagen, aber ich dachte, er würde es durchhalten und sich nicht gehenlassen. Er hat seine Geschichte gut vorgetragen, und ich merkte, daß er auf die Geschworenen einen guten Eindruck machte. Dann fing Brad Ames mit dem Kreuzverhör an. Er stellte seine Fragen, und sie waren ganz gutartig. Wißt ihr, wie ich das meine? Kein Druck. Und dann seine ganze Art. Er sah wie ein grinsender Buddha aus. Und immer dieses leise Gekicher, als wäre alles nur ein besserer Scherz. Gar nicht lange, dann war mein Mandant ganz gelockert und grinste auch. Sie verstanden sich wie alte Freunde. Aber hin und wieder schob Ames eine unzulässige Frage ein, die mein Mandant beantwortete, ehe ich eingreifen konnte. Der Richter, Richter Lukens war das damals, ließ sie streichen, aber die Geschworenen hatten sie gehört. Das ging fast eine Stunde lang, immer freundlich und höflich. Und dann, ganz plötzlich, macht Brad ein strenges Gesicht – adieu, Buddha. Er hält das Kleid des Mädchens hoch, damit die Geschworenen sehen können, wie es aufgerissen ist. ‹Das hat sie sich also selber ausgezogen?› fragt er. Mein Mandant begann zu stottern und stammeln, und von dem Augenblick an wußte ich, daß er verspielt hatte.»

«Oh, ich bestreite ja gar nicht, daß er gut ist», sagte Fisher. «Aber es ist trotzdem keine richtige Karriere. Assistant District Attorney. Wenn er wirklich Ehrgeiz gehabt hätte, wäre er nach ein paar Jahren aus dem Büro des D. A. ausgeschieden und hätte die Stellung als Sprungbrett für eine private Praxis als Strafverteidiger benutzt.»

«Da bin ich anderer Meinung», sagte Sam Curley, der bisher stumm geblieben war. «Ich habe seit Jahren ab und an geschäftlich mit Brad zu tun gehabt. Wir befassen uns nicht mit Strafsachen, aber gelegentlich hat einer unserer Mandanten oder seine Familie Ärger, und dann erwarten sie natürlich, daß wir für sie auftreten. Wenn es um was Schwerwiegendes geht, empfehlen wir sie natürlich an einen Fachmann weiter, aber normalerweise übernehmen wir die Fälle. Vor etwa drei Jahren hatte ich so einen Fall, und Brad vertrat den Staat. Es war im Sommer, und als ich Brad anrief, lud er mich zum Wochenende nach Barnard's Crossing auf den alten Familiensitz ein. Sie haben ein eindrucksvolles Haus am Point. Es war gutes Wetter, und wir haben gesegelt. Am Sonntag kam sein älterer Bruder Stuart zum Essen –»

«Der Richter?»

«Ja, der. Nach dem Essen saßen wir auf der großen Terrasse über dem Meer. Wir tranken Tom Collins aus großen Gläsern. Es war sehr gemütlich, und wir unterhielten uns, wie man sich eben nach einem guten Essen unterhält, und der Richter machte eine halb scherzhafte Bemerkung, wann Brad endlich die in ihn gesetzten Erwartungen erfüllen wolle. Und wißt ihr, wie er das gemeint hat? Er meinte, es wäre Brads *Pflicht* als ein Ames, der Gesellschaft und dem Land sein Bestes zu geben.

Nun reden normale Leute aber nicht so, weil sie – na, weil ihre Denkungsweise nicht so funktioniert. Ich meine, normale Leute würden sagen: wann machst du mal was aus deinen Möglichkeiten und wirst ein berühmter Mann? Wenn du so schlau bist, warum bist du dann nicht reich? In der Art eben. Aber daran hat Stuart Ames überhaupt nicht gedacht. Er meinte, sein Bruder habe eine Verpflichtung gegenüber der Gesellschaft und die erfülle er nicht. Er denkt tatsächlich so. Und das Komische daran war, daß Brad das auch so empfand. Er fing also an, über seinen Beruf zu reden, anfangs halb im Spaß, im Tonfall seines Bruders, im Grunde aber ebenso todernst wie der. Das Gespräch vergesse ich nie. Er sagte: ‹District Attorneys kommen und gehen. Je besser sie sind, um so schneller gehen sie wieder, weil das für sie nur ein Sprungbrett für den nächsten Posten ist. Aber Assistant D. A.s bleiben. Nun muß aber einer die District Attorneys einfuchsen, und das ist meistens meine Aufgabe, weil ich schon so lange da bin.›»

«Daran hab ich noch nie gedacht, aber es leuchtet mir ein», sagte Andrew Howard.

«Danach erklärte er, daß die Assistants im Büro des District Attorney diejenigen sind, die den Laden schmeißen. Sie entscheiden, wer vor Gericht gestellt wird, und wem man noch mal eine Chance gibt. Das macht nicht der Richter und nicht der Verteidiger, ja nicht mal der D. A., wohl aber der Assistant District Attorney. Er fällt die Entscheidung, ob Anklage erhoben wird oder nicht. Ihr könnt mir glauben, er hat das glänzend dargelegt. Mich hat er auf jeden Fall überzeugt, und seinen Bruder vermutlich auch. Seitdem sehe ich ihn irgendwie in einem anderen Licht. Vorher hatte ich genau wie ihr geglaubt, es wär für ihn eine Art Steckenpferd. Er hätte Spaß am Strafrecht, und da er es sich leisten konnte, begnüge er sich eben mit dieser Ebene und ginge einer Neigung nach. Aber am Ende dieses Nachmittags sah ich ihn als einen Top Sergeant, der die Arbeit macht und die Entscheidungen trifft, es aber dem Lieutenant oder dem Captain überläßt, den eigentlichen Befehl zu geben und den Ruhm zu kassieren. Der Mann, der den ganzen Gerichtsapparat in Gang hält, ist nicht Richter oder Strafverteidiger und nicht mal Polizist, sondern es ist der unscheinbare Assistant District Attorney.»

Bradford Ames sah unglücklich hinter dem District Attorney her und suchte nach einem Entschluß. In Gedanken wußte er, daß Rogers die vier Studenten schon als schuldig befunden hatte – schuldig wessen? Radikale zu sein, sich primitiv auszudrücken, ein Leben zu führen, das er nicht gutheißen konnte – und aus all diesen Gründen war er entschlossen, sie so lange im Gefängnis zu lassen, wie er nur eben konnte. Wochen oder Monate, bis zum Tag des Prozesses. Seine vier Töchter waren es, die sein Urteilsvermögen trübten, fand Ames, und dankte Gott, daß er Junggeselle war.

Natürlich, wenn der Fall erst einmal zur Verhandlung kam, mußte der gerichtsärztliche Befund bekannt werden, und dann würde die Anklage wegen Mordes fallengelassen, während das Verfahren wegen Brandstiftung fortgesetzt werden würde. Aber die Studenten wären dann die ganze Zeit über in Haft gewesen. Außerdem bestand die Gefahr eines juristischen Rückschlags; wenn der Prozeß von einem Star wie Richter Harris zum Beispiel geführt wurde, würden sie möglicherweise allerhand über die Unterschlagung von Beweismaterial durch den D. A. zu hören bekommen. Er begriff nicht, daß jemand den politischen Gegebenheiten gegenüber so blind sein konnte, kam dann aber zu dem Schluß, daß sein Chef sich der politischen Rückwirkung durchaus bewußt sein mochte und davon ausging, daß seine Wähler nicht das geringste dagegen haben würden, wenn er das Recht ein wenig dehnte, um diese jungen Radikalen eine Weile aus dem Verkehr zu ziehen.

Normalerweise würde ein dem Verteidiger gegebener Wink die Sache erledigt haben, aber jeder der vier Angeklagten wurde von einem anderen Anwalt vertreten, und Ames kannte keinen von ihnen. Der junge O'Brien hatte einen jungen Anwalt beauftragt, der gerade erst Examen gemacht hatte; Allworth hatte jemand, der ihm von einer der radikalen schwarzen Organisationen gestellt worden war, und das Mädchen, Judy Ballantine, deren Vater reich war, wurde von einer New Yorker Anwaltsfirma vertreten. Nur Paul Goodman, der Verteidiger des Selzer-Sohns war eine Möglichkeit, aber er blieb eine unbekannte Größe, da er weitgehendst in Essex County und nicht in Suffolk auftrat. Trotzdem nahm Ames sich vor, Auskünfte über ihn einzuholen und, falls sie günstig ausfielen, ihn auf das Thema anzusprechen.

Von den vielen in Barnard's Crossing verbrachten Sommern her kannte Ames den dortigen Polizeichef. Er rief ihn am Abend zu Hause an.

«Hugh Lanigan? Hier ist Bradford Ames.»

«Oh, hallo Mr. Ames. Wie geht es Ihnen?»

«Hören Sie, kennen Sie in Ihrer Stadt einen Anwalt namens Paul Goodman?»

«Ja, ich kenne Mr. Goodman.»

«Er vertritt Abner Selzer. Das ist der junge Mann, der –»

«Ja, ich weiß, Sir.»

Ames spürte die Vorsicht am anderen Ende der Leitung und sagte hastig und beruhigend: «Ich plane nichts Hinterhältiges. Bestimmt nicht gegen ihn oder seinen Klienten. Im Gegenteil, ich möchte ihm am liebsten helfen, aber da das alles sehr vertraulich ist, würde ich gern wissen, was für eine Art Mensch dieser Goodman ist.»

«Hm», murmelte Lanigan zweifelnd. «Viel kann ich Ihnen nicht erzählen. Er ist der Anwalt der jüdischen Gemeinde, und er ist ein paarmal vor der Magistratsversammlung aufgetreten, meistens wegen Fragen der Gebietsordnung. Meiner Meinung nach ist er hier sehr angesehen.»

«Und was für ein Mann ist er?» Ames beschlich der Verdacht, daß es ein Fehler gewesen war, sich an Hugh Lanigan zu wenden. «Ist er ansprechbar? Ein vernünftiger Mann? Sie wissen ja wohl, wie ich das meine?»

«Wissen Sie was», sagte Lanigan. «Ich hab eine Idee. Warum rufen Sie nicht den Rabbiner an? Rabbi Small. Er ist ein guter Mann und sehr gescheit. Fragen Sie ihn nach Mr. Goodman. Dieser Goodman ist eine Art Kirchenvorstand von der Synagoge. Der Rabbi muß also genau über ihn Bescheid wissen.»

Der Rabbi? Aber klar! Er konnte es dem Rabbi sagen und so seine Mitteilung auf einem Umweg an Goodman weiterleiten. Und wenn der Rabbi schlau war, brauchte der Name Ames nicht einmal zu fallen.

Er bedankte sich beim Polizeichef, legte auf und wählte unmittelbar darauf die Nummer von Rabbi Small. Er stellte sich vor und erklärte, daß er den Fall gern mit ihm besprechen würde.

«Gewiß», sagte der Rabbi. «Ich habe morgen von neun bis zehn Vorlesung. Danach kann ich jederzeit zu Ihnen ins Büro kommen.»

Ames zögerte. Er fand es nicht ganz richtig, daß der Rabbi zu ihm kommen sollte, wo doch er es war, der um eine Gefälligkeit bitten wollte. Endlich sagte er: «Wie wär's, wenn ich Sie um zehn vor Ihrem Hörsaal abholte, Rabbi?»

30

Die Glocke klingelte, der Rabbi entließ seine Studenten. Er sammelte Bücher und Papiere ein und ging hinaus. Auf dem Flur, direkt vor der Tür, stand ein gedrungener Mann von mittleren Jahren.

«Bradford Ames, Rabbi. Hoffentlich mache ich Ihnen keine Ungelegenheiten?»

«Nein, überhaupt nicht. Mein Büro ist hier am Ende des Flurs.»

Als er den Schlüssel ins Schloß steckte, fragte Ames: «Ist das Büro immer abgeschlossen?»

«Alle Büros. Dies hat einen Türschließer, der automatisch die Tür ins Schloß zieht.»

Ames sah sich neugierig um. «Und das ist der Schreibtisch, an dem Hendryx gesessen hat?»

«Ja.»

«Und die Büste?»

«Stand da oben auf dem obersten Regal.»

Sie setzten sich; der Rabbi auf den Drehstuhl, Ames in einen Besuchersessel an der anderen Schreibtischseite. Er sah sich stumm den Raum an. Als er zu schweigen fortfuhr, erkundigte sich David Small höflich: «Haben Sie noch weitere Fragen?»

Ames kicherte. «Ich bin nicht hergekommen, um Sie auszufragen, Rabbi. Vermutlich hat sich das aber am Telefon so angehört. Eigentlich möchte ich Ihnen nämlich was erzählen.»

«Bitte sehr.»

«Sie wissen sicher, wie die Anklagen gegen die vier Studenten lauten?»

Der Rabbi nickte. «Ich denke schon. Brandstiftung und Mord?»

«Jawohl. Das Zünden einer Bombe ist Brandstiftung, und das ist ein Verbrechen. Wir nehmen an, daß die Explosion die Statue zu Fall gebracht hat und Professor Hendryx dadurch getötet wurde. Das macht die Tat zu Mord.»

«Das ist mir klar.»

«Und da es in diesem Staat bei Mord keine Freilassung gegen Kaution gibt, halten wir die Studenten in Haft, bis sie dem Schwurgericht vorgeführt werden. Nehmen die Geschworenen die Anklage an, bleiben sie im Gefängnis, bis der Prozeß beginnt.»

«Ja, das weiß ich auch.»

«Was halten Sie davon?» fragte Ames überraschend.

Der Rabbi fühlte sich überrumpelt. «Das verstehe ich nicht. Spielt das, was ich denke, eine Rolle?»

«Nein, ich fürchte nicht, aber ich würde es trotzdem gern wissen.»

Der Rabbi lächelte. «Es ist kein sehr bedeutsamer Zufall, aber ich habe erst gestern im Talmud nach Material für eine Predigt gesucht und kam dabei auf einen Abschnitt, der ein ähnliches Problem berührte.»

«Talmud? Ach, das ist eines Ihrer religiösen Bücher?»

«Es ist eigentlich unser Gesetzbuch. Und der Abschnitt befaßte sich nicht mit Mord, sondern mit dem Bürgschaftsrecht und der Verantwortlichkeit des Bürgen.»

«Heißt das, daß dieser Talmud sich mit dem Zivilrecht befaßt?»

«O ja», bestätigte der Rabbi, «und mit dem Strafrecht und dem Kirchenrecht – mit allen Rechtsarten, die unser Leben beeinflussen. In unserer Religion trennen wir sie nicht. Also, in diesem Fall ging es um Verlust durch zufälligen Schaden, und es gab Beweise für die Nachlässigkeit des Bürgen. Es ging um die Frage seiner Haftung. Ein Rabbi stellte sich auf den Rechtsstandpunkt, daß Fahrlässigkeit am Anfang einer Handlung, die einen Schaden zur Folge hat, wenn auch durch Zufall, den Bürgen haftbar macht.»

«Ja, das ist auch der Standpunkt, den wir einnehmen.»

«Aber ein anderer Rabbi war der Ansicht, daß das Grundprinzip anders sein müsse. Selbst wenn am Anfang Fahrlässigkeit vorgekommen ist, ist er nicht haftbar, wenn der Schaden durch einen Zufall verursacht wird.»

«Und wie wurde der Fall entschieden?» fragte Ames, der auf einmal Interesse gewann.

Der Rabbi lächelte. «Er wurde gar nicht entschieden. Wie bei einer größeren Anzahl solcher Fälle wurde die endgültige Entscheidung bis zur Wiederkehr des Propheten Elias hinausgeschoben.»

Ames lachte. «Sehr gut. Ich wollte, wir könnten auf so etwas zurückgreifen.»

Auch der Rabbi lachte. «Das können Sie nicht, es sei denn, Sie glaubten, Elias käme wirklich wieder.»

«Das würde die Lage natürlich verändern.» Ames entdeckte, daß ihm der Rabbi gefiel, und beschloß, sich ihm anzuvertrauen, wie er es geplant hatte. «Um auf den akuten Fall zurückzukommen, Rabbi, gestehe ich Ihnen ein, daß ich über die augenblickliche Situation keineswegs glücklich bin. Die jungen Leute können eine bestimmte Zeit in Untersuchungshaft behalten werden, obwohl sie noch nicht durch ein Gerichtsverfahren für schuldig befunden worden sind. Ich weiß, das ist ein Risiko, dem jeder Bürger ausgesetzt ist. Es kann jedem geschehen. Natürlich ist es dem einzelnen gegenüber ungerecht, aber andererseits muß der Staat seine Bürger schützen. Wir treffen viele Vorsichtsmaßnahmen, die verhindern sollen, daß ein Unschuldiger darunter zu leiden hat. Die Polizei kann niemand länger als vierundzwanzig Stunden festhalten, ohne daß ein Richter seine Zustimmung gibt, ebenso wie wir Menschen nicht dem Ungemach und den Härten eines Prozesses aussetzen, ehe nicht ein Schwurgericht entschieden hat, daß es gute Gründe gibt, die gegen sie sprechen.»

«Ich kann kaum annehmen, Mr. Ames, daß Sie gekommen sind, mir die Vorzüge unseres Rechtssystems darzulegen.»

Ames kicherte. «Recht haben Sie, Rabbi. Folgendes: der Gerichtsarzt hat gerade seinen Befund eingereicht. Seiner Ansicht nach ist der Tod Ihres Kollegen einige Zeit vor der Explosion eingetreten. Nun sind die Untersuchungsergebnisse nicht beweiskräftig. Es können dem Arzt Fehler unterlaufen, wahrscheinlich ist das hier geschehen, aber wenn der Richter damals schon den ärztlichen Befund vorliegen gehabt hätte, würde er niemals die Stellung einer Kaution abgelehnt haben, davon bin ich überzeugt.»

«Aha», sagte der Rabbi. «Was tun Sie denn nun in einer derartigen Situation? So etwas muß ja sicher früher schon einmal vorgekommen sein – nicht genau wie in diesem Fall, aber doch so, daß neue Beweise aufgetaucht sind.»

«Oh, das kommt häufig vor. Normalerweise würde ich in so einem Fall den Verteidiger anrufen und ihm anraten, den Verzicht oder die Verminderung einer Kaution zu beantragen. In diesem speziellen Fall aber hat der District Attorney eine sehr festgelegte Meinung, und dadurch wird alles ein bißchen schwierig. Verstehen Sie?» Er blickte erwartungsvoll zum Rabbi hinüber.

«Ich glaube schon», sagte der Rabbi zögernd. Und dann: «Haben Sie in den anderen Fällen erst die Genehmigung des District Attorney eingeholt?»

«Nein, nein. Ich bearbeite meine Fälle ganz unbeeinflußt. Es ist nicht üblich, daß jemand eingreift.»

Der Rabbi sah ihn an. «Und warum können Sie diesmal nicht genauso vorgehen?»

Ames suchte im Besucherstuhl nach einer etwas bequemeren Stellung. «Weil wir schon darüber gesprochen haben und er dagegen ist.»

«Nehmen wir mal an, Sie machten sich nicht die Mühe, es ihm zu sagen, riefen aber trotzdem an. Würde er nicht vermuten, der Verteidiger hätte den Antrag von sich aus gestellt?»

«Wenn es ein Anwalt wäre, den ich kenne, mit dem ich schon zu tun gehabt habe, ließe sich das ohne jede Schwierigkeit machen. Ich würde durchblicken lassen, daß ich auf eigene Faust handle, und man besser kein

Wort darüber verliert. Wissen Sie, in der County gibt es gar nicht so viele Anwälte, die Strafsachen machen, und im Laufe der Jahre habe ich mit den meisten von ihnen gute Kontakte entwickelt. Aber diesmal kenne ich keinen der Männer, die für die Studenten auftreten. Im übrigen geht es um vier Anwälte, und da würde bestimmt etwas durchsickern.»

«Ah, jetzt sehe ich Ihr Problem.» Der Rabbi schwieg kurze Zeit. Endlich sagte er: «Als Sie mit mir den Fall besprochen haben, haben Sie es unter der Voraussetzung getan, daß ich als Rabbi, das heißt als Priester, der Schweigepflicht unterliege und das, was Sie gesagt haben, als vertrauliche Mitteilung betrachten muß?»

Ames kicherte wiederum. «Sie begreifen schnell, Rabbi. Um aber Ihre Frage zu beantworten: wenn Sie im Zeugenstand stünden, Rabbi, und aus diesen Gründen die Aussage verweigerten, würde der das Verhör führende Anwalt sofort darauf hinweisen, daß, wenn einer der Gesprächsteilnehmer ein jüdischer Rabbi und der andere ein unitarischer Christ wären, das Recht des Priesters zur Aussageverweigerung keine Anwendung finden könne.»

«Sehr gut, gehen wir von dieser Basis aus. Sagen Sie mir, Mr. Ames, warum sind Sie gerade zu mir gekommen?»

«Von den vier Anwälten scheint mir Paul Goodman der einzig mögliche zu sein. Er ist erfahren; er stammt aus der Gegend. Dennoch wollte ich erst etwas über ihn erfahren. Ich habe Chef Lanigan angerufen, und er hat den Vorschlag gemacht, ich sollte mit Ihnen reden. Ich habe dem entnommen, daß Sie sich gut kennen.»

Der Rabbi sagte lachend: «Ja, wir haben schon miteinander zu tun gehabt.»

31

Bradford Ames ging langsam durch die Wohnung, blieb vor dem Bücherregal stehen, las Buchtitel oder betrachtete ein Bild an der Wand.

«Was suchen Sie?» fragte Sergeant Schroeder.

«Das weiß ich nicht.» Ames schüttelte den Kopf. «Mir fällt nichts ein. Dieser Hocker da, ist das der, von dem die Putzfrau sagt, er hätte nicht so gestanden, als sie fortgegangen ist?»

«Ja, das hat sie gesagt.»

«Und die Pfeife und der Aschenbecher? War sie sicher, daß die nicht dort standen?»

«Nicht bei der Pfeife. Sie sagt, sie hätte den Aschenbecher saubergemacht, weiß aber nicht, ob eine Pfeife drin gelegen hat oder nicht. Aber wenn, hätte sie sie in den Ständer gehängt.»

«Das wird stimmen, Sergeant. Als alter Junggeselle weiß ich, daß

Putzfrauen immer Aschenbecher saubermachen, ob es nötig ist oder nicht.»

«Frauen auch.»

«Ja?» fragte Ames geistesabwesend. «Tja, Sergeant. Ich neige dazu, ihr das zu glauben.»

«Haben Sie das vorher nicht getan?» fragte Schroeder erstaunt. «Warum nicht?»

«Weil die ganze Sache nicht mehr paßt, falls das, was sie sagt, richtig ist.

«Wieso nicht?»

Ames hob einen rundlichen Zeigefinger. «Sie sagt, sie wäre kurz vor drei Uhr, vielleicht zehn vor, fortgegangen. Wir wissen, daß die Bombe kurz nach drei Uhr explodiert ist. Das bedeutet: Hendryx mußte in seine Wohnung gehen, den Hocker umstellen, ein Buch aus dem Regal ziehen, die Pfeife anzünden, sich zum Lesen in den Sessel setzen und dann mit einem Affenzahn in sein Büro rüberrennen, um sich von der Statue erschlagen zu lassen – und das alles in fünfzehn Minuten.»

«Er hätte ja mit brennender Pfeife hereingekommen sein können.»

«Ein guter Punkt, aber auch wieder nicht so gut, weil ein halbes Dutzend Streichhölzer im Aschenbecher liegt.»

«Das machen die doch andauernd», wandte Schroeder ein. «Sie benötigen mehr Streichhölzer als Tabak. Meinen Sie, das hätte er in fünfzehn Minuten nicht schaffen können?»

«Na, möglich wäre es», sagte Ames, «aber mehr auch nicht. Möglich, wenn man gegen eine Stoppuhr rennt. Genügt Ihnen das?»

«Nein, Sir», gab der Sergeant zu. «Aber Sie kennen doch den Spruch: wenn du alles andere ausgeschlossen hast, muß das, was übrigbleibt, die Lösung sein. Andererseits, Mrs. O'Rourke kann mit der Zeit ein bißchen gemogelt haben und in Wirklichkeit ziemlich viel früher gegangen sein. Aber warum sollte sie deswegen lügen?»

Ames zuckte die Achseln. «Die schwindeln immer. Wenn sie ans Telefon gehen, während man nicht da ist, sagen sie, die Verbindung wäre schlecht gewesen, statt daß sie sich die Mühe machen, einen Bleistift zu holen und eine Nachricht aufzuschreiben. Wenn sie was kaputt machen, verstecken sie's, statt es einem zu sagen. Ich hatte eine, die legte Sachen, die sie kaputt gemacht hatte, an Stellen, wo ich drüber stolpern mußte, damit ich denken sollte, ich wär's gewesen.»

«Wir könnten Sie noch mal fragen», schlug Schroeder vor.

Auch Ames hielt das für angebracht.

«Was ist mit dem Gerichtsarzt?» fragte der Sergeant. «Hat er zugegeben, daß er sich geirrt haben könnte?»

«Nein. Er besteht darauf, daß seine Zeitangabe stimmt.»

«Dann ergibt das alles keinen Sinn, überhaupt keinen», sagte Schroeder kopfschüttelnd.

Ames kicherte. «Sergeant, über Ärzte kann ich Ihnen was erzählen. Der Arzt ist noch nicht geboren, den ich nicht im Kreuzverhör über eine Todeszeit in Widersprüche verwickeln könnte. Natürlich tue ich das nicht. Meistens sind sie ja auch auf meiner Seite. Aber man braucht wirklich nur die einschlägige Literatur zu lesen, um zu sehen, wie viele Variationen es über den Abschied von dieser Welt gibt. In unserem Fall sagt der Arzt, der Tod wäre zwischen 14 Uhr 10 und 14 Uhr 40 eingetreten. Also fragen Sie ihn, ob es nicht ein wenig früher und ein bißchen später hätte sein können, sagen wir von 14 Uhr 05 bis 14 Uhr 45, und das muß er natürlich als Möglichkeit zugeben. Sie dehnen die Spanne also immer um fünf Minuten aus, bis er dann Einspruch erhebt und sagt, so früh oder so spät hätte es unmöglich sein können. Mittlerweile trauen ihm aber die Geschworenen schon nicht mehr so ganz. Dann fragen Sie, warum er zwischen 14 Uhr 10 und 14 Uhr 40 angegeben hätte, wenn er jetzt zugesteht, daß es zwischen Viertel vor zwei und Viertel nach drei sein könnte. Selbst wenn es ihm gelingt, sich zu beherrschen – die Chance, daß er das nicht kann, ist groß –, werden die Geschworenen ihn nicht für einen sehr objektiven, wissenschaftlichen Zeugen halten, sondern annehmen, er versuchte nur, der Partei zu helfen, von der er bezahlt wird.»

«Donnerwetter!»

«Aber, Sergeant», sagte Ames kichernd, «das sind nur juristische Feuerwerke. Wenn er ein guter Mann ist, der was von seinem Beruf versteht, würde ich merken, daß er die Wahrheit sagt, selbst wenn ich ihn im Zeugenstand zu Hackfleisch verarbeite.»

Schroeder war nun doch sehr verwirrt. «Irrt er sich denn nun oder nicht?»

«Das ist das große Problem, Sergeant. Wenn der Gerichtsarzt nämlich recht hat, dann war es nicht die Explosion, die die Büste zum Fallen gebracht hat, sondern etwas anderes. Ich habe schon an Erschütterung durch einen vorbeifahrenden schweren Laster gedacht oder um den Schallmauerdurchbruch eines Düsenflugzeugs – aber so etwas muß schon öfter vorgekommen sein, und die Büste ist dabei nie umgekippt. Nein, nein, es deutet alles darauf hin, daß jemand das Ding heruntergezogen hat. Absichtlich. Und das ist Mord, nicht die Folge einer verbrecherischen Tat, sondern glatter, klarer Mord.»

«Wir könnten in Hendryx' Vergangenheit nachforschen, ob es jemand gibt, der ihm den Tod wünschen könnte», schlug der Sergeant vor.

Ames nickte heftig. «Ja, tun Sie das. Unbedingt. Ich würde jeden vernehmen, der an dem Nachmittag im Haus war. Ich würde mir auch die Leute aus der englischen Abteilung vornehmen. Ganz besonders würde ich mich dafür interessieren, warum er nicht wie jeder andere seinen Schreibtisch im großen Büro der Abteilung hatte.»

«Sehr wohl, Sir, ich werde mich darum kümmern.»

Dean Hanbury strickte gemächlich vor sich hin, während sie die Fragen des Sergeant beantwortete. «Warten Sie . . . zwischen 14 und 15 Uhr war ich natürlich hier und habe auf die Studentendelegation gewartet. Präsident Macomber könnte in seinem Büro gewesen sein, aber meine Sekretärin geht freitags schon um zwölf. Dann war Rabbi Small da und natürlich seine Studenten.»

«Er hat gesehen, wie Sie die Tür zugemacht haben.»

Sie lachte. «O je, hat er das gesehen? Das tut mir leid. Es war nicht sehr nett von mir. Er ist ein reizender Mensch, aber er nimmt alles so ernst. Jeden Freitag kommt er herein, um mir zu erzählen, wie wenige wieder an seinem Kursus teilgenommen haben. An diesem Freitagmittag wollte ich wegen des Treffens mit den Studenten, und weil der Vormittag so hektisch gewesen war, einfach niemand mehr sehen.»

«Können Sie mir was über Professor Hendryx erzählen?»

«Was, zum Beispiel, Sergeant?»

«Na, über sein Privatleben, seine Freunde, seine engsten Mitarbeiter –»

Sie schüttelte bedauernd den Kopf. «Ursprünglich stammt er aus meiner Heimatstadt, Barnard's Crossing. Ich kenne ihn seit frühester Jugend. Er war natürlich viel älter als ich, aber in einer kleinen Stadt kennt jeder jeden. Als wir ihn bei uns angestellt haben, haben wir seine akademische Laufbahn sehr gründlich überprüft, aber das ist alles. Er hat irgendwo im Westen noch Angehörige. Hier hatte er als Junggeselle keine engen Kontakte.»

Als Antwort auf ein lebhaftes «Herein!» betrat Sergeant Schroeder das Büro von Präsident Macomber, der gerade dabei war, einen Golfball über den Teppich in Richtung auf ein umgekipptes Wasserglas am anderen Ende des Zimmers zu schlagen. «Ah, Sie sind das. Ich dachte, es wäre meine Tochter. Was kann ich für Sie tun?»

«Wir sammeln noch ein paar letzte Auskünfte und überprüfen noch einmal alle Aussagen von Personen, die so zwischen zwei und drei Uhr noch im Hause waren.»

«Oh, ich war auch hier. Ich muß ein paar Minuten vor oder nach halb drei gegangen sein.»

Er hob das Glas auf und ließ den Ball in die Hand rollen. Er wollte schon das Glas wieder auf den Teppich legen, überlegte es sich dann anders und stellte es auf den Schreibtisch. Dann schob er den Golfball in die Tasche und setzte sich. Den Schläger hielt er immer noch in der Hand. «Das ist eine unglückselige Geschichte, Sergeant. Wissen Sie, Dean Hanbury war andauernd hinter mir her, ich sollte Hendryx zum Leiter der englischen Abteilung ernennen. Er war nur kommissarischer Leiter. Und ausgerechnet an dem Morgen habe ich ihr mitgeteilt, ich würde ihn befördern. Da sieht man mal wieder die Bestätigung des alten Spruchs: Der Mensch denkt und . . .»

Sergeant Schroeder sagte, davon habe Dean Hanbury ihm gegenüber aber nichts erwähnt.

«Na, das ist doch klar. Unter den Umständen, und nachdem es nicht öffentlich bekannt gegeben worden war, warum sollte sie? Außerdem meinte sie sicher, das wäre meine Sache.»

«Ja, das denke ich mir auch», sagte der Sergeant. «Wie ist das, können Sie mir was über Professor Hendryx' Privatleben, seine Beziehungen zu anderen Kollegen oder zu Studenten und besonders zu Studentinnen erzählen? Er war ja schließlich Junggeselle und lebte allein –»

«Die Frage kann ich Ihnen beantworten, Sergeant», sagte Betty Macomber, die gerade das Büro betreten und seine Frage mitgehört hatte. «Professor Hendryx hatte keine Beziehungen der Art, wie Sie sie andeuteten. Ich kannte ihn sehr gut und habe ihn sehr oft gesehen. Wir wollten nämlich heiraten.»

Mary Barton, sehr bald schon Dr. Barton, plauderte ohne jede Bosheit oder Hemmung drauflos. «Ach, ich mochte ihn, aber er war nicht jedermanns Geschmack. Er wurde leicht scharf und sarkastisch und machte gern spitze Bemerkungen, die die Leute verärgerten. Mich hat das nie gestört. Im Gegenteil, mich amüsiert so was. College-Professoren geben sich oft so überheblich, und unsere Abteilung ist da keine Ausnahme, und ich fand es lustig, wenn er ihre kleinen Eitelkeiten bloßstellte . . . Nein, *gehaßt* hat ihn wohl keiner, aber als er ankündigte, er zöge aus dem großen Büro aus, hat ihn bestimmt niemand zum Bleiben überredet . . . Wie ich das meine? Na, zum Beispiel hat Professor Hallett mal erwähnt, er wolle in Urlaub fahren, worauf Hendryx bemerkte: ‹Davon werden Ihre Studenten aber sicher profitieren.› Und dann hat er die Juden immer gefrozzelt. Als er in einem Kurs auf den ‹*Kaufmann von Venedig*› zu sprechen kam, hat er gesagt: ‹Na, da werde ich von den Auserwählten aus meinem Kurs viel Interessantes zu hören bekommen.› Wir haben im Kollegium unter den jüngeren zwei oder drei Juden.» Sie lachte. «Wissen Sie, als ich in den fünfziger Jahren hier angefangen habe, war es allgemeine Politik, in der englischen Abteilung keine Juden einzustellen. Mathematik, Naturwissenschaften, Wirtschaftskunde – Okay, aber nicht für Englisch. Ich erinnere mich, daß sie Albert Brodsky abgelehnt haben . . . Ach, das ist der, der das fabelhafte Buch über Linguistik geschrieben hat . . . Professor Brodsky von Princeton? Sie haben nie von ihm gehört? Na, glauben Sie mir, der ist absolute Spitze . . .

Aber was wollte ich sagen? Ach ja, sie waren natürlich alle etwas peinlich berührt und haben so getan, als hätten sie's nicht gehört. Alle, nur nicht Roger Fine. Der hat sich gegen Hendryx gewehrt. Nicht nur das. Ich hab ihn einmal sagen hören, er würde Bekanntschaft mit seinem Stock machen, wenn er nicht den Mund hielte. Fine ist ein bißchen lahm und geht am Stock . . . Ja, sicher muß das um eine Bemerkung gegangen sein, die Fine als antisemitisch empfand. Vielleicht ist er etwas überempfindlich, aber das sollte ich nicht sagen, weil ich ja nicht jüdisch bin. Ich meine, wenn ich es wäre, würde ich vielleicht anders empfinden. Ich erinnere mich, ich habe Rabbi Small gefragt, ob er Hendryx für einen Antisemiten hielte, aber darauf hat er mit nein geantwortet. Natürlich war das nach dem Tod von Hendryx, vielleicht dachte der Rabbi: *De mortuis* . . . Richtig, es war kurz vor dem Gedenkgottesdienst für Hendryx . . . Ach, ich dachte, Sie kennen das. Es ist ein lateinischer Spruch. *De mortuis nihil nisi bonum.* Das bedeutet, daß man über die Toten nur Gutes sagen soll.»

«Sagt mal, sind die Cops auch bei euch aufgekreuzt?» rief Mazelman in die Klasse. «Bei mir tanzt doch tatsächlich ein Sergeant zu Hause an und quetscht mich aus –»

«Was meinst du damit?»

«Na, wer am Freitag in der Vorlesung war, an dem Freitag, an dem es Hendryx erwischt hat? Hab ich jemand im Haus gesehen? Allmählich kommt dann raus, daß es um die Zeit zwischen zwei und drei Uhr geht. Ich hab ihm dann gesagt, daß ich um zwei schon am Flughafen war, weil der Rabbi mucksch war und uns hat sitzenlassen. Mann, war der platt!»

«Du Arschloch!»

Mazelman verfärbte sich. «Was soll das, Luftig?»

«Warum mußtest du ihm denn das sagen?»

«Warum nicht? Is das ein Geheimnis?»

«Ich hab's nicht gern, wenn man seine schmutzige Wäsche in der Öffentlichkeit wäscht», beharrte Luftig.

«Na, das hat sich einfach so ergeben. Übrigens, seit wann bist du denn so ein großer Spezi vom Rabbi? Du zankst dich doch dauernd mit ihm rum.»

«Na und? Muß ich ihn deshalb gleich den Wölfen vorwerfen?»

«Wer wirft ihn denn den Wölfen vor?» begehrte Mazelman auf. «Und im übrigen, mach dir keine Sorgen um den Rabbi. Ein so gerissener Kerl kann auf sich selber aufpassen.»

«Wenn man erst mal anfängt zu graben, findet man auch was», sagte Sergeant Schroeder in grimmiger Selbstzufriedenheit zu Bradford Ames, der gerade seinen Bericht zu Ende gelesen hatte. «Warum zum Beispiel, hat uns diese Dekanin nicht gesagt, daß Hendryx Leiter der Abteilung werden sollte?»

«Weil sie es, als Sie sie zum erstenmal gefragt haben, vermutlich nicht für wichtig gehalten hat. Den Grund, den Präsident Macomber nannte, halte ich für stichhaltig.»

«Ich begreife das nicht. Ein Mann ist ermordet worden.»

«Sie müssen doch jetzt einen neuen Mann für den Posten benennen, nicht wahr? Warum sollen sie ihm sagen, daß er zweite Wahl ist?»

«Ja, gut . . .» Der Sergeant war nicht überzeugt. «Ich muß natürlich noch eine Reihe anderer fragen.»

«Ja, Sie sagten, Sie wollten noch mal mit der Putzfrau reden.»

«Sie wollten mit dabei sein, Sir.»

«Stimmt, das will ich unbedingt. Gibt's was über den ausgerückten Studenten, diesen Ekko?»

Schroeder grinste zufrieden. «Ich glaube, dem sind wir auf der Spur. Freitag, am Spätnachmittag, ist ein junger Mann in den Bus nach Albany gestiegen. Er hat sich neben einen Mann gesetzt, der in Springfield ein Friseurgeschäft hat. Nun stellt sich heraus, daß der Friseur einem seiner Kunden von dem jungen Burschen erzählt hat, der ihn zum Besten halten wollte, und dem er es damit heimgezahlt hat, daß er ihm auf den Kopf zugesagt hat, er trüge eine Perücke und einen falschen Bart. Unser Glück will es, daß der Kunde ein Mann von der Kriminalpolizei in Springfield ist und unsere Meldung über diesen Ekko gelesen hat, der kahl wie ein Ei ist. Der Beamte hat daraufhin dem Bild auf dem Steckbrief Haare und einen Schnurrbart aufmalen lassen – und der Friseur hat ihn einwandfrei erkannt. Ich glaube, es wird nicht mehr lange dauern, bis wir ihn haben.»

«Sehr gut», lobte Ames. «Sind Sie mit dem College schon durch?»

«Nein, es fehlen noch Professor Fine, der Rest der Studenten des Rabbi und natürlich der Rabbi selber. Mit dem werde ich mich wohl etwas näher befassen müssen.»

«Mit dem Rabbi?» Ames sah erstaunt auf.

«Ganz richtig. Der hat 'ne Menge zu erklären. Ich hab Ihnen doch erzählt, daß er damals nicht mit mir reden wollte, weil Sabbat war. Na, und als er sich dann endlich dazu bequemt, erwähnt er kein Wort darüber, daß er schon nach zehn Minuten nach Kollegbeginn aus seiner Klasse davongelaufen ist.»

«Und warum messen Sie dem so große Bedeutung zu?»

«Überlegen Sie doch, Sir. Wenn er seine Klasse kurz nach eins, das Haus aber erst nach zwei Uhr verlassen hat, dann war er über eine Stunde mit Hendryx zusammen. Bitte, was haben sie in der Zeit gemacht?»

«Was am naheliegendsten ist – geredet.»

«Jawohl!» Schroeder schien dies als verdächtig anzusehen. «Und nun erinnern Sie sich an die Aussage dieser Miss Barton. Hendryx war ein Antisemit.»

«Worauf wollen Sie hinaus, Sergeant?»

«Also: wenn der Rabbi zugibt, gegen zehn nach zwei gegangen zu sein, und der Arzt die Todeszeit zwischen zehn nach zwei und zwanzig vor drei festlegt, und der Rabbi bis zu diesem Zeitpunkt mit Hendryx allein war, mit Hendryx, einem bekannten Antisemiten, und er dazu noch ein Rabbi . . . Nehmen wir an, sie haben gestritten. Nehmen wir an, der Arzt liegt mit der Zeit nicht ganz richtig. Es geht um die zehn oder fünfzehn Minuten, von denen Sie selber gesprochen haben – nur, daß es *früher* ist, nicht später. Sir, wenn nun gar kein Plan erforderlich gewesen wäre, wenn es eine spontane Handlung . . .»

Bradford Ames starrte ihn an, als sähe er ihn zum erstenmal. Schroeder hatte es offenbar noch nicht verwunden, daß der Rabbi sich anfangs geweigert hatte, mit ihm zu sprechen.

«Und wie zieht er den Gipskopf herunter, Sergeant?» fragte Ames sanft. «Haben Sie darüber nachgedacht?»

«Hab ich», sagte Schroeder. «Auf den Regalen liegen alte Bücher und Hefte. Nehmen wir an, der Rabbi entdeckt ein Buch, das er lesen oder ansehen will. Wenn es auf dem obersten Bord steht, muß er raufklettern. Er klettert also rauf und ist direkt neben der Büste. Dann braucht er ihr nur einen kleinen Stoß zu geben. Vielleicht war es ja auch wirklich nur ein Unfall.» Er hatte plötzlich einen Gedanken. «Vielleicht wollte er deswegen zu Dean Hanbury, um ihr zu sagen, es sei ein Unfall passiert, und sie solle einen Arzt rufen. Aber sie macht ihm die Tür vor der Nase zu. Er muß natürlich ganz durcheinander gewesen sein. Und jetzt frage ich Sie: geht ein Mann, der gerade so etwas erlebt hat, direkt nach Hause?» Er schüttelte den Kopf. «Nein, Sir. Er fährt eine Weile herum und versucht, sich klarzuwerden, was er tun soll. Darum ist er so spät nach Hause gekommen. Und dann, als ich angerufen habe, hatte er schon von der Bombenexplosion gehört. Klar, daß er nicht mit mir reden wollte, ehe er einen festen Plan hatte.»

«Aber –»

Der Sergeant beugte sich aufgeregt vor. «Jetzt kommt der Knüller! Erinnern Sie sich, was für Gedanken wir uns gemacht haben, wie der Mörder hereingekommen ist, ohne daß Hendryx aufstehen mußte, um ihm die Tür zu öffnen? Bitte, es gibt eine Person, die das konnte, und das ist der Rabbi. *Weil er selber einen Schlüssel hatte!* Oh, ich habe eine Menge Fragen für den Rabbi –»

«Nein.»

«Nein?»

«Nein, Sergeant, *ich* werde mit ihm sprechen.»

33

Nur ein paar der engsten Freunde der Selzers waren gekommen, um ihnen zur Freilassung ihres Sohnes zu gratulieren. Jetzt lauschten sie dem Vater in verzückter Aufmerksamkeit.

«Und da kommt der Rabbi, und ich offeriere ihm eine Tasse Kaffee. Dabei hatte ich zu der Zeit gar keine Lust, Besucher zu bewirten, versteht ihr. Aber wenn ich der Chefin erzählt hätte, der Rabbi wäre gekommen und ich hätte ihm nichts angeboten, Mann, hätte ich was zu hören bekommen!» Er sah liebevoll seine Frau an, die neben ihm auf dem Sofa saß und seine Hand streichelte.

«Aber er sagt, er hat's eilig und kann nicht lange bleiben. Und dann sagt er: ‹Ich glaube, es wäre eine gute Idee, wenn Sie mal mit Mr. Goodman sprächen. Sagen Sie ihm, er soll einen Antrag auf Freilassung Ihres Sohnes stellen; er soll selber bürgen oder eine mäßige Kaution anbieten.› Einfach so. – Nun hab ich aber, seit uns das geschehen ist, von allen Leuten gute Ratschläge bekommen. Nicht nur von Freunden und Bekannten, sondern auch von Leuten, die ich kaum kenne oder die mir ganz fremd sind. Einer ruft mich an und sagt, ich soll den Anwalt nehmen, von dem die Presse behauptet hat, daß er alle seine Mandanten freibekommt. Ein anderer sagt, ich soll an alle Zeitungen schreiben und eine Pressekampagne starten. Und dann haben ein paar Irre angerufen und gesagt, wenn ich mich Jesus unterwürfe, würde er es in die Hand nehmen. Und einer ist tatsächlich zu mir gekommen und hat gesagt, ich könnte Abner morgen zu Hause haben, wenn ich Ströme in meinem Gehirn aktiviere, die sich dann mit denselben Strömen in den Köpfen des Richters und des D. A. verbänden und ihnen sagten, sie müßten Abner entlassen und nach Hause schicken. Gott sei mein Zeuge! Es war ihm todernst damit, und er redete wie ein College-Professor.»

«Nun erzähl schon weiter», unterbrach ihn seine Frau.

«Recht hast du. Also: da war der Rabbi und sagte mir, was ich meinem Anwalt erzählen sollte. Und er schlägt das nicht nur vor – ich sollte das mit Goodman besprechen oder ihn fragen, ob das nicht eine gute Idee wäre. Nein. Er sagt: ‹Sagen Sie ihm.› Aber ihr kennt mich ja. Wenn ich krank werde oder einer aus der Familie, was Gott verhüten möge, dann rufe ich nicht einen Arzt an und sage ihm, was für Pillen er mir geben soll. Er ist schließlich der Fachmann. Und darum bezahle ich ihn auch. Mit einem Anwalt ist das genauso. Wenn ich ihm sage, was er machen soll, wozu brauche ich ihn dann?»

Selzer sah sich im Zimmer um. «Andererseits werde ich das dem Rabbi nicht ins Gesicht sagen, weil er – na, weil er der Rabbi ist. Ich meine, vielleicht bin ich darin komisch oder es liegt an meiner Erziehung, aber mit einem Rabbi rede ich nicht so wie mit einem normalen Menschen. Wenn mir ein Rabbi sagt, ich soll was tun, dann tu ich es vielleicht, vielleicht aber auch nicht, nur rechten würd ich nie mit ihm. Nun liegt es aber so, daß ich Rabbi Small für einen guten Mann halte und finde, daß wir Glück haben, daß er hier ist. Als Rabbi, meine ich jetzt natürlich, versteht ihr? Denn dies ist eine praktische Sache, und ich halte nun mal Rabbi Small oder irgendeinen anderen Rabbi nicht für einen praktischen

Mann. Darum hab ich mich sehr höflich bei ihm für seine Teilnahme bedankt und hätte wahrscheinlich alles vergessen, wenn ich nicht wegen der neuen *Times* zum Drugstore gegangen wäre. Und wen treffe ich da? Den alten Jake Wasserman, der mit Al Becker spazierengeht.»

«Ach?» sagte Berkowitz. «Wie geht's dem alten Knaben? Ich hab ihn seit Monaten nicht gesehen.»

«Er sieht prima aus, wirklich prima», erwiderte Selzer. «Natürlich ist er schrecklich dünn, und seine Haut ist fast durchsichtig, so blaß ist er. Beim Gehen schlurft er vor sich hin und hält sich an Becker fest, als würde er umfallen, wenn er losließe, aber sonst fand ich ihn sehr gut aussehend. Natürlich bleiben wir auf einen Schwatz stehen, und er fragt, was es in der Sache meines Jungen Neues gäbe, und ich sage ihm, es gäbe nichts Neues, alles wäre wie immer. Na, während wir so reden, bemerkte ich so nebenbei, daß der Rabbi bei mir war, und was er gesagt hat.

Und da fragt Wasserman: ‹Haben Sie es denn Goodman mitgeteilt?› Darum erkläre ich ihm, daß ich keinen Sinn drin sehe, einem Anwalt zu sagen, wie er seine Arbeit tun soll. Aber der alte Jake schüttelt den Kopf und zeigt, daß er nicht meiner Meinung ist, und dann sagt er: ‹Der Rabbi ist zu Ihnen gekommen? Sie sind ihm nicht zufällig über den Weg gelaufen wie jetzt uns beiden?› – ‹Nein, nein›, sage ich. ‹Er ist zu mir gekommen.›

Als nächstes fragt Al Becker: ‹Nur deswegen, oder hat er noch was anderes von Ihnen gewollt?› – ‹Nein›, sage ich, ‹nur deswegen.›

Ja, und dann legt mir Wasserman die Hand auf den Arm und sieht mir tief in die Augen. ‹Glauben Sie mir, Mr. Selzer›, sagte er dann ganz ernst, ‹wenn der Rabbi sich extra die Mühe macht, Ihnen das zu sagen, dann sollten Sie seinem Rat folgen.›»

Selzer sah von einem zum anderen. «Also, um die Wahrheit zu gestehen, ich wollte lachen und es abwehren. Wasserman ist ja schließlich ein sehr alter Mann.»

«Und wir wissen alle, daß er glaubt, die Sonne geht mit dem Rabbi auf und unter.»

«Das kann man wohl sagen», stimmte Selzer zu. «Darum wollte ich es ja auch abtun, aber dann sagt auch noch Al Becker, der ein praktischer und sehr erfolgreicher Geschäftsmann ist: ‹Das ist ein guter Rat, Selzer, und wenn Sie den nicht befolgen, werden Sie sich hinterher noch lange Vorwürfe machen.›

Tja, und da bin ich unruhig geworden. Wenn man bedenkt: ein Mann wie Becker, ein großer Geschäftsmann, was der schon alles mit Anwälten zu tun gehabt hat! Ich meine, der weiß doch Bescheid. Und dann denke ich: vielleicht verpasse ich doch eine Chance. Und warum hab ich eigentlich Angst vor Paul Goodman? Ich meine, ich bezahle ihn doch, oder nicht? Ich bin kein Wohlfahrtsfall. Na, als ich nach Hause gekommen bin, hab ich ihn angerufen. Und um eine lange Geschichte kurz zu machen; er stellt den Antrag. Und was passiert? Dank unserem Rabbi ist Abner oben und holt den verpaßten Schlaf nach.»

34

«Nur eine Frage, Rabbi», sagte Bradford Ames und lächelte liebenswürdig. Sie saßen wieder in dem winzigen College-Büro des Rabbi. «Warum haben Sie Sergeant Schroeder nicht erzählt, daß Sie am Freitag vorzeitig aus Ihrer Vorlesung gegangen sind?»

Rabbi Sall wurde rot. «Vermutlich, weil es mir peinlich war. Er hat auch nicht gefragt, um welche Zeit ich aus dem Hörsaal gekommen bin, sondern nur, wann ich das Gebäude verlassen habe. Sicher, ich hätte es erwähnen sollen, aber Lanigan war dabei und meine Frau, und ich habe mich geniert zuzugeben, daß ich Ärger mit den Studenten gehabt hatte.»

«Gut, dann frage ich das jetzt, Rabbi. Wann haben Sie den *Hörsaal* verlassen?»

«Es kann kaum später als zehn oder Viertel nach eins gewesen sein», antwortete der Rabbi prompt. «Und ich bin sofort hierhergekommen.»

«War Hendryx hier?»

«Er saß oder vielmehr lag in eben diesem Stuhl.»

«Und Sie sind bis kurz nach zwei Uhr hiergeblieben?»

«Hm.»

«Sie saßen hier etwa eine Stunde lang zusammen und haben ein freundschaftliches Gespräch geführt?»

«Ja, so war es, Mr. Ames.»

«War es freundschaftlich, Rabbi? Haben Sie ihn als Freund betrachtet?»

«Nein, das nicht gerade», sagte der Rabbi. «Wir teilten uns dieses Büro, mehr war nicht dran.»

«Aber Sie haben sich immerhin eine Stunde lang unterhalten», gab Ames zu bedenken. «Worüber, wenn ich fragen darf?»

«Ach, zum größten Teil über Erziehungstheorien.» Der Rabbi errötete schon wieder. «Anfangs wollte ich nur abwarten, ob einer aus der Klasse käme, um sich für ihr Benehmen zu entschuldigen. Und dann bin ich geblieben, weil ich – ja, weil ich schließlich für die Zeit bezahlt wurde.»

Ames sah den Rabbi neugierig an. «Eine erfreuliche Einstellung, wenn Sie mir diese Bemerkung gestatten. Und dann, auf der Heimfahrt, haben Sie unterwegs angehalten, eine Tasse Kaffee getrunken und sich in ein Buch vertieft. Sie sind erst ziemlich spät nach Hause gekommen.»

«Ja, das stimmt», bestätigte der Rabbi.

Ames kicherte und lachte dann laut auf. «Ich glaube Ihnen, Rabbi. Und wissen Sie warum? Weil es eine so verdammt unwahrscheinliche Erklärung ist, daß ich mir einfach nicht vorstellen kann, daß Sie sie erfunden haben.»

Der Rabbi grinste.

«Haben Sie jetzt alles erzählt?» fragte Ames und zog ihn ein bißchen auf. «Halten Sie nichts zurück, weil es Ihnen peinlich sein könnte oder Sie es für unwichtig erachten?»

«Wie soll ich das wissen?» fragte der Rabbi. «Wie soll ich entscheiden, was wichtig ist und was nicht, wenn ich nicht weiß, in welche Richtung sich Ihre Gedanken bewegen oder in welchem Stadium sich Ihre Ermittlung befindet.»

Ames nickte. Sollte er es ihm sagen? Normalerweise würde er nie einem Außenseiter die Resultate einer nicht abgeschlossenen Ermittlung anvertrauen, aber, andererseits, der Rabbi konnte vielleicht helfen. Er war klug und feinfühlig und hatte fast eine Stunde lang mit Hendryx kurz vor dessen Tod gesprochen. Wenn er wußte, wonach sie suchten, erinnerte er sich vielleicht an eine Bemerkung, die wichtig sein konnte. Sergeant Schroeder würde zweifellos nichts davon halten, wahrscheinlich der District Attorney auch nicht. Und das gerade gab den Ausschlag. Er gewann Gefallen an seiner Idee und erzählte bis in alle Einzelheiten, was sie bisher entdeckt hatten. «Sehen Sie», sagte er dann abschließend, «am Ende bleiben nur zwei Möglichkeiten übrig: entweder lügt Mrs. O'Rourke oder der Gerichtsarzt hat einen Fehler gemacht.»

Der Rabbi saß lange still, dann stand er auf, umkreiste den Schreibtisch und ging auf und ab. «Die beiden halten sich nicht die Waage», sagte er endlich. «Sie haben nicht das gleiche Gewicht. Denn wenn Sie dem Gerichtsarzt Glauben schenken –» ganz unbewußt fiel er in den talmudischen Singsang – «dann müssen Sie nicht nur annehmen, daß Mrs. O'Rourke gelogen hat, sondern auch, daß die Büste nicht durch die Explosion der Bombe zu Fall gebracht worden ist. Wenn Sie aber glauben, daß dem Gerichtsarzt ein Fehler unterlaufen ist, und Mrs. O'Rourke die Wahrheit gesagt hat, dann ist es möglich, daß Hendryx mittelbar durch die Bombe getötet wurde. Aber das ist nicht wahrscheinlich. So haben Sie nun eine Unmöglichkeit auf der einen und eine Unwahrscheinlichkeit auf der anderen Seite.»

«Ich verstehe, wie Sie das meinen, daß die beiden sich nicht die Waage halten.» Ames rutschte lachend auf dem Stuhl herum. «Ihr Gesinge –»

«Oh, hab ich gesungen? Das ist mir nicht aufgegangen. Es ist die übliche Begleitung zu talmudischem Argumentieren. Ich glaube, ich mache das, ohne daß es mir bewußt wird.»

«Ich verstehe.» Ames kehrte zum Thema zurück. «Natürlich, Sie haben recht damit, daß wir im besten Fall mit einer Unwahrscheinlichkeit enden. Das offene Buch und der am falschen Platz befindliche Hocker sind eine Sache von ein, zwei Minuten. Sie können sich zum Lesen in einem Sessel niederlassen, sich erinnern, daß Sie noch etwas zu erledigen haben, und das Buch aus der Hand legen, ohne eine Zeile gelesen zu haben. Aber die Pfeife und die vielen Streichhölzer . . .»

Der Rabbi, der die Wanderung fortgesetzt hatte, blieb nun stehen. «Rauchen Sie?»

«Nein, vielen Dank.»

«Oh, so hab ich es nicht gemeint. Ich wollte nur wissen, ob Sie rauchen.»

«Nein», sagte Ames, «nie, auch früher nicht. Ich hatte als Kind Asthma und hab nie damit angefangen.»

«Ich habe geraucht, aber aufgehört, als es mir zu schwer wurde, während der Woche zu rauchen und es am Sabbat nicht zu dürfen. Während meiner College-Zeit hab ich Pfeife geraucht. Als Student konnte man dem kaum widerstehen, wenigstens nicht zu meiner Zeit.»

«Das war in meiner Zeit auch so.»

«Ich hab's mir allerdings nie richtig angewöhnt», fuhr der Rabbi fort. «Das taten nur die wenigsten Studenten. Es ist ein Trick dabei, und lange ehe man den gelernt hat, hat man sich die Zunge verbrannt und aufgegeben. Wenn *ich* mich also in den Sessel gesetzt und eine Pfeife geraucht hätte, ergäben die vielen Streichhölzer, die Sie gefunden haben, einen Sinn. Bis man es kann, geht einem andauernd die Pfeife aus, und man muß sie wieder neu anzünden. Man macht aus seinem Mund einen Blasebalg und zieht und pufft – und sie geht trotzdem aus. Aber nicht bei Hendryx. Der konnte Pfeife rauchen und genoß es. Ich habe ihm dabei zugesehen und ihn fast beneidet. Er hat sie angezündet – mit nie mehr als einem Streichholz –, hat den Tabak runtergedrückt und sie dann in Gang gehalten, absolut mühelos.»

«Was wollen Sie damit sagen, Rabbi?»

«Wenn jemand sechs Streichhölzer brauchte, um die Pfeife anzuzünden und in Gang zu halten, dann war es nicht Professor Hendryx.»

«Sie unterstellen also, daß jemand in die Wohnung kam und eine seiner Pfeifen rauchte, um den Anschein zu erwecken, Hendryx sei zurückgekommen, nachdem die Putzfrau schon gegangen war?»

Der Rabbi nickte.

«Aber das kann dann nur bedeuten, daß die betreffende Person vortäuschen wollte, Hendryx sei zu einer Zeit noch am Leben gewesen, während er bereits tot war.»

Wiederum stimmte der Rabbi zu.

«Das aber bedeutet, daß der Pfeifenraucher sich selbst ein Alibi geschaffen hat, weil er Hendryx ermordet hat.»

«Wenigstens kommen wir so zu einer dritten Möglichkeit», sagte der Rabbi mit dem Anflug eines Lächelns.

«Wieso eine dritte?»

«Sie sagten zu Anfang, es gäbe nur zwei: entweder irrte sich der

Gerichtsarzt oder die Putzfrau. Dies aber deutet darauf hin, daß beide recht hatten, daß der Arzt die richtige Zeit angegeben hat und die Putzfrau die Wahrheit sagt.»

Ames stimmte ihm zögernd zu. Dann kam ihm ein Gedanke. «Aber nehmen wir mal an, die Fingerabdrücke auf der Pfeife stellen sich als die von Hendryx heraus?»

«Das wäre nur zu erwarten. Seine Abdrücke müßten auf all seinen Pfeifen sein. Der Mörder mußte nur vorsichtig sein und sie nicht verwischen. Die Putzfrau hat sie bestimmt nicht abgestaubt. Eine Pfeife ist ebenso persönlich wie eine Zahnbürste.»

Bradford Ames lehnte sich zurück. «Wissen Sie, Rabbi, daß Sie ein sehr schlaues Kind sind? So, und nun erzählen Sie mir noch, wie der Mörder in die Wohnung gekommen ist.»

Der Rabbi schüttelte den Kopf. «Das weiß ich nicht.»

35

Es war Sergeant Schroeder anzumerken, daß er sehr zufrieden war. «Wir haben diesen Ekko festgenommen», berichtete er, kaum daß er Hendryx' Wohnung betreten hatte.

«Gratuliere. Hat er geredet?» erkundigte sich Ames.

«Nein, aber das wird schon kommen.» Schroeder war zuversichtlich. «Wir lassen ihn eine Weile im eigenen Saft schmoren, nehmen dann den Deckel ab, und dann kocht alles über. Warten Sie's ab.» Er verstummte, als draußen ein Streifenwagen der Polizei vorfuhr. «Da kommt Mrs. O'Rourke.»

Die Frau machte einen etwas verstörten Eindruck. Schroeder begann sehr brüsk: «Wir werden Ihnen einige Fragen stellen, Mrs. O'Rourke, und diesmal möchten wir die Wahrheit hören.»

«Überlassen Sie das bitte mir, Sergeant», griff Ames ein.

Die Frau war sichtlich erleichtert. «So, Mrs. O'Rourke», sagte er nun ganz freundlich, «ich möchte Sie bitten, etwas für uns zu tun. Können Sie die Wohnung für uns noch einmal genauso putzen, wie Sie es beim letztenmal gemacht haben? Verstehen Sie?»

«Ja, Sir. Gleich?»

«Das wäre am allerbesten, Mrs. O'Rourke.»

«Ja, also meistens fange ich da an.» Sie folgten ihr in die kleine Küche. Sie gab vor, Geschirr vom Tisch zu nehmen und in das Spülbecken zu stellen. «Meinen Sie so?»

«Einen Moment, Mrs. O'Rourke», warf Ames ein. «Behalten Sie dazu immer den Mantel an?»

«Nein, den ziehe ich natürlich erst aus und hänge ihn in den Schrank.»

«Dann tun Sie das bitte jetzt auch. Und wie kommen Sie herein?»

«Ich klingle an der Tür, und Professor Hendryx macht auf.»

«Schön. Dann gehen Sie bitte raus, und wir fangen von vorn an.»

«Das ist wie ein – wie ein Theaterstück, nicht, Sir?» fragte die entzückte Mrs. O'Rourke.

«Ja, Mrs. O'Rourke», sagte Ames ganz ernst. Er und Schroeder sahen stumm zu, während sie vorgab, die Wohnung zu säubern.

«Wenn ich mit diesem Zimmer fertig bin», sagte sie, sich für ihre Rolle erwärmend, «kippe ich meistens den Papierkorb aus.»

«Lassen Sie sich nicht stören.»

«Aber er ist doch leer.»

«Lieber Himmel, Frau! Dann tun Sie so, als wäre er voll», stöhnte Schroeder.

Gehorsam nahm sie den Papierkorb auf und öffnete die Tür.

«Lassen Sie die Tür offen?» fragte Ames.

«Nein. Hier zieht's zu oft, dann schlägt sie zu.»

«Dann machen Sie sie zu, und Professor Hendryx öffnet Ihnen, sobald Sie klopfen?»

«Nein, Sir, das würde ihn doch stören. Ich schiebe den Riegel vor.»

Ames ließ es sich vorführen. Sie sahen ihr nach, wie sie über den Flur zum Hintereingang ging und in einer schwungvollen Bewegung den Papierkorb scheinbar in einen großen Abfallbehälter leerte. Dann kam sie mit dem Papierkorb wieder zurück und trug ihn an seinen Platz.

«Ziehen Sie jetzt nicht den Riegel an der Tür zurück?»

«O nein, Sir, weil ich doch immer wieder raus muß, um die Zeitungen rauszutragen und den Mopp auszuschütteln.»

«Aha. Und was ist, wenn Professor Hendryx nicht hier ist?» fragte Ames. «Wenn er ins College gegangen ist?»

«Mach ich's auch so. Es kommt nie jemand herein, und ich bin doch nur bei der Hintertür.»

«Und als Sie damals fertig waren und gehen wollten, haben Sie da dran gedacht, den Riegel zurückzuschieben?»

Ihre Hand flog an den Mund; sie starrte schuldbewußt in die strengen Gesichter der beiden Männer.

«Nun?» Ames Stimme war plötzlich hart.

«Ich kann mich nich erinnern, Sir», jammerte sie. Dann verteidigte sie sich ganz automatisch. «Aber was macht das denn aus? Der Professor ist doch immer den ganzen Tag mal hier und mal dort gewesen, und es war doch nur eben über die Straße. Und hier ist es gar nicht passiert; es ist doch drüben geschehen.» Ganz plötzlich legte sie die Hände vors Gesicht und begann zu weinen.

36

Die Geschichte über die Rolle, die der Rabbi bei der Freilassung des jungen Abner Selzer gespielt hatte, verbreitete sich rasch; die Selzers hatten keinen Anlaß, sie zu vertuschen, ganz im Gegenteil. Die Reaktionen waren unterschiedlich.

«Ich bin gar nicht so sicher, daß der Rabbi da was Gutes getan hat. Haben die Studenten die Bombe gelegt oder nicht? Und wenn du mich fragst: das Gefängnis ist genau der richtige Platz für sie.»

Andere freuten sich. «Unser Rabbi, also, Hut ab! Ich weiß nicht, wie er's macht und was er überhaupt macht, aber für so was muß er einen sechsten Sinn haben. Erinnert ihr euch noch an die Sache mit Hirsh? Alle glaubten, er hätte Selbstmord begangen, und es gab das Theater über die Beerdigung auf unserem Friedhof, und dann hat der Rabbi entdeckt, daß der Kerl ermordet worden ist, und damit war dann alles gut.»

Einige versuchten die Rolle des Rabbi herunterzuspielen. «Willst du wissen, was ich meine? Ich meine, der Rabbi hat mit Selzer gesprochen, schön und gut, und er hat auch geraten, er soll ihn gegen Kaution rausholen. Das hätte ja jeder so gemacht. Und dann, als es geklappt hat, hat Selzer groß die Trommel gerührt, weil der Rabbi seiner Meinung nach ein wahres Gottesgeschenk für Barnard's Crossing ist. Also bitte, ich sage nichts gegen unseren Rabbi, persönlich stehe ich ganz hinter ihm, na, fast ganz. Sagen wir es so: wenn du die Gemeinde in Pro-Rabbi und Anti-Rabbi aufspalten wolltest, dann würd ich mich schon der Pro-Rabbi-Seite anschließen. Aber deswegen braucht man ja nicht gleich außer Rand und Band zu geraten. Was ist daran schon so großartig?»

Als Paul Goodman von einem Freund darauf angesprochen wurde, grinste er und sagte geheimnisvoll: «Darum erlauben Sie vor Gericht keine Beweise, die auf Hörensagen beruhen.»

«Meinst du, er hat nichts damit zu tun gehabt? Aber Selzer sagt doch –»

«Das habe ich nicht behauptet. Mr. Selzer ist zu mir gekommen, um mich zu bitten, einen Antrag zu stellen. Das hatten wir sowieso vor, sobald dieser andere junge Mann von der Polizei festgenommen wäre. Übrigens erinnert mich das an etwas, was mir Doc Simons, der Kinderarzt, mal erzählt hat. Fast immer stellte er fest, daß er die Mutter behandeln muß und nicht das Kind. In einer Strafrechtspraxis ist das genauso, wenn du einen jugendlichen Klienten vertrittst. Da mußt du dir die meiste Mühe mit den Eltern geben. Und wenn es dann noch jüdische Eltern sind . . .»

Es war nicht verwunderlich, daß die Gegner des Rabbi seinen Beitrag abzuwerten suchten. Sie gaben zwar zu, daß er es geschafft hatte, deuteten aber an, daß der Rabbi vermutlich einen Wink von seinem Freund Lanigan, dem Polizeichef, bekommen habe, der es wiederum von der

140

Bostoner Polizei wissen müsse, «weil die Polizisten alle unter einer Decke stecken».

Lanigan traf den Rabbi bald danach. «Bradford Ames hat sich bei der Sache nicht in die Karten sehen lassen», sagte er. «Sogar mein Freund Schroeder war überrascht. Er glaubt, der D. A. hätte die Kinder laufenlassen, weil er sich von einem Prozeß gegen diesen Ekko mehr verspricht, als wenn er alle fünf anklagt.»

«Haben sie den jetzt gefunden?» erkundigte sich der Rabbi.

«Ach, wußten Sie das noch nicht? Laut Schroeder ein reiner Glückstreffer. Glück braucht man schon, weil diese jungen Leute heutzutage einen richtigen Untergrund haben. In jeder Stadt gibt's Adressen, wo sie hingehen können. Wenn früher ein Verbrecher auf der Flucht war, hatte er es schwer. Je intensiver er verfolgt wurde, um so schwerer fand er ein Versteck. Aber bei diesen jungen Leuten ist es genau umgekehrt. Wenn einer vor der Polizei davonrennt, nicht nur vor den Eltern, um so hilfsbereiter werden sie. Seit etwa einem Jahr ist es ein bißchen besser geworden, weil das FBI eine Menge von diesen Gruppen infiltriert hat, aber trotzdem finden wir nicht viele, die nicht gefunden werden wollen. Sie sehen alle gleich aus – die gleiche Kleidung, wilde Haare und Bärte. Und die Mädchen lassen die Haare herunterhängen, daß sie das halbe Gesicht verdecken. Wenn sie geschnappt werden, dann meistens, weil sie nicht mehr länger rennen mögen.»

«Hat Schroeder gesagt, wie die Anklage gegen den jungen Mann lauten wird?» fragte der Rabbi.

«Ich schätze, daß sie die Mordanklage fallenlassen; sie werden sich an die Brandstiftung halten, weil sie da leichter einen Schuldspruch erzielen. Es sollte mich übrigens nicht wundern, wenn gar nichts dabei herauskäme.» Lanigan schüttelte den Kopf. «Sie sollten mal hören, wie bitter sich die Polizeibeamten beklagen. Für den Normalbürger sind das verirrte oder irregeführte Kinder, aber doch keine Verbrecher! Niemals! Wenn ein Student klaut, dann nur, um das Geld dem Friedens-Fonds oder dem Umweltschutz zu geben. Sie sind lauter kleine Robin Hoods.»

Lanigan strich sich über das Gesicht und sprach verbittert weiter. «Früher mal hat ein Gauner gestohlen, um sich ein neues Auto und schicke Kledasche zu kaufen. Aber diese jungen Leute fahren alte Klapperkästen und tragen zerlumptes Zeug. Das beweist, daß sie alle Idealisten sind, ja? Nein! Unsere Leute wissen, daß sie Hi-Fi-Stereoanlagen im Wert von ein paar tausend Dollar haben und daß sie für ihren Rauschgiftkonsum bis zu hundert Dollar pro Tag ausgeben.»

Lanigan hatte sich jetzt in ein Stadium düsteren Zynismus hineingeredet. «Ich sage Ihnen jetzt schon, Rabbi, aus dem Fall an Ihrem College wird nichts. Ich würde mich nicht wundern, wenn der Staat die Anklage fallenläßt, weil er weiß, daß er keine Verurteilung bekommt. Und die Polizei darf machtlos zusehen.»

Aber am nächsten Tag wurde Roger Fine verhaftet und des Mordes am amtierenden Leiter seiner Abteilung, Professor John Hendryx beschuldigt.

37

«Glaubst du, daß die aufkreuzt?» fragte Selma Rosencranz, während sie mischte. Von den vier Frauen, die jeden Mittwochnachmittag zum Bridge zusammenkamen, war sie die einzige ernsthafte Spielerin; für die anderen war es mehr ein geselliges Beisammensein, was man ihrem Spiel anmerkte. Selma gehörte außerdem einer weiteren Vierergruppe an, die montags spielte, und dann ging sie noch am Dienstagabend zum Mah Jong, wenn ihr Mann seinen üblichen Pokerabend hatte.

«Ich hätte vollstes Verständnis, wenn sie nicht käme», sagte Annabelle Fisher, die Gastgeberin dieser Woche. Sie ging in die Küche, um nach den winzigen getoasteten Sandwiches zu sehen, die sie später anbieten wollte. Sie war die schlechteste Spielerin, der es am meisten an Konzentration mangelte, aber wann immer sich die Freundinnen bei ihr trafen, gab es etwas Neues – und ganz Exquisites – zu essen. Jetzt kam sie aus der Küche zurück. «Wenn mein Mann gerade verhaftet worden wäre, stände mir nicht der Sinn nach Kartenspielen.»

«Aber dann sollte sie anrufen», sagte Flossie Bloom, eine dünne, farblose junge Frau mit einem kleinen, schmalen Mund, die stolz darauf war, als offen und ehrlich zu gelten. «Das würde ich jedenfalls tun.» Ihr Mann war Vertreter und nicht so erfolgreich wie die Ehemänner der anderen. «Wenn Edie nicht kommt –»

«Spielen wir eben nicht», sagte Selma. Sie begann eine Patience zu legen.

«Glaubst du, daß er es getan hat?» fragte Flossie.

«Absolut ausgeschlossen», antwortete Annabelle Fisher.

«Harvey sagt, er weiß aus ganz zuverlässiger Quelle, daß Roger sich stark mit diesen radikalen Studenten liiert hat», berichtete Flossie. «Mit denen, die all diese Tumulte inszeniert und die Häuser besetzt und Einrichtungen zertrümmert haben.»

«Oh, das glaube ich nicht.» Annabelle Fisher konnte einfach nicht schlecht über jemand denken, den sie kannte.

«Die Acht geht auf die Neun», murmelte Flossie. «Sagt mal, habt ihr das Gerücht über den Rabbi gehört – über den Rabbi und Roger, meine ich?»

«Ich hab gehört, Roger hätte sich über den Rabbi mokiert», sagte Selma und schob einen Talon Karten auf eine andere Reihe. «Und das ist ja verständlich, nach dem Ärger, den er ihm und Edie bei der Hochzeit gemacht hat.»

«Nein, ich meine ganz was anderes», sagte Flossie. «Ich hab gehört, der Rabbi hätte den jungen Selzer freibekommen, indem er statt dessen Roger beschuldigte.»

«Das ist doch absolut lächerlich!» rief Annabelle.

«Ich finde das nicht lächerlich», stellte Selma ungerührt fest, während sie die Kartenreihen überflog. «Alle sagen, der Rabbi hätte die Entlassung des jungen Selzer erreicht. Bitte, wie konnte er vorher wissen, daß sie den Jungen freilassen würden, wenn er nicht auch gewußt hätte, daß sie Roger verhaften würden? Ich glaube nicht, daß unserem Rabbi schon Engelsflügel gewachsen sind, bestimmt nicht. Erinnert euch doch, wie biestig er vor der Hochzeit zu Edie war, und daß er nicht mal bei der Feier einlenken wollte. Glaubt ihr, er wäre nicht wie jeder andere Mensch nachtragend? Und wenn sich ihm die Gelegenheit böte . . . Wo hast du das her, Flossie?»

«Ach, ich hab's mehrfach gehört», sagte Mrs. Bloom vage. «Die Geschichte macht die Runde.»

Selma stellte fest, daß sie nicht weiterkam. Sie schob die Karten zusammen. «Ich will euch etwas sagen: wenn sich das als richtig herausstellt, dann sehe ich nicht tatenlos zu. Ich unternehme was.»

«Wieso? Was willst du denn machen?» fragte Annabelle.

«Mir fällt schon was ein. Wart's mal ab. Und ich sorge dafür, daß der Rabbi und die ganze Gemeinde genau erfährt, was ich davon halte.»

Es klingelte an der Haustür.

«Das muß Edie sein», sagte Annabelle. Sie lief hinaus, und gleich darauf hörten sie sie sagen: «Wir dachten schon, du kämst nicht.»

«Tut mir leid, daß ich mich verspätet habe», sagte Edie Fine. «Ich hab Roger noch besucht.»

«Wie geht es ihm?»

«Behandeln Sie ihn ordentlich?»

«Das muß ja schrecklich für dich gewesen sein.»

Sie setzte sich zu ihnen an den Tisch. «Also das ist vielleicht ein Laden», sagte sie. «Ein komisches Gefühl, wenn man da reingeht. Und die Leute, diese Typen, die da rumhängen!» Sie schüttelte fassungslos den Kopf.

«Wie war das denn?» fragte Flossie.

«Zuerst muß man ein Formular ausfüllen und abgeben. Und dann wühlen sie nicht nur in deiner Handtasche, nein, dann mußt du auch noch durch eine Schleuse mit einem Metalldetektor.»

«Wie beim Fliegen.»

«Viel schlimmer. Sie sind ganz genau. Ich hab Mr. Winston gefragt – das ist Rogers Anwalt –, wie sie denn die Waffen und das Zeug reinschmuggeln, von dem man immer hört. Er hat nur gelacht und gesagt: ‹Die Wärter werden nicht durchsucht.› Was sagt ihr dazu? – Dann bin ich in ein kleines Zimmer gegangen. Mr. Winston hat eine Sondergenehmigung bekommen, sonst hätten wir uns in einem Saal mit einem Gitter in der Mitte treffen müssen, ganz wie im Kino. Na, ich kam rein, und Roger wartete schon. Er sah mich zweifelnd an, als wüßte er nicht, wie ich reagieren würde, da hab ich natürlich gelächelt. Er hat dann auch gelächelt, und dann war alles gut. Wir setzten uns an so einen kleinen Tisch. Er fragte, ob ich glaubte, er hätte es getan, und ich hab ihm natürlich gesagt, daß mir nie der Gedanke gekommen wäre. Das hat ihn ganz glücklich gemacht. Wirklich, danach war er ganz fröhlich, fast so, als machte es ihm Spaß. Er hat mich beschworen, mich nicht aufzuregen. Kann sein, daß er mir was vorgespielt hat, so wie ich ihm am Anfang, aber ich glaub das eigentlich nicht.»

«Aber wie ist er –» Flossie setzte erneut an. «Ich meine, wie ist die Polizei darauf gekommen . . . Hat er das gesagt?»

«O ja», sagte Edie. «Er war zu der fraglichen Zeit im Verwaltungsgebäude. Wißt ihr, er hat mit diesem Kampf um soziale Gerechtigkeit zu tun, und er wartete auf einen wichtigen Anruf. Es geht darum, daß das Haus am Freitagnachmittag so gut wie leer ist, und der Rabbi –»

«Der Rabbi?»

«Ja, der hält am Freitagmittag die letzte Vorlesung. Und als er fortgegangen ist, kam er an Rogers Büro vorbei und hat ihn dort gesehen.»

Selma sah Flossie Bloom bedeutungsvoll an; dann richteten beide den Blick auf Annabelle Fisher.

38

Wie schon bei ähnlichen Anlässen, schlenderte Aggie Nolan langsam die Commonwealth Avenue entlang und wartete auf drei kurze Huptöne. Sie hatte das FBI angerufen und ihrem Verbindungsmann mitgeteilt: «Commonwealth auf der Höhe der Fairfield. Elf Uhr.»

Um Viertel nach elf hörte sie endlich das Signal. Sie trat auf die Fahrbahn und hielt den Daumen hoch. Fast im selben Augenblick verlangsamte ein Wagen die Fahrt und hielt neben ihr an.

«Sie sind spät dran», sagte sie und stieg neben dem Fahrer ein.

«Ich bin zweimal an Ihnen vorbeigefahren. Beim erstenmal stand ein Kerl an der Straßenecke. Ich hatte das Gefühl, daß er Sie ansah.»

«Kerle tun das gelegentlich, wissen Sie», sagte Aggie.

«Und ob ich das weiß!» grinste er anerkennend. «Beim zweitenmal haben Sie den Daumen nicht hochgehalten. Ich hab Ihnen doch gesagt, Sie müssen den Daumen hochhalten.»

«Ach, dieses Räuber-und-Gendarm-Spiel ist so blöd.»

«Kann sein, aber solange Sie mit mir arbeiten, halten Sie sich an meine

Regeln. Das ist genauso sehr zu Ihrem Schutz wie zu meinem. Na gut. Was gibt's?»

«Sie haben Ekko geschnappt und ihn eingesperrt.»

«Wieso interessiert Sie das? Ist er Ihr Freund?»

«Das war er mal. Es ist lange vorbei, aber er ist ein anständiger Kerl.»

«Um den brauchen Sie sich keine Sorgen zu machen. Sie haben die anderen laufenlassen, ihn werden sie auch laufenlassen, vor allem jetzt, wo sie diesen Professor unter Mordanklage gestellt haben.»

«Da bleibt immer noch die Brandstiftung. Die anderen sind gegen Kaution freigelassen. Ekko hat das Geld nicht.»

«Ich seh immer noch keinen Grund zur Aufregung. Glauben Sie mir, die Sache kommt bestimmt nicht zur Verhandlung. Der D. A. hat nicht genügend Beweise. Und selbst wenn es zum Prozeß käme, würden sie alle freigesprochen.»

Sie drehte sich zu ihm um. «Das reicht mir nicht. Mein Auftrag lautete, den Weathervanes beizutreten, und das hab ich getan. Ich hab sogar Ihren idiotischen Vorschlag mit der Bombe ausgeführt, um denen zu zeigen, wie ernst es mir ist.»

«Na, hat es geklappt oder nicht?»

«Aber ich habe niemand damit umbringen wollen.»

«Haben Sie ja auch nicht. Was diesen Hendryx betrifft, so hat die Bombe nichts mit seinem Tod zu tun.»

«Ich will aber nicht, daß jemand anders die Schuld dafür in die Schuhe geschoben kriegt. Ich hab nichts gegen die, schon gar nicht gegen Ekko. Also: holen Sie ihn raus.»

Er seufzte. «Na schön. Ich rede mit dem Chef. Er soll dem D. A. einen Tip geben. Okay?» Er streichelte ihr Knie.

Sie rutschte ein Stück von ihm ab. «Sie können mich gleich hier absetzen.»

«Warum so eilig? Wie wär's mit einer Spazierfahrt?»

«Nein. Da an der Ecke. Das ist dicht beim College.»

Er zuckte die Achseln. «Ganz nach Ihrem Wunsch, liebe Dame.»

39

District Attorney Matthew Rogers fand, er habe Anlaß, etwas verstimmt zu sein. «Warum haben sie uns nicht vorher Bescheid sagen können, wenn sie so was in unserem Bezirk aufziehen?»

Bradford Ames gluckste schon wieder. «Weil, selbst wenn die örtlichen Leute absolut vertrauenswürdig sind, immer noch die Chance besteht, daß sie einen Fehler machen und damit den FBI-Agenten verraten.»

«Kann schon sein. Trotzdem könnten sie Vorwarnung geben. Jetzt haben wir diese anständigen jungen Leute verhaftet, sie ewig lange festgehalten, ihren Familien jede Menge Ärger gemacht; hätten die ein Wort gesagt, wäre es nie dazu gekommen, und wir hätten alles auf kleiner Flamme schmoren lassen.»

«Vielleicht glaubten sie, das könnte Verdacht erregen», gab Ames zu bedenken.

Rogers brütete eine Weile stumm darüber nach. «Ich habe nichts dagegen, mit dem FBI zusammenzuarbeiten. Ich begrüße es sogar, vor allem, wenn sie Geheiminformationen haben, daß die von uns verhafteten Leute in Wirklichkeit unschuldig sind. Wir können ein Verfahren immer wegen Mangels an Beweisen einstellen, obwohl uns das, wenn es zu häufig vorkommt, in den Verdacht bringt, übereifrig mit Verhaftungen zu sein. Vergiß das nicht, Brad.»

Ames nickte pflichtschuldigst.

«Aber ich möchte über die Vorgänge informiert werden.»

«Du warst mit der Budget-Vorbereitung beschäftigt», sagte Ames. «Da wollte ich dich nicht mit Routinesachen behelligen.»

Roger maß ihn scharf. «Ja, das ist völlig richtig, Brad, aber trotzdem –»

«Und dann muß ich zugeben», fuhr Ames fort, «daß ich es für besser hielt, wenn du offiziell nichts von dieser Angelegenheit wußtest, weil sie ja nicht so ganz korrekt –»

«Du hast recht, Brad. Aber du weißt doch, falls du mal in die Bredouille kommen solltest, daß ich für dich geradestehe.»

«Das waren mehr politische Gedankengänge.»

«Ja, das ist wahr», sagte der District Attorney. «In der Politik muß man gelegentlich bestreiten, von etwas zu wissen, das im eigenen Namen geschehen ist. Aber sogar dann kannst du dich darauf verlassen, daß ich die volle Verantwortung übernehme.» Er suchte im Gesicht seines Assistenten zu lesen.

«Eben darum habe ich gedacht, ich könnte es ruhig machen. Wenn mein Urteil sich als falsch er–»

«Aber nicht doch, Brad. Ich habe volles Vertrauen zu dir. Das weißt du. Und wie willst du nun eigentlich gegen den echten Schuldigen vorgehen?»

«Wir sind gebeten worden, nichts zu unternehmen, Matt.»

«Nichts? Aber Brad, ein Verbrechen ist in meinem Amtsbereich begangen worden. Ein Bombenattentat. Ich kann doch nicht meine Hände in Unschuld waschen und so tun, als wäre nie etwas geschehen.»

«So ein schweres Verbrechen war's auch wieder nicht, Matt.»

Rogers war entrüstet. «Ist es für dich kein schweres Verbrechen, wenn man ein College in die Luft sprengt?»

«Na ja, die Wand im Büro des Dean ist beschädigt worden, ein kleiner Brandschaden ist entstanden, und eine Glasscheibe in der Tür eines angrenzenden Büros ist zu Bruch gegangen. Wahrscheinlich keine hundert Dollar Schaden. Ein geschickter Anwalt könnte einen wohlmeinenden Richter dazu bekommen, es ‹Vergehen› zu nennen. Aber abgesehen davon hat der FBI-Agent die Tat begangen.»

«Großer Gott!»

Ames rutschte auf dem Stuhl herum; sein runder Kopf wackelte, als er seine Körperfülle dem Stuhl anpaßte. «Wir leben in einer bösen Welt, Matt. Versteh doch, wenn man einen Agenten in eine radikale Organisation einschleust, zum Beispiel bei den Weathervanes, kann er – in unserem Fall ist es eine sie – kann sie sich nicht im Hintergrund halten und nur beobachten. Das ist eine kleine, engverfilzte Gruppe, in der von jedem einzelnen Taten verlangt werden. Und wenn einer was inszeniert, um so besser. – Das mußt du begreifen.»

Rogers stimmte ihm ernst zu.

«In diesem Fall hatten die Weathervanes auch gar nicht vor, großen Schaden anzurichten, sie wollten nur der Gruppe eins auswischen, die die Abordnung zum Dean geschickt hat. Ursprünglich wollten sie bloß eine Gegendemonstration aufziehen. Als aber dann die Agentin von einem Informanten aus dieser Gruppe erfuhr, daß diese Abordnung am Freitagnachmittag mit dem Dean reden wollte, zu einer Zeit, in der das College praktisch verlassen ist, nutzte sie die Gelegenheit aus. Sie wartete im Gebäude, und als die anderen fort waren, hat sie eine kleine Explosion verursacht. Sie sollte nicht viel Schaden anrichten und nur die Abordnung reinlegen, weil die ja ganz bestimmt beschuldigt würde.»

«Und das ist tatsächlich eine Frau?»

«Ein zierliches junges Mädchen, das Mut hat und sein Land liebt.»

Rogers sah zweifelnd seinen Vertreter an. Er war nicht sicher, ob er es ernst meinte. «Aber, verdammt noch mal, Brad, sie hat Schaden verursacht und jemand ist getötet worden!»

«Nicht doch. Wir wissen jetzt, daß die Explosion damit nichts zu tun hatte.»

«Ja, bleibt nur noch Fine. Hoffentlich stellt sich nicht heraus, daß er auch ein FBI-Agent ist, was?»

«Reg dich nicht auf.» Ames kicherte. «Gegen den haben wir genug.»

«Na, wenigstens ein Trost.» Rogers rieb sich zufrieden die Hände. «Und das Mädchen – nachdem das passiert ist, wird sie ja bei den Weathervanes voll anerkannt sein, ich meine, jetzt ist sie doch sicher über jeden Verdacht erhaben?»

«Wie Caesars Frau.»

«Wie bitte? Oh, ich verstehe.»

«Und bei uns ist sie auch über jeden Verdacht erhaben.»

«Ja, natürlich . . .»

«Matt, ist dir nicht aufgefallen, wie schlecht es bei uns steht, wenn wir schon Doppelagenten einsetzen müssen, um dem Anschein nach Recht und Ordnung aufrechtzuerhalten? Daß wir einen Rechtsbruch vertu-

schen müssen, um einen anderen zu verhindern? Und wir maßen uns
allein das Richteramt an zu entscheiden, welcher wichtiger ist. Ist das
nicht ein Charakteristikum für einen Polizeistaat?»

Rogers betrachtete ihn unsicher. Er hörte sich so ernst an, als glaube er
an seine radikale Rede. Aber dann gluckste Ames wieder, und da wußte
Rogers, daß alles stimmte.

40

WARUM ESSEN JUDEN KEINEN SCHINKEN?
WARUM SETZEN JUDEN SCHWARZE GLATZENDECKEL AUF,
WENN SIE BETEN?
GOTT IST TOT – RICHTIG ODER FALSCH?
WARUM . . .?
WARUM . . .?

Der Rabbi stand unter der Tür und las etwas verwirrt die lange Liste von
Fragen an der Tafel. Jede war in einer anderen Handschrift geschrieben.

«Sie haben gesagt, wir dürften heute Fragen stellen», stellte Harvey
Shacter fest.

«Ja, das hab ich, Mr. Shacter.» Er trat in den Raum, den Blick immer
noch auf die Tafel gerichtet. «Und bei einer so langen Liste sollten wir
besser sofort anfangen. Wir nehmen sie der Reihe nach vor. Die erste
Frage betrifft den Schinken: das hat mit unseren rituellen Diätvorschrif-
ten zu tun. Kurz gefaßt, wir dürfen nur das Fleisch von Tieren essen, die
paarzehig sind und wiederkäuen. Beide Bedingungen müssen erfüllt sein,
um als koscher zu gelten, das heißt als rituell eßbar. Fisch muß Schuppen
und Flossen haben, womit sämtliche Schalentiere ausscheiden; Vögel mit
gekrümmten Schnäbeln und Klauen – Raubvögel also – sind auch tabu.
Es gibt wissenschaftliche Rechtfertigungen für diese Gesetze – gesunde
und nahrhafte Tiere sind erlaubt, für Krankheiten anfälligere Tiere, die
sich für die menschliche Ernährung weniger eignen, sind verboten – aber
das ist eine moderne, vernunftgebundene Erklärung. Nach der Tradition
befolgen wir diese Diätgesetze, weil es uns in der Bibel befohlen worden
ist. Da das Schwein kein Wiederkäuer ist, gilt es als unsauber, und daher
ist Schinken verboten.»

«Ja, aber haben wir nicht gegen das Schwein mehr als gegen andere
nichtkoschere Tiere?» fragte Leventhal.

«Das ist richtig, Mr. Leventhal. Wir haben eine besondere Abneigung
gegen das Schwein, möglicherweise weil es einer Reihe heidnischer
Völker als Gegenstand der Anbetung diente. Allerdings neige ich zum
Glauben, daß es einen viel triftigeren Grund gibt. Alle anderen Haustiere

dienen während ihres Lebens zum Nutzen des Menschen. Die Kuh gibt Milch, Schafe liefern Wolle, das Pferd leistet Arbeit und dient zur Fortbewegung, der Hund bewacht das Haus, die Katze hält die Mäuse in Schach. Nur das Schwein als einziges aller koscheren oder nichtkoscheren Haustiere dient keinem anderen Zweck als geschlachtet und gegessen zu werden. Nun verbietet unsere Religion Tierquälerei. Tatsächlich gibt es in der Bibel Dutzende von Vorschriften, ebenfalls in den Auslegungen der Rabbiner, die verlangen, daß wir Tiere gut behandeln. Man darf dem Ochsen beim Dreschen nicht das Maul verbinden; ein Esel und ein Ochse dürfen nicht in ein Joch gespannt werden; Arbeitstiere müssen am Sabbat Ruhe haben; und die Jagd als Sport ist verboten. Bei einer solchen Einstellung werden Sie sicher verstehen, daß die Aufzucht eines Tiers, nur um es schließlich zu schlachten, uns widerwärtig sein muß.»

Der Rabbi hakte die Frage an der Tafel ab. «Gut, gehen wir zur nächsten Frage, zum schwarzen Glatzendeckel. Wer möchte das übrigens wissen?»

Harvey Shacter hob die Hand.

«Ich habe diese Bezeichnung für den *kipah* noch nie gehört», stellte der Rabbi grinsend fest, «aber sie hat etwas für sich. Warum tragen wir das? Es ist einfach ein Brauch, Mr. Shacter. Es gibt keine biblische Regelung. Allerdings möchte ich darauf hinweisen, daß bei uns Bräuche leicht zum Gesetz werden. Es braucht nicht schwarz zu sein und auch nicht rund. Jede Kopfbedeckung reicht aus. Manchmal war es Sitte, barhäuptig zu gehen, ein anderes Mal mußte der Kopf bedeckt werden. Die letztere Sitte scheint sieghaft gewesen zu sein, abgesehen von Reform-Synagogen, wo sie meistens barhäuptig beten.»

Er hakte die Frage ab, zögerte einen Augenblick und strich dann die folgende auch. Dazu bemerkte er: «‹Gott ist tot›, darüber müßten Sie eher mit protestantischen Theologen als jüdischen Rabbinern diskutieren.»

«Warum das?» rief Henry Luftig.

«War's Ihre Frage, Mr. Luftig?»

«Ja, Sir.»

«Es ist eine theologische Frage, und wir haben keine Theologie im allgemein anerkannten Sinn.»

«Warum nicht?»

«Weil wir sie nicht brauchen», sagte der Rabbi schlicht. «Unsere Religion beruht auf der Idee eines einzigen Gottes, eines Gottes der Gerechtigkeit. Wenn Sie darüber nachdenken, verlangt das Prinzip der Gerechtigkeit einen einzigen Gott, weil es einen einzigen Begriff beinhaltet. Und weil Er unendlich ist, ist Er für endliche Geister unerkennbar. Wir verbieten es nicht, Ihn zu studieren, verstehen Sie das? Aber wir betrachten es als sinnlos. Etwa so, wie ein Ingenieur einen jungen Kollegen ansehen würde, der versucht ein Perpetuum Mobile zu konstruieren.

Vielleicht würde er sagen: ‹Wenn du willst, kannst du daran arbeiten, aber du verschwendest nur deine Zeit, weil es theoretisch unmöglich ist.› Weil wir also glauben, daß es sinnlos ist, das Unerkennbare erkennen zu wollen, haben wir keine Theologie.»

«Warum haben sie dann die Christen?» fragte Luftig.

«Ich hatte die Absicht, mich in dieser Stunde mit Ihren Fragen über das Judentum zu befassen, nicht über das Christentum», mahnte der Rabbi fast vorwurfsvoll.

«Wie können wir etwas über das Judentum lernen, wenn wir nichts haben, womit wir es vergleichen können?»

Der Rabbi spitzte die Lippen und erwog das. «Sie haben recht, Mr. Shacter. Gut. Ich will versuchen, es zu erklären. Wie wir glauben auch die Christen an einen einzigen Gott. Zusätzlich aber haben sie ein weiteres göttliches Wesen in der Gestalt von Jesus als Sohn Gottes. Und da ein Sohn eine Mutter impliziert, haben sie auch noch Maria, die zumindest halbgöttlich ist. Nun sind die Familienbeziehungen zwischen Gott und Jesus, Maria und Jesus, Maria und Gott und alle anderen möglichen Variationen, gar nicht erst zu reden von der menschlich-göttlichen Natur von Jesus – nicht leicht zu erklären.»

«Ist das das, was sie Heilige Dreifaltigkeit nennen?»

«Nein», sagte der Rabbi, «dies ist die Heilige Familie. Die Dreifaltigkeit besteht aus dem Vater, dem Sohn und dem Heiligen Geist, und die Beziehungen unter ihnen sind Sache der christlichen Theologie. In dieser Angelegenheit gibt es sehr feine Unterscheidungen zwischen den verschiedenen christlichen Richtungen.»

«Ja, aber sind das nicht nur Wortspielereien zwischen Pfarrern und Priestern?»

«Zehntausende sind in Religionskriegen von der Zeit Konstantins im vierten Jahrhundert bis zur heutigen Zeit wegen dieser sogenannten Wortspielereien getötet worden», sagte der Rabbi. «Nein, Mr. Luftig, die Meinungsstreite der Theologen kann man nicht so leicht abtun.»

Lillian Dushkin wedelte mit der Hand. «Ein Bekannter von mir macht bei dieser Juden-für-Jesus-Sache mit, und er sagt, Jesus ist der Messias, an den die Juden glauben, und daß er gekommen ist, die Menschheit zu retten.»

«Vor was zu retten?» Die Frage kam von dem jungen Mann, der immer so emsig mitschrieb. Dem Rabbi kam der Gedanke, daß er zum erstenmal, wie alle anderen auch, mehr zugehört als mitgeschrieben hatte.

«Vor der Hölle natürlich», antwortete Mazelman verächtlich. «Stimmt das nicht, Rabbi?»

«Ja, so ist es gemeint», sagte er. «Hölle war der Versuch, die uralte Frage zu beantworten, warum die Guten leiden, während es den Bösen so oft wohl ergeht. Alle Religionen haben mit diesem Problem gerungen.

Die Hindus lösen es durch die Lehre von der Reinkarnation. Man verdient sich seinen guten Nachtisch im nächsten Leben mit dem, was man in diesem Leben getan hat. Die christliche Lehre hält sich daran, daß die Bösen im ewigen Höllenfeuer braten, während die Guten mit dem ewigen Leben im Himmel belohnt werden.»

«Und wie lautet die jüdische Antwort?» fragte Lillian Dushkin. «Glauben wir nicht an Himmel und Hölle?»

«Im Grunde nicht, Miss Dushkin. Der Begriff ist von Zeit zu Zeit eingedrungen, ist aber nie aufgegriffen worden. Unsere ‹Antwort›, wie Sie es formuliert haben, wird am besten im Buch Hiob ausgedrückt, und sie ist leider nicht sehr trostreich. Wir sagen, es ist einfach der Lauf der Welt – die Sonne scheint ebenso hell auf die Bösen wie auf die Guten und Gerechten –, aber die Güte trägt ihre eigene Belohnung in sich wie das Böse seine Strafe. Wenigstens hat dies den Vorteil, realistisch zu sein und unsere Aufmerksamkeit auf diese Welt zu lenken, um sie zu verbessern zu suchen, wohingegen man sagen kann, daß sich der christliche Blick auf die nächste Welt richtet und diese hier nur als eine Art Aufenthalt betrachtet. Natürlich stammt diese Anschauung aus einer Zeit, in der die Welt voller Unruhe war, und traditionelle Ideen und Einrichtungen ebenso zusammenbrachen wie in der Gegenwart.»

«Wie in der Gegenwart?»

«Ja, Mr. Luftig. Denken Sie doch an die weltweite Revolte der jungen Leute gegen das, was sie Establishment nennen.»

«Na, vielleicht beweist das, daß Gott tot ist!» attackierte ihn Luftig. «Mir ist keine Hinwendung zur Religion oder neuen Kulten aufgefallen –»

«Nein?» unterbrach ihn der Rabbi. «Ja, wie würden Sie denn dann die plötzliche Faszination Ihrer Generation durch Astrologie und Yoga und Zen und das I-King und Tarot-Karten und makrobiotische Ernährung und Drogen und Kommunen – soll ich weitermachen? – erklären? Alle bieten sie Abkehr von der Wirklichkeit oder augenblickliche Erkenntnis oder unmittelbare mystische Verzückung.»

Am gebannten Schweigen erkannte er, daß er sehr gefühlsbetont gesprochen hatte. Um die entspannte Atmosphäre wiederherzustellen, fuhr er in normalem Tonfall fort: «Vom Wesen her ist das Christentum eine mystische Religion und bietet die psychologischen Erfüllungen, die aus dem Mystizismus erwachsen. Es ist überweltlich, himmelsorientiert, während unsere Religion sich dem Diesseits zuwendet. Wir kämpfen gegen das, was böse in der Welt ist und genießen die guten Dinge geistiger oder materieller Art, die sie zu bieten hat. Wir kehren uns nicht durch Asketentum von der Welt ab oder versuchen, uns durch Mystizismus über sie zu erheben, der übrigens im Judentum nur wenige Anhänger hat.»

«Was ist mit den Chassidim?» fragte Mark Leventhal.

Der Rabbi nickte. «Ja, sie haben Tendenzen in diese Richtung, aber ich würde nicht sagen, daß die chassidische Bewegung im Kern unseren Traditionen entspricht. Es ist bezeichnend, daß Martin Buber, der größte moderne Apologet der Chassidim, christliche Theologen viel stärker beeinflußt hat als die Juden. Wir glauben nicht, daß der eine ekstatische Augenblick einer Fast-Vereinigung mit Gott für alle Zeit Tugend verleiht. Für uns muß es eine tagtägliche bewußte Ausübung von Gerechtigkeit und Tugend sein. Aber wir verlangen menschliche Tugend, nicht die übermenschliche Tugend eines Heiligen. Unsere Religion fordert uns auf, uns praktisch der Welt anzupassen, wie sie ist. Sie ist eine Religion der Arbeit und der Ruhe, des Lebens und des Todes, der Heirat, der Kinder und ihrer Ausbildung und Erziehung, der Freude am Leben und der Notwendigkeit, sein Leben zu fristen.»

«Na, ihre Religion muß aber funktionieren», sagte Shacter. «Sie sind viel besser im Geschäft als wir.»

Die Studenten lachten, und der Rabbi stimmte mit ein, so die Spannung lösend. «Ja, Mr. Shacter, das Christentum ist eine sehr angenehme Religion. Es bietet viele sehr erstrebenswerte Antworten auf Fragen, die den Menschen seit aller Zeit beschäftigt haben. Er fürchtet den Tod und findet das Leben zu kurz, und die Kirche bietet ihm eine Welt nach dem Tode mit immerwährendem Leben. Alles, was wir in der Hinsicht bieten können, ist die Hoffnung, daß er in seinen Kindern und in der Erinnerung seiner Freunde fortleben wird. Er sieht den guten Menschen leiden und den Bösen im Glück leben, und die Kirche versichert ihm, daß es in der anderen Welt umgekehrt sein wird. Wir können dazu nur sagen, daß dies der Lauf der Welt ist. Für die täglichen Nöte und die Mühsal des Lebens bietet ihm die Kirche den Frieden, der entsteht durch die Unterwerfung unter die Barmherzigkeit Christi und die guten Werke zahlloser Heiliger, zu denen er um Hilfe beten, ja sogar um Wunder bitten kann. Und in zeitlichen Abständen kann er seinen Glauben durch die Vereinigung mit Gott durch einen magischen Akt erneuern. Aber wir haben keine Magie, keinen Abkürzungsweg, nur die lebenslange Mühe. Ich glaube, das gibt dem Spruch, daß es schwer ist, Jude zu sein, eine andere Art von Bedeutung.»

Lillian Dushkin war verwirrt. «Aber wenn bei ihnen alles so viel besser ist, warum übernehmen wir das nicht?»

Der Rabbi lächelte. «Die Sache hat einen kleinen Haken, Miss Dushkin. Man muß glauben. Und wir können nicht glauben.»

«Ja, und was haben wir dann von dem Ganzen?»

«Was wir davon haben, wie Sie es kraß formulieren, ist die Genugtuung, uns der Wirklichkeit zu stellen.» Er sah, wie aufmerksam nun alle waren. «Es erlaubt uns nicht, Problemen auszuweichen, aber es hilft uns, sie zu lösen, sei es nur, weil wir ihre Existenz erkennen. Und ist das nicht, wenn man es genau nimmt, das, was die moderne Welt nun zu tun beginnt? So erscheint es nun, als käme nach Tausenden von Jahren unsere Art endlich in Mode. Und was das Besser-im-Geschäft-sein betrifft, Mr. Shacter, sehen Sie sich um und Sie werden feststellen, daß die großen Veränderungen im Denken und Handeln, die die westliche moderne Zivilisation geschaffen haben, ihre Parallele im jüdischen religiösen Gedankengut finden – die Gleichheit der Menschen, die Rechte der Frauen, das Recht aller Menschen auf Wohlstand, die Verbesserung der Lebensbedingungen auf der Erde, die Achtung vor dem Leben, auch dem der Tiere, die Bedeutung der Bildung.»

«Sie meinen, das haben die alle von uns?»

«Ob sie das haben oder ob sie endlich von sich aus darauf gekommen sind, ist eigentlich nicht besonders wichtig. Wichtig ist, daß diese Dinge von Anfang an in unserer Religion enthalten waren, und das bedeutet, daß sie der Wirklichkeit entspricht.»

Die Glocke klingelte, und der Rabbi stellte ganz erstaunt fest, daß die Stunde zu Ende war. Er stellte außerdem fest, daß er nicht die übliche Kopfzählung veranstaltet hatte, und als er sich nun umsah, entdeckte er, daß es einundzwanzig waren, mehr als je zuvor an einem Freitag. Er lächelte und nickte ihnen freundlich zum Abschied zu.

41

Annabelle Fisher freute sich, als Selma Rosencranz anrief, um sie für Freitag einzuladen. Das war typisch Selma, einfach aus dem Blauen heraus ein paar Freundinnen einzuladen, ohne großes Planen, ohne Vorbereitungen.

«Ich backe Schokolade-Nuß-Plätzchen», versprach Annabelle.

Selmas Haus war ein Betonbau mit Verkleidungen aus schwarzem, in Chrom gefaßten Glas; es war von einem Architekten entworfen und sogar in einer Zeitschrift abgebildet worden – eine Tatsache, die Selma ganz nebenbei erwähnte, wenn jemand zum erstenmal kam. «Seine Idee ist funktionales Wohnen», sagte sie und suchte nach dem Artikel. «Aber da, lesen Sie das selber. Er kann das sehr viel besser erklären als ich.»

Annabelle drückte auf den Klingelknopf, das Glockenspiel antwortete mit den ersten vier Takten von ‹How Dry I am›. Sie kicherte jedesmal, wenn sie das hörte. Selma hatte oft so verrückte Einfälle. Selma, in einem eleganten Hosenanzug und Silbersandalen, öffnete ihr selbst die Tür und rief über die Schulter: «Das ist Annabelle Fisher. Sie hat Plätzchen mitgebracht. Wer von euch noch nie Annabelles Schokoladen-Nuß-Plätzchen probiert hat, wird staunen.»

Annabelle gab Selma ihren Mantel und die Schachtel mit den Plätzchen und ging in den großen tiefer gelegenen Wohnraum. Flossie Bloom war schon da und mehrere andere, die Annabelle alle kannte oder schon getroffen hatte.

Als Selma wiederkam, fragte Annabelle, ob sie an zwei Tischen spielen wollten.

«Falls wir überhaupt zum Spielen kommen», sagte Selma. «Wir haben geschwätzt und auf dich gewartet. Übrigens dachten wir, es könnte ganz lustig sein, wenn wir heute abend alle zum Gottesdienst gingen. Du warst doch schon da, nicht? Wie ist es denn?»

«Zum Gottesdienst vom Freitagabend? Ja, sicher war ich da, zwei-, dreimal, mit Joe. Wie soll's sein? Na, wie ein Freitagabend-Gottesdienst eben. Der Kantor singt, man betet, und dann hält der Rabbi eine Predigt.»

«Was, er predigt?» fragte Selma. «Bist du sicher? Jeden Freitag abend?»

«Wenigstens jedesmal, wenn ich da war. Bestimmt macht er das jeden Freitag. Warum?»

«Ach, weil wir nicht hingehen würden, wenn der Rabbi nicht predigte.»

Flossie Bloom lachte leise. «Dann hätt's ja keinen Sinn.»

«Wie lange dauert das? Die Predigt, meine ich?» fragte Natalie Wolf.

«Also auf die Uhr gesehen hab ich nicht.» Annabelle genoß es, im Mittelpunkt zu sein. «Ich schätze, so zwischen zwanzig Minuten und einer halben Stunde.»

«Gut, dann richten wir uns auf zehn Minuten ein.» Flossie Bloom warf den anderen glitzernde Verschwörerblicke zu. «Annabelle, was passiert danach?»

«Ich glaube, danach singt der Kantor noch mal, dann werden ein oder zwei Gebete gesprochen, und dann gehen alle nach unten in den Gemeindesaal und es gibt Tee und Kuchen.»

«Ich meine ja, es wäre ganz am Anfang am besten», stellte Selma fest.

«Das finde ich auch», bestätigte Natalie Wolf, «dann sieht es nicht so aus, als hätte es was mit dem zu tun, was er gerade geredet hat.»

Annabelle sah unsicher von einer zur anderen; ihr so freundliches Lächeln war auf dem Gesicht festgefroren. «Habt ihr geplant, alle zusammen zu gehen? Es ist wirklich gut, und es dauert auch nicht lange. Ich meine, ihr langweilt euch bestimmt nicht.» Sie sah sie lächeln und fragte sich, ob sie etwas Dummes gesagt haben könnte. Natürlich, sie kannte sie alle, aber einige eben doch nicht so gut. Natalie, das wußte sie, war geschieden, und es ging das Gerücht, sie ließe nichts anbrennen. Aber wenn sie eine Freundin von Selma war, konnte nichts gegen sie einzuwenden sein. Genevieve Fox und Clara Nieman hatte sie auch schon oft getroffen, aber eigentlich verkehrten sie in einem ganz anderen Kreis. Genevieve fuhr einen weißen Jaguar, Clara war nicht verheiratet und wohnte in einer Atelierwohnung unten in der Stadt, direkt am Wasser.

«Ja, wir hatten uns das so ausgedacht», sagte Selma. «Wir dachten, wir

wir wollten alle zusammen gehen. Möchtest du auch mitkommen?»

«Ach, wunderbar! Natürlich möchte ich das. Aber ich muß vorher noch Joe fragen. Vielleicht hat er vor, heute hinzugehen, und dann muß ich natürlich mit ihm gehen.»

42

Der Gottesdienst vom Freitag begann pünktlich um halb neun. Die Andächtigen trafen schon ab acht Uhr ein, blieben aber im Foyer, um sich zu begrüßen und mit Freunden zu plaudern. Erst um Viertel nach acht gingen sie nach und nach in den Synagogenraum, wo sie sich setzten und ganz automatisch ehrfurchtsvoll die Stimmen zu einem Flüstern senkten.

Meistens saß die Frau des Rabbi dann schon auf ihrem Platz in der zwölften Reihe am Mittelgang. Das war weit genug hinten, um festzustellen, ob der Rabbi laut genug sprach, und wenn nicht, ihm ein Zeichen zu geben. Alle, die ihren Blick einfingen, nickten ihr zu, und sie antwortete mit einem Lächeln und einem von den Lippen geformten «*Gut Schabbes*». Auf dem *bima* neben der Bundeslade saßen der Rabbi und der Kantor zusammen, letzterer in der Pracht seiner schwarzen Robe, des langen, seidenen Gebetschals und der hohen, mit Fransen verzierten samtenen *jarmulke*. Er saß gerade und hoch aufgerichtet, neigte den Kopf gelegentlich, wenn der Rabbi ihm etwas zuflüsterte, und antwortete mit einem würdevollen Nicken.

Der kleinere Rabbi, der noch kleiner wirkte, weil er so krumm in dem thronartigen Stuhl saß, gab neben ihm eine armselige Figur ab. Trotz vieler Winke vom Ritual-Ausschuß weigerte er sich, eine schwarze Robe zu tragen, und sein Gebetschal war zwar sauber, aber aus Wolle und sah neben der glänzenden weißen Seide des Kantors gelblich aus. Auch seine *jarmulke* war das übliche, schwarze anliegende Käppchen, wie es die Mitglieder der Gemeinde trugen. Und da er zu Fuß zur Synagoge ging, waren die schwarzen Schuhe, die alle sehen konnten, fast immer staubig. Im Umkleideraum lag eine Schuhbürste, aber trotz aller Beschwörungen Miriams, vergaß er es regelmäßig.

Die Zahl der Tempelbesucher wechselte von Woche zu Woche, was weitgehendst vom Wetter abhing. An schönen Abenden kamen etwa hundert. Sie sammelten sich meistens auf den mittleren Plätzen, was hieß, daß sie am Mittelgang saßen, so etwa ab der dritten oder vierten Reihe. Nach ein paar Minuten geflüsterter Unterhaltungen, begannen sie dann in den Gebetbüchern zu blättern, als wollten sie sich für den Gottesdienst in die richtige Stimmung versetzen. Die Nachzügler, die erst unmittelbar vor Beginn kamen, setzten sich so unauffällig wie möglich in den Hintergrund.

An diesem Abend aber, als der Rabbi gerade vortreten wollte, um anzukündigen, daß der Kantor nun den Gottesdienst durch den Gesang von *ma towu*, wie gut sind deine Zelte, O Jacob, einleiten würde, tauchte ein halbes Dutzend jüngerer Frauen im hinteren Teil der Synagoge auf. Sie blickten sich einen Moment um, marschierten dann entschlossen durch den Mittelgang und setzten sich in die zweite Reihe. Der Rabbi wartete, bis sie saßen, und trat dann vor, um seine Ankündigung zu machen.

Mrs. Nathanson, die wie die meisten Gemeindemitglieder über die Störung etwas ärgerlich war, flüsterte ihrem Mann zu: «Selma Rosencranz und ihre Clique. Vermutlich hatten sie nichts Besseres vor.» Ehe Mr. Nathanson antworten konnte, warf der Kantor den Kopf zurück, hielt das Gebetbuch auf Armeslänge von sich und begann zu singen.

Als nächstes sang er *lecha dodi*, den Gruß an die Sabbatbraut, bei dem die Gemeinde in den Refrain einstimmte. Darauf folgte das wechselseitige Lesen eines Psalms in englisch, das vom Rabbi geleitet wurde, und dann der Gesang des *hinemi heani mi maass*, das Spezialgebet und Lieblingsstück des Kantors, da seine Wiedergabe seine stimmliche Leistung voll zur Wirkung brachte. Darauf sprach die Gemeinde das *schema* laut und erhob sich anschließend, um stumm das *amida* zu beten. Während der ganzen Zeit verhielten sich die Frauen aus der zweiten Reihe absolut richtig. Sie standen auf, wenn sie aufstehen sollten oder sprachen die Antworten, wenn es erforderlich war.

Der Rabbi wartete, bis alle das stumme Gebet beendet hatten und wieder saßen, um dann, nachdem er den Gebetschal zurechtgerückt und den Sitz des Käppchens geprüft hatte, zum Pult vor der *bima* zu treten und die Predigt zu halten. Die Gemeinde klappte die Gebetbücher zu, und alle setzten sich zurecht. «In dem Teil der Bibel, den wir morgen lesen werden», begann er und hielt inne.

Die Frauen aus der zweiten Reihe waren alle gleichzeitig aufgestanden, hatten sich aus der Sitzreihe gedrängt und marschierten nun, so kühn wie sie hereingekommen waren, durch den Mittelgang und hinaus.

Einen Augenblick lang herrschte erschrockenes Schweigen, dann kam leises Stimmengewirr, während alle miteinander tuschelten.

Der Rabbi wartete, bis sich die Tür zum Synagogenraum wieder geschlossen hatte, dann flüsterte er so leise, daß nur die aus der ersten Reihe die Worte verstehen konnten: «Sie müssen es schon vorher gewußt haben.» Danach setzte er wiederum an: «In dem Teil der Bibel, den wir morgen lesen werden . . .»

Sie gingen stumm bis zur nächsten Straßenecke, bis sie die Synagoge nicht mehr sehen konnten, dann sagte Miriam: «Du hast das sehr gut gemacht, David. Du hast überhaupt kein bißchen ärgerlich oder aus dem

Konzept gebracht ausgesehen.»

«Das war ich auch nicht. Aber das ist beunruhigend, nicht?»

«Wie meinst du das? Ich versteh dich nicht.»

«Ich weiß nicht mal, ob ich es selbst tue», sagte der Rabbi. «Ich hätte mich ärgern sollen. Bei der Gelegenheit wäre es angebracht gewesen, aber ich hab es nicht. Es war mir gleichgültig. Warum, weiß ich auch nicht.» Er verhielt plötzlich den Schritt und sah sie an, als erwarte er einen Angriff. Als sie stumm blieb, fuhr er fort: «Vielleicht liegt es daran, daß ich nie was von diesem späten Abendgottesdienst gehalten habe; er ist mir zu gekünstelt. Dieses Gesinge von *lecha dodi* als Begrüßung des Sabbat, nachdem der Sabbat längst begonnen hat, und dann diese Predigt, die nichts anderes ist, als ein Tempowechsel nach den Gebeten, sorgfältig zusammengestellt, damit sie nicht ermüdend wirkt. Ich hab was dagegen, daß wir jede Woche über hundert Leute zusammenbekommen, wenn wir auf der anderen Seite für den normalen *maariw*-Gottesdienst nur mit Mühe den *minjan* beten können.»

«Aber so war es doch immer schon», sagte sie endlich.

«Vielleicht, aber ich habe bisher keine Möglichkeit gehabt, Vergleiche ziehen zu können.»

Sie sah ihn groß an. «Meinst du, weil du jetzt Unterricht gibst?»

«Das könnte was damit zu tun haben», gab er zu. «Ich bin mit meiner Klasse am College keineswegs zufrieden, aber wenigstens habe ich das Gefühl, dort etwas zu tun, was sich lohnt. Hier bin ich dessen nicht so sicher. Diese Frauen», er drehte sich zu ihr um, «kennst du die alle? Mir kamen ein paar bekannt vor, aber es waren auch welche da, die ich bestimmt nie zuvor gesehen habe.»

«Es war Selma Rosencranz mit ihren Bridge-Freundinnen», erklärte Miriam bedrückt.

«Ach, ich wußte gar nicht, daß sie sich für Religion interessieren. Sie haben eine etwas theatralische Art gewählt, ihre Meinung über den Freitagabend-Gottesdienst kundzutun, oder vielleicht auch über mich, denn sie sind in dem Augenblick gegangen, als ich mit der Predigt anfangen wollte.»

«Aber, David!» rief Miriam. «Denen ist der Gottesdienst genauso schnurz wie deine Predigt.»

«Aber sie –» er brach ab. «Gibt es was, Miriam, was du weißt, und was ich nicht weiß?»

«Ja. Selma ist eine gute Freundin von Edie Fine, und es geht das Gerücht um – ich kann mir nicht vorstellen, daß jemand das ernst nehmen kann! –, daß du den jungen Selzer freibekommen hast, indem du die Polizei auf Roger Fine als viel geeigneteren Verdächtigen aufmerksam gemacht hast.»

«Nein!»

Sie nickte stumm.

157

Und jetzt *war* er ärgerlich. Sie merkte es an seinen raschen, weitausholenden Schritten. Sie mußte fast laufen, um auf einer Höhe mit ihm zu bleiben.

43

«Was hast du dir denn da für einen Blödsinn ausgedacht?» fragte Sumner Rosencranz. «Was bist du, eine Art Hippie? Warum trägst du dann kein Plakat mit dir rum und boykottierst die Synagoge? Was wirft das für ein Licht auf mich, wenn meine Frau mitten im Gottesdienst aufsteht und den Rabbi sitzenläßt?»

«Ich dachte, du hältst nichts von ihm», sagte Selma kühl.

«Was hat das denn damit zu tun? Es gibt 'ne Menge Leute, von denen ich nichts halte; gehe ich deswegen herum und beleidige sie in aller Öffentlichkeit? Auf deine alte Dame bin ich auch nicht gerade scharf –»

«Und läßt es dir deutlich anmerken. Du zeigst es ihr jedes, aber auch jedes Mal, wenn sie zu uns kommt.»

«Verdammt noch mal, ich hab kein einziges Wort zu ihr gesagt, das ein vernünftiger Mensch für beleidigend halten könnte.»

«Ach, ist das so? Wie war das denn, als sie dir das Hemd zum Geburtstag geschenkt hat? Und was war, als sie dich gebeten hat, ihr aus dem Drugstore die Schönheits-Lotion zu holen?»

«Jetzt wart mal einen Moment. Einen Moment, ja? Das hab ich schon dutzendmal erklärt. Ich habe nur gesagt, es würde doch nichts nützen. Diese teuren Wässerchen sind nichts als aufgelegter Schwindel; sie nützen niemand was, und sie könnte ihr Geld für was Besseres ausgeben. Mehr hab ich nicht gemeint. Und was das Hemd betrifft, da hab ich nur gesagt . . . also, ich hab nur was an dem Hemd auszusetzen gehabt. Das ist keine Beleidigung deiner Mutter. Und wie behandelst du eigentlich meine Mutter, wenn sie zu Besuch kommt?»

«Hör mal», sagte Selma, «deine Mutter behandle ich genauso, wie sie mich behandelt. Wenn sie als Gast zu uns kommen will, ist sie herzlich willkommen. Aber ein Gast inspiziert nicht heimlich den Kühlschrank und macht auch keine anzüglichen Bemerkungen über meine Freundinnen. Meine Freundinnen gehen nur mich was an, und ich halte zu ihnen. Edie Fine ist seit Jahren meine beste Freundin. Wir sind zusammen zur Schule gegangen, und wenn jemand sagt, sie wäre mit einem Mörder verheiratet und, was noch schlimmer ist, auch zur Polizei geht und ihn dort als Mörder angibt, wo sie gerade ein Kind bekommt und ruhig leben und sich nicht aufregen soll, dann ist es mir piepegal, ob er der Rabbiner an unserer Synagoge oder der Chef-Rabbiner von Israel ist. Dann zeig ich ihm, was ich von ihm halte, egal wer alles das mitbekommt.»

«Woher weißt du das, Clare? Wie willst du wissen, ob der Rabbi diesen Fine bei der Polizei verpfiffen hat?»

«Aber, Mike, das ist bekannt. Alle wissen es.»

«Und woher wissen sie es?» fragte er beharrlich weiter. «Wer hat es dir zum Beispiel erzählt?»

«Richtig erzählt hat es mir niemand. Ich meine, nicht eine bestimmte Person, die mir jetzt einfällt. Wir haben zusammengesessen und geredet. Woher weißt du, daß Kolumbus Amerika entdeckt hat? Einer hat es irgendwem erzählt, der es wieder jemand anderem erzählt hat. Woher wußte denn jeder, daß es der Rabbi war, der den Selzer-Jungen freibekommen hat? Jeder wußte es, und niemand hat es bestritten. Jawohl, und genauso wußten eben alle, daß er Fine belastet hat.»

«Na und? Wenn Fine schuldig ist, und der Rabbi es zufällig gewußt hat, muß er es dann nicht sagen? Ist das nicht die Pflicht eines guten Bürgers?»

«Mike, wie kannst du so reden? Ein Rabbi soll sich doch nicht wie ein normaler Bürger benehmen. Rabbiner und Priester und solche Leute brauchen nicht mal vor Gericht zu erscheinen. Ich meine, man kann sie nicht zu Zeugenaussagen zwingen. Das nennt man religiöse Freiheit. Und im übrigen: wenn der Rabbi es nicht gewesen ist, warum sagt er es denn nicht?»

«Ja, das ist ein Argument.»

«Das meine ich doch. Selma Rosencranz ist eine meiner besten Freundinnen; sie hat es angeregt, und wir haben alle zugestimmt. Es tut mir auch nicht leid.»

Voll widerwilliger Bewunderung schüttelte er den Kopf. «Ich muß ja zugeben, diese Selma hat Mumm. Aber trotzdem, es war ein starkes Stück, einfach aufzustehen und rauszugehen.»

«Also, was mich bettifft: dieser Fine ist ein frecher Hund. Edie mag ich gern, aber ihr Mann . . .»

«Du kennst ihn doch kaum.»

«Ich kenne ihn gut genug. Der große Professor! Weißt du noch, die politische Debatte, die wir damals bei Al Kaufman hatten, und wie er da über mich hergefallen ist? Ich hab ihn für einen Radikalen gehalten, wenn nicht für einen Roten. Und wenn man gegen seine Reden Einwände machte, hat er so getan, als wäre man ein Idiot. Natürlich sehr höflich, und mit feinen, hochtrabenden Ausdrücken, aber jeder, der nicht mit ihm übereinstimmte, bekam sein Fett ab. Na ja, nachdem ich sein kommunistisches Gerede gehört hab, kann ich mir denken, daß er zu so was fähig wäre. Weißt du, für die ist das ja kein Mord, die liquidieren nur.»

«Nun glaub mir doch, du siehst das ganz falsch.»

«Tu ich das? Schön, wenn du meine Meinung hören willst: wenn der

Rabbi ihn verpfiffen hat, dann wußte er warum, und dieser Widerling Fine ist unter Garantie schuldig.»

«Benimmt sich so eine jüdische Frau? Im ersten Augenblick begriff ich gar nicht, was los war. Ich dachte, vielleicht ist einer von ihnen schlecht geworden. Ich schätze, der Rabbi hat es im ersten Augenblick ebensowenig begriffen, aber dann mußte ihm ja ein Licht aufgehen. Ich hätte es ihm wirklich nicht verargt, wenn er dann wütend geworden wäre. Glaub mir, ich an seiner Stelle hätte das mehr als krumm genommen. Jeder hätte das. Und ich hätte kein Blatt vor den Mund genommen, das kannst du mir glauben. Nicht aber der Rabbi. Der ist eiskalt geblieben. Er hat sogar gelächelt und einen Scherz gemacht. Er sagt, jeder geht nach der Predigt, aber was für Leute gehen schon vorher?»

«Und was für einen Witz hat er gemacht?»

«Das war er doch. Ich hab's dir eben erzählt.»

«Das war aber ein Witz!»

«Na, in dem Moment hat's sich komisch angehört, und alle haben gelacht. Hör mal, es geht nicht drum, ob der Witz komisch war oder nicht. Es geht darum, daß er in der Situation überhaupt in der Lage war, einen Witz zu machen.»

Gladys Lanigan gab ihrem Mann das Glas mit dem Gin Tonic und mixte sich dann selbst einen. «Ich war heute morgen im *Shipshape* auf eine Tasse Kaffee», sagte sie. «In der Nische nebenan haben sich zwei Frauen unterhalten. Ich hab sie ganz unfreiwillig belauscht.»

«Du hast dich nicht zurückgelehnt und die Ohren gespitzt?» fragte Lanigan liebevoll.

«Hab ich nicht!» Sie lachte. «Die haben nämlich so laut geredet, daß ich das gar nicht brauchte. Es scheint gestern abend in der Synagoge Ärger gegeben zu haben. Eine Gruppe von Frauen ist aufgestanden und hinausgegangen, gerade als Rabbi Small mit seiner Predigt anfangen wollte.»

«Ach? Warum denn das?»

«Leider konnte ich mich nicht weit genug zurücklehnen, um das genau mitzubekommen. Es scheint so, daß diese Frauen mit den Fines befreundet sind. Weißt du, mit dem, der wegen der Windemere-Affäre verhaftet worden ist. Sie hatten die Idee, es wäre die Schuld des Rabbi. Weißt du was darüber, Hugh?»

Er verneinte verwundert.

«Warum machen Leute nur so was? Und der Rabbi ist doch so ein netter junger Mann.»

«Vermutlich aus schierer Bösartigkeit.» Er schüttelte sehr philosophisch den Kopf. «Sie möchten ihn loswerden. Und weißt du, aus welchem Grund? Weil er da ist. Bei ihnen ist das anders als bei uns. Es gibt eine Menge Leute, die Father Aherne nicht leiden können, aber keiner würde dran denken, ihn loswerden zu wollen. Sie wüßten nicht mal, wie man so was anfängt. Das liegt daran, daß er vom Erzbischof eingesetzt ist, und wir dabei nichts zu sagen haben. Bei ihnen ist das so: sie stellen den Rabbiner an und können ihn daher auch rauswerfen. Aber ich sag dir was, Gladys, bei aller Sanftheit ist David Small ein hartgesottener Bursche. Und er bleibt hier, solange er will. Den gibt's einfach nicht, der ihn rausdrängt.» Er setzte sein Glas ab. «Aber ich könnte morgen mal bei ihm reinschauen.»

«Oh, das würde ich nicht tun», sagte sie schnell.

«Warum nicht?»

«Weil sie nämlich der Meinung sind, der Rabbi habe seine Anschuldigungen gegen Fine nur an den Mann bringen können, weil er mit dir befreundet ist.»

Er starrte sie in zornigem Nichtbegreifen an.

44

Obwohl es Sabbat war, die Zeit der Ruhe und Erholung, der stillen Freude, in der weltliche Gedanken aus dem Geist des frommen Juden verbannt sein sollten, war der Rabbi schon den ganzen Tag lang abgelenkt und hatte kaum ein Wort mit Miriam gesprochen. Und nun, am frühen Abend, nachdem der Sabbat vorbei war, ging er ins Wohnzimmer und war bald in einem Buch versunken.

«Glaubst du, daß er es getan hat?» fragte Miriam aufgebracht. «Roger Fine. Glaubst du, daß er es war?»

Er zog die Schultern hoch. «Woher soll ich das wissen?» Dann wandte er sich wieder dem Buch zu.

«Ja, willst du denn nichts unternehmen?»

Mit einem ungeduldigen Seufzer klappte er das Buch zu. «Was kann ich denn machen?»

«Wenigstens kannst du ihn besuchen.»

«Ich bin gar nicht sicher, ob das ratsam ist. Fine hat nicht nach mir verlangt, und seine Familie hat mich auch nicht aufgefordert. Hinzu kommt, daß sie nach den Unerfreulichkeiten vor der Hochzeit nicht darum bitten werden, schon gar nicht nach dem Vorfall von gestern abend in der Synagoge. Wenn sie schon Gerüchte verbreiten, daß ich ihn angeklagt oder denunziert hätte, dann möchte ich nicht wissen, was sie daraus machen werden, wenn ich ihn jetzt auch noch im Gefängnis besuche.»

«Früher hat es dir nie was ausgemacht, was die Leute dachten», stellte sie leise fest. «Du hast getan, was du für richtig hieltest, egal was die

Leute dachten.»

«Na, vielleicht bin ich jetzt etwas weiser», bemerkte er zynisch.

Sie sah rasch auf. Das paßte gar nicht zu ihm. Er fing ihren Blick auf und fand, daß er ihr eine Erklärung schuldig sei. «Ich bin nie ein rauschender Erfolg in Barnard's Crossing gewesen. Anfangs dachte ich, es wäre die Schuld der Gemeinde, und wenn sie einmal umgestimmt wäre, würde alles gut werden. Jedesmal, wenn es eine Krise gegeben hat – und praktisch ist es jedes Jahr, solange ich hier bin, zu einer gekommen – und sie endlich vorüber war, habe ich gedacht: jetzt ist alles im reinen und ich kann endlich anfangen zu arbeiten. Aber dann kam die nächste Krise. Es war wie bei unserem ersten Auto, erinnerst du dich? Wir hatten Ärger mit der Zündung, und als wir die repariert hatten, dachten wir, jetzt wäre alles gut. Dann war die Benzinpumpe im Eimer. Also haben wir eine neue besorgt, und in weniger als einer Woche war's der Auspufftopf. Danach war's dann das Getriebe, und sie verlangten – wieviel – zweihundert Dollar? Dreihundert?»

«Dreihundert haben wir für den Wagen bezahlt», sagte sie.

«Jedesmal, wenn was kaputtging, dachten wir, es wäre nur was Einmaliges, und wenn das repariert wäre, wäre alles in Ordnung. Aber bei einer Serie von Einzelfällen ist es nicht mehr einmalig. Dann herrscht Murphys Gesetz.»

«Murphys Gesetz?»

«Ja. Ich habe es zuerst kennengelernt, als ich als Geistlicher bei der Army war. Murphys Gesetz besagt, daß ein Unfall oder eine Panne, die geschehen können, auch geschehen werden. Darum hab ich dann auch nach einiger Zeit angefangen zu denken, daß es vielleicht an mir und nicht an der Gemeinde läge.» Er lächelte reuemütig. «Du kennst doch das alte talmudische Sprichwort: Wenn dir drei Leute sagen, du bist betrunken, geh nach Hause und leg dich hin.»

«Du willst dich also hinlegen?»

«Miriam, wenn *du* mich nicht mehr verstehst –»

«Aber ich versuche es doch, David», sagte sie leidenschaftlich. «Ich versuche es wirklich.»

«Weißt du, in den früheren Fällen, wenn es Krach gegeben hat, blieb mir immer das Gefühl, daß die Gemeinde mich respektierte. Wenn wir auch über Prinzipien verschiedener Meinung waren, so achteten sie mich doch. Aber dies – ach, das war schon wie eine Demonstration. Gegen mich persönlich gerichtet – von meiner eigenen Gemeinde.»

«Einige von diesen Frauen sind nicht mal Mitglieder der Gemeinde.»

«Andere aber doch.»

Sie war verwirrt. «Versuchst du zu sagen, David, daß du das Rabbinat leid bist?»

Er lachte verbittert. «Nein, aber das würde ich auch gern mal versuchen.»

«Was meinst du denn?»

Er stand auf und ging im Zimmer herum. «Mein Großvater war Rabbiner einer kleinen orthodoxen Gemeinde. Der hielt keine kleinen Ansprachen vor Bar-Mitzwa-Knaben. Er ist während der Feiertagsgottesdienste nicht aufgestanden, um die Seiten im Gebetbuch anzusagen. Er hat sein Leben größtenteils mit Studien verbracht. Wenn jemand in seiner Gemeinde eine Frage hatte, die die Religion betraf, kam er zu ihm, und er forschte im Talmud und beantwortete sie. Wenn es zwischen zwei oder mehr Mitgliedern der Gemeinde zu einem Streit kam, gingen sie zu ihm, und er hörte alle Seiten an und sprach Recht. Und sie hielten sich an seinen Spruch. Er verrichtete die traditionelle Arbeit eines Rabbiners.»

«Aber dein Vater –»

«Mein Vater ist ein konservativer Rabbi. Er hat eine alte, eingesessene Gemeinde, die Gefühl und Verständnis für die Aufgaben des Rabbiners hat; die Menschen vertrauen ihm uneingeschränkt. Sie sind nicht zu ihm gegangen, um seinen Richtspruch zu erbitten, und die Fragen, die meinem Großvater vorgelegt wurden, interessieren sie nicht sonderlich, aber ihre jüdische Religion ist ihnen wichtig, und sie verlassen sich auf die Führung meines Vaters.»

«Ja, aber ist das nicht das, was du auch tust?»

«Was ich zu tun versucht habe. Es ist das, was ich tun würde, wenn die Gemeinde mich nur ließe. Aber sie hindern mich auf Schritt und Tritt. Erst glaubte ich, ich könnte sie allmählich gewinnen, um ihnen dann so zu dienen, wie mein Vater seiner Gemeinde gedient hat.»

«Aber –»

«Aber jetzt sehe ich, daß das Rabbinat nicht das ist, wofür ich es gehalten habe.»

Sie sah ihn an. Er wirkte entmutigt.

«Von Generation zu Generation verändert sich alles, David», begann sie leise. «Du bist Rabbiner geworden, weil dich das Richteramt deines Großvaters inspirierte. Wie ist es denn mit dem Arztsohn, der sich berufen fühlt, Mediziner zu werden, durch das Beispiel seines Vaters, der die Nacht am Bett eines Schwerkranken durchwacht? Heute muß er sich spezialisieren, muß Ordinationszeiten an fünf Tagen der Woche einhalten und hat den Mittwochnachmittag frei. Statt einen Menschen zu behandeln, gibt er sich mit einer Kette von Mägen oder Herzen ab. Und bei den Handwerkern ist es ebenso. Als Mr. Macfarlane neulich hier war, um die Fenster in Ordnung zu bringen, hat er mir erzählt, sein Vater hätte das Haus, in dem sie wohnen, ganz allein gebaut. Und während des Winters hat er auch noch viele Möbel selber getischlert. Aber unser Mr. Macfarlane macht – abgesehen von kleinen Reparaturarbeiten am Rande – nichts anders als Fußbödenlegen. Die Methoden ändern sich, aber die Berufe nicht. Ärzte heilen immer noch Kranke, Tischler bearbeiten Holz, und Rabbis leiten ihre jüdische Gemeinde und sorgen dafür, daß sie jüdisch bleibt. Und was ist mit den Lehrern?»

«Ich hab nicht das Gefühl, auf dem Gebiet erfolgreich tätig gewesen zu sein», sagte er düster.

«Jetzt redest du Unsinn!» fuhr sie hoch. «Du bist ein ausgezeichneter Rabbi und auch ein ausgezeichneter Lehrer. Mit deiner Gemeinde hast du Schwierigkeiten, *weil* du ein guter Rabbi bist.»

«Was meinst du damit?»

«Wenn du nur mit deiner Gemeinde gut auskommen willst, wenn du populär sein willst, David, dann gehst du auf sie ein, statt sie zu führen und zu leiten. Du darfst sie nie vor harte Wahrheiten stellen. Und wenn ein Lehrer bei seiner Klasse beliebt sein will, dann versucht er nicht, sie zum Lernen zu zwingen.»

«Ja, natürlich . . .»

Aber sie sah nun, daß sich seine Stimmung gewandelt hatte. Mit einer großartigen Mißachtung aller Logik sagte sie: «Und du brauchst Fine auch nicht im Gefängnis zu besuchen, wenigstens nicht gleich. Ich könnte mir denken, daß es besser wäre, erst mit diesem Bradford Ames zu sprechen und die Lage zu klären. Schließlich ist er dir was schuldig, weil du ihm mit den Selzers geholfen hast.»

Der Rabbi überdachte das. «Ich könnte es versuchen.»

«Dann ruf ihn doch gleich zu Hause an. Es kann nicht so viele Leute mit dem Namen Bradford Ames geben, nicht mal in Boston.»

Ames schien sich über seinen Anruf zu freuen. «Ich würde mich sehr gern mit Ihnen treffen, Rabbi. Und ausgerechnet morgen komme ich in Ihre Gegend, um unser Haus für den Winter dicht zu machen. Wissen Sie, wo es ist? . . . Fein, dann erwarte ich Sie irgendwann am späteren Vormittag.»

45

Das Ames-Haus lag am Point, einem felsigen Landfinger, der in die Hafeneinfahrt zeigte. Es war ein großes weißes Holzhaus, rundherum von einer breiten Veranda umgeben. Auf der Hafenseite überragte es die Flutmauer. Bei Hochwasser lag es über dem Meer und gab einem das Gefühl, an Bord eines Schiffes zu sein. Es war ein warmer Altweibersommertag, und Bradford Ames genoß das schöne Wetter in einem großen Korbsessel auf der Veranda. Als der Rabbi kam, rief er: «Kommen Sie gleich herauf, Rabbi. Ich dachte, wir sollten uns in die Sonne setzen, solange sie noch so schön scheint.»

David Small trat ans Geländer und blickte in das Wasser unter ihm. «Schön», sagte er, «sehr schön.» Er atmete tief die salzige Luft ein.

«Ich bin immer ein bißchen traurig, wenn es wieder Zeit wird, das alte

Haus für den Winter zuzumachen. Ich suche mir extra einen schönen Tag dafür aus, und wenn ich fertig bin, sitze ich noch ein wenig draußen, nehme vom Meer Abschied und trinke ein Glas, ehe ich wieder in die Stadt zurückfahre.» Er deutete auf eine Flasche. «Kann ich Ihnen was anbieten, Rabbi? Sie sind doch kein Abstinenzler, oder?»

«O nein, das sind wir nicht.»

Ames schenkte ein. Als sie beide in den tiefen Korbsesseln saßen, tranken sie sich stumm zu. «Ich könnte mir vorstellen, daß Sie sich für Roger Fine interessieren», stellte Ames endlich fest. «Er ist doch wohl Mitglied Ihrer Gemeinde?»

«Nein, aber er gehört zu den jüdischen Bürgern von Barnard's Crossing. Und als einziger Rabbi am Ort . . .»

«Fühlen Sie sich verantwortlich.» Ames kicherte. «Und als der einzige Rabbi unter den Lehrern des Windemere College können Sie sich für jedes jüdische Mitglied gleichermaßen verantwortlich fühlen, ja?»

«Das war mir noch gar nicht aufgegangen», gestand der Rabbi, «aber da Sie es jetzt erwähnt haben . . .»

Ames rutschte im Stuhl nach hinten. «Gut, ich spreche sehr gern mit Ihnen über Fine, Rabbi. Ich glaube auch, ich bin es Ihnen schuldig, nachdem Sie für mich die Kastanien aus dem Feuer geholt haben, als Sie dafür sorgten, daß die Studenten einen Antrag auf Kaution stellten.» Er war so weit im Stuhl heruntergerutscht, daß sein runder Kopf gerade noch in Höhe der Tischplatte war. «Ich erwähne das, Rabbi, um anzudeuten, daß es mir nicht um Verurteilungen nur um der Verurteilung willen geht.»

«Das ist klar.»

«Ich werde Ihnen sagen, was wir gegen Fine haben. Ich will Ihnen den Fall darlegen. Ich lege alle unsere Karten offen auf den Tisch.» Er drehte den Kopf so weit herum, daß er zum Rabbi aufblicken konnte. «Und nun fragen Sie mich, warum ich das tun will.»

Der Rabbi grinste. «Schön. Warum wollen Sie das tun?»

«Weil ich dem jungen Mann helfen möchte. Oh, ich hab eine Menge Belastungsmaterial, und ich werde meinen Schuldspruch bekommen. Aber das Strafmaß, das ist ein anderer Fall. Das kann von hier bis dort reichen.» Er hielt die Zeigefinger dicht nebeneinander und breitete dann die Arme immer weiter aus.

«Das heißt, Sie möchten, daß ich Professor Fine beeinflusse, ein Geständnis abzulegen?»

«Das könnte sehr gut sein – gut für ihn», sagte Ames, «wenn Sie es fertigbrächten. Ach, das ist übrigens kein Vorschlag unter der Hand. Ich habe darüber mit seinem Anwalt, Jerry Winston, gesprochen.»

«Und?»

Ames richtete sich wieder zu voller Höhe auf. «Es ist eine Art Spiel von uns, Rabbi. Vor Gericht sind wir höflich-kühl. Ich meine, der Assistant

Distrcit Attorney und die Strafverteidiger. Wir sind auch nicht darüber erhaben, gemeine juristische Tricks anzuwenden oder uns anzupöbeln. Aber außerhalb des Gerichts stehen wir sehr gut miteinander. Was wieder nicht bedeutet, daß Winston nicht mit aller Kraft für seinen Klienten kämpft, wie ich für den Staat kämpfe. Wir sind Profis, verstehen Sie. Aber einen großen Unterschied gibt es. Winston kämpft mit Klauen und Zähnen für einen Freispruch, aber ich kämpfe nur dann für seine Verurteilung, wenn ich von der Schuld des Mannes überzeugt bin. Obwohl er der Ankläger ist, ist es auch Aufgabe des District Attorney, die Unschuldigen zu schützen.»

«Ich verstehe.»

Ames trank einen Schluck aus seinem Glas. «Schön, lassen Sie mich Ihnen darlegen, was wir haben; danach werde ich erklären, wie Sie helfen können. Professor Fine hat von Anfang an unter Verdacht gestanden, einfach weil er zur Tatzeit im Haus war. Aber richtig haben wir uns erst für ihn interessiert, als wir *Sie* überprüft hatten.» Er lachte glucksend über das erstaunte Gesicht seines Gastes. «O ja, Rabbi, eine Weile waren Sie Sergeant Schroeders Hauptverdächtiger. Er hat einen sehr überzeugenden Fall gegen Sie aufgebaut. So hatten Sie zu erwähnen versäumt, daß Sie Ihre Studenten vorzeitig verlassen haben.»

«Wie sollte –»

«Das bedeutete, daß Sie, statt sich nur eben auf dem Heimweg von Hendryx zu verabschieden, eine ganze Stunde lang mit ihm allein im Büro gesessen haben. Sie beide, in einem winzigen Büro mit nur einem Schreibtisch und einem ziemlich wackeligen und unbequemen Besucherstuhl. Letzteres kann ich persönlich bezeugen.» Er lehnte sich behaglich an die fächerförmige Rückenlehne des Korbsessels. «Innerhalb dieser Stunde haben Sie sich unterhalten – ein Rabbi und ein Mann, der allgemein als Antisemit galt. In einer Stunde gibt es ausreichend Gelegenheit zu argumentieren und wütend zu werden, und wenn Sie wütend genug waren . . .»

«Aha. Ich wurde also so wütend, daß ich beschloß, ihn umzubringen. Und wie habe ich das angestellt? Ich kann nicht einfach nach oben greifen und die Büste herunterziehen. So weit kann ich nicht reichen. Hat der freundliche Sergeant dafür auch eine Erklärung?»

«Lassen Sie die Ironie, Rabbi. Der Sergeant hat den Fall sehr gut dargelegt. Es liegen Stapel ausrangierter Bibliotheksbücher auf den Regalen; Sie hätten nur hinaufzuklettern brauchen, um nach einem zu suchen, und dabei hätten Sie leicht aus Versehen den Gipskopf zu Fall bringen und damit das Rededuell endgültig gewinnen können. Der Sergeant räumte sogar ein, daß es auch ein Unfall hätte sein können.»

«Wie nett von ihm.»

Ames gluckste. «Sie sind natürlich entsetzt. Ihre erste Reaktion ist vielleicht, es jemand mitzuteilen. Wem anderem als dem Dean? Aber gerade, als Sie um die Ecke kommen, sehen Sie, wie sich ihre Tür schließt. Vielleicht betrachten Sie das als Omen. Vielleicht aber wird Ihnen nun klar, daß sie nichts von dem Vorfall mitgekriegt haben kann. Auf jeden Fall verlassen Sie das Haus. Sie sind natürlich völlig durcheinander und fahren einige Zeit in der Gegend herum, um sich schlüssig zu werden, was Sie tun sollen. Und das ist der Grund für Ihre verspätete Heimkehr. Aber als Sie dann daheim sind, hören Sie von dem Bombenattentat und erkennen, daß der Vorfall dadurch eine ganz andere Dimension annehmen kann. Als sich dann der Sergeant bei Ihnen meldet, suchen Sie nach einem Vorwand, ihn abzuwimmeln und gewinnen somit Zeit herauszufinden, was passiert ist und sich eine Geschichte auszudenken.»

«Alles zusammengenommen ergibt das einen guten Fall», gab ihm der Rabbi recht.

«Ich könnte noch darauf hinweisen, daß Sie einen Schlüssel für das Büro hatten und hineingehen konnten, ohne daß Hendryx aufstehen mußte. Jeder andere hätte klopfen müssen. Es ist wirklich ein guter Fall», sagte Ames fast bedauernd.

«Aber Sie haben ihm das nicht abgenommen?»

Ames schüttelte mit einem breiten Grinsen den Kopf. «Ich glaube nicht mal, daß Schroeder selbst davon überzeugt war. Ich vermute, es war nur seine Rechtfertigung, mit Ihnen nicht gerade sanft umzuspringen.»

«Ja, aber warum wollte er das?»

«Na, wahrscheinlich hat er daran gedacht, wie Sie ihn behandelt haben, als er ganz höflich bei Ihnen angerufen hat. Das hat ihn gewurmt. Sie müssen einen Mann wie Schroeder verstehen. Er ist fast am Ziel seines Ehrgeizes. Als Detective Sergeant arbeitet er weitgehend selbständig. Natürlich bekommt er Weisungen von seinen Vorgesetzten, aber in der Öffentlichkeit, besonders wenn er mit einem wichtigen Fall befaßt ist, ist er sein eigener Chef und nicht daran gewöhnt, daß seine Machtvollkommenheit angezweifelt wird.»

«Aber er hat mich gar nicht in die Mangel genommen.»

«Weil ich eingeschritten bin. Ich habe ihm gesagt, ich wollte Sie selbst verhören. Ihre Erklärungen für Ihr spätes Nachhausekommen am Freitag und Ihr Versäumnis, dem Sergeant zu sagen, daß Sie Ihre Klasse haben sitzenlassen, waren derartig naiv, daß ich gar nicht anders konnte, als sie für wahr zu halten.»

Der Rabbi lachte.

«Natürlich war das eine gefühlsmäßige Entscheidung. Denn genaugenommen konnte ich die Auslegung Schroeders nicht mit gutem Gewissen so einfach von der Hand weisen. Ein ungebildeter Mensch wird für seine verdächtigen Handlungen die Erklärung liefern, die ihm plausibel erscheint, aber sie wird auffällige Lücken haben, und wir werden sie einfach wegen ihrer inneren Widersprüche widerlegen können. Ein intelligenterer Mensch wird mit einer Erklärung aufwarten, die weder auffällige Lücken noch Widersprüche enthält. Sie muß nicht notwendigerweise unseren Verdacht beseitigen, aber wir werden wahrscheinlich zusätzliche Beweise finden müssen, um sie zu widerlegen.» Er machte eine Pause. «Ein ungewöhnlich intelligenter Mensch, Rabbi, könnte eine ganz und gar unwahrscheinliche Erklärung abgeben.»

«Soll das alles heißen, daß ich immer noch unter Verdacht stehe?» fragte der Rabbi.

Ames schüttelte den Kopf. «Nein, Sie haben Ihre Unschuld bewiesen, als Sie den Widerspruch zwischen dem gerichtsärztlichen Befund und der Aussage der Putzfrau aufzeigten. Wenn Sie schuldig wären, wäre es sinnlos gewesen darzulegen, daß das Buch und die Pfeife in Hendryx' Wohnung ein Alibi waren, und das gleich darauf wieder zu entkräften.»

«Na, es ist schon eine Erleichterung zu wissen, daß ich nicht verdächtig bin, obwohl es mir nie aufgegangen ist, daß ich jemals zu den Verdächtigen gehörte. Aber Sie sagten eben, Sie hätten begonnen, Roger Fine zu verdächtigen, als Sie dabei waren, mich zu überprüfen.»

«Das stimmt. Sie haben uns darauf gebracht, uns Gedanken zu machen, wie die Büste heruntergefallen sein könnte, nachdem es nicht die Erschütterung durch die Explosion verursacht haben konnte. Sie könnte von jemand heruntergestoßen worden sein, der am Regal hinaufkletterte, aber das ist nicht sehr wahrscheinlich. Einmal ist sie ganz schön schwer; mehr als zweiundsechzig Pfund kippt man nicht durch eine ungeschickte Handbewegung um. Und Hendryx hätte auch nicht einfach still gesessen und sich das angesehen.»

«Das ist mir sofort eingefallen, als Sie zum erstenmal davon sprachen», sagte der Rabbi. «Darauf hatte ich meine Verteidigung aufgebaut.»

Ames nickte. «Also, wie ist sie dann heruntergeholt worden? Wir haben die Scherben zusammengekittet und experimentiert. Mit einem Stock ging es nicht, da hat man keinen Ansatzpunkt. Wenn man einen langen Stab hätte, mit einem Haken, zum Beispiel wie man ihn für das Öffnen von hohen Fenstern benutzt, hätte man ihn dahinterschieben und dann ziehen können. Das würde gehen, aber dann stürzt das Ding zur Seite ab. Nur mit einem Stock mit einer Krümmung am Ende –»

«Ein Stock mit einer Krümmung?»

«Ja, einem Spazierstock. Damit ist es ein Kinderspiel. Man schiebt nur die Krücke dahinter und zieht. Damit wäre das ‹Wie› erklärt. Die Gelegenheit: er war zur fraglichen Zeit im Haus. Und die Waffe –»

«Die Waffe war die Büste, und die konnte jeder benutzen», widersprach der Rabbi.

Ames schüttelte den Kopf. «Ja, sicher, sie war dort, aber nur für einen Mann mit Spazierstock benutzbar. Professor Fine ist der einzige Mann im College, der zu jeder Zeit einen Stock mit sich trägt.»

Der Rabbi blieb einen Augenblick stumm und fragte dann: «Und das

Motiv? Was für ein Motiv hatte er?»

Ames wehrte mit einer Handbewegung ab. «Wer weiß schon, was einen Menschen in Wirklichkeit motiviert? Häufig weiß er das selber nicht. Wir können nur vermuten oder raten – bis er gesteht. Wir wissen, daß sie Streit gehabt haben, daß Fine ihn für einen Antisemiten hielt –»

«Er machte kleine, spitze Bemerkungen, gelegentlich einen Scherz, nichts, das mehr als eine scharfe Entgegnung rechtfertigte», wandte der Rabbi ein.

«Von Ihnen. Aber Professor Fine ist jünger als Sie. Trotzdem schließe ich mich Ihnen an: das ist kein Motiv für einen Mord. Dann aber haben wir diesen Ekko aufgegriffen, das fünfte Mitglied der Studentengruppe; nach einiger Zeit hat er ausgepackt. Es stellte sich heraus, daß Professor Fine das Treffen der Delegation mit dem Dean wie auch die ganze Studentenkampagne gegen seine Entlassung verhindern wollte.»

«Aber warum denn?» fragte der Rabbi.

«Ja», sagte Ames, «das konnten wir auch nicht verstehen. Bis Ekko mit etwas herausrückte, das Fine ihm im Vertrauen mitgeteilt hat. Sehen Sie, am Ende des Sommerkursus hat Fine einer Studentin die Examensfrage verraten. Hendryx hat das entdeckt und gemeldet.»

«Hat Fine das zugegeben?»

«Schriftlich, Rabbi, sogar schriftlich. Sein handgeschriebenes Geständnis lag im Safe vom Büro des Dean. Es war eine Bürgschaft dafür, daß er keinen Ärger machen würde, wenn sie ihn nach Ablauf seines Vertrags nicht mehr weiterbeschäftigten.»

«Und Ekko hat versucht, den Safe zu sprengen, um das Schriftstück zu beseitigen?»

«Nein, nein», sagte Ames hastig. «Das heißt, das haben wir anfangs geglaubt. Aber dann hat sich herausgestellt, daß er nichts mit dem Bombenanschlag zu tun hat, gar nichts.»

Der Rabbi hätte gern gewußt, wer denn nun tatsächlich für die Bombe verantwortlich war, aber als er merkte, daß Ames seiner Bemerkung nichts mehr hinzufügen wollte, fragte er: «Sie wollen doch wohl nicht andeuten, daß Fine Hendryx ermordete, weil er ihn bei Dean Hanbury angeschwärzt hat?»

«Das gibt ihm ein Motiv.»

«Aber Sie sagen, das alles wäre im Sommer geschehen. Dann hat er sich aber eine Menge Zeit damit gelassen», stellte der Rabbi trocken fest.

«Manchmal schwelen solche Dinge lange vor sich hin.»

«Und schwelen weiter, bis der Ärger verraucht und vergessen ist», sagte der Rabbi.

«Aber nehmen wir mal an, am Tag des Mordes geschah etwas, das das Feuer neu entfachte. Etwas, das es Fine unmöglich gemacht hätte, weiter als Lehrer zu arbeiten? Wie hätte Fine dann reagiert?»

«Was hätte das denn gewesen sein können?» fragte der Rabbi.

«Ich weiß leider nicht, nach welchen Gesichtspunkten Colleges ihre Lehrer einstellen», sagte Ames faul. «Aber ich kann mir vorstellen, daß es nicht so sehr auf die Referenzen des kommissarischen Leiters einer Abteilung ankommt, da er ja nur für Verwaltungsdinge zuständig ist. Aber auf die des Leiters einer Abteilung kommt es an. Und am Tag des Mordes, Rabbi, ist Hendryx zum Leiter der englischen Abteilung ernannt worden.»

Der Rabbi spitzte die Lippen. «Mir hat Hendryx nichts davon gesagt.»

«Das durfte er auch nicht, weil es noch nicht offiziell verkündet worden war. Präsident Macomber hat Dean Hanbury gebeten, nichts zu erwähnen, bis das Kuratorium es offiziell bekannt gegeben hatte.»

«Aber wie sollte Fine dann davon erfahren haben?»

«Oh, ich schätze, daß Hendryx es ihm gesagt hat.» Er sah den Rabbi an und genoß offensichtlich dessen Verwirrung. «Passen Sie auf: Hendryx und Betty, die Tochter des Präsidenten, wollten heiraten, und sie hat ihren Vater rumbekommen, ihn zu befördern.» Er kicherte. «Dean Hanbury hatte sich die ganze Zeit schon für seine Ernennung eingesetzt, aber ohne Erfolg. Eine Tochter aber, eine einzige Tochter, hat anscheinend mehr Durchsetzungskraft. Ich kann mir vorstellen, daß Macomber nicht gegen sie ankommt.»

Der Rabbi begriff immer noch nicht, was das mit Fine zu tun hatte.

«Rabbi, haben Sie denn gar keine Phantasie? Erinnern Sie sich: dieser Ekko hat uns gesagt, daß Fine gegen die Studenteneingabe zu seinen Gunsten war, weil er Dean Hanbury und vermutlich auch Hendryx versprochen hat, keinen Ärger zu machen. Und ausgerechnet an diesem Nachmittag kommt eine Studentenabordnung, um seinetwegen eine Bittschrift einzureichen. Da Dean Hanbury beschäftigt ist, geht Fine zu Hendryx ins Büro, um ihm zu versichern, daß er nichts mit der Studentenabordnung zu tun hat. Ich kann mir ausmalen, wie Hendryx, der schon am Abend davor von Betty Macomber von seiner Bestallung gehört hat, sich in seinen Stuhl zurücklegt und die Situation bis zur Neige auskostet. Ich kann mir vorstellen, wie er mit einem gewissen sadistischen Vergnügen dem jungen Mann mitteilt, daß er nun der Chef der Abteilung ist und Fine nicht auf ein Empfehlungsschreiben von ihm hoffen darf und daß er vielleicht mal über einen neuen Beruf nachdenken soll.»

«Vielleicht», sagte der Rabbi. «Aber das Motiv scheint doch zum größten Teil aus Ihrer Einbildung zu stammen.»

«Jetzt sind Sie nicht objektiv, Rabbi», sagte Ames vorwurfsvoll. «Sie sprechen wie der Verteidiger. Soweit sind wir noch nicht.»

«Gut. Machen Sie weiter. Oder ist das schon alles? Was ist mit dem Alibi? Haben Sie herausgefunden, wie Fine in Hendryx' Wohnung gekommen sein kann?»

Ames strahlte. «In dem Punkt bin ich sogar sehr mit mir zufrieden. Ich habe die Putzfrau noch mal vernommen, und es scheint so, daß sie die Tür immer offen gelassen hat, während sie herein- und herausging, um die Papierkörbe zu leeren. Als sie fortging, hat sie einfach vergessen, den Riegel wieder zurückzuziehen.»

«Aber woher sollte Fine das wissen? Oder hat er es nach Ihrer Theorie auf gut Glück probiert?»

«Oh, wir wissen von anderen Mitgliedern seiner Abteilung, daß Hendryx sich dauernd über seine Putzfrau beklagt hat, auch darüber, daß sie immer die Tür offenließ.»

Der Rabbi schwieg, und Ames wartete ein paar Sekunden, bevor er fortfuhr: «Damit haben wir alles: Gelegenheit, Motiv und Waffe – letztere besonders typisch für den Tatverdächtigen. Wir haben uns also Fine geschnappt und ihn verhört. Natürlich hat er alles abgestritten und sich geweigert, über seine Unternehmungen an dem betreffenden Nachmittag Rechenschaft abzulegen.»

«Das ist doch sein gutes Recht, oder nicht?» fragte der Rabbi.

«Selbstverständlich. Aber warum sollte er sich weigern? Wenn er ein Alibi hat, braucht er es uns nur zu sagen. Wir würden es überprüfen, und wenn es einwandfrei ist, würden wir ihn entlassen. Aber wenn es kein sehr gutes Alibi ist, sagen wir, ein frisiertes Alibi, das er uns vor Gericht als Überraschung liefern will, so daß wir es vorher nicht prüfen können – derartiges könnte einem schlauen jungen Mann wie Fine schon einfallen –, tja, Rabbi, dann würden Sie ihm einen Gefallen tun, wenn Sie ihn von seiner Torheit überzeugten. Denn wir werden das Alibi zerpflücken, glauben Sie mir. Aber die Tatsache, daß er es probiert hat, könnte sich schlecht auf den Richter und das Strafmaß auswirken. Ich habe mit Winston darüber gesprochen.»

«Und was sagt er dazu?»

Ames lächelte. «Ach, Strafverteidiger geben nie was zu. Das gehört zum Spiel. Selbst wenn sie einlenken, geben sie nicht zu, daß ihr Mandant schuldig ist. Ich glaube nicht, daß Jerry sich auf ein frisiertes Alibi einlassen würde, aber wenn er sich dessen nicht ganz sicher wäre, könnte es doch sein.»

«Kann ich ihn besuchen?»

«Fine? Ich glaube schon. Ich würde es aber gern erst mit Jerry Winston absprechen. Ich rufe ihn morgen an, dann können Sie ihn am Dienstag besuchen.»

46

Sie war klein und dünn. Sie trug ein Maxikleid aus Baumwolle, das beinahe den Boden berührte. Es wurde unter den Brüsten zusammengehalten, und es war deutlich zu sehen, daß sie keinen Büstenhalter trug.

Von ihrem Hals baumelte ein großes silbernes Kruzifix an einem Samtband. Das braune Haar war glatt heruntergekämmt und wurde von den Bügeln einer Nickelbrille aus dem Gesicht gehalten. Sie hatte große, dunkle Augen und war auf eine traurige, gedämpfte Weise recht anziehend.

«Rabbi Small?» Sie stand vor dem Hörsaal.

«Ja?»

«Ich bin – mein Name ist Kathy Dunlop, und ich wollte fragen, ob ich Sie ein paar Minuten sprechen kann?»

«Natürlich, Miss Dunlop.» Er sah sie forschend an.

«Es könnte doch ein bißchen länger als nur ein paar Minuten dauern. Ich dachte, wenn Sie Zeit hätten . . .»

«Aber selbstverständlich. Wollen Sie mit in mein Büro kommen?»

Sie nickte dankbar und folgte ihm. Er bot ihr den Besucherstuhl an, setzte sich dann hinter den Schreibtisch und wartete.

Sie spielte mit dem Kreuz auf ihrer Brust und faßte dann Mut. «Es ist so, Rabbi, meine Freundin – sie ist Christin wie ich. Sie geht nicht hier aufs College, aber ich hab ihr von Ihnen erzählt, ich meine, daß Sie ein Rabbi sind und hier eine Vorlesung halten. Und da hat sie mich gebeten, Sie mal zu fragen.»

«Ah, ja.»

«Ja, also, sie ist Christin, und sie ist in einen jüdischen Jungen verliebt.»

«Und sie möchten heiraten?» sagte der Rabbi prompt.

«Noch nicht sofort, verstehen Sie. Ich meine, sie liebt ihn, und er liebt sie. Sie weiß das ganz sicher. Ich meine, ich kenne die beiden, da gibt es wirklich keine Frage.»

«Gut», sagte er leise. «Ich verlasse mich auf Ihr Wort.»

«Ja, und nun wollte ich wissen, also, sie möchte das wissen, und ich sollte Sie fragen, ob es richtig wäre, daß sie den Glauben wechselt.»

«Sie will zum Judentum überwechseln?»

«Ja. Was muß sie dazu tun?»

Er lächelte. «Sie müßte mit einem Rabbi sprechen.»

Das Mädchen ließ das Kreuz aus der Hand fallen. «Natürlich, ich weiß schon, daß das ein Rabbi machen muß, aber was muß *sie* dabei tun?»

David Small lehnte sich zurück. «Das hängt davon ab, zu welchem Rabbi sie geht. Die meisten Rabbis werden ihr sagen, sie soll den Jungen aufgeben und sich einen ihres eigenen Glaubens suchen.»

«Sie meinen, der Rabbi würde es nicht tun?» fragte sie überrascht. «Aber das ist nicht fair; ich meine, wenn Sie überzeugt sind, den wahren Glauben zu haben, dann müßten Sie es doch jedem, der dazu übertreten möchte, schuldig sein, ihm den rechten Weg zu zeigen, ihn zu überzeugen, ihm die Rettung zu bieten.»

«Aber wir haben es nicht mit der Rettung, Miss Dunlop.»

172

«Nein? Aber Sie bekehren doch Menschen. Ich weiß das, weil ich jemand kenne.»

«Ja, wir tun das, aber wir fördern es nicht. Es ist nicht leicht, Jude zu sein, und darum versucht der Rabbi, es ihnen zu ihrem eigenen Besten auszureden. In der Theorie sollen wir niemand bekehren, es sei denn, daß jemand aus innerer Überzeugung danach verlangt. Auf jeden Fall nicht einfach deshalb, weil jemand einen Juden heiraten möchte.»

«Ja, aber wenn jemand in einen Juden verliebt ist und mit ihm – wissen Sie, alles mit ihm teilen möchte und so denken wie er – nein, ich finde das wirklich nicht fair!» Sie begann von neuem: «Ich meine, wenn Sie was wissen, was ich nicht weiß, und Sie glauben, es ist die Wahrheit, sollten Sie dann nicht den Wunsch haben, es mir zu sagen? Könnte die Liebe dieses Mädchens zu dem Jungen – könnte das nicht der Anfang sein, daß sie konvertiert, nein, daß sie überzeugt wird?»

«Ja. Ich glaube auch, daß das die Begründung ist, die die meisten Rabbis bei solchen Fällen angeben.» Er seufzte. Wie sollte er es diesem so ernsten und so eifrigen Mädchen beibringen? Er überlegte, ob sie schwanger sein könnte und ob das, was er sagen würde, notwendig wäre, ihr zur Lösung ihres dringendsten Problems zu helfen. «Warum tragen Sie dieses Kreuz?»

«Oh, stört Sie das?»

«Nein. Ich habe mir nur Gedanken gemacht. Tragen Sie es immer oder nur heute?» Er hätte gern gewußt, ob sie es als Talisman betrachtete, der sie schützen sollte, wenn sie mit einem Rabbi sprach.

«Ich trage es, weil ich Christin bin», sagte sie. «Das habe ich Ihnen doch gesagt.»

«Ja, aber die meisten Christen tragen keine großen Silberkreuze.»

«Es ist ein Geschenk, ein besonderes Geschenk meines Vaters. Er ist Geistlicher. Er bekehrt immerzu Leute. Ich meine, das gehört zu seinem Beruf, daß er Menschen zu Jesus bekehrt.»

«Und wie bekehrt er sie?» fragte der Rabbi.

«Er predigt ihnen. Er überzeugt sie, daß sie durch Jesus zu besseren Menschen werden, daß sie wie neugeboren sein werden und frei von ihren Sünden.»

«Und was müssen sie tun?»

«Sie müssen nur Jesus annehmen. Mehr braucht es nicht – sie müssen den Willen haben, Jesus anzunehmen, ihre Herzen zu öffnen und Ihn hereinkommen zu lassen; denn wenn jemand an Ihn glaubt, ist das schon fast alles, was nötig ist.»

«Ja, das ist bei uns etwas anders», sagte er. «Wissen Sie, in dem Sinn haben wir keine Religion. Die Dinge, an die wir glauben, glauben auch viele Menschen, die keine Juden sind. Aber das macht sie deswegen nicht zu Juden. Und es gibt viele Juden, die nicht daran glauben, aber trotzdem Juden sind. Die Faustregel geht so: jeder, der von einer jüdischen Mutter geboren ist, die nicht zu einer anderen Religion übergewechselt hat, ist Jude. Es ist mehr die Zugehörigkeit zum jüdischen Volk, zur Familie, als das Annehmen eines bestimmten, spezifischen Glaubens.»

«Das verstehe ich nicht. Wenn es eine Religion ist –»

«Haben Sie mal römische Geschichte gelernt?»

Das überraschte sie. «Ja, in der High School. Aber was hat das damit zu tun?»

«Wissen Sie, was die Laren und die Penaten waren?».

«Warten Sie mal», sagte sie, als wäre sie gerade in der Schule drangekommen. «Waren das nicht Idole oder Statuen, die die Römer in ihren Häusern hatten?»

«So was Ähnliches», sagte der Rabbi. «Sie waren die Hausgötter, die Familiengötter. Die Götter, die eine bestimmte Familie mit sich nahm, wo immer sie hinging. Sehen Sie, Miss Dunlop, ein bißchen ist das bei uns auch so. Der Judaismus ist eine Familienreligion. Es ist eine Zusammensetzung von Überzeugungen, Praktiken, Riten, eine Lebensweise, die uns eigen ist, unserer Familie, den Nachkommen Abrahams. Die Bekehrung ist wie eine Adoption in die Familie. Der Konvertit nimmt sogar einen neuen Namen an, einen jüdischen Namen, bei einem Mann ist es gewöhnlich Abraham, Sarah bei einer Frau.»

«Also, was muß man dann tun?» fragte sie nun ungeduldig. «Um adoptiert zu werden, meine ich.»

«Zuerst», sagte er, «müssen Sie die Bräuche und die Riten lernen.»

«Kennen die alle Juden?»

«Nein», gestand er, «aber von Konvertiten wird es verlangt.»

«Dauert das lange?»

«Monate, manchmal Jahre.»

«Jahre? Aber das ist nicht gerecht. Ich meine, wenn sogar Juden sie nicht kennen.»

«Ich nehme an, daß es absichtlich so ist, um die Konvertiten zu entmutigen. Allerdings gibt es auch die Theorie, daß jeder, der als Jude geboren ist, das Wissen um die jüdische Art unbewußt übernommen hat, sozusagen mit der Muttermilch. Ein anderer muß dafür Arbeit leisten.»

«Aber Jahre!»

Der Rabbi war mitfühlend. «Es scheint kaum der Mühe wert, nicht wahr? Warum sagen Sie Ihrer Freundin nicht, sie soll versuchen, den Jungen zu vergessen, ihn aufgeben? Anfangs mag es ihr unmöglich erscheinen, ohne ihn leben zu können, aber sie wird erfahren, daß sie das kann. Wissen Sie, Menschen verlieben sich immer wieder in Menschen, die sie nicht heiraten können. Zum Beispiel kann der andere schon verheiratet sein.» Er lächelte. «Meistens überleben sie's.»

Sie blieb stumm und machte keine Anstalten zu gehen.

«Ist dies, was ich Ihnen erzählt habe – ist das ein Schock für Sie gewesen?» fragte er freundlich.

«Nein, es war das, was er vorausgesagt hat.» Sie holte tief Luft, und ihr Gesicht nahm einen entschlossenen Ausdruck an. «Rabbi, Sie kennen doch Professor Fine? Den, der verhaftet worden ist?»

«Ja. Ich kenne ihn. Warum?»

«Weil er es nicht getan hat. Er kann es nicht getan haben, weil er bei mir war. Als das geschehen ist, meine ich.»

Langsam stellte der Rabbi den Stuhl wieder gerade. «So? Und wo war das?»

«In einem Motel, dem *Excelsior*, an der Route 128. Ich habe uns ein Zimmer genommen, dann hab ich ihn hier angerufen, hier im College, und ihm die Nummer gesagt, und er ist sofort gekommen.»

«Um welche Zeit ist er abgefahren?»

«Um Viertel nach zwei.»

Er sah sie an. «Wie kommt es, daß Sie die Zeit so genau wissen?»

«Weil ich, nachdem ich das Zimmer genommen hatte, nicht – nicht sicher war. Ich hatte irgendwie Angst bekommen. Ich hab so was noch nie vorher gemacht. Und wie die Frau vom Motel mich angesehen hat, als ich ihr sagte, mein Mann machte noch ein paar Besorgungen und käme etwas später . . . Wissen Sie, es liegt ganz dicht bei einem Einkaufszentrum. Ich dachte, ich könnte zum Büro zurückgehen und sagen, ich hätt's mir anders überlegt und mein Geld zurückfordern. Dann dachte ich, ich könnte mich einfach in meinen Wagen setzen und abfahren, ohne was zu sagen, und auf das Geld verzichten. Dann dachte ich, ich würde bis Viertel nach zwei warten.»

«Warum gerade Viertel nach?»

«Weil es da gerade ein paar Minuten nach zwei war, und mir Viertel nach für einen Entschluß gut geeignet erschien.»

«Und dann haben Sie ihn angerufen?»

Sie nickte.

«Gibt's bei dem Motel eine Telefonzentrale, oder kann man direkt wählen?»

«Ich hab nicht vom Zimmer aus telefoniert. Auf dem Parkplatz ist eine Telefonzelle. Ich hab von da aus angerufen, weil ich nicht wollte, daß die Frau vom Motel mithört.»

«Und wie sind Sie gerade auf dieses Motel gekommen?»

Sie senkte den Blick. «Eines der Mädchen aus dem Studentenheim hat es mir empfohlen.»

«Hm. Und wann ist Professor Fine gekommen?»

«Ich – ich weiß es nicht genau. Aber er hat gesagt, er führe sofort los und würde nicht . . . Ich meine, wenn er zu mir käme, würde er nicht unterwegs . . .»

«Nein, das glaube ich auch nicht», sagte der Rabbi freundlich. Und dann: «Haben Sie zufällig aufgepaßt, wann er bei Ihnen eingetroffen ist?»

Sie schüttelte langsam den Kopf. «Nein, ich habe erst später auf die Uhr gesehen, als ich Angst hatte, es könnte zu spät für ihn werden, aber er hat gesagt, er wäre nicht eilig. Seine Frau war irgendwo eingeladen, und er hatte ihr gesagt, er würde in der Stadt bleiben.»

«Weiß die Polizei von der ganzen Sache?»

«Natürlich nicht, sonst wäre er längst frei, nicht?»

«Wenn sie ihm glauben», sagte er. «Hat jemand im Motel Sie zusammen gesehen?»

Sie wehrte sehr entschieden ab. «Nein, bestimmt nicht. Wir waren sehr vorsichtig. Darum haben wir ja auch ausgemacht, daß ich das Zimmer nahm. Er wollte nicht gesehen werden. Er hatte Angst, daß sich der Besitzer wegen seiner roten Haare und des Stocks an ihn erinnern könnte und daß es eines Tages herauskommen würde.»

«Hm.»

«Er würde es nie erzählen», sagte sie überzeugt, «weil er mich da nicht reinziehen will.»

«Obwohl er deswegen im Gefängnis bleiben muß?»

«Ja, sicher.»

47

David Small füllte seinen Besucherschein aus und schob ihn in die Schale unter dem dicken, kugelsicheren Glas.

«Wie in einer Bank», stellte er fest.

Der Wärter lachte automatisch. Die Bemerkung wurde Dutzende von Malen jeden Tag gemacht. «Ja, das is ja auch 'ne Art Bank. Wenn Sie jetzt bitte die Taschen ausleeren und an der Scheibe vorbeigehen möchten.»

Der Rabbi legte Brieftasche, Kleingeld und Armbanduhr auf ein Häufchen und trat unter einen Bogen.

«Nun kommen Sie zurück.»

Die Nadel an der Skala bewegte sich.

«Sie haben immer noch was aus Metall an sich.»

Er klopfte seine Taschen ab, und als er dann die Hand in die Seitentasche seines Jacketts schob, spürte er die aufgeplatzte Naht im Futter. Er hatte immer wieder vergessen, Miriam zu bitten, sie zuzunähen. Er förderte einen Bleistiftstummel ans Licht. «Der ist ins Futter gerutscht. Ich hab das ganz vergessen.»

«Schon gut. Gehen Sie noch mal durch. Jetzt ist es okay.»

«Meinen Sie, der Bleistift gibt einen Ausschlag?»

«Nein, die Metallhülse vom Radiergummi», sagte der Wärter.

Rabbi Small sammelte seine Sachen ein, wurde durch einen kurzen Flur und eine schwere Tür aus Stahlbalken gewiesen, die sich klickend hinter ihm schloß. «Erste Tür links», rief der Wärter hinter ihm her. «Warten Sie dort.»

Es war ein kleiner Raum, der nur mit ein paar Stühlen und einem Tisch möbliert war. Während er wartete, fragte sich der Rabbi, was er sagen sollte. Wußte Fine, was am Freitagabend in der Synagoge vorgefallen war? Sollte er erwähnen, daß Ames die Anregung zu seinem Besuch hier gegeben hatte? Die Tür öffnete sich, und Roger Fine kam herein. Ihm folgte ein schwarzer Wärter mittleren Alters.

«Ich muß hier warten, Professor Fine», sagte der Mann, «aber Sie können die Tür zumachen.»

«Okay, John, danke. Ach, das ist übrigens Rabbi Small. Er unterrichtet auch in Windemere. John Jackson, Rabbi. Sein Sohn ist Student am College.»

«Tag, Rabbi», sagte der Wärter und zog die Tür hinter sich zu.

«Sein Sohn ist einer von denen, die ich im Sommer unterrichtet und ins College bekommen habe», sagte Fine. «Ein netter Kerl.»

«Ich hab von Ihrem Programm gehört. Ich kann mir denken, daß das viel Mut erfordert hat.»

«Nicht Mut, Rabbi, Teilnahme.» Er ließ sich auf einen Stuhl fallen und hängte den Stock an den Tischrand. Er schien dünner zu sein als bei ihrer letzten Begegnung, und sein Gesicht war hart.

«Und wie hat es sich nun gemacht?» fragte der Rabbi. «Haben Ihre Schützlinge sich bewährt?»

Fine zuckte die Achseln. «Manche ja, manche nicht so sehr. Aber Sie, Rabbi, haben sich doch mit dem Establishment angebiedert. Was haben denn die darüber zu sagen?»

Der Rabbi lachte kurz auf. «Anbiedern würde ich es nun bestimmt nicht nennen – es beschränkt sich auf eine gelegentliche Tasse Kaffee in der Cafeteria. Und daß sie das Establishment sind, war mir auch nicht aufgegangen, ich hielt sie für die älteren Lehrer. Aber ich habe von ihnen gehört, daß die Gruppe, die Sie unterrichteten, nicht die richtige Vorbereitung fürs College hatte, daß sie aus Roxbury kamen und die meisten schon seit Jahren aus der Schule waren.»

«Und was bedeutet das?» fragte Fine. «Die Erfahrung, sich im Getto durchzuschlagen, ist zehnmal mehr wert als ein Latein- oder Algebrakursus in der High School.»

«Gut möglich», sagte der Rabbi, «aber darum geht's ja nicht, nicht wahr? Ein Algebrakurs mag im Getto wenig nützen, aber er ist wahrscheinlich eine notwendige Vorbereitung für Physik oder Chemie im College.»

«Genau darum haben wir sie ja auch im Sommer unterrichtet», sagte Fine hitzig.

«Und was konnten Sie im besten Fall dadurch erreichen? Wenn Sie mehrere Jahre der College-Vorbereitung in zwei Monaten aufholen konnten, dann ist unser höheres Schulsystem eine Farce. Wenn es das nicht ist, ist Ihr Projekt der Nachholkurse eine Farce, die nur dazu dient, die Leute in einen Studiengang zu bringen, dem sie dann nicht gewachsen sind.»

«Was soll das?»

«Was soll das?» wiederholte der Rabbi wie ein Echo.

«Ja, was soll das?» Fine lachte verächtlich. «Für was halten Sie Windemere? Oder jedes andere College? Es ist eine verknöcherte Institution – wie der Wahlmännerausschuß oder die britische Monarchie oder das Oberhaus. Heutzutage ist das College nur eine Institution zur Erhaltung des plutokratischen Klassensystems. Es soll dazu dienen . . .» Seine Stimme verlor sich, als er die Augen seines Besuchers starr an sich vorbeigerichtet sah. Er wandte sich um, folgte dem Blick des Rabbi und sah eine Küchenschabe über die Wand laufen. Er schlug sie mit dem Stock herunter und trat sie tot. «Dies ist hier nicht gerade das Ritz, aber dafür kostet es auch nichts.» Er lachte. «Das ist eine der Redensarten, die man hier so hört. Nicht umwerfend komisch, aber es hebt die Stimmung.»

Der Rabbi nickte und fuhr dann nach einer Pause fort: «Es ist merkwürdig. Professor Hendryx glaubte auch nicht daran, daß es noch die Aufgabe des College sei, junge Leute zu unterrichten. Er glaubte, seine gegenwärtige Funktion wäre es, College-Professoren zu unterhalten.»

«Das ist typisch Hendryx», sagte Fine. «Aber wenn Sie mal seine Wirkung auf die Gesellschaft untersuchen, finden Sie, daß das College nichts anderes tut, als die Schafe von den Ziegen oder die weißen von den blauen Kragen zu trennen.»

«Es überrascht mich, daß Sie sich dieser Ansicht anschließen wollen», sagte der Rabbi liebenswürdig.

«Ach, da gibt es noch so eine kleine Nebenwirkung, auf die das Establishment vielleicht noch nicht gestoßen ist, und die ist der Grund, warum wir mitmachen und warum wir diese Sommerkurse aufgezogen haben.»

«Und die wäre?»

«Jeder von der anderen Seite des Zauns, dem es gelingt einzusteigen, wird automatisch sozial angehoben. Man kann nicht abstreiten, daß das College der Weg ist, der zum sozialen Aufstieg führt. Das ist eine Tatsache, die von allen Soziologen und den meisten Pädagogen erkannt ist.»

«Ich muß gestehen, daß ich Ihren Glauben an die Weisheit der Soziologen und Pädagogen nicht teile.»

«Verdammt noch mal, Rabbi –»

«Natürlich ist meine Ansicht die traditionelle jüdische Ansicht», fuhr er ganz ungestört fort, «daß Lernen um des Lernens willen geschehen soll. Ein College mit philosophischer Fakultät wie Windemere ist ein Platz für die, die mehr wissen möchten als das, was man ihnen in der

High School beigebracht hat. Wenn Sie es zu einem Mittel zum sozialen Aufstieg umwandeln, wie Sie das eben genannt haben, oder in etwas allzu Praktisches, um das nicht zu vergessen, erfüllt es seinen Zweck nicht mehr.»

«Sie meinen, man sollte Colleges mit einer philosophischen Fakultät den klügsten jungen Leuten vorbehalten?»

«Keineswegs, obwohl ich nicht weiß, was Sie unter den ‹klügsten jungen Leuten› verstehen oder wie Sie sie auswählen wollen. Gute Noten belohnen meistens die gefügigsten Schüler, die, die sich der Meinung ihrer Lehrer anschließen. Lernen hat nichts von einem Wettbewerb an sich, es ist etwas, das jeder für sich allein tut. Ein dicker Mann, der Gymnastik betreibt, um abzunehmen, konkurriert nicht mit einem, der dort ist, um seine Muskulatur zu entwickeln, ja nicht einmal mit einem anderen, der auch abnehmen möchte. Jeder ist da, um seine eigenen Zwecke zu erreichen.»

«Also sind Ihrer Meinung nach die einzigen, die in ein philosophisches College gehen sollten –»

«Nicht die klügsten, sondern die, die wirklich dort studieren wollen, die ihr Wissen erweitern möchten», sagte der Rabbi abschließend.

Fine gelang es kaum, sein leicht triumphierendes Lächeln zu verbergen, als er sagte: «Warum erheben Sie dann Einwände gegen unser Programm, Neger ins College zu bringen?»

«Das tue ich nicht.» Der Rabbi blieb völlig unberührt. «Für die, die lernen wollen, habe ich keine Einwände, vorausgesetzt, sie haben die nötige Vorbildung. Aber ohne die werden sie die Arbeit nicht leisten können, ebenso wie der dicke Mann in der Gymnastikschule die physische Anstrengung nicht zu seinem Zweck auswerten kann, wenn er einen schweren Herzfehler hat. Und Sie tun diesen Studenten nichts Gutes an. Nein. Ganz im Gegenteil.»

Der rothaarige junge Mann lehnte sich in seinem Stuhl zurück und schüttelte verwundert den Kopf. Erst grinste er, und dann lachte er laut.

«Habe ich etwas Komisches gesagt?» fragte der Rabbi.

«Nein, Sie sind ganz in Ordnung, Rabbi. Wissen Sie, als mein Anwalt gesagt hat, Sie kämen, hab ich mich gefragt warum. Würden Sie kommen, um den Verurteilten zu einem Geständnis zu bewegen? Um ehrlich zu sein: ich war nicht wild auf Ihren Besuch, aber Winston, das ist mein Anwalt, schien es für sinnvoll zu halten. Und da sitzen wir jetzt in einem kleinen Zimmer im City Jail und sprechen – ausgerechnet – über Erziehungstheorien und Philosophie. Sie müssen zugeben, Rabbi, daß das komisch ist.»

Der Rabbi grinste. «Sie haben recht, es ist komisch.»

Fine beugte sich vor. «Ich würde mich Ihrer Theorie nur zu gern anschließen, Rabbi, aber das System kämpft ja gerade gegen Ihre großartige Liebe zum Lernen an. Da belegen sie Kurse auf einem Dutzend verschiedener Gebiete ohne Zusammenhang, ohne Beziehung, und der Hauptgegenstand ist Tage nach dem Abschlußexamen vergessen – es verhindert ja nur, daß jemand eine anständige Ausbildung bekommt. Mann, der normale College-Absolvent kann keinen vernünftigen wissenschaftlichen Aufsatz schreiben.»

«Und wessen Fehler ist das?» schlug der Rabbi zurück. «Sie haben Ihre Ansprüche heruntergeschraubt, weil Sie länger glauben, es wäre Ihre Aufgabe zu unterrichten, Sie wollen nur sozial aufwerten, und wie das geschieht, ist Ihnen egal. Jede Art, den Studenten bestehen zu lassen, ist Ihnen recht, Hauptsache er besteht.»

Fine sah den Rabbi scharf an. «Ist das eine allgemeine Bemerkung, Rabbi, oder denken Sie vielleicht an eine gewisse Schwierigkeit, die ich mit Hendryx und dem Dean hatte?»

«Davon weiß ich.»

«Ach ja, Sie saßen ja mit Hendryx im selben Büro.»

«Aber er hat es mir nicht gesagt», warf der Rabbi ein.

«Wer dann –» Fine machte eine abwehrende Kopfbewegung. «Das spielt auch keine Rolle.»

«Hören Sie», sagte der Rabbi, «kennen Sie zufällig eine Kathy Dunlop?»

Die Atmosphäre kühlte sich sofort ab. «Ja, ich kenne Kathy. Was ist mit ihr?»

«Sie hat mich gestern besucht.»

«Hat sie es Ihnen erzählt?»

«Nein, sie hat nichts über das Examen gesagt. Sie wollte wissen, was ein Mädchen machen muß, wenn es zur jüdischen Religion übertreten will. Anscheinend ist eine Freundin von ihr in einen jungen Juden verliebt.»

Fine rückte nervös auf dem Stuhl herum. «So?»

«Natürlich», fuhr der Rabbi fort, «war es klar, daß sie über sich sprach. Vorfühlende Fragen werden oft auf diese Art gestellt. Sind Sie der Mann, den sie zu heiraten gedenkt?»

Fine blieb stumm. Der Rabbi wartete, und als es so aussah, als würde er nicht antworten, sagte er: «Sie hat erzählt, daß Sie beide sich lieben.»

Abrupt stand Fine auf und ging um seinen Stuhl herum. «Ja», sagte er, «ich liebe Kathy. Aber glauben Sie nicht, ich hätte jemals angedeutet, ich würde mich von meiner Frau scheiden lassen und sie heiraten.» Er hockte nun auf der Tischkante.

«Offenbar nahm sie das aber an.»

Fine zog die Schultern hoch. «Von mir ist sie nicht dazu ermutigt worden. Ich habe ihr sogar gesagt, ich würde nur immer wieder ein jüdisches Mädchen heiraten. Das war mir ernst. Glauben Sie mir das?»

Der Rabbi überlegte einen Augenblick. «Ja, ich glaube Ihnen.»

«Überrascht Sie das?»

«Nein.»

«Na, mich überrascht es.» Er warf sich wieder auf den Stuhl. «Es ist mir unverständlich, aber es stimmt; ich fühle das. Hier bin ich, modern, aufgeklärt, intellektuell und, in aller Bescheidenheit, sogar intelligent. Meine Vernunft sagt mir, daß Religion, Gebete, Glaube – all das – nichts als Unsinn sind. Tut mir leid, Rabbi, aber so empfinde ich. Trotzdem habe ich ein jüdisches Mädchen geheiratet, und würde nie eine heiraten, die es nicht wäre. Vermutlich ist es so, weil meine Eltern sich aufregen würden, und dabei habe ich gar keine so enge Bindung an sie. Verrückt, was?»

«So verrückt ist es gar nicht. Ich kenne einen Juden, der sich völlig vom Judentum losgesagt hat, aber keine Butter auf dem heimischen Eßtisch duldet, wenn er Fleisch ißt. Er behauptet, es bekäme ihm nicht. Wenn er aber in einem Restaurant ißt, macht es ihm nichts, Butter und Fleisch zusammen zu essen.»

«Leider sehe ich da die Verbindung nicht. Doch, ich glaube fast, ich sehe sie. Sie meinen, daß in gewissen Dingen der rationalste Mensch irrational handelt.»

«Wie nimmt Ihre Familie es auf, daß Sie hier sind?»

«Sie wissen es nicht. Sie sind auf einer von diesen Drei-Wochen-Reisen nach Israel. Ich hoffe, daß ich alles hinter mir habe, bis sie zurückkommen.»

«Und wenn das nicht gelingt?»

Der junge Mann stützte die Stirn in die Hand.

«Kathy –» bedrängte ihn der Rabbi. «Sie haben Sie an dem Nachmittag getroffen. Der Anruf, auf den Sie warteten, war von ihr?»

«Was soll das alles?» fragte er kriegerisch.

«Es könnte Sie hier herausholen. Es könnte Ihnen ein Alibi geben.»

Fine beugte sich vor und sagte leidenschaftlich: «Wenn sie mit der Geschichte zur Polizei geht – oder wenn Sie das tun –, ich streite alles ab. Ich werde sagen, sie ist eine dumme kleine Gans, die sich in mich verknallt hat und die Phantasie mit sich durchgehen läßt. Außerdem wird niemand ihre Geschichte bezeugen können. Mich hat keiner gesehen, dafür habe ich gesorgt.»

«Aber warum?»

«Weil meine Ehe daran kaputt, wahrscheinlich zu Ende gehen würde. Verstehen Sie das nicht? Ich liebe meine Frau.»

«Eben haben Sie gesagt, Kathy zu lieben.»

«Und? Monogamie ist eine gesellschaftliche Institution, sie ist kein Naturgesetz. Ich würde nicht mit Kathy ins Bett gehen, wenn ich sie nicht liebte. Aber das heißt nicht, daß ich meine Frau nicht auch liebe. Wenn Sie zehn Jahre jünger und kein Rabbi wären, könnten Sie das vielleicht verstehen.»

«Ich war zehn Jahre jünger und zu der Zeit kein Rabbi», sagte er gutmütig, «und ich habe ein gutes Gedächtnis. Ich möchte Sie verstehen.»

«Na gut», sagte Roger Fine. «Meine Frau und ich führen eine gute Ehe. Im Bett haben wir Spaß miteinander. Jetzt gerade bekommt sie mein Kind, und ich bin froh, daß sie es ist, mit der ich ein Kind haben werde. Aber Kathy – wissen Sie, Edie ist ein nettes, anständiges, bürgerliches jüdisches Mädchen. Das ist eine gute Sorte, aber sie hat ihre Grenzen. Mit Kathy – oh, wir haben uns begehrt, und als wir zusammenkamen, unterwarf sich jeder dem anderen mit seinem Geist, seiner Seele und seinem Körper. Es war gut, und darum kann es nicht falsch sein.»

«Ich begreife das.»

«Ja, wirklich?» fragte Fine. «Begreifen Sie es wirklich?»

«Natürlich. Sie möchten Ihren Kuchen behalten und ihn gleichzeitig auch aufessen.»

48

«Ich riskiere meinen Kopf, ist Ihnen das klar?» sagte Chef Lanigan, als er den blauen Polizeiwagen mit dem goldenen Polizeiwappen von Barnard's Crossing in den dichten Verkehr auf der Route 128 lenkte.

«Weil es in Swampdale ist und nicht in Barnard's Crossing?» fragte der Rabbi. «Ach, das ist nur eben über der Grenze.»

«Nein, um Swampdale geht's nicht. Barney Rose ist ein guter Freund von mir und macht sich nichts draus, wenn ich einer reinen Routinesache wegen auf sein Territorium übergreife. Nein, ich denke an die Polizei von Boston. Das ist ihr Fall, und sie könnten sehr unfreundlich auf eine Einmischung reagieren.»

«Ja, das verstehe ich», sagte der Rabbi. Seine Miene hellte sich aber gleich auf. «Genaugenommen überprüfen Sie ja nur die Geschichte von Kathy Dunlop. Wenn Sie entdecken, daß ein Mann mit ihr im Motel gewesen ist, ein rothaariger Mann, der hinkte, der Professor Fine sein könnte, der in Barnard's Crossing wohnt, dann fällt das doch unter *Ihre* Gerichtsbarkeit.»

«Ja, ja, David, vielleicht sind solche Haarspaltereien bei Ihren rabbinischen Freunden akzeptabel, aber ich würde sie nicht so sehr gern bei Schroeder oder Bradford Ames ausprobieren.» Er warf einen Blick auf seinen Begleiter. «Nicht daß mir das Kummer macht, ich maule nur ein bißchen. Das ist die Art von Konversation, die Bullen führen.»

«Auf jeden Fall bin ich dankbar, daß Sie sich die Mühe machen.»

«Ach, das ist keine Mühe.» Lanigan fiel etwas ein; er lachte. «Haben Sie auch bestimmt keine Angst, daß der Mann vom Motel Sie für den betrogenen Ehemann halten könnte?»

«Der Gedanke ist mir auch schon gekommen», antwortete der Rabbi lachend. «Wissen Sie was über den Laden? Über seinen Ruf?»

«Früher waren es immer Hühner», sagte Lanigan scheinbar ganz aus dem Zusammenhang gegriffen. «Ein Mann arbeitete sein ganzes Leben, sparte sich ein bißchen Geld und fand dann heraus, daß er die Stadt, den Schmutz und den Lärm leid war. Er und die Frau schwärmten vom Landleben, und dann setzte ihnen einer die Idee von der Hühnerfarm in den Kopf. Gerade genug Arbeit, um nicht ganz abzustumpfen, frische Landluft und ein regelmäßiges Einkommen durch die Eier und das Geflügel. Joe Gargan, der als Lieutenant den Abschied nahm, war ganz versessen darauf. Er hat mir erzählt, was man für das Futter zahlt, und was man für die Eier bekommt und was für die Viecher selbst. Es konnte einfach nicht schiefgehen. Nur, daß eben manchmal die Futterkosten stiegen, und man dann nichts verdiente. Manchmal konnte auch der gesamte Bestand an einer Krankheit eingehen. Und dann kamen andere Ausgaben dazu, mit denen man nicht gerechnet hatte. – Na ja, jetzt sind die Hühner passé. Jetzt sind Konzessionen die Masche, wenn ich recht unterrichtet bin. Man zahlt seine gesamten Ersparnisse und verschuldet sich noch weiß Gott wie hoch, um einen Stand aufzumachen, an dem man für jemand anderen Würstchen oder Buletten oder Eis verkauft. Sie sagen einem, daß man nur für sich arbeitet, und sie können beweisen, daß man einfach Erfolg haben muß.»

Er schüttelte verständnislos den Kopf. «Vor gar nicht langer Zeit waren es Motels. Man brauchte nicht mehr zu tun als am Morgen die Betten zu machen und frische Handtücher ins Bad zu hängen. Ein Vormittag Arbeit für einen Mann und seine Frau oder nur für die Frau, während der Mann sich ums Büro kümmerte.»

«Wird das *Excelsior* von einem Ehepaar geführt?»

«Ja, es liegt gleich neben einem kleinen Einkaufszentrum. Sie wissen doch, wie es mit diesen Motels geht. Haben sie eine gute Lage, und läuft das Geschäft, sind sie anständig, legal und achtbar. Aber lassen Sie das Geschäft mal abflauen, sofort werden sie ein bißchen nachlässiger und vermieten Zimmer an Straßenmädchen oder College-Studenten, die sich ein paar Stunden lang amüsieren wollen.»

«Und wie ist das Geschäft im *Excelsior*?»

«So lala. Hat sie zufällig gesagt, warum sie gerade dahin gegangen ist?»

«Nur, daß es ihr von einem Mädchen aus dem Wohnheim empfohlen worden ist», sagte der Rabbi trocken.

«Wundert mich gar nicht. Da sind wir übrigens.»

Eine Messingtafel auf einem dreieckigen Mahagoniblock nannte den Namen von ALFRED R. JACKSON. Mr. Jackson, mit einem Sporthemd und Golfpullover bekleidet, kam heraus, um sie zu empfangen und stellte sich vor. «Kann ich Ihnen helfen, Gentlemen?»

«Ich würde gern telefonieren», sagte Lanigan.

«Bitte schön, bedienen Sie sich.» Er schob den Apparat herüber.

«Ist irgendwas nicht in Ordnung?» fragte er den Rabbi, während der Chef wählte.

Rabbi Small winkte ab. Lanigan sagte ein paar Worte in die Muschel und legte dann auf. «Nur eine Routineuntersuchung», erklärte er. «Kann ich mal Ihre Gästekartei vom 13. dieses Monats sehen?»

«Jemand Bestimmtes?» fragte Jackson, als er zum Karteikasten ging. «Der 13., das war ein Freitag, nicht?»

«Ja. Katherine oder Kathleen Dunlop. Sie müßte sich irgendwann am Nachmittag eingetragen haben.»

«Hier ist eine Mrs. Kathy Dunlop. Nummernschild von Massachusetts 863–529. Hat sich um 13 Uhr 52 eingetragen.» Er zog eine Karte heraus und legte sie auf den Schreibtisch.

«Das heißt nicht Mrs., das heißt Ms.», stellte der Rabbi fest.

«O ja, stimmt. Women's Lib.» Er lachte, als wäre das ein guter Witz.

«War sie allein?» fragte Lanigan.

«Au, das weiß ich nicht mehr, Captain – hm, Chef. An den Tag erinnere ich mich gut, weil es Freitag, der 13., war. Ich bin nicht abergläubisch, aber so was erinnert man eben.»

«Sie hat gesagt, sie hätte mit einer Frau verhandelt», teilte der Rabbi Lanigan mit.

«Ach, das war dann meine Frau. Einen Augenblick.» Er öffnete eine Tür und rief: «Martha, kommst du mal?»

Eine Frau in einer Kittelschürze und mit Plastiklockenwicklern gesellte sich zu ihnen. «Ich seh schrecklich aus», entschuldigte sie sich. «Ich wollte mich gerade umziehen.»

«Die Gentlemen interessieren sich für eine Kathy Dunlop, die sich am Freitag, dem 13., am frühen Nachmittag bei uns eingetragen hat. Erinnerst du dich an sie? Du hast sie aufgenommen.»

«Ja, doch. Eine winzige Person. Ein nettes Mädchen.»

«Wie kommen Sie darauf?» fragte Lanigan.

«Ach, das weiß ich selber nicht genau; sie war bescheiden und höflich und – ach ja, sie trug ein Kreuz um den Hals und unterschied sich dadurch von den Mädchen, die man sonst sieht. Sie hat gesagt, sie wäre seit dem vorigen Abend durchgefahren und wäre müde. Darum hab ich ihr Nr. 6 gegeben, weil es da so ruhig ist. Ach, dann hat sie noch gefragt, ob ein Telefon im Zimmer wäre, und ich hab gesagt, sie müßte entweder die Zelle auf dem Parkplatz gegenüber benutzen oder hier das Telefon im Büro.» Zu ihrem Mann sagte sie: «Erinnerst du dich nicht, Al? Ich hab gesagt, Freitag, der 13., bringt Unglück, und an dem Tag hatten wir den Ärger mit der Telefonanlage.»

Lanigan fragte, ob sie im Büro telefoniert habe.

«Ich kann mich nicht erinnern, aber das auf dem Parkplatz ist viel näher.»

«Hatte sie Besucher?»

«Ich spioniere nicht hinter meinen Gästen her», erklärte sie tugend-haft. «Wenn ein Gast ein Zimmer nimmt, kann er dort Besuch empfan-gen wie bei sich zu Hause.»

«Haben Sie sie mit jemandem gesehen? Mit einem rothaarigen Mann mit einem Stock?» forschte Lanigan.

Mrs. Jackson schüttelte den Kopf.

«Wer war zu der Zeit noch hier?» fragte der Rabbi.

Sie sah fragend ihren Mann an. «Das Ehepaar aus Texas?»

«Nein, die sind schon gegen elf abgereist. Um die Zeit müssen wir keine anderen Gäste gehabt haben.»

Sie erläuterte das. «Um diese Jahreszeit treffen die Leute erst im Laufe des Nachmittags oder am frühen Abend ein. Sie blätterte die Karteikarten durch. «Da – 16 Uhr 20 – 16 Uhr 38 – 17 Uhr 05.»

«Wann ist Miss Dunlop wieder abgereist?» fragte Lanigan.

Die Frau errötete. «Ich meine, ich erinnere mich, daß sie am Abend den Schlüssel abgegeben hat. Sie sagte, sie wollte noch was essen. Ich glaub nicht, daß sie – nein, ich bin sicher, sie ist nicht zurückgekommen. Weißt du noch, Al, ich sagte, sie wäre vielleicht ins Kino gegangen?»

Lanigan fragte Mrs. Jackson, ob sie am nächsten Morgen das Zimmer gerichtet habe und ob das Bett benutzt worden sei.

«Ich erinnere mich nicht», sagte sie vorsichtig. «Wenn es nicht benutzt worden wäre, würde ich mich bestimmt erinnern.»

«Von ein oder zwei Personen?»

«Woher soll ich das wissen?»

«Ach, das würden Sie bestimmt wissen.»

«Ich – ich erinnere mich nicht.»

Als sie wieder abfuhren, sagte Lanigan: «Tut mir leid, David, aber ich fürchte, Ihr Freund Fine hat kein Alibi. Weder der Mann noch die Frau haben ihn gesehen, im Motel waren keine weiteren Gäste, und da das Telefon nicht in Ordnung war, konnte niemand dort anrufen.»

«Wir haben immer noch das Mädchen . . .»

«Nein, die nützt uns nichts. Die ist in ihn verliebt und würde ohne weiteres für ihn lügen. Natürlich kann Fines Anwalt sie in den Zeugen-stand rufen und hoffen, daß sie auf die Geschworenen einen guten Eindruck macht. Und das kann sie sogar – bis der D. A. sie sich vornimmt. Er macht aus ihr spielend eine ganz gewöhnliche Nutte oder Schlimme-res, da sie ja wußte, daß er verheiratet ist.»

49

Als Lanigan und der Rabbi das Polizeirevier betraten, rief ihnen der diensthabende Beamte zu: «He, Chef! Grace hat gerade angerufen, daß sie sich ausgesperrt hat. Könnte ich wohl mal eben hinfahren und ihr den Schlüssel bringen?»

«Okay», sagte Lanigan. «Ich bleibe solange hier.»

Er warf einen Blick auf den Block. «Warum haben Sie den Anruf nicht eingetragen?»

«Wieso, sie ist doch meine Frau? Es war privat.»

«Eine Mitbürgerin ruft an, daß sie aus ihrem Haus ausgesperrt ist, und ich schicke einen Sergeant los, um ihr zu helfen. Das ist normale Polizeiarbeit. Jedes Gespräch muß eingetragen werden. So, und jetzt machen Sie, daß Sie fortkommen.»

Als Lanigan den Anruf eintrug, fragte er: «Wollen Sie Mrs. Fine besuchen, David?»

Die Frage überraschte den Rabbi. «Warum sollte ich das wohl wollen?»

Lanigan maß ihn aufmerksam. «Sie haben ihren Mann im Gefängnis besucht, nicht wahr? Wenn das bei uns passierte, würde der Priester selbstverständlich zu ihr gehen.»

«Aber ich bin kein Priester. Ich habe nicht diese Art von Verbindung zu den Mitgliedern meiner Gemeinde. Und im übrigen hab ich vor einiger Zeit Ärger mit ihr gehabt.»

«So?»

«Ach, nichts Wichtiges», wehrte der Rabbi ab.

Auf der Heimfahrt war er keineswegs davon überzeugt, daß er Mrs. Fine besuchen müsse. Wahrscheinlich war sie nicht einmal zu Hause. Wahrscheinlich wohnte sie bei ihren Eltern; und er hatte nicht das geringste Verlangen, Mr. und Mrs. Chernow auch noch wiederzusehen.

Aber er kam sowieso am Haus der Fines vorbei, und als er Licht sah, hielt er an.

Edie Fine öffnete auf sein Klingeln. «Ach, Sie sind das, Rabbi», sagte sie offensichtlich überrascht. «Ich – ich wollte gerade zu meinen Eltern gehen . . .»

«Darf ich hereinkommen?»

«Ja, gut, nur, ich hab nicht viel Zeit. Sie erwarten mich zum Essen.» Sie führte ihn ins Wohnzimmer. «Sie wollen mir vermutlich sagen, daß Sie nichts mit Rogers – ich meine, wegen dieser Sache am Freitagabend. Ich hab sie nicht dazu aufgewiegelt, glauben Sie's mir.»

«Ach, schon gut, Mrs. Fine. Ich habe Ihren Mann heute morgen besucht. Er war ruhig und gar nicht deprimiert.»

«Das ist eine gute Nachricht. Ich weiß natürlich, daß das ein schreckliches Mißverständnis ist und daß es jedem passieren kann, aber es läßt einen doch über manches nachdenken.»

«Worüber nachdenken, Mrs. Fine?»

«Über alles mögliche. Ob es noch Gerechtigkeit auf der Welt gibt. Über die Polizei und die Gerichte und – ob es sich lohnt, anständig zu sein –»

«Mrs. Fine!» Er sprach streng. «Ich freue mich, sagen zu können, daß Ihr Mann seine Last tapfer trägt. Ich nehme an, daß das so ist, weil er sich seiner Unschuld gewiß ist. Wenn ich ihn wiedersehe, würde ich ihm gern sagen, daß auch Sie guten Mutes sind.»

Sie starrte ihn an, dann plötzlich verstand sie ihn. Sie sagte leise und mit beherrschter Stimme: «Ja, sagen Sie ihm das. Danke.»

Statt Miriam, als er nach Hause kam, seinen Mantel zu geben und sie wie üblich flüchtig auf die Wange zu küssen, umarmte er sie und küßte sie fest auf den Mund.

«Nanu», sagte sie staunend, «wie kommt denn das?»

«Ich hab einen unerfreulichen Tag hinter mir, aber ich hab dabei gelernt, daß ich dich sehr liebe.»

«Wenn du das gelernt hast, mußt du mir alles erzählen.»

«Ich kann nicht.»

«Dann will ich dir wenigstens einen Whisky holen.»

«Nein, aber eine Tasse Kaffee hätte ich gern.»

«Ich auch.» Sie ging in die Küche und setzte Wasser auf.

Er band die Schuhe auf und schleuderte sie fort, dann schob er sich ein Kissen zurecht und legte sich lang auf den Diwan. Aber dann klingelte das Telefon, und er mußte aufstehen. Es war der Assistant District Attorney.

«Ja, Mr. Ames. Was kann ich für Sie tun?»

«Sergeant Schroeder war gerade bei mir. Er ist ziemlich wütend auf Sie. Und ich bin auch nicht gerade entzückt.»

«Es tut mir leid, das zu hören», sagte der Rabbi. «Ist es ein generelles Gefühl, oder glaubt er, ich hätte was Bestimmtes getan?»

Ames kicherte anerkennend. «Am liebsten hätte er es, wenn ich Sie als Hauptzeugen verhaften ließe. Es geht um etwas, was Sie vermutlich eine Unterlassungssünde nennen würden. Eine Kathy Dunlop hat Sie besucht und Ihnen Informationen gegeben, die mit unserem Fall zu tun haben. Er findet, Sie hätten das der Polizei melden müssen.»

«Aha. Sie ist also mit ihrer Geschichte auch zu Ihnen gekommen?»

«Ja, das ist sie.»

«Ich habe darüber nachgedacht», sagte der Rabbi, «und befunden, daß der Polizei wenig mit einer unbelegbaren Geschichte gedient wäre, während meine Meldung einer Angelegenheit für die ich mich verantwortlich fühle, sehr schaden würde. Ich habe eins gegen das andere abgewogen und beschlossen, vorläufig nicht davon zu berichten.»

«So, haben Sie das? Um was geht es denn, Rabbi?»

«Die Beziehung zwischen Mr. und Mrs. Fine. Ich habe die beiden getraut, wissen Sie.»

«Sie hatten Angst, Schroeder könnte zu Mrs. Fine gehen?» Es folgte eine Pause. «Gut, Rabbi, ich nehme Ihnen das ab. Aber was ist mit Ihrem kleinen Ausflug zum *Excelsior?* Da handelt es sich um eine reine Polizeiangelegenheit.»

«Auch dafür habe ich eine Rechtfertigung.»

«Sparen Sie sie sich, Rabbi. Treffen wir uns doch morgen nach Ihrer Vorlesung im Apartment von Hendryx. Dort können Sie mir dann alles erzählen. Und, Rabbi», fügte er hinzu, «ich hoffe, daß Ihre Geschichte gut ist.»

Er legte auf, als Miriam gerade mit dem Tablett ins Zimmer kam. «Noch mehr Ärger?» fragte sie besorgt.

«Nichts Ernstes. Und nichts, worüber ich mir vor morgen Gedanken machen müßte. Heute freue ich mich auf einen ruhigen Abend zu Hause.»

Sie hörte ein Auto und trat ans Fenster.

«Oh, David, jetzt hält ein Streifenwagen vor dem Haus.»

Und gleich darauf klopfte es auch schon energisch. Miriam öffnete die Tür. Der Polizist tippte an seine Mütze und sagte: «Guten Tag, Mrs. Small. Ich hab Ihnen die Karten für den Polizeiball gebracht.»

«Ach, liefern Sie die jetzt persönlich ab?» fragte der Rabbi.

«Der Chef meint, es wäre gut für unsere Kontakte mit den Bürgern. Wissen Sie, so lernen wir die Leute kennen. Kontakte zu den Bürgern sind jetzt bei uns im Revier die große Mode.»

«Na, ich finde das eine sehr gute Idee», sagte Miriam. «Warum machen Sie keine Nägel mit Köpfen und kommen auf einen Kaffee herein?»

«Das ist sehr freundlich von Ihnen, Mrs. Small, aber mein Kollege sitzt im Wagen.»

«Dann holen Sie ihn doch rein.»

«Bei der Polizei sind Public Relations jetzt der letzte Schrei», sagte der erste Beamte noch einmal, als er und sein Kollege auf den Stuhlkanten saßen und die Kaffeetassen vorsichtig auf den Knien balancierten. «Es geht alles auf das Konto der jungen Leute, die uns ‹Schweine› und was sonst nicht alles nennen. Und wenn man dann einen von ihnen verhaften muß, schreien sie gleich von Polizeibrutalität. Und darum soll dieser Feldzug dazu dienen, daß die Leute die Polizei kennenlernen und dann eher unterstützen. Vermutlich hat es schon einen Sinn, aber ich persönlich meine, daß die, die keinen Ärger machen, schon lange wissen, daß die Polizei zu ihrem Schutz da ist, und die anderen sind gegen uns, weil wir sie am Unfugmachen hindern.»

«Ist das auch Ihre Ansicht?» fragte Miriam den anderen.

«Na, in der Stadt könnte es anders sein, *madam.* Aber hier in Barnard's Crossing kennt jeder jeden, der bei der Polizei ist. Für mich sind diese Public Relations nichts wie Überstunden.»

«Auf die Sie verzichten könnten, was?» fragte der Rabbi.

«Ach, das macht mir nichts aus», sagte er schnell. «Wir machen das freiwillig. Es macht Spaß, die Leute kennenzulernen, Kaffee mit ihnen zu trinken und zu reden. Außerdienstlich, wissen Sie.»

«Vielleicht sollten sie das ruhig auch mal in der Stadt probieren», schlug Miriam vor.

Der Polizist schüttelte den Kopf. «Da funktioniert so was nicht. Nehmen Sie mal die jungen Leute. Hier kennen wir sie alle. Ich hab bei ihnen geschiedsrichtert, als sie noch in der Jugendmannschaft waren, und Joe hat seit Jahren eine Baseballmannschaft trainiert. Sie nennen uns bei den Vornamen. Aber in der Stadt kennen sie die Polizei nicht, und die Polizei kennt sie nicht. Die, die hier so nett und freundlich zu uns sind, können in der Stadt zu einer Bande von Wahnsinnigen werden, wenn sie der Polizei gegenüberstehen.» Er drehte sich zu seinem Kollegen um. «Weißt du noch, wie sie sich damals aufgeführt haben, als wir Miss Hanbury zum College zurückfahren mußten?»

«Ja, das war der Tag, an dem da die Bombe hochging. Ich kann Ihnen sagen, die waren vielleicht wild.»

«Sie haben Miss Hanbury nach dem Bombenanschlag zurückgefahren?» fragte der Rabbi. «Warum denn das?»

«Ach, die war gerade zu Hause angekommen», sagte Joe. «Sie hatte uns angerufen, als sie entdeckte, daß eins ihrer Fenster offenstand. Meistens lassen die Leute sie offen und vergessen es dann, und wenn sie nach Hause kommen, rufen sie die Polizei an, weil sie glauben, es könnte einer eingebrochen haben.» Er wandte sich an Miriam. «Lassen Sie sich aber ja nicht dadurch abhalten, uns anzurufen, wenn Sie glauben, daß was nicht stimmt, Mrs. Small. Uns macht das nichts aus. Wir sind nur froh, wenn sich herausstellt, daß Sie es selber gemacht und dann vergessen haben. Na, damals sind wir sofort zu Miss Hanburys Haus gefahren, und ich hab nach Fußabdrücken oder nach Schrammen von einem Stemmeisen auf dem Fensterbrett gesucht, hab aber nichts finden können.»

«Und während er gesucht hat», fuhr sein Kollege fort, «kam übers Radio die Meldung von der Explosion im College. Sie wollten, daß Miss Hanbury sofort wieder nach Boston käme. Aber wo sie doch gerade erst hier angekommen war, haben wir ihr angeboten, sie hinzufahren. Und als wir dann beim College ankamen, war da diese Horde von jungen Leuten, die die Beamten beschimpfte, die das Haus bewachten. Sie haben sie angepöbelt und ausgelacht, obwohl die doch bloß ihre Pflicht taten. Wissen Sie, wenn so etwas hier passiert, kennen wir jeden einzelnen beim Namen und könnten mal mit den Eltern reden.»

Als sie gegangen waren, kümmerte sich Miriam ums Abendessen. Während sie arbeitete, sprach sie mit ihm – über die Kinder, über die Begegnungen am Morgen im Supermarkt. Sie hob die Stimme, damit er sie auch aus der Küche hören könnte, aber er reagierte nicht.

189

Als sie dann schließlich ins Wohnzimmer kam, um ihn zum Essen zu rufen, sagte er: «Ich hab im Augenblick überhaupt keinen Hunger, Miriam.»

«Ist was, David?»

«Nein, ich bin nur nicht hungrig. Ich – ich muß noch was arbeiten.» Damit stand er auf und ging in sein Arbeitszimmer.

Später, sehr viel später, war er immer noch dort. Er las nicht, er arbeitete nicht, er starrte nur blicklos ins Leere. Als sie ihn fragte, ob er nicht ins Bett gehen wolle, gab er ihr keine Antwort, sondern schüttelte nur irritiert den Kopf.

50

Der morgendliche Verkehr war dichter als sonst, und der Rabbi fand erst ein paar Minuten nach neun Uhr einen Parkplatz. Bis er sein Büro erreicht hatte, war es schon zehn nach neun. Er war überzeugt, daß alle Studenten schon gegangen wären, rannte aber dennoch los, weil vielleicht ja doch ein paar gewartet hatten. Zu seiner Überraschung fand er im Hörsaal das normale Kontingent vor.

«Auf der Brücke hat's eine Panne gegeben», erklärte er quasi zu seiner Entschuldigung, «sie war auf der ganzen Strecke nur einspurig zu befahren.»

«Ach, das macht nichts, Rabbi», sagte Harvey Shacter großmütig. «Wir haben abgestimmt, bis Viertel nach zu warten.»

«Das war sehr rücksichtsvoll von Ihnen.» Er lächelte. «Vielleicht ist das ein Zeichen dafür, daß Sie die traditionelle jüdische Einstellung zum Lernen und Studieren angenommen haben.»

«Heißt das, daß wir eine spezielle Einstellung haben?» fragte Shacter.

«Natürlich», erklärte sein Freund Luftig verächtlich. «Bekomme A's, werde Ehrenstipendiat und hochverdienter Wissenschaftler.»

«Nein, Mr. Luftig, so ist das nicht», sagte der Rabbi. «Ganz im Gegenteil. Die Rabbiner postulierten, Wissen solle nicht als Spaten gebraucht werden, mit dem man umgräbt; damit meinten sie, es solle keinem praktischen oder materiellen Nutzen dienen. Lernen und Studieren sind bei uns eine religiöse Pflicht und infolgedessen kein Wettbewerbsobjekt. A-Noten und Ehrenprädikate sind Belohnungen bei einem Wettbewerb.»

«Wenn man keinen praktischen Nutzen davon hat, wozu dann das Ganze?» fragte Shacter.

«Weil der Wunsch nach Wissen, Wissen um seiner selbst willen, den Menschen vom Tier unterscheidet. Alle Tiere brauchen praktisches Wissen – wo die besten Nahrungsquellen zu finden sind, die besten Verstecke oder Lager – aber nur der Mensch unterzieht sich der Mühe, etwas zu lernen, einfach weil er es noch nicht weiß. Der Geist des Menschen hungert nach Wissen wie der Körper nach Nahrung. Und dieses Lernen dient ihm ganz allein, wie die Nahrung, die er ißt.»

«Sie meinen also, es ist nicht koscher, wenn einer studiert, um Arzt oder Anwalt zu werden?» fragte Shacter.

«Er meint, er soll dafür kein Geld nehmen», erklärte Mazelman.

«Nein, Mr. Mazelman, das meine ich nicht. Die Gelehrsamkeit, die man erwirbt, um Arzt oder Rechtsanwalt oder auch Schreiner und Klempner zu werden, ist von ganz anderer Art. Es ist praktisches Lernen zum Nutzen der Gesellschaft. Und diese Art von Lernen erkennen wir ebenfalls an. Es gibt auch ein rabbinisches Sprichwort, das besagt, daß ein Vater, der seinem Sohn kein Handwerk beibringt, einen Dieb aus ihm macht. Sie müssen sehen; es gibt zwei Arten des Lernens: eine für sich selbst und eine für die Gesellschaft.»

«Was ein Arzt oder ein Anwalt lernt, ist das nicht auch für ihn selbst?» fragte Lillian Dushkin.

«Es füttert seinen Geist, das bestimmt; alles Erlernte tut das. Aber in erster Linie bildet er sich aus, um der Gesellschaft zu dienen. Ein Arzt lernt nichts über alle möglichen Krankheiten, nur um sich selber zu kurieren. Gewisse Zweige der Medizin haben gar nichts mit ihm zu tun, zum Beispiel die Geburtshilfe –»

«Die treffen für Ärztinnen zu.»

«In der Tat, Ms. Draper», bestätigte sie der Rabbi.

Luftig war auf einen Gedanken gekommen. «Wenn es zwei Arten des Lernens gibt, sollte es dann nicht auch zwei Arten des Lehrens geben?»

Der Rabbi erwog das. «Das ist ein guter Punkt, Mr. Luftig. Ein berufsgebundenes Studium sollte zweckdienlich sein. Ich sehe keinen Sinn darin, einem Jurastudenten mittelalterliches Kirchenrecht beizubringen oder einem Medizinstudenten die Humoraltheorie über Krankheiten.»

«Sollte nicht jedes Studium zweckgebunden sein?»

«Warum? Warum sollte das an einer philosophischen Fakultät eine Rolle spielen, Mr. Luftig? An ihr ist alles – was Sie interessiert, und das *könnte* mittelalterliches Kirchenrecht oder lateinische Inschriftenkunde sein – wert, studiert zu werden. Oder, um es anders auszudrücken: an einer philosophischen Fakultät ist alles relevant.»

«Wie rechtfertigen Sie dann schriftliche Arbeiten?» fragte Mark Leventhal. «Brechen Sie nicht Ihre eigenen Regeln, indem Sie uns Noten geben?»

«Ja, ich glaube, ich tue das. Aber ich muß mich an die Regeln des College halten.»

«Was würden Sie tun, wenn Sie es bestimmen könnten?» fuhr Leventhal beharrlich fort.

Der Rabbi überlegte einen Augenblick. «Ja, nachdem Sie aus einem abgelegten Examen Nutzen ziehen, müßte ich zwischen denen unterscheiden, die sich größte Mühe gegeben haben und denen, die das nicht taten. Ich würde also nur zwei Noten nehmen – bestanden und nicht bestanden. Und dann würde ich mir Examensfragen ausdenken, die mehr das Interesse als das nur Angelernte aufzeigen würde.»

«Wie könnten Sie das?»

«Im Moment weiß ich das auch nicht. Ich stelle mir vor, daß Sie die Wahl haben würden, alle Fragen zu beantworten, oder nur ein paar oder nur eine, aber die ausführlich.»

«Au, das ist eine gute Idee.»

«Klar, warum machen wir es nicht einfach so?»

«Vielleicht hätten die anderen Lehrer –»

«Sagen Sie, Rabbi, unterrichten Sie eigentlich im nächsten Semester wieder?»

Es war eine von vielen Fragen, aber die Klasse verstummte, nachdem Shacter sie gestellt hatte, als hätte jeder von ihnen dasselbe fragen wollen.

«Ich hab es nicht vorgehabt.»

«Vielleicht könnten Sie ja hauptberuflich unterrichten», schlug Lillian Dushkin vor.

Aus ihrer Fragestellung leitete er ab, daß man ihn als Lehrer anerkannte, und freute sich darüber. «Warum sollte ich das wohl wünschen, Miss Dushkin?»

«Na, es muß doch viel einfacher sein als zu rabbinern.»

«Ja, aber es bringt weniger ein», erklärte Shacter.

«Ach, das wäre ihm doch piepe», warf Luftig ein.

«Ein Rabbi ist sowieso ein Lehrer», sagte Leventhal. «Das ist die Bedeutung des Wortes.»

Ihm kam der Gedanke, daß er diese freie Diskussion über seine Zukunft noch vor gar nicht langer Zeit als unverschämt empfunden hätte, aber seit seiner ersten Unterrichtswoche hatte er sich sehr gewandelt. «Sie haben durchaus recht, Mr. Leventhal», sagte er. «Und Sie auch, Miss Dushkin. Unterrichten ist leichter. Aber ich will weiter ein Rabbi bleiben und einer Gemeinde dienen.» Er blickte aus dem Fenster zur Wohnung auf der anderen Straßenseite hinüber und sah Männer, die er für Polizeibeamte in Zivil hielt, zwischen der Hendryxschen Wohnung und einem vor dem Haus geparkten Wagen hin- und hergehen. Er drehte sich wieder zu den Studenten um und lächelte verhalten. «Was das Unterrichtgeben im nächsten Semester betrifft: ich bin nicht mal sicher, ob ich dieses zu Ende bringen werde.»

Hinterher, als die Stunde vorbei war und er in sein Büro ging, schloß sich ihm Mark Leventhal an. «Wissen Sie, Rabbi, meine Familie möchte, daß ich nach Cincinnati gehe, wenn ich mit dem College fertig bin. Sie hätten es gern, wenn ich Rabbiner würde.»

«Ach? Und was halten Sie davon?»

«Ich hatte eigentlich vor, auf die Universität zu gehen und dann Lehrer an einem College zu werden.»

Sie waren beim Büro angekommen. Der Rabbi holte den Schlüssel aus der Tasche. «Haben Sie jetzt eine Vorlesung, Mr. Leventhal?»

«Ja, aber ich könnte schwänzen.»

«Dann kommen Sie herein.» Er bot dem jungen Mann den Besucher- stuhl an und setzte sich hinter den Schreibtisch auf den Drehstuhl. «Suchen Sie Rat, welchen Beruf Sie wählen sollen?» fragte er.

«Ach, wissen Sie, ich würd nur gern hören, was Sie davon halten, wo Sie doch beides machen.»

«Es ist natürlich heute alles anders», sagte der Rabbi. «In den kleinen Gettostädten in Osteuropa, dem Zentrum der jüdischen Kultur, wurde der Rabbiner von der Stadt und nicht von der Synagoge angestellt. Er wurde von den Bürgern unterhalten, verbrachte den größten Teil seines Lebens mit Studien und diente der Gemeinschaft dadurch, daß er Recht sprach, wenn die Gelegenheit es erforderte. Er hielt keine Gottesdienste ab und predigte nicht einmal. Er mußte nur zweimal im Jahr vor der Öffentlichkeit sprechen, und das war dann meistens keine Predigt, son- dern eine These über eine religiöse oder biblische Frage.»

Als er fortfuhr, erkannte er, daß es ihm ebensosehr darum ging, Klarheit in seine eigenen Gedanken zu bringen, wie den jungen Mann zu beraten. «Er wurde vielfach von den Bürgern hochgeachtet, aus dem einfachen Grund, weil er der gelehrteste Mann der Gemeinde war, und zwar auf dem einzigen Wissensgebiet, das sie hatten, der Religion, dem Talmud, der Bibel. Aber hier in Amerika ist alles völlig anders. Er spricht nicht mehr Recht; dafür haben wir die Gerichte. Und sein Wissen ist nicht mehr alleinstehend; es wird von seiner Gemeinde nicht einmal mehr als sehr wichtig betrachtet. Medizin, Jura, Naturwissenschaften, Technik gelten in der modernen Welt – und natürlich auch in seiner Gemeinde – als sehr viel bedeutsamer.»

«Meinen Sie, daß man ihm nicht mehr die gleiche Achtung entgegen- bringt, wie es früher der Fall war?»

Der Rabbi lächelte. «Das könnte man sagen. Er muß sich seine Position selber erarbeiten, und die besteht größtenteils aus Verwaltungsarbeit und Politik.»

«Politik?»

«Ja. In doppeltem Sinn: er ist normalerweise der Kontaktpunkt zwi- schen seiner Gemeinde und dem Rest der Bürgerschaft; und er muß sich auf seinem Posten halten. Wie jeder Mensch, der in der Öffentlichkeit auftritt, hat er immer eine Opposition, mit der er sich abfinden muß.» Er erinnerte sich an das, was Miriam gesagt hatte. «Im Grunde ist der Beruf, obwohl er sich so sehr geändert zu haben scheint, immer noch derselbe.»

«Wie meinen Sie das?»

«Vom Wesen her war es seine Aufgabe, die Gemeinde zu führen und zu lehren. Und das ist immer noch seine Aufgabe, nur ist heute seine Gemeinde weniger formbar, weniger folgsam, weniger interessiert und sogar weniger bereit, sich führen zu lassen. Der Beruf ist viel schwerer geworden, Mr. Leventhal, als er es früher war, und auch viel, viel schwerer als der Unterricht an einem College, wo Ihre Tätigkeit als Lehrer sich auf eine begrenzte Zahl von Kursen zu bestimmten Zeiten mit Prüfungen und Notengeben beschränkt.»

«Ja, warum wählen Sie dann aber das Rabbinat, statt am College zu unterrichten?» fragte der junge Mann forschend.

Der Rabbi lächelte, weil er wußte, daß er nun seine eigene Antwort gefunden hatte. «Wir sagen, es ist schwer, Jude zu sein, und ich meine, es ist noch schwerer, Rabbiner zu sein, weil der eine Art professioneller Jude ist. Aber haben Sie das nicht in Ihrem eigenen Leben schon festgestellt, Mr. Leventhal: je schwerer die Aufgabe, desto größer ist die Befriedigung, sie zu erfüllen?»

51

Der Rabbi klingelte schüchtern an der Wohnungstür von Hendryx. «So, Sie sind das», sagte Sergeant Schroeder angriffslustig. «Mit Ihnen hab ich ein Wörtchen zu reden.»

«Das hat Zeit, Sergeant», sagte Bradford Ames. «Kommen Sie rein, Rabbi.»

Das Zimmer war strahlend hell von mehreren Scheinwerfern erleuchtet. Beamte in Zivil maßen, fotografierten und bestäubten Gegenstände, um Fingerabdrücke abzunehmen. Ames erklärte, daß Hendryx' Verwandte von der Westküste kommen und seine Sachen abholen wollten, und es ihre letzte Chance sei, die Wohnung noch einmal gründlich zu untersuchen.

«Was ist mit der Kommode? Soll ich die Schubladen fotografieren, Sergeant?»

«Ja, jede einzeln. Dann haben wir gleich ein Inventar.»

Ames zeigte auf das Bett. «Setzen Sie sich, Rabbi. Da sind Sie aus dem Weg. Ich akzeptiere übrigens Ihre Erklärung der Kathy Dunlop-Story, aber andererseits muß ich Ihnen sagen, daß Ihre kleine Ermittlung im *Excelsior*-Motel – na ja, das hängt von Ihrem Ergebnis ab.» Er ließ sich keinen Ärger anmerken, sein Ton war aber merkbar kühl.

Der Rabbi berichtete, was er erfahren hatte – daß keiner im Motel Roger Fine gesehen und an dem Tag die Telefonzentrale nicht funktioniert hätte. «Es hätte ihn also niemand von außerhalb anrufen können.»

Schroeder rieb sich die Hände. «Das ist ja geradezu großartig. Ganz großartig.»

Auch Ames lächelte zufrieden. Mit etwas freundlicherer Stimme erklärte er: «Verstehen Sie, wenn es anders gewesen wäre, wenn die Hoffnung auf ein Alibi bestanden hätte, dann hätte Ihre Fragerei den Gedanken im Kopf des Zeugen festsetzen oder ihn erst darauf bringen können.»

«Ich hatte eigentlich nach Kathys Geschichte kein Alibi erwartet. Sie erinnerte sich nur an die Zeit, zu der sie ihn im College angerufen hat. Allerdings meinte sie, wenn Fine gerade jemand getötet hätte, würde er ihr kaum unmittelbar danach einen Besuch abgestattet haben.»

«Trotzdem gibt es in der Literatur Fälle», sagte Ames, «in denen gerade das geschehen ist. Soweit ich informiert bin, soll es dem Liebesakt ein gewisses Flair verleihen.»

«Am nächsten Tag», fuhr der Rabbi fort, «hab ich Fine im Gefängnis besucht und es nachgeprüft, weil Kathy ja was vergessen haben könnte. Aber er wollte nicht, daß die Sache herauskam, ich meine, daß er bei ihr gewesen war. Auch wenn ihm das zu einem Alibi verhelfen würde, wollte er es nicht benutzen. Um selber festzustellen, ob Miss Dunlops Bericht stimmte, wollte ich mit den Leuten vom Motel sprechen.»

«Ihre Gründe kann ich verstehen», gab Ames zu, «aber diese Ermittlung hätte der Polizei überlassen bleiben müssen.»

«He, Sarge», rief der Fotograf, «die unterste Schublade ist leer.»

Ames ging zu ihm. Der Rabbi schloß sich ihm an; er hatte nicht das Gefühl, daß ihm befohlen worden war, auf dem Bett sitzen zu bleiben. «Die Schublade hat er sicher für die schmutzige Wäsche gebraucht», sagte Ames. «Im Hotel mache ich das auch immer so.»

«Das glaube ich nicht, Sir», sagte Schroeder. «Im Bad steht dafür ein Wäschekorb.»

«Dann hatte er vielleicht nichts, was er da unten hineintun konnte.»

«Aber alle anderen Schubladen sind ziemlich voll, fast vollgestopft», stellte der Rabbi fest.

«Ach?» Ames kicherte. «Es sieht so aus, als brauchten wir den Talmudtrick, von dem Sie mir erzählt haben. Wir müssen auf wen – Elias? – warten, damit er das Problem für uns löst.»

«Die Talmudisten griffen erst dann darauf zurück, wenn sie jede andere Möglichkeit ausgeschöpft hatten», sagte der Rabbi vorwurfsvoll.

«Nachdem ich mit Ihnen darüber gesprochen hatte, hab ich mich über das Thema informiert, Rabbi. Aus reiner Neugier. Aber laut dem Absatz im Lexikon ist Ihr Talmud nur eine Sammlung von Geschichten, Altweibergewäsch und Moralpredigten. Und sogar der Teil, der sich mit den Gesetzen befaßt, so heißt es, war größtenteils nur ein uferloses, unsystematisches Gerede über manchmal ganz unwahrscheinliche Fälle.»

«Der Talmud enthält von allem ein bißchen», gestand ihm der Rabbi zu, «aber seine nützlichste Funktion ist die in ihm entwickelte Methode.»

Die Techniker waren nun fertig und hatten zusammengepackt. Schroeder fragte Ames, ob er ihn ins Stadtzentrum mitnehmen könne.

«Noch einen Augenblick, Sergeant. Der Rabbi gibt mir gerade Unterricht im Talmud.» Er lachte leise. «Und was ist das für eine Methode, Rabbi?»

«Im Grunde geht es darum», sagte der Rabbi ganz ernst, «jeden Aspekt eines Problems von jedem möglichen Blickpunkt aus zu betrachten. Vermutlich meint das Ihr Lexikon, wenn es andeutet, einige der Fälle wären höchst unwahrscheinlich. Diese alten Talmudisten hatten viel Zeit, die jüngeren übrigens auch, und sie befaßten sich auch nicht, wie zum Beispiel das Gewohnheitsrecht, mit dem Irrelevanten, dem Nebensächlichen und dem Nichtzuständigen. Nehmen wir doch mal diese leere Schublade –»

«Ja, was hätten Ihre Talmudisten zu einer leeren Kommodenschublade gesagt?»

Der Rabbi grinste. «Auf jeden Fall hätten sie zwei Möglichkeiten erwogen: a) daß die Schublade nie voll gewesen war; und b) daß sie voll war und dann geleert worden ist.»

«Ich kapier es nicht», sagte Schroeder. «Ich will nichts Ehrenrühriges gegen diesen Talmud sagen, was immer das sein mag, aber was für einen Unterschied macht es, ob das Ding voll war und geleert worden ist oder ob es nie benutzt wurde? Jetzt zumindest ist es leer.»

«Nun, wenn die Schublade nie benutzt worden wäre, würden Sie sich dann nicht nach dem Grund fragen? Offenbar liegt es nicht daran, daß er nichts zum Hineintun hatte. Sehen Sie doch mal, wie er da die Pullover auf die Unterhemden gestapelt hat.»

«Na, vielleicht hat er sich nicht gern gebückt.»

«Er mußte sich aber bücken. Seine Schuhe standen unten im Kleiderschrank», stellte der Rabbi fest.

«Schon gut», unterbrach Ames ungeduldig. «Nehmen wir also an, ursprünglich hat sich etwas in der Schublade befunden. Was ergibt das?»

«Die nächste Frage: wer hat sie ausgeräumt? Es war entweder Hendryx oder jemand anderes.»

«Donnerwetter, ist das logisch!» sagte Schroeder ironisch. «Sie können auch sagen, daß entweder ich das war oder ein anderer, oder George Washington oder sonst wer.»

Ames grinste, aber der Rabbi fuhr fort, als wäre er nie unterbrochen worden. «Oder es könnten beide gewesen sein.»

«Ich glaube nicht, daß zwei Leute gebraucht werden, um eine Kommodenschublade auszuräumen», sagte Ames.

«Ich meine nicht, daß sie es zusammen gemacht haben. Ich wollte andeuten, daß Hendryx wahrscheinlich die Schublade geleert hat, um für etwas anderes Platz zu schaffen. Und daß dieses andere danach wieder entfernt wurde.»

«Und zwar von jemand anderem? Wollen Sie drauf hinaus, Rabbi?»

Der Rabbi nickte Ames zu.

Dem Sergeant dämmerte es plötzlich. «Moment! Ich weiß, was er damit sagen will! Hendryx räumt die Schublade aus, um etwas Spezielles hineinzutun, Papiere vielleicht oder Dokumente. Dann wird er ermordet, und – jetzt passen Sie auf – Roger Fine kommt hierher, um sie zu holen, weil sie für ihn natürlich wichtig sind – es ist sein Geständnis und die Prüfungsaufgabe. Das sind die einzigen Beweise, daß er die Aufgaben verraten hat. Als er dann hier ist, sieht er, wie leicht es ist, vorzutäuschen, daß Hendryx noch einmal in seine Wohnung gegangen ist, nachdem die Putzfrau fort war, und sich dann ein Bombenalibi zu verschaffen. Also legt er die Pfeife in den Aschenbecher und brennt ein paar Streichhölzer ab.»

Der Rabbi nickte anerkennend. «Das ist ausgezeichnet, Sergeant, nur trifft das nicht auf Roger Fine zu.»

«Warum nicht?»

«Weil Fine kein Alibi hat. Außerdem brauchte Hendryx für die Papiere, von denen Sie gesprochen haben, keine Schublade leerzuräumen. Er würde sie doch wohl in den Schreibtisch gelegt haben.»

«Was hat er dann in die Schublade getan?»

«Vermutlich das, was jeder in eine Schublade legt, Kleidungsstücke.»

«Sie meinen, es wären Kleidungsstücke des Mörders drin gewesen, und er wäre gekommen, sie zu holen?» fragte Ames. «Warum? Ich verstehe es immer noch nicht.»

«Versuchen Sie's mal mit *sie*», schlug der Rabbi vor. «Sie ist gekommen, sie zu holen.»

«Eine Frau?» Ames dachte einen Moment darüber nach. «Ja, wenn sie –»

«Mann, warum denn nicht!» rief Schroeder. «Der Bursche war Junggeselle, wieso sollte der sich nicht gelegentlich was Liebes an Land ziehen?» Plötzlich fiel ihm Ames ein, und er verstummte.

«Schon gut, Sergeant», sagte dieser, «ich kenne die Tatsachen des Lebens.»

«Also, Sir, ich meine ja nur, wenn er mal eine Frau zu Besuch hatte, dann würde sie doch natürlich über Nacht geblieben sein.»

«Natürlich.»

«Vielleicht hat sie ein Nachthemd und ein bißchen Wäsche hier gehabt, wenn sie öfter kam.» Er schnippte mit den Fingern. «Klar! Betty Macomber! Sie waren heimlich verlobt. Heutzutage wartet doch keiner mehr. Und wenn man's mal genau überlegt – so am Boden zerstört war die gar nicht, nicht so, wie man es von einer Frau erwarten sollte, deren Verlobter plötzlich gestorben ist.»

«Sie sagten ja auch, daß der Vater sich nicht sehr aufgeregt hätte», bemerkte Ames.

«Ja, das stimmt. He! Der ist ein Golfnarr. Einer von der Sorte, die sogar die Schläger ins Büro mitnimmt. Als ich damals zu ihm gegangen bin, hat er auf dem Teppich Putting geübt.»

«Und was hat das hiermit zu tun?» fragte Ames schroff.

«Sehen Sie's denn nicht, Sir? Ein Golfschläger hat auch ein gekrümmtes Ende – wie ein Spazierstock.»

«Hm . . .» Ames nickte langsam. «Vater und Tochter. Wenn ihm die Verbindung nicht zusagte . . .»

«Oder entdeckte, daß sie mit ihm schlief», riet Schroeder.

«Würde er ihn umbringen?» Der Rabbi machte ein erstauntes Gesicht. «Obwohl sie verlobt waren? Und dann kam er her, um das Nachthemd seiner Tochter zurückzuholen, damit ihre Ehre nicht befleckt würde?»

«Wie Sie das sagen, hört es sich albern an», gab Ames zu.

Der Rabbi fuhr fort: «Hat denn Präsident Macomber ein Alibi? Oder etwa seine Tochter?»

«In dem Fall scheint keiner eines zu haben», gestand Schroeder.

«Bis auf Millicent Hanbury», sagte der Rabbi.

«Die Dekanin?» rief Schroeder laut. «Na, hören Sie!»

«Eine anziehende Frau», gab der Rabbi zu bedenken. «Noch recht jung. Unverheiratet. Sie haben als erster auf sie hingewiesen, Sergeant.»

«Ich?»

«Als Sie damals mit Lanigan zum erstenmal zu mir kamen, ließen Sie durchblicken, sie könnte in die Sache verwickelt sein. Wir haben uns darüber lustig gemacht, soweit ich mich erinnere, aber das zeigt nur, daß Intuitionen eines erfahrenen Ermittlungsbeamten nicht leichthin abgetan werden sollten.»

«Ja, das hab ich, nicht wahr?»

Ames kicherte. «Das Alibi, von dem Sie eben sprachen –»

«Es gab sogar mehrere», sagte der Rabbi. «Das Treffen mit der Studentendelegation um halb drei – meines Wissens hat sie die Zeit bestimmt. Dann das Hinauslaufen aus der Besprechung – ein ausgezeichnetes Alibi, weil es so ungekünstelt war. Jemand nach der Uhrzeit zu fragen, erweckt automatisch Verdacht. Aber aus einer Konferenz herauszulaufen und nicht wiederzukommen, ist eine Garantie, daß die Leute nach einer Weile unruhig werden und auf die Uhr sehen. Aber der Höhepunkt war, als sie nach Barnard's Crossing kam und die Polizei anrief, um mitzuteilen, daß in ihrem Haus ein Fenster offenstünde. Sie konnten keinen Hinweis finden, daß es aufgestemmt worden war, natürlich nicht, aber der Anruf hatte seinen Zweck erfüllt – die genaue Zeit stand im Dienstbuch des Reviers. Durch einen reinen Zufall hab ich entdeckt, daß die Polizei von Barnard's Crossing es mit den Eintragungen sehr genau nimmt.»

«Das tun alle Polizeidienststellen», sagte Ames. «Aber der Mord wurde früher begangen, wahrscheinlich gegen zwanzig nach zwei, und alle

198

diese Alibis sind für eine spätere Zeit.»

«Darum mußte sie es ja so einrichten, daß es so aussah, als wäre Hendryx, als sie fortfuhr, noch am Leben gewesen. Und die Studenten mußten dies Alibi noch bestätigen.»

«Und was ist mit der Obduktion des Gerichtsarztes?» beharrte Ames. «Sie muß doch gewußt haben, daß er sich nicht in der Todeszeit irren würde.»

«Sie hatte ja nicht ahnen können, daß die Leiche so kurz nach dem Tod untersucht werden würde», sagte der Rabbi. «Und das geschah auf Grund der Bombenexplosion. Normalerweise wäre die Leiche nicht vor Montag morgen gefunden worden. Wahrscheinlich von mir, sobald ich ins Büro kam. Das wäre sechzig Stunden später gewesen, und dann hätte kein Gerichtsarzt die Zeit so genau auf eine Stunde mehr festlegen können. Und im übrigen hätten die Beweise in seiner Wohnung gezeigt, daß Hendryx, lange nachdem sie das Haus verlassen hatte, noch am Leben gewesen war.»

Ames stimmte zu. «Und da sie wußte, daß wir seine Wohnung durchsuchen würden, ist sie reingegangen und hat ihr Nachthemd geholt? Höschen, Strümpfe? Aber wie hätte man daraus auf sie schließen können?»

«Wie wäre es mit etwas Persönlicherem?»

«Persönlicher als Höschen?» fragte Ames lächelnd.

«Ich dachte an einen Beutel mit Strickzeug.»

«Aber ja», rief Ames. «Ich begreife, daß sie das holen mußte.»

«Hören Sie», sagte Schroeder. «Ich bin vielleicht nur ein blöder Bulle, aber Sie haben immer noch nicht erklärt, wie sie die Gipsbüste runterholen konnte, ohne daß es zu einem Kampf kam.» Er überlegte kurze Zeit. «Auch wenn sie früher mal Turnlehrerin war.»

Auch Ames warf dem Rabbi einen fragenden Blick zu.

«Kehren wir wieder zum Talmud zurück», sagte der Rabbi. «Es geht wieder darum, alle Möglichkeiten zu überdenken. Eine Büste auf einem Regal kann herunterfallen, wenn es eine Erschütterung gibt – sagen wir, eine Bombenexplosion. Den Standpunkt nahm die Polizei ein, als sie damals die Studenten verhaftete. Sie kann aber auch heruntergezogen werden: das war der Ausgangspunkt Ihres Verdachts gegen Fine – und eben erst, Sergeant – gegen die Macombers. Man kann sie aber auch vom Regal *stoßen*, und das ist, meiner Meinung nach, in Wirklichkeit geschehen.»

«Stoßen?» wiederholte Ames. «Wie konnte sie gestoßen werden?»

Der Rabbi erklärte: «Unser Bürotelefon hängt am gleichen Kabel wie der Dekanatsapparat; die Leitung führt durch ein Loch in der Wand oberhalb des obersten Regalfachs, dicht unter der Decke. Die Büste stand direkt davor. So dicht davor, daß der Monteur sie zur Seite schieben mußte, um das Loch bohren zu können.»

«Gut, es ist also ein Loch in der Wand, durch das die Leitung geht», sagte Ames unwillig. «Na und?»

«Der Draht geht durch, aber es bleibt genügend Platz, um eine dünne, aber starke Stahlnadel durchzuschieben», sagte der Rabbi.

«Eine dünne Stahl-. . . eine Stricknadel!» rief Ames.

«Ja», sagte der Rabbi. «Ich denke mir, daß sie, als sie mich fortgehen hörte – und man kann alles hören, die beiden Büros haben nur eine einfache Trennwand –, den Schreibtisch an die Wand gerückt hat und darauf geklettert ist. Dann hat sie die Stricknadel durch das Loch geschoben und die Büste zum Kippen gebracht. Sie wußte, daß Hendryx' Stuhl direkt darunter stand. Und das Ding ist ihm auch prompt auf den Kopf gefallen und hat ihn getötet.»

Ames blieb lange Zeit stumm. «Und das Motiv, Rabbi?» fragte er endlich. «Haben Sie eine Theorie über das Motiv?»

«Ich hab schon eine», sagte der Rabbi schüchtern. «Ich nehme an, sie glaubte fest, daß sie und Hendryx heiraten würden, vielleicht gleich nachdem er zum Leiter der Abteilung befördert worden wäre. Es ist kein Geheimnis, daß sie sich sehr dafür eingesetzt hat, bisher aber ohne Erfolg. Hendryx muß sich mehr davon versprochen haben, wenn sich die Tochter des Präsidenten für ihn verwendete, also nahm er sie aufs Korn, und es kam zu einer Verlobung. Am Freitagvormittag, als Präsident Macomber zu Dean Hanbury ging und ihr mitteilte, daß Hendryx endlich befördert werden würde, hat er ihr wahrscheinlich auch von der Verlobung erzählt. Er wußte ja nichts von ihrer Beziehung zu seinem zukünftigen Schwiegersohn.»

«Eine fabelhafte Theorie, Rabbi», sagte Ames, «und sie scheint wirklich auf alles zu passen. Aber es ist Ihnen wohl klar, daß Sie nicht die Spur eines Beweises haben.»

«Ich bin nicht mal sicher, ob sie wirklich auf alles paßt», warf Schroeder ein. «Sie sagen, sie hat den Schreibtisch an die Wand geschoben?»

«Oh, das muß sie gemacht haben», sagte der Rabbi. «Die Stühle wären alle zu niedrig.»

Schroeder winkte ab. «Der Schreibtisch steht gute drei Fuß von der Wand entfernt, und er ist am Fußboden festgeschraubt. Sie hätte ihn nicht verrücken können.»

Der Rabbi runzelte die Stirn. Bradford Ames gluckste nervös.

«Drei Fuß? Ja, das dürfte hinkommen.» Das Gesicht des Rabbi hellte sich auf. «Dann kann ich Ihnen vielleicht sogar einen Beweis liefern, Sergeant.» Er stand auf, stellte sich in etwa drei Fuß Abstand vor die Wand, streckte den rechten Arm aus und stützte sich mit der Handfläche an die Wand. Dann zog er einen Bleistift aus der Brusttasche und tippte mit ihm gegen die Wand. «So hoch oben dürfte der Abdruck wahrscheinlich noch vorhanden sein.»

Sie blickte von ihrem Strickzeug auf, als die drei Männer das Büro betraten. «Sie erinnern sich an mich, *ma'am*?» fragte Schroeder höflich.

«Natürlich. Sie sind von der Polizei.»

«Und dies ist Mr. Bradford Ames, der Assistant District Attorney. Er leitet die Untersuchung.»

«Guten Tag, Mr. Ames. Und wer ist dieser Herr?»

«Er ist unser Fingerabdruckfachmann, Miss Hanbury», sagte Ames. «In Ordnung, Bill.»

Der Mann betrachtete die Wand. «Ich brauche was, worauf ich mich stellen kann», sagte er.

«Klettern Sie doch einfach auf den Schreibtisch», schlug Ames vor.

Sie sah interessiert zu, wie Bill auf den Schreibtisch stieg und die Wand absuchte. «Ja, da ist es», sagte er. «Abdruck einer ganzen Handfläche und aller fünf Finger. Ganz ausgezeichnet.»

Sie beugte sich lächelnd über ihre Strickerei. «Dann wissen Sie es also.»

«Ja, Miss Hanbury, wir wissen es.»

52

Einige Zeit danach kam Ames zum Rabbi in das Apartment.

«Ich könnte eine Tasse Kaffee vertragen», sagte er. «Ich glaube, in der Küche war ein Glas Pulverkaffee.»

Mit der Praxis eines geübten Junggesellen machte er sich in der Küche zu schaffen, kochte Wasser, spülte Tassen aus und deckte den Tisch.

Sie saßen beide am Küchentisch, die dampfenden Tassen vor sich, ehe Ames zu sprechen begann. «Trotz des talmudischen Boheis müssen Sie eine Idee gehabt haben, wohin Sie zielten. Und, bitte, ersparen Sie mir den Schmus, daß mein braver Sergeant Sie als erster auf Dean Hanbury gebracht hatte. Was war es wirklich?»

Der Rabbi setzte die Tasse ab. «Vom ersten Tag des Kennenlernens an hab ich mir Gedanken über Millicent Hanbury gemacht. Vermutlich liegt es an unserer generellen Art, die Dinge zu betrachten: am biblischen Gebot fruchtbar zu sein und sich zu mehren. Für uns ist die unverheiratete Frau, die alte Jungfer, eine tragische Gestalt, weil sie nicht die Gelegenheit gehabt hat, ihren normalen Lebenszyklus zu vollenden. Im *Städtl*, den kleinen Gettostädten in Rußland und Polen, wo jedes Mädchen eine Mitgift in die Ehe bringen mußte, wurde den armen Mädchen oder Waisen eine Mitgift von der Gemeinde gestellt, damit sie nicht zu einem Leben als alte Jungfer verurteilt würden. Selbst wenn das Mädchen häßlich war, brachten sie sie irgendwie an den Mann. Im *Städtl* gab es keine alten Jungfern.»

«Und was war mit den Junggesellen?»

«Die gab es gelegentlich.» Der Rabbi lächelte. «Sie galten weniger als tragische Gestalten, denn als Leute, die ihre Pflicht nicht erfüllten, den Anforderungen nicht gerecht wurden.»

«So, Sie auch?» Als Antwort auf den fragenden Blick des Rabbi erklärte er: «Das hab ich fast mein Leben lang von meiner Familie zu hören bekommen – ich würde den Anforderungen nicht gerecht, ich erfüllte meine Pflicht nicht. Aber nicht, weil ich nicht geheiratet habe, sondern weil ich als Anwalt kein großes Tier geworden bin. Ich mache nichts aus meinen Möglichkeiten, heißt es meistens.»

Der Rabbi lachte leise. «Ach, in unserer modernen Zeit, in der man aus romantischer Liebe heiratet, ist es mehr oder minder eine Glücksfrage, ob man heiratet oder nicht. Aber ich wage zu behaupten, daß Sie im alten System der arrangierten Eheschließung kein Junggeselle geblieben wären, und Miss Hanbury wäre bestimmt auch nicht ledig geblieben. Sie ist viel zu hübsch. Darum hab ich mir auch Gedanken gemacht, warum sie nicht geheiratet hat. War es der akademischen Laufbahn wegen?» Er verstummte, als wäre ihm ein plötzlicher Gedanke gekommen. «Wissen Sie, wenn Sie geheiratet hätten, wäre es ohne weiteres möglich gewesen, daß Ihre Frau für Ihre Karriere als großer Anwalt gesorgt hätte.»

Ames lachte vor sich hin. «Dann ist es eigentlich gut, daß es bei uns keine arrangierten Heiraten gibt.»

Der Rabbi grinste mitfühlend. «Na ja, kurz darauf hab ich zufällig Chef Lanigan getroffen, und er hat mir von Millicent Hanbury erzählt. Sie ist eine Hanbury, und Hanburys verkehren nicht mit jedem. Da sie aber einem armen Zweig der Familie angehörte, verkehrte sie nicht mal mit denen, die sie für gleichberechtigt hielt. Sie durfte es nicht. Es war eine Frage des Familienstolzes und ihrer Erziehung. Und darüber verkümmerte ihr Gefühlsleben.»

«Ich kenne ähnliche Fälle», sagte Ames.

«Ja, das kann ich mir denken. Eines Tages tauchte dann Hendryx auf, der als Junge aus Barnard's Crossing fortgezogen war. Und die Hendryx' waren aus derselben Schublade wie die Hanburys. Sie hat ihn damals gekannt, und es ist durchaus möglich, daß sie trotz des Altersunterschieds als Kind für ihn geschwärmt hat.»

«Sehr wahr. Und nun kommt er und will von ihr angestellt werden. Er ist nicht verheiratet. Sie beschafft ihm nicht nur die Stelle, sondern sie macht ihn sogar zum kommissarischen Leiter der Abteilung.»

«Er war dafür qualifiziert?»

«Ja, sicher. Soviel ich weiß, war er nichts Großartiges, hatte aber gute Examen gemacht und auch einiges veröffentlicht.»

«Warum war er dann ohne feste Anstellung, als er in Windemere auftauchte?» fragte Ames. «Wir haben festgestellt, daß er in den letzten zehn Jahren mehrfach gewechselt hat.»

«Das könnte an seiner Persönlichkeit gelegen haben. Er war stolz und anmaßend und tendierte zu spitzen, verletzenden Bemerkungen. Vielerorts entscheiden die eigenen Kollegen über Beförderungen und Vertragsverlängerungen, und ich kann mir denken, daß diese Eigenschaften vielen Leuten gegen den Strich gegangen sind – wie bei Fine übrigens. Aber ich hatte den Verdacht, daß er hier in Windemere Fuß fassen wollte. Er war nicht mehr so jung, schon über vierzig, und wenn man sich bis dahin noch keinen Namen gemacht hat, ist es in dem Alter nicht mehr so einfach, eine Stellung zu finden.»

Ames nickte.

«Ich bin überzeugt, daß Miss Hanbury mit der Heirat rechnete. Ich kann mir einfach nicht vorstellen, daß sie – wie hat der Sergeant das noch mal genannt? – sich von ihm hat an Land ziehen lassen. Ihr Stolz hätte auf Dauer so eine Regelung nie zugelassen.»

Ames bestätigte das. «Als wir sie verhört haben, sagte sie, sie hätten heiraten wollen, sobald Hendryx einen festen Vertrag gehabt hätte. Dann hätte sie den Beruf aufgeben können, sie hätte es übrigens gemußt, denn hier gibt es eine Regel, daß Mann und Frau nicht gleichzeitig am College unterrichten dürfen.»

«Ach ja.» Der Rabbi fuhr fort: «Aber solange er nur auf Zeit angestellt war, hatte sie den wesentlich besseren Job. Wenn sie also bald heiraten wollten, hätte er gehen und sie ihn unterhalten müssen. Damit hätte sie sich bestimmt nicht abgefunden, er übrigens auch nicht. Es war also eine Frage der Zeit.»

«Aber er konnte nicht warten?»

«Das vermute ich», sagte der Rabbi. «Hendryx muß sich gedacht haben, daß er sein Ziel über die Tochter des Präsidenten schneller und sicherer erreichen könnte. Und es hat ja auch funktioniert. Doch Millicent Hanbury war stolz, zu stolz, um sich einfach gebrauchen und dann fortwerfen zu lassen.» Er blickte nachdenklich vor sich hin. «Ich möchte wissen, wie er das geschafft hat, die eine Frau zu hofieren und die andere –»

«Zu bumsen?» Ames lachte. «Sogar verheiratete Männer schaffen das oft spielend. Für einen Junggesellen ist es noch viel einfacher.»

53

«Ich hoffe, es stört Sie nicht, daß ich Sie heute nachmittag hergebeten habe, Rabbi», sagte Präsident Macomber, «aber Freitag nachmittags ist das Haus praktisch leer. Wir können uns privat unterhalten, ohne gestört zu werden. Aber sagen Sie mir erst, ob Ihnen der Unterricht hier Freude macht?»

«O ja. Ich hatte heute fünfundzwanzig Studenten.»

«Wirklich?» murmelte Macomber.

Der Rabbi merkte, daß der Präsident keine Ahnung hatte, was er damit meinte. Er erklärte es sofort.

«Das ist sicher die Folge Ihres guten Unterrichts», sagte Macomber höflich. Er spielte mit einem Bleistift und wirkte befangen. Endlich räusperte er sich. «Sie haben sich mit Hendryx ein Büro geteilt. Haben Sie mit ihm gesprochen?»

«Ja, gelegentlich. Nicht sehr oft und meistens nur recht kurz.»

«Sagen Sie mir, Rabbi», er lehnte sich im Stuhl zurück, «war Professor Hendryx Ihrer Meinung nach ein Antisemit?»

Der Rabbi schob die Lippen vor. «Das möchte ich nicht behaupten! Er war voreingenommen, das wohl. Die meisten Menschen sind gegen die eine oder andere Gruppe eingestellt. Es ist eine natürliche Reaktion auf den Fremden, auf das Mitglied einer Minorität. Wir Juden haben darunter mehr als andere gelitten. Vermutlich, weil wir in so vielen Ländern eine Minorität dargestellt haben. Aber ich nenne es nicht Antisemitismus, wenn man mich nicht mag, auch wenn man mich nicht mag, weil ich Jude bin. Ich betrachte das nicht als Antisemitismus, falls das Vorurteil nicht in politische, legale oder soziale Handlung umgesetzt wird. Zum Funktionieren einer vielschichtig zusammengesetzten Gesellschaft gehört es nicht, daß ein Teil der Bevölkerung jeden anderen Teil schätzt. Das ist utopisch. Es geht schon, wenn jeder Teil dem anderen gleiche Rechte zubilligt, gleichgültig, ob sie sich schätzen oder nicht. Was nun Professor Hendryx anbelangt, so machte er dann und wann abwertende Bemerkungen über Juden, aber das tat er auch bei Iren, Italienern und Negern. Er neigte dazu, fast über jeden bittere, sarkastische Bemerkungen zu machen. Für mich war er ein gequälter, unglücklicher Mann.»

Macomber nickte langsam. «Ja.»

«Sie scheinen enttäuscht zu sein.»

Der Präsident lachte kurz auf. «In gewisser Weise bin ich das. Es wäre für mich leichter, wenn Professor Hendryx ein Antisemit gewesen wäre.» Er blieb stumm und sagte dann schließlich: «Jetzt, wo das Semester zu Ende geht, ist bei uns alles durcheinander. Wir sind ohne Dean, und die englische Abteilung hat nicht mal einen Vorsitzenden. Normalerweise wäre letzteres nicht so bedeutsam, aber wir sind sowieso schon unterbesetzt. Und wo nun Professor Fine geht –»

«Muß er gehen?»

«Das ist ja der Punkt.» Macomber griff nach einem langen weißen Umschlag, der auf der Tischplatte lag. «Vor seinem Tod hat Professor Hendryx schwere Beschuldigungen gegen Professor Fine bei Dean Hanbury geäußert, Beschuldigungen, die sie mir mitgeteilt hat, und die mich bewogen haben, seinen Vertrag nicht zu verlängern. Ich nehme mir heraus, mit Ihnen darüber zu sprechen, weil Mr. Ames andeutete, daß

204

Sie mit den Umständen vertraut sind.» Er sah den Rabbi fragend an.

Der Rabbi bestätigte es.

«Ich kann diese Beschuldigungen nicht einfach außer acht lassen, obwohl Dean Hanbury durch die seither erfolgten Ereignisse nicht mehr als zuständig betrachtet werden kann. Es ist etwas, worüber ein Präsident des College einfach nicht hinweggehen kann. Nicht wenn er ein Gewissen hat.»

«Verstehe ich richtig, Präsident Macomber, daß Sie Fine gern behalten würden, weil Sie zu wenig Lehrer haben –»

«Und weil ich ihn für einen guten Lehrer halte.»

«Aber weil Sie Grund zu der Annahme haben, daß er Examensaufgaben verraten hat, erlaubt Ihr Gewissen nicht, dies zu übersehen?»

«Hm – ja, so etwa meine ich es», sagte Macomber unglücklich.

«Und wenn ich nun gesagt hätte, Hendryx sei Antisemit gewesen, dann hätten Sie sich einreden können, die Beschuldigungen entstammten einem Vorurteil, und Sie brauchten sie nicht so ernst zu nehmen?»

«Wenn ich in Betracht zog, daß ich sie nur von Dean Hanbury gehört hatte. Ich habe nicht selbst mit Hendryx gesprochen.»

«Und sie ist inzwischen in Mißkredit geraten.»

«Ja, unglücklicherweise gibt es aber noch diesen Umschlag. Er enthält den Beweis für die Anklage. Wie Sie sehen, ist er versiegelt, und Fine hat seinen Namen quer darüber geschrieben. Aber ich weiß, was drin steht, weil ich Dean Hanbury gesagt habe, wie ich es haben wollte. Ich habe den Text persönlich formuliert.» Er öffnete eine Schublade und nahm eine Mappe heraus. Sie enthielt ein einziges Blatt, das er über den Schreibtisch reichte. «Lesen Sie das.»

«Es ist nicht unterschrieben», sagte der Rabbi lesend. «Das Datum fehlt.» Er sah forschend auf.

«Das war, damit wir ein neueres Datum einsetzen konnten, falls Professor Fine sich nicht an sein Versprechen hielt.»

Der Rabbi las weiter: *Ich gestehe hiermit aus freien Stücken, daß ich eine Kopie der abschließenden Examensarbeit des Englischkurses Nr. 74 an eine Teilnehmerin des Kurses weitergegeben und ihr damit ermöglicht habe, das Sommersemester mit einer besseren Note abzuschließen. Ich bedaure diese Handlung und garantiere, daß so etwas in der restlichen Zeit meiner Vertragsdauer nicht wieder vorkommen wird.*

«Das Blatt im Umschlag ist natürlich von Professor Fine unterschrieben», sagte Macomber.

Der Rabbi blieb kurze Zeit stumm, dann sagte er: «Die traditionelle Aufgabe eines Rabbiners ist es, Recht zu sprechen. Wußten Sie das?»

Macomber lächelte. «Ames hat etwas Ähnliches erwähnt, als er mit mir über – den Fall gesprochen hat. Wollen Sie andeuten, daß Sie die Beschuldigung anders betrachten würden, wenn Sie der Richter wären?»

«Würde mir der Fall vorgetragen, könnte ich dies nicht als Beweis annehmen. Es steht im Gegensatz zum talmudischen Gesetz.»

«Da Roger Fine Jude ist», sagte Macomber, «läge wohl eine gewisse Gerechtigkeit darin, ihn nach talmudischem Recht zu behandeln. Also gut, wie würden Sie verfahren?»

«Ich würde erst seine Ankläger hören.»

«Aber das ist unmöglich. Sie sind beide –»

«Eben.»

«Aber hier ist sein eigenes Geständnis.»

«Ich könnte das nicht als Beweis werten. Nicht nach unserem Recht. ‹Keiner darf sich selbst einen Übeltäter nennen.› In unserem Strafrecht ist das ein grundlegendes Prinzip.»

«Wenn ich es mir genau überlege, trifft das für unsere ebenso zu», sagte Macomber.

«Nein, da gibt es einen Unterschied. Nach amerikanischem Recht kann ein Mensch nicht gezwungen werden, gegen sich selbst auszusagen. Nach jüdischem Recht *kann* er nicht gegen sich aussagen, selbst wenn er es möchte.»

«Aha, wenn Sie also in diesem Fall der Richter wären?»

«Würde ich die Klage abweisen», sagte der Rabbi prompt.

Macomber lächelte. «Das wäre ja nun wirklich ein Ausweg, aber trotzdem –»

«Trotzdem sind Sie nicht zufrieden?»

«Ja, das ist wahr.»

«Ich auch nicht», gab der Rabbi zu. «Vermutlich liegt das daran, daß wir es hier weniger mit einer Rechts- als mit einer Gewissensfrage zu tun haben. Ich glaube, ich habe es anfangs eine Sünde und nicht ein Vergehen genannt. Diese Sünde, einen Examenstext zu verraten – betrachten Sie, als Präsident des College, so etwas für unverzeihlich?»

«Keine Sünde ist unverzeihlich, würde ich sagen.»

«Was muß dann einer tun, um eine Sünde verziehen zu bekommen?»

«Das scheint mir mehr in Ihrer als in meiner Linie zu liegen, Rabbi. Vielleicht durch eine Beichte, durch Reue und das Versprechen, es nicht wieder zu tun.»

Der Rabbi begann zu strahlen. «Na, hat Fine das nicht getan?»

«Wann? Jetzt?»

«Nein, hier auf diesem Blatt Papier. ‹Ich gestehe hiermit aus freien Stücken› – das ist ein Geständnis. ‹Ich bedaure diese Handlung› – das ist Reue. ‹Und garantiere, daß so etwas nicht wieder vorkommen wird› – das ist der dritte Punkt.»

Macomber erwog das. Dann lachte er leise. «Ja, ich glaube, das genügt. Und damit wäre auch das Problem der englischen Abteilung gelöst.» Er lehnte sich strahlend auf seinem Stuhl zurück. «Sagen Sie, Rabbi, vermutlich wollen Sie nicht mal ausprobieren, wie Sie sich als Dean machen? Oder etwa doch?»

ENDE